Bruno d'Halluin est né à Annecy en 1963. Depuis l'enfance, la géographie et l'histoire des grandes découvertes le passionnent. Il partage sa vie entre la Haute-Savoie et la Bretagne, et multiplie les voyages au long cours, avec sac à dos ou sac de marin. Sur son propre voilier, il a vogué jusqu'en Patagonie et au cap Horn lors d'un périple de quatorze mois, puis vers l'Islande dont il a accompli la circumnavigation.

DU MÊME AUTEUR

La Volta
Au Cap Horn dans le sillage des grands découvreurs
Transboréal, 2003

Bruno d'Halluin

JÓN L'ISLANDAIS

ROMAN

Gaïa Éditions

TEXTE INTÉGRAL

ISBN 978-2-7578-3103-8
(ISBN 978-2-84720-161-1, 1re publication)

Il n'y a pas de spectacle plus imposant que l'Islande surgissant de la mer [...].
Rien qu'à voir ce spectacle, on pénètre le secret qui fait que c'est là qu'ont été écrits les livres les plus remarquables de toute la chrétienté.

Halldór Laxness,
La Cloche d'Islande

Préambule

Au XVe siècle, des États et des hommes intrépides se lancèrent à la découverte du monde.

Ce fut le prince d'un petit pays, à l'extrême sud-ouest de l'Europe, qui amorça le mouvement. Depuis Lisbonne ou l'Algarve, l'infant Henrique envoyait inlassablement ses caravelles, toujours plus loin, sur la mer immense et ténébreuse.

L'objectif des Portugais était de contourner l'Afrique, dans l'espoir de trouver un passage vers les Indes et leurs fabuleuses richesses. En 1434, une expédition doubla le cap Bojador, au-delà des îles Canaries, brisant les vieilles superstitions médiévales qui situaient là, derrière cette langue de sable rougeâtre, le gouffre brûlant où la Terre finissait. Les limites du monde étaient repoussées. Bientôt, les navires dépassèrent le cap Vert et basculèrent dans le golfe de Guinée.

Mais les vents dominants de nord-est compliquaient le retour des caravelles. Plutôt que de s'éreinter à lutter contre l'alizé et l'harmattan du Sahara, les capitaines osèrent peu à peu s'éloigner des côtes et se laisser porter vers le large, en direction des Açores, afin d'y bénéficier de vents favorables pour rejoindre le Portugal. Ils appelaient ce détour « la *volta* du grand large ».

Pour la première fois dans l'histoire de l'humanité, on avait acquis une compréhension du climat à l'échelle de l'océan. La navigation hauturière était inventée. On pouvait ainsi voyager durant des semaines et des milliers de milles sans voir la terre, en se laissant pousser par les vents portants. La *volta* ouvrait une perspective vertigineuse : la découverte maritime du monde. En 1488, les navires portugais doublèrent le cap de Bonne-Espérance. L'Afrique avait une fin vers le sud, et la route des Indes était ouverte.

Le puissant voisin espagnol s'engouffra dans la brèche. Un Génois visionnaire, éconduit par le Portugal, réussit à convaincre les rois de Castille et d'Aragon de financer une expédition encore plus loin dans la mer océane. Le point cardinal à suivre comme un aimant n'était plus le sud, mais l'ouest. Les Indes furent ainsi atteintes en 1492. Les Indes ? Peu à peu, les esprits les plus éclairés en doutèrent. On trouva bientôt un nouvel océan derrière la forêt vierge. Les conquistadors espagnols détruisirent de puissantes civilisations aux dieux étranges, jamais décrites dans les relations des explorateurs de l'Asie, se fussent-ils risqués jusqu'au Cathay ou à Cipango. Christophe Colomb avait donc découvert un Nouveau Monde.

Par une tragique ironie de l'Histoire, au même moment se perdait la trace des derniers représentants du peuple qui l'avait devancé cinq siècles auparavant : les Vikings du Groenland. En cette fin de Moyen Âge, le climat se refroidissait, rendant plus rudes les conditions de vie et de navigation. Les visites de navires marchands scandinaves se firent de plus en plus rares, et les Groenlandais sombrèrent dans l'oubli. L'Europe avait d'autres soucis que ces quelques poignées de paysans accrochés à des confins glacés ; les monarques étaient tournés vers d'autres conquêtes plus porteuses d'espoir de richesses.

La lointaine Islande avait pourtant conservé la mémoire écrite de ces fabuleux voyages de l'an mil. Les sagas relataient les exploits des colons islandais qui, à peine installés au Groenland à la suite d'Eiríkur le Rouge, s'étaient lancés dans des expéditions encore plus à l'ouest, jusqu'au lointain et mystérieux Vinland. Mais depuis, l'Islande avait perdu sa liberté ; peu à peu, elle s'était affaiblie sous les jougs norvégien et danois. Cependant, les parchemins médiévaux étaient jalousement conservés par les Islandais, un petit peuple qui avait la réputation de vivre miséreux, blotti dans les trous d'une terre inhospitalière. On disait que leur pays était couvert de glace, et l'on y situait les portes de l'enfer, dans la bouche du plus furieux de ses volcans.

Quelques hardis pêcheurs, venus des ports de la mer d'Irlande ou de la mer du Nord, osaient encore naviguer vers l'Islande, sur les routes maritimes les plus intraitables du monde connu. Des bribes de vieux mythes nordiques parvinrent aux oreilles de ces Anglais, qui ne recherchaient pas l'or ou les épices, mais le poisson. Discrets sur leurs sources de profit, ils s'aventurèrent alors vers de nouveaux lieux de pêche et commencèrent à fréquenter des bancs obscurs et poissonneux, là-bas, vers le couchant. D'autres marins taciturnes s'engagèrent sur cette voie imprécise qui se perdait dans la brume. Loin des intrigues et courbettes des palais ibériques, de farouches Normands, Bretons, Basques ou Açoriens revenaient les cales chargées de morue, parfois ne revenaient pas, victimes de tempêtes, de rochers acérés, ou de l'opacité de ces eaux méconnues.

La perception de la vieille route du Vinland, transitant par Lynn, Hull ou Bristol, parvint ainsi en écho lointain sur le continent. Des fouineurs étaient attentifs aux racontars des ports. Dans les tavernes, des indicateurs opportunistes glanaient des mots échappés de bouches avinées et hâbleuses.

Ces informations incertaines participèrent à forger l'intuition de Christophe Colomb, dont on retrouve la trace en 1477, du côté de Bristol ou de Galway, et jusqu'au pied d'un volcan englacé de l'Islande. Seule l'Espagne eut l'audace de lui faire confiance ; elle obtint le bénéfice de la découverte du nouveau continent.

Dans la curée pour les terres nouvelles, chacun affirmait ses droits ou ses mérites, et l'on préféra gommer le lien ténu qui avait cheminé par les eaux tumultueuses de l'Atlantique Nord et contribué à la conquête. Nul ne songeait à plaider l'antériorité des Groenlandais, les descendants des valeureux Vikings de l'an mil, sur les terres du couchant. Leur piste se perdait, oubliée des rois et des papes, oubliée même des gouverneurs et des évêques de l'Islande, oubliée de tous, ou presque.

Personne d'autre que Jón Thorsteinsson[1] n'eut autant la conscience de cette injustice de l'Histoire, car il en fut le meilleur témoin. C'est pourquoi l'histoire de Jón Thorsteinsson mérite d'être contée.

1. Jón se prononce « Yôn » en islandais.

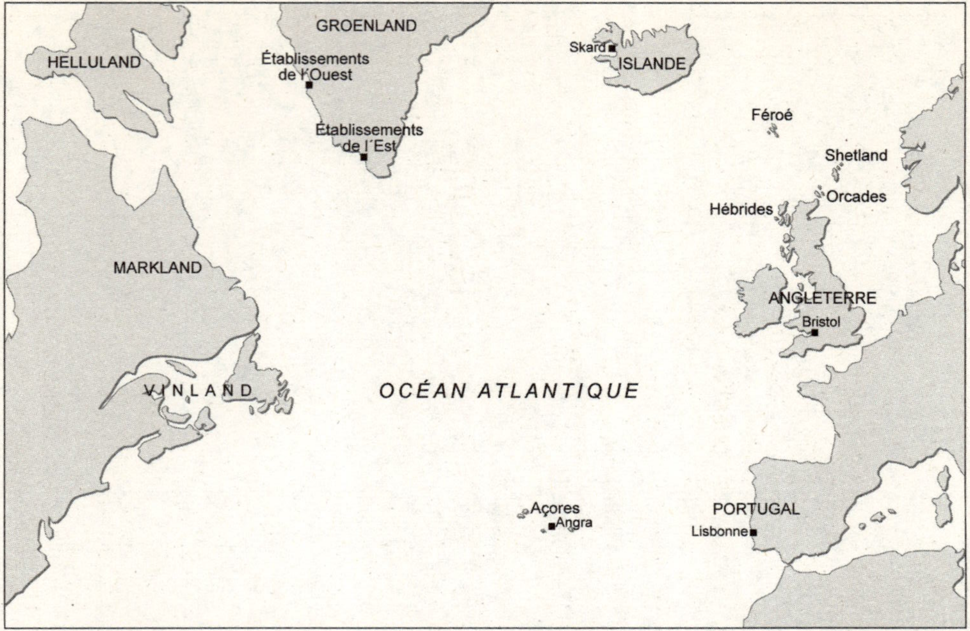
GROENLAND
HELLULAND
Établissements
de l'Ouest
Établissements
de l'Est
Skard
ISLANDE
Féroé
Shetland
Orcades
Hébrides
MARKLAND
ANGLETERRE
Bristol
VINLAND
OCÉAN ATLANTIQUE
Açores
Angra
PORTUGAL
Lisbonne

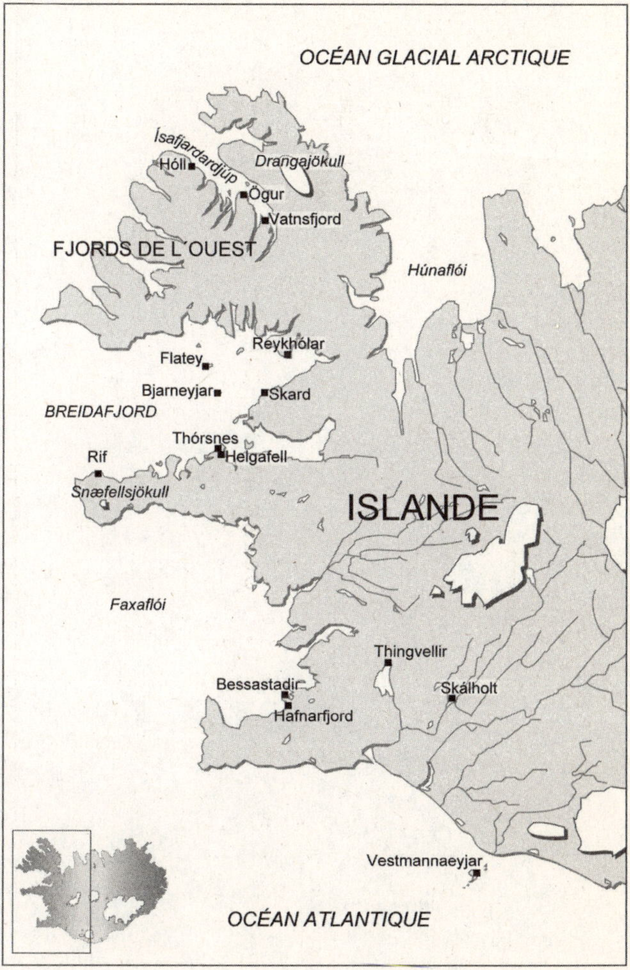
OCÉAN GLACIAL ARCTIQUE
Ísafjardardjúp
Hóll
Drangajökull
Ögur
Vatnsfjord
FJORDS DE L'OUEST
Húnaflói
Reykhólar
Flatey
Bjarneyjar
Skard
BREIDAFJORD
Thórsnes
Helgafell
Rif
Snæfellsjökull
ISLANDE
Faxaflói
Thingvellir
Bessastadir
Skálholt
Hafnarfjord
Vestmannaeyjar
OCÉAN ATLANTIQUE

Première partie

Bristol

1

Le nuage fut transpercé de rayons lumineux, et la terre, désormais toute proche, se mit à luire. La brise, chaude, caressait la peau de son torse nu. Aucune paroi rocheuse n'empêchait le regard de porter. La prunelle de ses yeux était tendue à l'extrême, captant la moindre nuance. La terre était verte. Un vert porté par des champs baignés de soleil et des arbres immenses et innombrables, un vert qui lui parvenait éblouissant, incompréhensible. Ses jambes, pourtant amarinées, se dérobèrent un instant sous le mouvement régulier de la houle qui s'atténuait. Il dut se tenir fermement au bastingage, effrayé et grisé par l'éclat du paysage et la douceur de l'air. La brise de sud portait l'odeur de la terre humide, une odeur sensuelle, pénétrante, que l'on sentait parfois bien avant l'apparition de la côte sur l'horizon, et qui ne laissait jamais les marins indifférents.

Ceux qui observaient la terre, reconnaissant un chemin familier ou une ferme isolée, furent distraits par l'attitude du garçon. Ils s'amusèrent en considérant sa posture, debout sur une caisse, yeux écarquillés et bouche bée, les doigts crispés sur la rambarde.

– Dis, morveux, t'as jamais vu un arbre ? Tu seras bien mieux ici que sur ton île pelée et glacée !

Le visage de Jón s'assombrit. Il ne comprenait pas le langage de ces hommes. Son esprit revint vers sa mère, et il s'en voulut de l'avoir oubliée l'espace d'un instant. Il tenta de reprendre contenance et descendit de la caisse, mais, étourdi par le flot de sensations et de sentiments, il trébucha. Les marins s'esclaffèrent de plus belle. Parmi eux, le grand rouquin au regard bienveillant s'approcha pour l'aider à se relever. L'enfant s'esquiva et s'enfuit vers sa paillasse. Il se réconforta dans les pleurs, puis s'endormit. Il n'avait que sept hivers.

Le jeune garçon fut sorti de son sommeil par le cliquetis de la chaîne dans l'écubier. Il se faufila au-dehors ; c'était une nuit sans étoiles et sans vent. Le navire attendait la renverse de la marée, à l'ancre dans un recoin de la rivière. Jón s'assura qu'il n'y avait personne sur le pont, remonta sur la caisse et observa. Tout était sombre et mystérieux. Sur la berge, une lampe à huile se consumait faiblement, et paraissait n'éclairer qu'elle-même. Un chien aboya au loin. On entendit des rires de femmes et des grognements d'hommes. Jón reconnut à leurs voix quelques marins de l'équipage, et les discerna bientôt. Ils mirent une barque à l'eau, saisirent les avirons et commencèrent à ramer. Ils semblaient peiner à diriger l'embarcation. Malgré tout, leurs vociférations se rapprochaient, et Jón retourna se coucher. Il n'avait pas faim. Il ne retrouva le sommeil que tard dans la nuit.

Le grand rouquin le réveilla et posa à ses côtés une écuelle de lait et du pain frais. Il l'encouragea à manger, puis l'emmena sur le pont. De nouveau, Jón fut ébloui par le vert. Il mit un moment avant de distinguer les détails du paysage. Son regard se posa sur les grands arbres aux formes inquiétantes. Il apercevait les troncs robustes et les branches noueuses, comme les membres de quelque géant feuillu. Les berges défilaient lentement. Il vit des moutons, des vaches, observa de curieux volatiles au plumage roux, plus gros qu'une perdrix. Des enfants firent un signe amical de la main au passage du bateau. Jón sourit mais n'osa leur répondre. Un parfum inconnu d'aventure, un sentiment mêlé d'appréhension et d'exaltation faisaient battre son cœur. Plus loin, le navire s'engagea dans un défilé. L'herbe fit place au rocher ; à la ligne des arbres succéda la falaise. La gorge se fit profonde et abrupte, le garçon leva les yeux vers la crête. À cette vision se superposa soudain celle du fjord, et aussitôt lui apparut le visage de sa mère, puis tout se brouilla. Un frisson parcourut son corps et ses yeux s'emplirent de larmes. Il s'engagea dans la coursive et se réfugia sous sa couverture.

Il s'en voulut d'avoir éprouvé ce curieux sentiment d'ivresse devant l'inconnu, si éloigné de celui qui avait empli sa vie jusqu'alors : l'amour porté à sa mère, partagé, rassurant. Il résolut de ne plus sortir sur le pont afin de ne pas s'exposer encore aux troubles émotions du dehors.

Le repos du jeune garçon ne dura pas. Il perçut des bruits de bottes et de cordages, des ordres lancés. Toutefois, son oreille se tendit vers une rumeur diffuse, qui enflait peu à peu. Il distingua bientôt l'origine de cet étrange brouhaha : des voix, une multitude de voix, bien plus que l'équipage ne pouvait en produire, bien plus même qu'on ne pouvait en entendre à la veillée, dans la ferme. Il tressaillit.

La porte s'ouvrit, la lumière entra, la rumeur devint

grondement. Deux hommes le traînèrent au-dehors. L'un d'eux prit sans ménagement l'enfant à bout de bras, et Jón vit en un éclair l'attroupement le long du bateau, la foule affairée, les échoppes bariolées, les immenses façades criblées de fenêtres. Instinctivement, son regard revint se poser sur le pont ; le bateau était attaché, avec des cordes, à un mur de pierre qui descendait jusqu'à l'eau. Un des marins secoua son bras et lui cria :

– Bristol ! Bristol !

L'enfant s'évanouit.

2

Quand Jón fut en âge de le faire, ses maîtres l'envoyèrent au port acheter du poisson frais pour la maison. On faisait carême et l'on préférait profiter des arrivages plutôt que de puiser dans les stocks de poisson séché. C'était la première fois que Jón sortait seul. Il se dirigea vers la rivière Avon. Le long de l'église Saint-Nicholas, il descendit les marches qui menaient au bord de l'eau. Des lavandières profitaient de la marée haute pour savonner ou battre le linge.

De nombreux navires encombraient le mitan de la rivière. Sur la gauche, on remarquait le Pont de Bristol, surmonté de la chapelle de l'Assomption. Sur la droite, la nouvelle grue semblait veiller sur l'alignement des jetées en bois. Jón s'engagea sur la berge et se faufila au milieu des passants. Un caboteur en provenance de la côte galloise déchargeait des peaux et de la laine. Plusieurs barques de pêche se délestaient de leur cargaison. Le garçon avisa une vendeuse de poissons, lui acheta du merlu et prit hâtivement le chemin du retour. Ses jambes flageolaient. Il pressentait que ce petit espace de liberté allait s'élargir, comme une lucarne qu'on entrouvre. Il rejoignit Marsh Street et la maison de ses maîtres.

Jón déposa le poisson sur la table de la cuisine. La gouvernante, Miss Brook, s'approcha de sa démarche résolue, lourde et brinquebalante, se campa devant le paquet, l'ouvrit et le renifla sans retenue, crevassant davantage les rides de son nez. Elle en palpa le contenu avec détermination, fourra ses doigts potelés dans les branchies, malaxa les flancs et empoigna les queues. Enfin, elle releva la tête, satisfaite, puis observa le garçon. Ce jeune Islandais avait toujours été habile pour son âge. Depuis son arrivée quatre ans auparavant, Jón s'était acquitté de ses tâches avec application. Pourtant, les débuts avaient été difficiles. Taciturne, il était resté longtemps sans s'exprimer en anglais. Depuis, il s'était bien dégourdi, même si parfois il se montrait encore prostré, comme éteint.

Miss Brook discerna l'apparition d'un tout autre sentiment dans le regard de son protégé. Elle l'examina. Ses cheveux clairs contrastaient avec sa peau sombre. On voyait quelquefois sur le port des matelots blonds à la peau hâlée, mais leur teinte cuivrée n'était pas celle de Jón, plus mate, presque terreuse. Ça donnait à son visage une étrangeté qui pouvait aussi bien attirer que repousser. La gouvernante continua son inspection. Le garçon avait beaucoup grandi cette année, mais restait chétif. Ses membres démesurés, encombrants, lui donnaient un air vulnérable. Miss Brook le regarda de nouveau dans les yeux. Vert, bleu et gris s'y mêlaient, et on pouvait y lire une lueur de fierté, presque de défi, qu'elle ne lui connaissait pas.

Jón logeait dans les combles d'une maison cossue de Marsh Street, une rue où des marchands fortunés cohabitaient avec des marins et des ouvriers du chantier naval. Il avait peu de relations avec Thomas et Agnes Barstaple, ses maîtres, qui se contentaient de lui donner des ordres en l'absence de Miss Brook.

Thomas Barstaple s'était reconverti comme armateur, à la suite du déclin de l'industrie du tissage à Bristol. Il n'avait conservé qu'un atelier de finissage des tissus, ainsi qu'une tannerie. Sentant le vent tourner, il avait acquis une grosse barque de pêche, et deux navires de haute mer qui faisaient la route du sud, vers la Guyenne, l'Espagne ou le Portugal. Il y exportait surtout du tissu, le fameux tissu de Bristol apprécié dans l'Europe entière, ainsi que des peaux de cuir tanné. Il livrait de préférence les produits de ses ateliers, mais convoyait parfois du plomb ou de l'étain, du grain, des douves de tonneau, ou encore des retables en albâtre sculptés par les artisans de Coventry et de Nottingham, qui fournissaient les églises d'une bonne partie de la chrétienté.

Ce jour-là, Agnes Barstaple suggéra de donner du poisson frais à leur jeune serviteur, puisqu'il était allé lui-même l'acheter sur les quais.

– Drôle d'idée de faire confiance à ce jeune cul-terreux, grommela son mari en se lissant la moustache. Drôle d'idée de lui retirer son poisson séché. Dans son fichu pays, ils ne savent faire que ça, sécher du poisson.

Ainsi, Jón mangea du poisson frais pour la première fois depuis quatre ans.

Depuis quatre ans, les jours se suivaient et se ressemblaient.

Mais ce soir-là, Jón eut bien du mal à trouver le repos. Quelle journée ! Il avait cheminé seul jusqu'à la berge, il avait mangé du poisson frais ! Comme lorsqu'il était à la ferme, dans le fjord. Il pensa à sa mère, qui lui sembla plus proche qu'à l'accoutumée. Depuis quatre ans, depuis ce jour maudit où on l'avait réveillé sur le quai avant de l'emmener dans cette grande maison, en se moquant de lui parce qu'il avait uriné dans ses braies, depuis quatre ans il n'avait fait qu'éplucher des légumes, servir à table, ranger la vaisselle, nettoyer la cuisine, remonter du bois de la cave, vider les pots de chambre, ramener de la fontaine des brocs emplis, subir les moqueries d'Alice Barstaple. Heureusement, il y avait Miss Brook qui l'emmenait au marché de temps en temps, et à la messe le dimanche.

Depuis quatre ans, tous les matins et tous les soirs, il pensait à sa mère. Peu à peu s'étaient estompées dans son souvenir la douceur de ses caresses, la chaleur de sa peau. Elle était devenue comme une image, qu'il assimilait parfois à celle de la Vierge Marie, une femme intouchable, belle et lisse, magnifiée.

Tout lui parut redevenir possible. Il fit le serment à sa mère de la retrouver.

Puis il s'endormit enfin.

Alice Barstaple bouscula Jón dans l'escalier. Le pot de chambre s'échappa des mains du garçon, se brisa, et son contenu malodorant se répandit sur les marches. La fillette ricana :

– Ce que tu es maladroit, mon pauvre John !

Il lui répliqua, en islandais :

– Tu le regretteras, aussi vrai que je m'appelle Jón Thorsteinsson !

Alice vit dans ses yeux une détermination qu'elle n'y avait jamais lue auparavant. Contre toute attente, elle tourna les talons et disparut dans sa chambre. Jón descendit les marches ; lorsqu'il fut en bas, il vit dans le couloir sombre la silhouette oscillante de Miss Brook. Elle s'approchait du garçon d'un pas décidé, ses bras frôlaient la cloison à chaque balancement. Sous un flot de réprimandes, il se faufila vers la cuisine, revint avec le seau et nettoya les marches.

Jón avait la confiance d'Agnes Barstaple et de Miss Brook. Si la première lui témoignait une raideur conforme aux usages sociaux, la seconde était attendrie par ce garçon docile au sourire pâle. Suivant les circonstances ou selon sa propre humeur, elle le félicitait, lui caressait les cheveux, le prenait sur ses genoux, ou le sermonnait, le secouait, le rossait parfois. Jón trouvait du réconfort dans tout cela, au contact de cette femme prompte à la tendresse comme à la colère. Après la messe dominicale, elle lui offrait des petits gâteaux. Toutefois, lorsqu'elle discutait avec ses amies sur le parvis de l'église, elle parlait de lui comme d'un orphelin, et le visage de Jón se fermait. Dans ces moments-là, il détestait la gouvernante. Était-il donc le seul à savoir que sa mère existait ? C'était comme si on voulait enfouir son passé. On le grondait quand il laissait échapper de sa bouche un mot islandais.

Jón résistait. Tous les soirs, il se parlait à voix basse de l'Islande. Pour ne pas oublier son pays, pour ne pas oublier sa langue. Il essayait de varier les sujets, de ne pas toujours employer les mêmes mots. Il imaginait sa mère lui répondre, mais aussi Halldóra et les autres domestiques. Les enfants de la ferme apparaissaient eux aussi, jouant avec lui. Il se décrivait la mer, le fjord, la prairie, les vaches, les moutons. La cascade, les montagnes, la neige, le volcan, le glacier. Et il recommençait, cherchant un détail oublié. C'était un exercice difficile, sans personne pour lui donner la réplique. Il tentait même, en fermant les yeux, de se repasser les vieux cauchemars de trolls, mais les affreux géants ne se montraient plus guère. Sans doute qu'ils n'existaient pas en Angleterre, puisque personne n'en parlait.

Il se souvenait encore de conversations d'adultes,

l'hiver, à la veillée. On y causait d'histoires compliquées, de sagas, de parchemins. Il était malvenu d'utiliser des mots danois, il fallait « garder la langue ». Jón sentait confusément que c'était vital.

Personne ne lui parlait jamais de l'Islande qu'il avait connue. Parfois, il entendait le mot « Islande », mais il lui semblait qu'on évoquait un autre pays. Lorsque Thomas Barstaple laissait échapper ce mot, c'était pour imaginer une terre obscure, froide, couverte de brume, proche de la mer des Ténèbres aux limites du monde, habitée par des êtres vivant dans des trous, comme des bêtes.

Sa fille Alice avait deux ans de plus que Jón. Enfant unique, elle entretenait habituellement avec le garçon des rapports de maîtresse à serviteur, mais lorsque la solitude lui pesait, elle se faisait plus aimable, et cherchait en Jón le camarade de jeux, le petit frère. Celui-ci profitait de ces moments privilégiés durant lesquels il pouvait jouer, comme un enfant. Il se surprenait à éprouver quelque affection fugace envers cette fille aux longs cheveux blonds et aux pommettes rondes. Toutefois, il se méfiait du caractère versatile d'Alice. Un jour de dispute où elle avait lâché un méprisant « pouilleux d'Islandais ! », il lui avait rétorqué :

– Ce sont les Islandais qui ont écrit les plus beaux livres du monde !

Elle avait eu un regard triomphant, et toute la maison s'était moquée de lui, même Miss Brook qui se demandait comment un jeune analphabète pouvait bien se mettre de pareilles idées en tête. Depuis ce jour, quand Alice lui posait une question trop curieuse, il éludait. Il refusait toute complicité, et la jeune fille lui en voulait. Elle reprenait alors sa posture de maîtresse, affichant une suffisance maladroite.

Pourtant, suite à l'incident du pot de chambre, elle vint s'excuser auprès de Jón.

Le garçon était désormais envoyé régulièrement aux commissions sans être accompagné. Il mettait à profit l'indulgence de la gouvernante pour faire quelques détours sur le chemin. Ses escapades le menaient invariablement vers les berges.

Ce jour-là, Miss Brook l'expédia au marché de High Street, mais il choisit de prendre auparavant la direction du Welsh Back. On appelait ainsi cette partie des rives de l'Avon car de nombreux bateaux en provenance du Pays de Galles venaient y accoster. Jón se faufilait entre les hommes de toutes conditions qui composaient le petit monde du port, grouillant et coloré : les marins, bateliers, débardeurs, portefaix, harengères et regrattières, mesureurs de grain et jaugeurs de vin s'apostrophaient, plaisantaient, discutaient, s'injuriaient parfois. Les armateurs et les marchands se mêlaient à la populace. Les charrettes et les traîneaux, attelés de chevaux au garrot épais, se frayaient tant bien que mal un chemin parmi les barriques et les sacs. Ça sentait la sueur, le crottin, la marée. Le garçon aimait identifier les marchandises déchargées des cales. On importait du poisson, des peaux et de la laine d'Irlande ou du Pays de Galles, de l'étain du Devon ou des Cornouailles. Les chalands des bassins de la Severn ou de la Wye apportaient des pommes et des poires, du grain, du cuir, du fer ou du bois. Jón s'approcha de la nouvelle grue, qui transbordait une partie du chargement d'un navire en partance pour l'Irlande. On embarquait du tissu, du sel, du vinaigre et des tonneaux de vin.

L'érection de la grue avait été un événement pour les Bristoliens. Elle ressemblait à une petite cabane en bois, qui pivotait sur un robuste socle conique. Elle faisait la fierté du port, affirmant sa modernité. Jón dépassa la chapelle de Thomas Knapp, où marchands et marins pouvaient assister à la messe tôt le matin, et rejoignit le Pont.

Ce pont sur l'Avon était le symbole de la ville. L'ouvrage reposait sur quatre piliers de pierre massifs. Il était dominé par le clocher de la chapelle de l'Assomption de la Vierge Marie, qui s'élevait à cent pieds de hauteur. Le tablier supportait deux rangées de maisons se projetant sur la rivière, soutenues par des arcs-boutants. Ces maisons étaient fort recherchées, car situées à l'écart des immondices jonchant les ruelles du centre.

Jón s'écarta du monticule d'ordures qu'on laissait s'entasser à l'extrémité nord du Pont et que fréquentaient quelques chiens errants. Vers l'amont lui apparut le château de pierre, avec sa tour carrée et massive. L'imposant bâtiment n'était plus occupé que par une garnison d'une poignée de soldats, et n'était guère entretenu. Dans l'intervalle s'étendait le quartier des bouchers, d'où s'échappaient de temps à autre les hurlements d'un porc qu'on saignait. La proximité de la rivière permettait de se débarrasser facilement des déchets animaux. Par vent de nord-est, on pouvait sentir leur pestilence jusqu'à Marsh Street.

Quand le vent tournait au sud-est, c'était l'odeur des quartiers industriels de la rive gauche qui envahissait la maison des Barstaple : de l'autre côté du Pont s'étendaient les faubourgs de Redcliffe et de Temple Fee, où se trouvaient les ateliers de tissage, les teintureries, cordonneries, tanneries, les activités de cuisson, de métallurgie, de peinture. Jón n'avait jamais osé traverser la rivière.

Craignant les réprimandes de Miss Brook, il accéléra le pas. Il s'écarta pour laisser passer un grand cheval aux naseaux fumants, monté par un notable. Puis il contourna un attroupement provoqué par deux jongleurs, et entendit des mendiants en haillons maugréer contre cette concurrence malvenue. Miss Brook lui avait recommandé de ne s'approcher ni des uns ni des autres, ces vagabonds « sans feu ni lieu ». Il s'engagea sur le pavé de High Street, évitant le caniveau central où s'accumulaient les ordures. Au pied des riches maisons de marchands, les nombreuses boutiques s'ouvraient largement sur la rue. Une femme élégante, indifférente aux étoffes de laine exhibées par le drapier, lorgnait vers l'étal voisin, où un tailleur faisait l'éloge de nouvelles robes bordées de fourrure d'écureuil. Plus loin, Jón jeta un œil distrait sur un éventaire de chandeliers et de bijoux, sous le regard méfiant de l'orfèvre qui se demandait s'il avait bien fait de sortir ses fermails de ceinture en argent incrusté de perles précieuses. Juste à côté, le sellier-bourrelier rivalisait en joutes vocales avec les colporteurs qui vendaient eux aussi des objets de cuir, ainsi que des balais, du savon, de la ferraille, de tout. À mesure que le garçon remontait la rue, le marché se faisait plus dense. Sous les auvents, c'était au tour des charcutiers et des tripiers, des épiciers, des boulangers et des fromagers de mettre à l'épreuve les sens du passant. Celui-ci pouvait, après avoir empli sa besace, déguster du saumon en tranches et se désaltérer de bière.

Jón s'approvisionna de pois, de fèves et de bacon, puis rentra.

3

Durant les deux années suivantes, la vie de Jón s'écoula dans un relatif bien-être. Son sort s'améliorait. On lui confiait de nombreuses courses, dont il s'acquittait toujours avec soin. Il savait que la persistance des moments de liberté qu'il s'accordait en dépendait. Quant à Alice, elle avait tempéré son habituelle arrogance. Dans le même temps, les moments consacrés à leurs jeux d'enfants s'espacèrent, jusqu'à disparaître tout à fait. L'indifférence qu'elle lui témoignait l'attristait, sans qu'il comprît pourquoi. Mais il sentait que ce n'était pas seulement dû à l'abandon de leurs jeux. Alice Barstaple devenait une vraie jeune fille. Ses pommettes se faisaient plus fines, son regard plus songeur. Jón éprouvait un mystérieux émoi lorsqu'il contemplait, à la dérobée, l'arrondi toujours plus affirmé des lignes de son corps.

Le garçon n'oubliait pas le serment fait à sa mère, mais faute de savoir comment le respecter, il l'avait peu à peu refoulé. Lorsqu'il reposait sur son grabat, des images d'Alice envahissaient ses pensées. La chambre de la jeune fille était juste au-dessous. Il commençait à négliger le travail de mémoire sur son pays.

Les quais de la rivière Frome constituaient le terrain d'aventure favori de Jón. C'était là que venaient s'amarrer les voiliers en provenance des terres les plus lointaines. C'était là qu'il avait débarqué d'Islande.

Les berges de Bristol étaient soumises à d'extraordinaires différences de hauteur d'eau, provoquant des courants de flot ou de jusant qu'il valait mieux respecter. Ce phénomène avait toujours paru mystérieux au jeune garçon. Deux fois par jour, la marée se précipitait dans un goulet qui se resserrait au fur et à mesure que l'on avançait dans le canal de Bristol, l'estuaire de la Severn et les rivières du bassin de l'Avon. En vives-eaux, le marnage atteignait plus de cinq brasses à Bristol même, et jusque huit brasses dans l'estuaire. On prétendait qu'il était le plus important du monde connu.

Jón observait souvent les marins disposer les longues aussières de chanvre, de manière à ce qu'elles ne fussent jamais trop raidies lors des ondulations de la marée. Les lamaneurs devaient être particulièrement attentifs et il fallait veiller au bon échouage des bateaux à basse mer. Les fonds de l'Avon étant rocheux, on faisait accoster les grands vaisseaux hauturiers dans son affluent, la Frome. Sur la rive côté ville se dressait le seul véritable quai en pierre de Bristol. Les autres berges étaient soutenues par des pieux de bois plantés dans la vase, les interstices étant calfatés de blocailles et de broussailles.

Marsh Street n'était qu'à un pâté de maisons de ce qu'on appelait simplement « le Quai ». Thomas Barstaple s'y rendait régulièrement, afin de surveiller les manœuvres de ses bateaux. C'était pourquoi Jón s'y risquait rarement. Récemment, son maître l'avait surpris offrant à un marin son aide pour lover une grosse amarre. Il s'en était sorti avec une sévère mise en garde et un mois de régime au poisson séché.

Quand la curiosité surpassait la crainte de croiser son

maître, il allait observer l'accostage ou l'appareillage des navires de haute mer. Il faisait l'inventaire des cargaisons exotiques en provenance de pays lointains. D'Espagne et du Portugal venaient des amandes, de la réglisse, du safran, de l'huile d'olive, de la cire, et même des fourrures de castor. Et du vin qui valait presque, disait-on, celui de Bordeaux, que l'on importait moins depuis la perte de la Guyenne.

Ce jour-là, Jón eut de la chance. La présence d'un attroupement inhabituel signalait l'arrivée d'un bateau venu d'encore plus loin. En se faufilant, il sentit l'odeur entêtante des épices. Il atteignit le premier rang. Sous ses yeux apparurent des sacs béants de poivre ou de cannelle, et des étoffes de soie si lumineuses et ondoyantes qu'on devinait leur douceur. Les badauds sollicitaient l'équipage afin de grappiller quelques détails de leur périlleuse navigation. Les marins s'étaient procuré la précieuse cargaison aux confins de la mer Méditerranée, malgré les Vénitiens, les Génois et les Turcs. Parmi la foule admirative, certains prétendirent qu'elle venait de beaucoup plus loin encore : des Indes.

L'enthousiasme de Jón ne dura pas. Il aperçut Alice Barstaple en conversation avec un jeune officier du bord. Ses mèches blondes ondulaient dans la brise et un sourire contenu éclairait son visage. Le regard rivé sur la scène, Jón ne s'aperçut pas tout de suite qu'elle était accompagnée de son père. Thomas Barstaple le foudroyait de son regard noir. Il s'enfuit.

Thomas Barstaple considérait les côtes anglaises comme les limites du monde civilisé. Lorsqu'on prenait la mer, on se confrontait à des peuples d'autant plus frustes que la distance parcourue était grande. C'était pourquoi il n'avait jamais quitté son pays. Dans son imaginaire, l'Islande n'était guère mieux qu'une version froide de la Barbarie ou de la Guinée. On racontait que les Islandais se vautraient dans la fange et dormaient à même la terre, hommes et femmes confondus. Que ces gens-là fussent chrétiens était ahurissant.

Néanmoins, Thomas Barstaple pensait qu'un étranger pouvait s'éduquer au contact des Anglais. Il avait peu d'égards pour le jeune Islandais, mais ne le considérait plus comme un sauvage. Il savait les escapades de Jón inévitables. Mieux valait savoir lâcher la bride à un garçon de treize ans, afin d'éviter les rébellions. Il choisit de nouveau la punition qu'il jugeait la plus adaptée : le poisson séché.

Jón avait observé la lune à son premier quartier : la marée ne monterait pas assez pour les navires de fort tonnage, qui devraient décharger leurs marchandises en aval, à Hungroad ou même à Kingsroad dans l'estuaire. Inutile de se risquer au Quai. Il choisit d'emprunter son circuit habituel, un crochet vers le Welsh Back avant de rejoindre le marché de High Street. Sur les jetées, des marins s'activaient. Jón aimait tendre l'oreille, écouter les propos des hommes, y distinguer le gallois du cornique, deviner la provenance du bateau, poser une question. Ceux-ci, qui déchargeaient des tonneaux de pilchards, étaient des Cornouaillais de Padstow. Ceux-là, qui parlaient anglais et embarquaient dans une allège vide, étaient de Crockerne Pill, plus bas dans la rivière. Le garçon remarqua plusieurs allèges manœuvrant dans le port, signe du transbordement d'un navire mouillé en aval. Il s'approcha de celles qui étaient accostées. Toutes déchargeaient de la morue séchée. Jón interrogea un batelier : le navire rentrait d'une campagne de pêche en Islande.

Il fut sermonné par Thomas Barstaple, car il avait oublié de le saluer. Lorsqu'il voyait passer Alice, son coup d'œil était devenu plus machinal que désireux. Miss Brook perçut quelque chose d'anormal, après qu'il eut remonté un pot de chambre à l'étage en ayant omis de le vider, et surtout qu'il fut passé devant elle sans la voir. C'était la première fois que ça lui arrivait, à elle, Miss Brook ! Lors du souper, elle interrogea le garçon, qui resta muet.

Toutes ses pensées convergeaient vers les gorges de l'Avon, au-delà desquelles le navire devait s'apprêter à rejoindre le Quai, à la faveur des prochaines grandes marées. Jón accentua sa surveillance du port à l'approche des nuits de pleine lune, annonciatrices de l'augmentation du marnage. Une partie du poisson séché consommé à Bristol venait d'Islande, mais seuls quelques bateaux se risquaient aussi loin vers le nord, et il n'en avait encore jamais vu un seul. Même s'il ne savait pas trop qu'en attendre, il comptait bien ne pas rater celui-là ! La nuit, sa mère apparaissait dans ses rêves.

Une brume persistante recouvrait la ville. On entrait dans l'automne. Les passants, enveloppés de leur manteau, passaient comme des ombres en raclant de leurs bottes les amas de feuilles mortes. Jón marchait sur le pavé luisant. Il aimait la brume, car l'opacité de l'air favorisait ses escapades sur le Quai. Il s'arrêta au bord de l'eau. La rive opposée n'était pas visible, tout au plus pouvait-on distinguer les sombres masses des embarcations. D'un pas nerveux, le garçon remonta jusqu'au pont de la Frome. D'ordinaire, il s'aventurait peu hors de la presqu'île enserrée par les deux rivières de Bristol, cette basse étendue qui constituait le cœur de la ville.

Sans hésiter, il s'engagea entre les tours jumelles et traversa. En atteignant la berge opposée, il s'étala dans la boue, un passant se moqua de lui. Il se dirigea vers une flaque où il débarbouilla ses vêtements comme il put. Quelques silhouettes passaient leur chemin. En se relevant, il distingua les barges des bateliers de la Frome, et devina bientôt les contours du premier navire.

On n'entendait guère que les cris des mouettes et le grincement des amarres. Une ombre gesticulait sur le pont. À la poupe étaient inscrites les lettres : *UNICORN*.

Jón les grava dans sa mémoire, puis se posta au bas de la passerelle, retint son souffle et attendit. Le marin s'approcha.

– Salut, gamin.

– Bonjour, monsieur.

Jón ne savait que dire. Ils s'observèrent quelques secondes. Le marin se gratta la barbe, qu'il avait bien fournie.

– Sacrebleu ! Pourquoi tu restes les bras ballants devant cette fichue baille ?

– Un bateau qui peut aller jusqu'en Islande ! protesta le garçon.

Le marin lui jeta un regard étonné. Jón s'en voulut d'avoir parlé si vite.

– Comment tu t'appelles ? demanda le marin.

– John, répondit Jón.

– John comment ? insista le marin.

Le visage du garçon se ferma. Il songea à se dérober, mais son corps restait immobile.

– T'es pas très bavard, mon garçon. Moi aussi, je

m'appelle John. John Foxe, pour te servir. Je dois garder ce bateau toute la soirée. Quand il navigue, je suis marin, et quand il navigue pas, je suis calfat. J'aurai de la besogne pour le rafistoler, au chantier du Marais !

– Ça vous a pris combien de temps, pour venir depuis l'Islande ? demanda Jón.

– Ma foi, on a eu belle mer et bon vent, répondit John Foxe en souriant. En dix jours c'était fait. Et avec les cales pleines ! Les Islandais ont donné pas mal de poisson séché, pour pas cher. Tu as encore des questions, petit curieux ?

Jón fit un pas en arrière. Il s'aperçut que le soir tombait.

– Je vais devoir rentrer.

– Tu m'as l'air d'être un bon petit gars, dit le marin. Si tu veux, tu pourras passer me voir, quand cette fichue baille sera au chantier.

Jón eut un sourire gêné puis s'éloigna précipitamment.

Lorsqu'il se présenta à Miss Brook, il s'aperçut qu'il avait oublié de se procurer le tonnelet de bière qu'elle lui avait demandé. La gouvernante eut un bref moment de surprise en découvrant les vêtements maculés du garçon. Ses bajoues s'empourprèrent mais elle contint sa colère.

– Que s'est-il passé ?

Jón baissa le regard et serra les dents.

– Je ne sais pas ce que tu as depuis quelque temps, ajouta Miss Brook. Je ne dis rien pour cette fois. Mais je serai obligée de sévir si tu recommences sans me donner d'explication. Et file chercher ce tonnelet !

Les jours suivants, Jón accomplit ses tâches avec la plus grande diligence. Miss Brook s'en félicita, mais restait perplexe devant ses métamorphoses imprévisibles.

À chacune de ses sorties, le garçon faisait un rapide crochet vers le Quai afin de vérifier la présence du *Unicorn*, sur l'autre rive. Il avait gardé en tête la série de lettres qui formaient le nom du bateau, mais ne sachant pas lire, il ne savait pas comment le prononcer.

Il comptait l'apprendre bientôt, quand le voilier aurait rejoint le Marais. On appelait ainsi la langue de terre au confluent de l'Avon et de la Frome, de l'autre côté du rempart. On y pratiquait essentiellement deux activités : la chasse au canard dans les marécages, et la réparation navale sur les berges. Il serait facile de s'y rendre depuis Marsh Street. Jón avait le sentiment d'avoir établi un lien vers son pays, et ce lien passait par le *Unicorn*.

Le jeune garçon fut de nouveau autorisé à se nourrir de poisson frais. Mais contre toute attente, il refusa d'en manger, et réclama du poisson séché. La gouvernante s'immobilisa, incrédule. Elle leva les yeux au ciel, demanda en vain des explications, puis renonça à comprendre. Après tout, il mettait tant de zèle à accomplir ses tâches qu'on pouvait tolérer ce petit caprice qui ne dérangeait personne. Ça lui passerait, pensait-elle.

Le *Unicorn* n'était plus à sa place. Jón attendit quelques jours, puis se dirigea vers le rempart, franchit la porte et longea la rive. On avait creusé des bassins de radoub où les navires pouvaient s'échouer. Ils restaient au sec durant les mortes-eaux et l'on en profitait pour réaliser les travaux les plus importants. Jón se faufila entre les charpentiers, calfats ou gréeurs qui s'activaient entre les bassins. Il aimait l'odeur de poix et de vase exhalée par le chantier. De nombreux ouvriers s'affairaient autour d'une rude coque en bois.

C'était le *Unicorn*. On grattait, martelait, vociférait. Un homme s'approcha de lui.

– Tu veux quelque chose, petit noiraud ? On n'aime pas les rôdeurs, dans le Marais.

– Je cherche Mr Foxe, dit Jón d'un ton mal assuré. Un homme avec une grosse barbe.

L'homme examina le garçon, puis l'entraîna derrière le navire en criant :

– Eh, Foxe ! Un moutard pour toi. Mais passe pas trop de temps à faire la nurse, y a du boulot !

John Foxe alimentait un feu de copeaux et débris de bois, disposés sous un grand chaudron où il préparait le brai qui servirait à calfater la coque. Il sourit et répondit :

– Ça va, Mr Smythe. Laissez-le, juste un moment.

L'homme haussa les épaules et s'éloigna en grommelant. John Foxe lança :

– Salut, gamin. C'était le contremaître. Un bon bougre, mais qui plaisante pas avec le boulot. Approche donc. Comment ça va, Jón ?

Jón s'immobilisa. Depuis bien longtemps il n'avait pas entendu son prénom prononcé de cette façon, à l'islandaise. Le marin poursuivit, un sourire en coin :

– T'es islandais, pas vrai ? Parbleu, je m'en doutais ! J'en connais un autre, à Temple Fee.

Le garçon se demandait s'il avait bien compris.

– Il… il y a donc d'autres Islandais, à Bristol ?

– Il doit y avoir d'autres gosses comme toi, au service des bourgeois, mais je sais pas trop où. En tout cas, celui de Temple Fee, je pourrai te le présenter. Je vais lui en parler. Allez, file, et reviens après-demain !

Jón revint à Marsh Street, bouleversé. Il n'était donc pas seul ! Il allait pouvoir parler dans sa langue, avoir des nouvelles de l'Islande, peut-être ! Après qu'il eut nettoyé la vaisselle de ses maîtres, il s'assit à la table de la cuisine et Miss Brook lui amena un potage de gruau et de lait mélangés. La porte s'ouvrit, Alice Barstaple apparut. Elle portait un foulard de soie aux reflets gris et bleus, sur lequel flottaient ses cheveux dénoués. Sa cotte rouge lui serrait les hanches. Elle avait les pieds nus. Elle entra en sautillant, elle chantonnait, son regard clair pétillait, elle souriait d'un air espiègle.

– Bonsoir Miss Brook ! Bonsoir John ! Regardez ce que mon père m'a offert ! Ça vient des Indes, paraît-il.

Le regard brillant du garçon trahissait son trouble. Il le détourna rapidement et le replongea dans son écuelle. Alice s'approcha derrière lui, se pencha et lui effleura la joue de son foulard.

– Sens comme c'est doux, mon John. Avec ça, tous les gars de la ville vont se retourner sur mon passage !

Jón sentit surtout la chaleur de ses seins lui brûlant les omoplates. Il resta pétrifié.

– Félicitations pour votre foulard, intervint Miss Brook. Il vous va très bien. Mais cessez d'embêter ce pauvre John pendant son repas !

La jeune fille, satisfaite de son effet, virevolta un instant dans la pièce puis disparut dans le couloir.

Jón savait qu'il ne trouverait pas le sommeil. Allongé sur son lit, il observa la mansarde. Il avait appris à aimer son réduit, le seul endroit de la maison où il pouvait laisser vagabonder librement son esprit. Les images, les sensations, les odeurs, les paroles défilaient, s'entrechoquaient. « J'en connais un autre, à Temple Fee », avait dit John Foxe en remuant le brai noir et fumant. « Sens comme c'est doux, mon John », avait dit Alice en se penchant sur lui. L'espace d'un instant, il avait senti son parfum, ses cheveux, sa poitrine.

Jón l'imaginait évoluant dans la pièce, là, sous le plancher… Pour reprendre ses esprits, il grimpa sur le tabouret et ouvrit la lucarne. Les nuages défilaient lentement, entraînés par le vent du nord, le vent d'Islande, comme il aimait l'appeler. Il respira profondément. Alice Barstaple se moquait de lui, assurément. Pourtant, il se sentait prêt à tout pour qu'elle se penchât de nouveau sur son dos. Mais il ne connaissait aucun moyen d'y parvenir. Il laissa échapper un soupir. Était-il toujours aussi résolu à retourner dans son pays lointain ? Il en avait fait le serment à sa mère.

Agacé, Jón descendit du tabouret. Impossible de démêler ces sentiments contradictoires. La seule chose à faire, la seule initiative qu'il pouvait prendre était de rencontrer l'autre Islandais. Il avait donc au moins un but à atteindre.

Le surlendemain, Jón se rendit au Marais d'un pas déterminé. À l'approche du *Unicorn*, il aperçut Mr Smythe, qui croisa son regard :

– Qu'est-ce que tu fais encore là, petit noiraud ?

Le contremaître semblait de bonne humeur et le laissa continuer. Le garçon vit John Foxe occupé à discuter avec un cordier, et décida de marcher sur la laisse de pleine mer en attendant le départ de l'artisan. Il contourna un monticule de décombres, puis un tas de fumier qu'on venait de décharger, couvert de mouches bourdonnantes. Plus loin était entreposé le bois que les barges amenaient de la forêt de Dean. Jón observa le jusant qui se retirait vers l'aval, vers la mer à la fois si proche et si lointaine. Il se demanda quand il pourrait rencontrer l'Islandais. Il retourna sur ses pas.

– Salut, gamin ! fit John Foxe dans un large sourire.

– Bonjour, monsieur. Je ne peux pas rester longtemps. Normalement, je ne sors que le matin pour des courses, et il ne faut pas trop que je traîne.

– L'autre jour, ce grand échalas de Ruadh t'a reconnu. Il paraît que c'est lui qui t'a amené à Bristol. Un rouquin. Tu te souviens de lui ?

Jón ne pouvait oublier le visage de ses ravisseurs. Un jour, il avait croisé deux d'entre eux sur le Welsh Back ; il s'était esquivé de justesse. Toutefois, celui-là n'était pas le plus méchant. John Foxe lut la réponse du garçon sur son visage et poursuivit :

– Ruadh bosse aussi au chantier. J'ai fait une campagne de pêche en Islande avec lui, y a quelques années de ça. C'est un gars des Hébrides, un Gaël. Il pourrait peut-être t'aider. Enfin, si t'as envie de retourner un jour dans ton île ! Pour voir Thorkell, c'est plus compliqué. Il est foulon dans un atelier de Temple Fee. Il y a que le soir où tu pourrais le voir, faudrait que tu me dises quel jour. Tiens-moi au courant.

– Pourquoi vous faites tout ça pour moi ? demanda Jón.

Le marin hésita avant de répondre.

– J'aime pas qu'on enlève des enfants, morbleu ! Allez, file, et sois discret !

Jón marchait avec entrain, se répétant sans cesse « Thorkell ! Thorkell ! » Un nom qui fleurait si bon l'Islande ! Il ralentit bientôt son allure. Il n'y avait que deux solutions pour sortir de la maison en soirée : attendre une opportunité ou le faire en cachette. La première option lui parut hasardeuse : il était bien rare qu'on l'envoyât par les rues après le dîner. Jón se souvint que l'hiver dernier, il avait dû chercher un remède chez l'apothicaire parce que Miss Brook était souffrante. On l'avait prévenu au dernier moment, il n'était pas question de traîner en route et le commerçant habitait au-dessus de sa boutique, à deux pas de la maison. Non, il faudrait sortir discrètement, lorsque tout le monde le croirait couché. C'était beaucoup plus risqué mais il n'avait pas le choix.

Alice Barstaple était elle-même surprise par le nouveau pouvoir que lui conférait l'éclosion de sa féminité. Elle aimait éprouver l'ascendant grandissant qu'elle avait sur les hommes. Les regards embrasés que l'on portait sur ses formes en maturation la flattaient et elle s'y prêtait avec complaisance.

Jón était sa victime privilégiée, puisqu'elle l'avait sous la main. Quand, depuis sa chambre, elle l'entendait se rapprocher dans l'escalier, elle arrangeait ses vêtements de manière à laisser apparaître une épaule ou un genou, à laisser entrebâiller une échancrure où se dissimulait une rondeur. Puis elle ouvrait la porte et le croisait en affectant l'indifférence. Son petit plaisir était alors d'intercepter l'ardent éclair lancé par les yeux du garçon, juste avant qu'il ne les détournât. Un jour, elle s'était présentée devant lui en chemise de nuit, avait feint la surprise et laissé tomber une broche d'argent. Lorsqu'elle s'était penchée pour la ramasser, il avait aperçu un mamelon évanescent dans le troublant clair-obscur du décolleté, et il s'était presque enfui. Le garçon n'était pas dupe, mais il ne pouvait s'empêcher d'entretenir quelque illusion, sans bien imaginer ce qui pourrait changer dans ses rapports avec la jeune fille.

Alice ne se doutait pas qu'elle suscitait chez lui autant de tourments. Elle agissait non par méchanceté, car elle l'aimait bien, mais plutôt par jeu. Peu à peu, ses petites mises en scènes s'espacèrent. Avec Jón, c'était devenu trop facile. Elle préféra se tourner vers d'autres défis plus excitants, vers d'autres hommes moins friables, plus mûrs. Elle s'appliquait à décontenancer sans choquer, à exercer son emprise par des signaux plus fins, des poses nonchalantes, des gestes équivoques, des regards traînants.

Si Jón se sentait désarmé face à la sensualité exacerbée d'Alice, il montrait plus de hardiesse dans son comportement avec ses maîtres. Depuis qu'il avait appris l'existence de Thorkell, il se sentait moins isolé, plus fort. Quand on lui reprochait une maladresse dans son service, il ébauchait d'impertinents haussements d'épaules. Thomas Barstaple était déconcerté devant l'insolence croissante du garçon, d'autant qu'il ne pouvait plus utiliser contre lui la mise au régime de poisson séché, puisque Jón s'y astreignait déjà volontairement. Il se creusait la tête à la recherche d'une punition appropriée.

Le rendez-vous était fixé derrière la chapelle de Thomas Knapp, sur le Welsh Back. Jón descendit l'escalier avec précaution. De toute la maison, c'était le passage où le sol grinçait le plus. Néanmoins, s'il se faisait surprendre à cet endroit, le garçon pourrait encore expliquer qu'il se rendait à la cuisine pour boire de l'eau, même si Thomas Barstaple n'appréciait guère qu'on circulât durant ces heures-là. Il atteignit l'étage inférieur, dépassa les chambres de Miss Brook et d'Alice, puis rejoignit le rez-de-chaussée. Son maître s'attardait souvent au salon et pouvait surgir à tout moment. Il fallait faire vite. Dans la pénombre, Jón suivit le couloir et entra dans la cuisine. À tâtons, sa main fouilla dans le buffet. Ses doigts sentirent la clé derrière une pile d'écuelles. Il s'en empara et se dirigea vers la porte qui donnait sur l'arrière-cour. Le léger tremblement de ses mains amplifia le cliquetis de la serrure. La porte s'ouvrit : personne. Il la referma derrière lui, le plus délicatement possible. Le cœur battant, il franchit la barrière qui donnait sur la rue. Le vent du nord lui cingla le visage. Comme prévu, il n'y avait pas de lune, mais les étoiles scintillaient dans la nuit. Il fallait désormais éviter de croiser un voisin. Jón choisit les ruelles les plus étroites et s'approcha de la chapelle.

Il n'eut pas besoin d'attendre longtemps. Une silhouette se dirigea vers lui sans hésitation : un garçon plutôt longiligne, pas encore un homme fait. Contrairement à Jón, il avait la peau fort claire, mais ses cheveux étaient d'un blond plus foncé, presque châtain. Un fin duvet lui dorait le menton et les joues. Ses nippes élimées battaient au vent. Il sourit. Il lui dit, en islandais :

– Salut, Jón. Je me demandais bien si tu pourrais venir. Je suis Thorkell. Chez nous en Islande, on m'appelait Thorkell le Phoque.

Comme Jón ne disait rien, il poursuivit :

– Ça fait cinq hivers que je suis là. Les Anglais disent qu'ils m'ont acheté, mais ce sont des menteurs : ils m'ont enlevé. Et toi ?

Jón hésita puis balbutia :

– Je… je m'appelle Jón Thorsteinsson. Les Anglais m'ont enlevé… il y a six hivers.

Il butait sur les mots. Thorkell le Phoque lui donna une tape affectueuse dans le dos.

– Depuis tout ce temps, t'as pas tellement parlé notre belle langue, pas vrai ? Est-ce que tu as vu d'autres Islandais ?

Jón fit signe que non. Le visage de Thorkell reflétait la compassion et l'admiration.

– Tu n'as pas perdu la langue… Ça veut dire que tu veux toujours rentrer au pays. Pour moi, ç'a été plus facile. Il y avait un autre Islandais avec moi, au début. On se débrouillait pour parler islandais, même si on n'avait pas le droit. Mais je l'ai plus revu depuis qu'on m'a renvoyé de la maison, et qu'on m'a mis dans un atelier de foulage. Le boulot est plus dur, mais je préfère être là plutôt que de faire des courbettes à des bourgeois. Et toi, Jón ? Tu as dû prendre des risques pour venir ce soir ?

Jón chercha ses mots.

– J'ai fait le serment à ma mère de la retrouver.

Thorkell le prit par les épaules et plongea son regard dans le sien.

– Tous les deux, on est liés par le même but ! Et on y arrivera, même si ça doit prendre du temps ! Un Islandais vaut pas grand-chose ici, mais il y a des gens qui nous respectent, comme John Foxe, et Ruadh. Ils pourraient peut-être nous aider. Faut qu'on soit prudents, et patients. Mais un jour il va falloir prendre des risques. Et il faut que nous soyons toujours prêts, Jón Thorsteinsson ! En attendant, c'est important qu'on se voie, qu'on se parle du pays. Moi, je suis de l'Ísafjord. Et toi ?

– De Skard, dans le Breidafjord.

Thorkell poursuivit avec passion.

– Ah, de l'Ouest, toi aussi ! Tu te souviens, les hivers, c'était autre chose qu'ici ! Après la tempête, on devait souvent creuser un tunnel dans la neige, pour pouvoir sortir de la ferme. On avait des vraies saisons, là-bas ! Et l'arrivée du printemps, c'était la fête, avec toutes les fleurs qui sortent, les joncs à coton… Tu te rappelles, les nuits d'été, comme les sommets restent clairs ? Mais ça dure pas bien longtemps. Après, la nuit et le froid reviennent vite…

– Oui, quand le fjord gèle, et qu'on peut marcher dessus. Et quand on se promène sur des luges, à travers champs…

– Ah, les jeux dans la neige… Mais y a des coins où il faut faire gaffe, à cause des avalanches…

Les deux garçons se regardèrent, les yeux brillants. Le vent était tombé. Thorkell le Phoque s'avança vers Jón et lui mit la main sur l'épaule.

– Il vaut peut-être mieux que tu rentres, maintenant. On pourrait se voir ici à chaque nouvelle lune… Mais fais attention à toi.

Jón s'essuya l'œil du revers de sa manche, sourit et s'éloigna dans le noir.

Il s'engagea dans la ruelle, franchit la barrière, traversa l'arrière-cour. Il ouvrit délicatement la porte de la cuisine : personne. Il entra, referma la porte, tourna la clé dans la serrure. Puis il la remit dans le buffet, derrière la pile d'écuelles. Il pénétra dans le couloir et vit à l'autre bout Thomas Barstaple qui se lissait nerveusement la moustache en le fixant de ses yeux noirs.

Ce matin-là, on tenait un véritable conseil dans le salon, où les maîtres de maison avaient convoqué Miss Brook. Il fut décidé que le jeune Islandais irait travailler à la tannerie, selon l'idée d'Agnes Barstaple. On le remplacerait par une orpheline, qu'on trouverait bien dans l'un des nombreux hospices de la ville. L'adolescent était devenu trop grand et indocile pour demeurer au service de la maison. On n'excusait pas sa conduite, cependant on comprenait qu'à son âge il pût se sentir étouffé entre ces quatre murs. À l'atelier, son travail serait plus dur, mais il pourrait satisfaire sa propension à musarder dans les rues, s'il en avait encore envie après une journée de labeur. Il logerait dans le réduit à l'usage des travailleurs de passage. Gruffydd, le contremaître, habitait juste à côté ; il saurait canaliser l'énergie du garçon et cadrer ses sorties. Miss Brook obtint de l'emmener encore à la messe le dimanche. Jón commencerait sitôt qu'on aurait trouvé une nouvelle servante.

Lorsque Miss Brook lui annonça les dispositions prises à son égard, Jón eut un pincement au cœur. Il ne verrait plus Alice. Un étrange sentiment l'envahissait, où la mélancolie l'emportait sur le chagrin et se mêlait à un certain soulagement.

Réfugié dans sa chambre, il tenta de mettre de l'ordre dans ses idées. D'abord, il s'en voulut d'avoir pris le risque d'une escapade nocturne. Il ne savait pas grand-chose de ce qu'on faisait dans une tannerie. Seulement qu'on y travaillait les peaux, et que des mauvaises odeurs s'en dégageaient… Il songea au parfum d'Alice. Si par hasard elle le croisait un jour, elle serait repoussée par sa puanteur ! La tannerie de Thomas Barstaple se trouvait à Redcliffe, ce mystérieux quartier, populaire et laborieux. C'était de l'autre côté de l'Avon, là où travaillait Thorkell. Le destin l'éloignait d'Alice mais le rapprochait de l'Islande. C'était peut-être mieux ainsi.

Dès lors, tout s'enchaîna : l'arrivée de la jeune Elizabeth au regard fuyant, la visite du contremaître de la tannerie, le rude Gallois Gruffydd ap Meryk. La veille du départ, ce furent les salutations de convenance à la famille Barstaple, et le balluchon à préparer.

Il faisait encore nuit quand Jón le chargea sur son dos et descendit l'escalier. Lorsqu'il parvint à l'étage inférieur, la porte d'Alice s'ouvrit. Elle portait une ample robe de chambre. Quand il vit ses yeux ensommeillés, il eut l'impression de pénétrer dans son intimité. Il la trouva plus belle que jamais. Elle lui lança un regard de compassion et dit simplement :

– Je te souhaite bonne chance, John.

Les deux enfants échangèrent un sourire.

– Merci, souffla-t-il avant de s'engouffrer dans l'escalier.

Miss Brook l'attendait à la cuisine. Elle lui servit son bol de lait, mais il n'avait pas faim. Elle l'embrassa avec tendresse. Puis le garçon rejoignit Thomas Barstaple au salon, ils sortirent dans la brume matinale et s'engagèrent dans la rue. Jón se sentait abattu. Du discours de son maître ne lui parvenaient que des bribes : « Tu trouveras dans le travail… pour ton bien… vertus de l'effort… » Il pensait à Alice, à l'Islande. La jeune fille comme l'île lointaine lui parurent inaccessibles.

Il réalisa soudain qu'il se trouvait de l'autre côté du Pont. Son regard se mit à observer les rues, les façades, les passants.

4

Une partie des activités de Thomas Barstaple consistait en la transformation et le commerce des peaux. Celles-ci étaient habituellement importées du Pays de Galles, puis traitées dans sa tannerie. On les chargeait ensuite sur l'un de ses navires pour les exporter vers l'Espagne ou le Portugal.

Les premières semaines furent les plus difficiles. Jón s'en voulut amèrement de s'être laissé entraîner à braver les règles imposées par ses maîtres. Son imprudence lui coûtait cher. Tous les soirs, exténué par sa journée de labeur, il s'effondrait sur la paillasse qui lui servait de lit et lui faisait regretter jusqu'à son rudimentaire grabat de Marsh Street. Malgré la fatigue, il peinait à s'endormir, hanté par l'ultime regard d'Alice décoché lors de cette aube funeste qui l'avait vu descendre l'escalier de la maison pour la dernière fois. Cette image lui inspirait tour à tour gratitude et irritation. Il finit par détester la lueur de pitié qu'il avait décelée dans les yeux de la jeune fille. Finalement, c'était la tendresse bourrue de Miss Brook qui lui manquait le plus, un manque alimenté par leurs rencontres dominicales.

Deux mois environ s'étaient écoulés avant que Jón commençât à mieux supporter le dur labeur qu'on lui imposait.

Le travail dans une tannerie n'était pas fait pour les délicats. Les deux ouvriers qui trimaient sous les ordres de Gruffydd étaient des gaillards durs à la peine. Llywelyn, un autre Gallois, se chargeait notamment des peaux brutes. D'abord, il les rinçait à grande eau, surtout si elles avaient été salées au préalable afin de les conserver durant le transport. Puis il les égouttait et les foulait. Il les immergeait ensuite dans une cuve de bois emplie d'un mélange d'eau et de chaux vive, le pelain, qui brûlait le poil en épargnant la peau. Il les rinçait de nouveau et les plaçait sur un chevalet. On pouvait alors ôter les poils restants et les derniers morceaux de chair à l'aide de différents couteaux plus ou moins tranchants. Llywelyn assurait aussi de menus travaux tels que l'affûtage des lames, qu'il emmenait parfois chez le coutelier quand on les avait trop endommagées. C'était un homme grand et sec, ses cheveux blond filasse encadraient un visage émacié au regard insaisissable. Il entonnait souvent des airs gallois incompréhensibles, puis sombrait dans un total mutisme.

Afin de rendre les peaux imputrescibles et insolubles, même dans l'eau chaude, il fallait les faire macérer dans des fosses où elles étaient saupoudrées de tanin, obtenu à partir d'écorce de chêne ou de noix de galle broyée. À la tannerie de Thomas Barstaple, on les laissait ainsi durant plus d'un an, car on transformait surtout des peaux de bovins, plus épaisses et plus longues à traiter. On confiait à Brian, un Écossais taciturne et doué de ses mains, les travaux les plus délicats, comme le dosage du tanin. Jón se demandait comment cet homme habile avait pu atterrir dans ce modeste atelier. Il se demandait aussi d'où venait cette longue balafre qui barrait le front de l'Écossais.

Enfin, le cuir ainsi obtenu devait être assoupli. À cette fin, on le faisait sécher sur des claies avant de le battre inlassablement au maillet jusqu'à obtenir la texture souhaitée. Le battage des peaux était une tâche épuisante à laquelle on devait se relayer régulièrement. Le corps de Jón devint noueux, sa peau rugueuse, ses mains calleuses. La manipulation de ces peaux lourdes, chargées de chaux ou d'acide tannique, exigeait des efforts harassants, dans un air saturé de poussière de tan et des odeurs pestilentielles des fosses. On travaillait du lever au coucher du soleil – sauf les dimanches et jours de fête. On entrait dans l'hiver : la journée de labeur était moins longue mais l'atelier était parcouru de courants d'air glacé.

Jón fut d'abord ménagé par le contremaître. Gruffydd était si trapu que son corps semblait plus large que haut, tout comme son visage. D'ordinaire, il était juste avec ses hommes, punissant les fautes et félicitant le travail bien fait, sauf quand il s'était enivré la veille à la taverne. Il avait alors un caractère exécrable et mieux valait filer doux devant ses colères sans fondement apparent. Il veillait à l'approvisionnement des produits, aux livraisons, à l'intendance, et distribuait les salaires : Jón avait droit à un peu de menue monnaie. Quand Gruffydd demanda un jour au garçon de porter des outils dès le lendemain chez le coutelier, Llywelyn cessa de chanter et se renfrogna.

Ce soir-là, l'ouvrier gallois proposa au jeune Islandais de lui faire découvrir les endroits intéressants du quartier. Habituellement, Jón ne sortait guère de la tannerie, sauf quand Miss Brook l'emmenait à l'église, ou quand on l'envoyait acheter du pain ou de la bière aux petits marchands ambulants du coin de la rue. Après sa journée, il était terrassé par la fatigue. Néanmoins, il accepta la proposition et rendez-vous fut donné pour après le souper.

Jón mit sur le feu un bouillon de légumes et réfléchit. Il ignorait ce que Llywelyn entendait par « endroits intéressants ». Il pensa que ce guide impromptu pourrait peut-être le rapprocher de Thorkell, si celui-ci fréquentait encore le quartier. Il était temps de songer à rétablir la liaison, mais comment ? Jón ne pouvait pas contacter John Foxe au chantier puisqu'il était bloqué à la tannerie toute la journée. Sa mission chez le coutelier lui ouvrait cependant de nouvelles perspectives. L'atelier de l'artisan était certes trop proche pour qu'il fût possible de faire un crochet jusqu'au Marais, mais si Jón s'acquittait de sa tâche avec soin, Gruffydd lui confierait peut-être des courses plus lointaines, de l'autre côté de l'Avon. Demain, il pourrait toujours fureter vers Temple Fee, le quartier voisin où devait travailler Thorkell : « foulon dans un atelier », avait dit John Foxe, dont chacune des paroles était gravée dans la mémoire du garçon.

Jón rejoignit Llywelyn derrière la tannerie. Le Gallois lui jeta un regard furtif et l'entraîna dans la rue. Il marchait à grandes enjambées.

– Tu vas voir, on peut bien s'amuser, par ici.

– Tu connais beaucoup de monde, dans le quartier ? questionna Jón.

– Si j'connais du monde ? Ha ! Ha ! Y a pas mal de Gallois dans le coin, tu verras. Presque tous des ouvriers. Et aussi des marins, mais j'les évite, ceux-là. C'est d'la racaille, des boit-sans-soif qui cherchent toujours la bagarre. On trouve n'importe quelle sorte de gens, à Redcliffe ! Et même des rupins, des marchands assez dingues pour s'installer dans ces rues pourries ! Ha ! Ha !

Llywelyn s'engouffra dans une ruelle étroite. Il ouvrit la porte d'une masure et poussa le garçon à l'intérieur. Jón écarquilla les yeux tant la pièce était sombre. Il entendit la porte se refermer lourdement derrière lui. Il vit des ombres, entendit des rires gras et des gloussements. On l'assit à une table sur laquelle on posa une cruche de bière et deux gobelets. Peu à peu, il distinguait mieux les détails. Autour de lui, des tables et des chaises vides semblaient avoir été posées au hasard. Çà et là, des chandelles répandaient une lumière tremblante qui laissait voir des murs souillés de traces sombres. Plus au fond, des individus accoudés à un comptoir en bois se donnaient des coups de coude en échangeant des paroles incompréhensibles. Parmi eux se trouvait Llywelyn, qui s'approcha, prit l'un des gobelets et le but d'une traite. Il déclara d'un ton suave :

– Mon John, fais honneur à nos hôtes et goûte à ce doux nectar, sans quoi tu pourrais bien les froisser…

Comme le garçon hésitait, un homme corpulent s'approcha, vida le second gobelet, l'emplit de nouveau et le tendit vers Jón. Sa figure adipeuse et rougeaude se pencha en avant. Entre deux boursouflures du visage s'ouvrit une bouche. L'haleine fétide ainsi libérée était parvenue aux narines du garçon avant même que le grondement de la voix n'atteignît ses oreilles :

– Dieu me damne ! Ici, on n'a jamais refusé de boire la tournée du patron, éructa-t-il en déversant un crachin ininterrompu de salive. Peut-être que t'es encore qu'un nourrisson ? De la bière amenée spécialement du Pays de Galles ! Est-ce que tu veux dire que ce breuvage est pas assez bon, même pour un Islandais ?

Jón sentit qu'il valait mieux obtempérer. Après tout, il avait déjà bu de la bière, à la tannerie, lorsqu'on lui proposait d'y goûter. Il s'empara du gobelet. Les clients qui n'étaient pas trop éméchés purent lire une pointe de défi dans ses yeux apeurés. Il le porta à ses lèvres, sous les acclamations des hommes qui s'étaient approchés. Il se crut obligé de le boire jusqu'au fond, puis le posa sur la table où il fut immédiatement rempli. Cette fois-là, Jón dut trinquer à la santé d'un ivrogne édenté, au prétexte qu'ils étaient du même métier.

Peu à peu, les Gallois semblèrent se désintéresser de lui. Il songea à s'enfuir, mais le laisserait-on atteindre la porte ? Par ailleurs, une agréable sensation l'envahissait, et il n'était pas si sûr de vouloir s'échapper. Il avait du mal à raisonner et préféra laisser ses pensées courir comme elles l'entendaient. Son regard était perdu dans le vague, lorsqu'un bras qui ne semblait surgir de nulle part versa ce qui restait du contenu de la cruche dans son gobelet. Les yeux de Jón remontèrent le bras et découvrirent la figure, bariolée de rouge et de noir, d'une dame qui lui souriait. Jón chercha Llywelyn mais ne vit que deux ou trois hommes accoudés au comptoir, riant et lançant des mots dans sa direction. Le visage de la dame était bouffi, bienveillant. Un collier de perles blanches roulait sur sa gorge et se perdait dans les profondeurs d'un corsage à lacet, ouvert généreusement sur d'opulentes mamelles. Elle s'assit à côté du garçon et troussa si haut sa jupe qu'une cuisse plantureuse en jaillit. Un parfum capiteux se dégageait de l'ensemble. Jón n'avait jamais vu pareille créature et se tenait sur ses gardes. Il but nerveusement son gobelet. La dame se serra contre lui et il sentit son sein s'écraser sur son bras. Il n'osa plus bouger. C'était moelleux et chaud. La tête lui tournait. La dame se mit à rire et son corps mou tressautait. Des sensations contradictoires affluaient, qu'il ne savait démêler. L'image d'Alice Barstaple lui apparut soudain et il s'écarta brusquement de la femme. Il peinait à tenir debout.

– Alors, beau blond, t'as peur de la grosse Angharad ? lança-t-elle. Allez, détends-toi, j'arrête de t'embêter. Mais j'aime bien la compagnie de gaillards costauds comme toi. Et si un jour tu voulais te faire cajoler, tu sais où me trouver !

Elle s'éloigna, laissant traîner un sourire lascif. Jón fut troublé, agacé, mais soulagé de pouvoir se rasseoir. Il ne se fit pas prier quand Llywelyn réapparut et posa une cruche pleine sur la table. Le Gallois remplit le gobelet.

– J'te l'avais dit qu'on allait bien s'amuser ! Ha ! Ha !

Sur ses lèvres se lisait un rictus de satisfaction.

Lorsque Gruffydd était en colère, il s'emportait dans sa langue maternelle.

– *Twpsyn ! Mochyn brwnt !* rugit-il. Débauché, gredin, bougre de propre-à-rien ! Lève-toi, et dépêche-toi de nettoyer tout ça ! J'te conseille de te remettre en état de marche le plus vite possible, je t'ai réservé un boulot qui va te rafraîchir les idées !

Les larges épaules du contremaître gallois semblaient déborder de l'embrasure de la porte, et sa voix rauque emplissait la pièce. Il s'approcha, secoua vivement le garçon et le força à se lever. Avant de sortir du réduit, il lança :

– Puisque Llywelyn a dû aller chez le coutelier à ta place, c'est toi qui vas rincer les peaux.

Jón constata l'étendue des dégâts. Quel désastre !

Sa paillasse était parsemée de vomissures. Sa chemise dégageait une odeur où se mêlaient des effluves de parfum corrompu et de vomi desséché. Sa tête lui fit l'effet d'une enclume qu'on martèlerait sans cesse. Il avait perdu la confiance de Gruffydd, ainsi que la course de ce matin, qui aurait pu le remettre sur la trace de Thorkell. La veille, il n'avait récolté aucun indice le concernant, l'oubliant même sitôt que s'était ouverte la porte du cabaret ! Il se débarrassa de sa chemise souillée, se hâta d'enfiler des vêtements chauds, car il grelottait, et commença à nettoyer la paillasse. Il eut un haut-le-cœur et restitua ce que son estomac conservait encore du bouillon de légumes.

Le rinçage des peaux était une tâche éprouvante, qu'on pouvait cependant trouver agréable durant les beaux jours, malgré les odeurs. Mais c'était l'hiver : l'eau froide soumettait les membres au martyre et l'on devait souvent les réchauffer auprès du feu afin d'éviter les engelures. On appréciait même le dur travail de battage des cuirs qui permettait de se revigorer. Gruffydd connaissait les limites de la résistance humaine. Il mit le garçon à l'épreuve sans lui briser la santé. Il fut étonné par la capacité de son jeune ouvrier à endurer l'eau froide, surpris par son ardeur à battre les peaux.

Jón mettait toute sa rage à frapper le cuir de son maillet de bois. Il jeta un regard noir en direction de Llywelyn, qui s'arrêta de chanter. En lui-même, le garçon jura solennellement qu'à partir de ce jour, toutes ses actions et ses pensées, tous ses faits et gestes ne devaient être tendus que vers un seul but : l'Islande !

Le soir même, il demanda à parler au contremaître. Gruffydd fut surpris de la solennité contenue dans la requête du garçon.

– Tu sais bien que tout le monde ici peut me parler quand il veut.

– Je m'excuse pour ce matin, dit Jón. Je vous promets que je ne recommencerai pas.

– Ça sert à rien de promettre ce que t'es pas sûr de tenir, répliqua Gruffydd. Tous les ouvriers vont se saouler à la taverne, et tu le feras encore. Mais quand ça déborde sur le boulot, je suis bien obligé de punir. Et plus ça recommence, plus la punition est dure ! C'est aussi simple que ça.

– J'aimerais avoir plus de tâches à faire à l'extérieur de la tannerie, revendiqua Jón, encouragé par la réaction accommodante de son patron. Chez Barstaple, j'ai toujours bien fait les commissions, Miss Brook pourrait vous le dire. En échange, je suis prêt à travailler au battage, ou à n'importe quel autre poste.

Jón vit les traits du contremaître se durcir et il eut un mouvement de recul.

– Ici, c'est moi qui distribue le boulot, et y a pas à marchander, gronda le Gallois. Mais je vais te donner une chance. Attention, à la première embrouille, tu ne sortiras plus d'ici de la journée. T'as bien compris ?

Jón acquiesça. Il n'en demandait pas tant et se félicita de son audace.

Pendant l'hiver, Jón dut limiter ses recherches aux quartiers de la rive gauche. Il y cherchait Thorkell, jetant un coup d'œil dans les ateliers, furetant vers le marché aux tissus de Tucker Street, ou fouinant du côté des Temple Backs, ces grands prés humides en bordure de rivière, jonchés de tréteaux de bois où l'on faisait sécher les étoffes.

Il lui fallait une mission de l'autre côté de l'Avon s'il voulait avoir le temps de rejoindre le Marais et s'enquérir de John Foxe, mais le contremaître ne l'éloignait jamais de l'atelier où, à sa grande satisfaction, Jón abattait de plus en plus de travail. Le garçon se montrait désormais capable d'accomplir les plus rudes besognes comme les activités les plus délicates. Brian lui avait même enseigné l'art de doser les tanins. L'Écossais restait froid et poli, tandis que Llywelyn se faisait plus cordial.

À la fin de la journée, Jón aimait déambuler sur les Redcliffe Backs, où l'on avait consolidé les rives de l'Avon. Ce soir-là, il s'assit en haut d'une cale en escalier. Les marches se perdaient dans la noirceur de l'estran. Il observa le cours de la rivière qui se fondait dans les ténèbres, vers l'aval. C'était la nouvelle lune. La douceur de l'air annonçait le printemps. Il était décidé à débloquer la situation. « Il faut qu'on soit prudents, mais un jour il va falloir prendre des risques », avait dit Thorkell. Quand la prudence échouait, il fallait songer à faire preuve de plus d'audace.

La solution viendrait peut-être de Miss Brook.

Tous les dimanches, selon un rituel immuable, la gouvernante satisfaisait à ses obligations dominicales. Elle quittait la maison de Marsh Street tôt le matin, empruntait le Pont, s'engageait sur Redcliffe Street, puis rendait une brève visite de courtoisie à Gruffydd ap Meryk. Le rude Gallois ne pouvait se soustraire à cette entrevue hebdomadaire, fort matinale à son goût, car Miss Brook faisait office de messagère entre Thomas Barstaple et lui-même. D'ordinaire, il retournait se coucher après le passage de la gouvernante. Celle-ci se dirigeait alors vers la tannerie toute proche, en maugréant contre la mauvaise volonté du contremaître. Elle y récupérait le jeune garçon, puis ils se rendaient à l'église de Temple, en suivant toujours le même chemin. Pour des raisons obscures, Miss Brook préférait cette église à celle de St Mary Redcliffe derrière le rempart, pourtant la plus belle d'Angleterre, aux dires des Bristoliens. À la sortie de la messe, comme elle ne connaissait personne dans cette paroisse avec qui bavarder, elle aimait s'asseoir avec Jón sur l'un des bancs du parvis, avant de le raccompagner et de rejoindre le marché de High Street sur l'autre rive.

Jón attendait le dimanche avec impatience car il lui apportait l'assurance d'un petit instant de bonheur. Miss Brook était la seule personne qui lui témoignait de la tendresse, un sentiment qui lui semblait pourtant peu compatible avec sa virilité naissante. Lorsque la gouvernante ne pouvait se rendre à Redcliffe pour la messe, cela mettait le garçon dans une tristesse qui le surprenait lui-même. Ils se parlaient peu. Miss Brook l'interrogeait sur son travail, s'inquiétait pour sa santé. Elle lui faisait part des progrès de la jeune servante Elizabeth, qui devenait moins sauvage. Jón ne demandait pas de nouvelles d'Alice et elle ne lui en donnait guère.

Le garçon ne manquait pas d'observer avec amusement le clocher de l'église. Depuis qu'on l'avait surélevé, il penchait. Miss Brook se souvenait du temps où les saintiers avaient fondu de nouvelles cloches dans des fosses sur le parvis. Ce matin-là, elle raconta de nouveau :

– Quand elles ont été installées, on a organisé une grande cérémonie. Lorsqu'on les a sonnées pour la première fois, le clocher s'est mis à trembler tellement fort que les gens ont commencé à courir dans tous les sens ! On criait d'arrêter le carillon, mais c'était trop tard. Entre le clocher et le corps de l'église, la fissure qu'on voit d'ici est apparue…

Jón connaissait l'histoire par cœur. Il n'écoutait pas car il préparait ses mots. Il interrompit le récit :

– Miss Brook, j'ai un service à vous demander.

Elle resta bouche bée l'espace d'un instant. Jusqu'à six mois auparavant, c'était le garçon qui avait toujours été à son service. Elle fut néanmoins flattée par la confiance qu'il lui accordait.

– Je t'aiderai volontiers, dans la mesure du possible.

Jón avala sa salive, puis commença à confesser :

– Quand cet automne, j'ai quitté la maison en cachette, c'était pour rencontrer un autre Islandais…

Le garçon raconta : John Foxe, le *Unicorn*, le chantier du Marais, le rendez-vous derrière la chapelle de Thomas Knapp, Thorkell. Il omit cependant de dévoiler son objectif secret : le retour en Islande. La gouvernante semblait contrariée.

– Je ne sais pas pourquoi tu tiens tant à rencontrer un Islandais. Si ce pays est aussi misérable qu'on le dit, il vaut mieux l'oublier et tu as de la chance d'en être sorti. Qu'est-ce que tu attends de moi ?

Jón pesait ses mots.

– On a tous le droit de garder un lien avec ses origines. Votre mère était de Dublin, n'est-ce pas ? J'ai entendu Mr Barstaple parler de votre ascendance. Quand je vous accompagnais au marché, vous alliez souvent vers les échoppes des Irlandais, parce que vous aimiez échanger des nouvelles du pays. Surtout avec le poissonnier, qui connaissait bien les marins.

Le parvis de l'église s'était vidé de ses derniers paroissiens. Le soleil jouait à cache-cache avec des nuages blancs et véloces qui défilaient derrière le clocher, accentuant ainsi l'impression d'inclinaison. Miss Brook se taisait. Elle attendait que le garçon exprimât sa requête, dont elle avait déjà compris la teneur. Il dit enfin :

– J'aimerais que vous contactiez John Foxe, pour lui demander où je peux trouver Thorkell.

– Je ferai de mon mieux, répondit-elle.

Jón dut patienter trois dimanches avant d'en savoir plus. Il apprit alors que John Foxe était reparti en mer. Probablement y passerait-il une bonne partie de son temps durant l'été.

Miss Brook avait envoyé Elizabeth au Marais, car elle pouvait difficilement s'y rendre elle-même sans que cela parût étrange. Elle avait pris l'initiative de mettre dans la confidence la jeune servante, avec qui elle était en confiance. Une gamine égarée passait plus facilement inaperçue que Miss Brook, connue depuis longtemps dans tout le quartier, et dont la silhouette corpulente ne pouvait guère se faire discrète. Elizabeth avait subi quelques railleries de la part des hommes du chantier, mais un certain Smythe lui avait lâché l'information, en ajoutant :

– Décidément, ce pauvre Foxe devrait se reconvertir en garde d'enfants !

L'histoire fit sourire le garçon. Il avait déjà décidé de s'adresser à Brian.

– J'ai besoin de rencontrer un autre Écossais. Un Gaël des Hébrides qui s'appelle Ruadh, un grand rouquin.

Brian fixa un moment le garçon, puis répondit :

– Faut en parler ailleurs qu'ici. Une heure après la fin du travail, si tu veux, à l'angle des Temple Backs vers le monastère des Augustins.

Il fit signe de se taire. Llywelyn venait de s'arrêter de chanter.

Brian fut fidèle au rendez-vous. Il apostropha le garçon sans préambule :

– Pourquoi tu veux rencontrer cet Écossais ?

– Parce qu'il pourrait m'aider à trouver un autre Islandais, répondit Jón.

Le front de Brian se plissa, faisant onduler sa balafre. Il finit par dire :

– J'ai déjà croisé Aodh mac Cainneach, mais je le connais pas bien. C'est celui qu'on surnomme « Ruadh », c'est-à-dire « le Rouge », à cause de ses cheveux. Il est marin, et ça va pas être facile de le trouver, en cette saison. Presque tous les bateaux ont repris la mer et ils ne font pas souvent escale à Bristol. Il va falloir attendre l'automne… On pourrait bien avoir des projets communs, toi et moi, ajouta-t-il en souriant. Mais n'en parlons plus avant septembre. Il vaut mieux rester discrets. À demain, John, ou plutôt Jón, comme disent les Islandais !

Le garçon resta planté dans la rue, les bras ballants. Brian avait-il déjà fréquenté des Islandais ? Il était allé jusqu'à évoquer des projets communs… Or Jón n'avait qu'un projet : rejoindre l'Islande. L'énigmatique Écossais semblait détenir certaines clés qui pourraient lui être utiles. Mais il faudrait d'abord attendre le retour des marins.

5

C'était un dimanche après-midi, l'unique moment de la semaine où Jón pouvait vaquer comme bon lui semblait. Il avait pris l'habitude de se rendre au Marais où il aimait méditer au bord de la rivière. Le temps était passé où, épuisé par sa semaine de labeur, il s'effondrait sur sa paillasse et dormait tout l'après-midi ! En chemin, il ne manquait pas d'observer la forêt de mâts qui s'étendait sur l'Avon. Le soleil brillait. Il identifia une nef, un balinger, deux crayers, plusieurs picards et pinasses. Certains parmi les plus grands navires portaient un mât d'artimon supportant une voile latine triangulaire qui, disait-on, permettait de mieux remonter au vent. Il avait remarqué que le *Unicorn* était immobilisé au mouillage depuis plusieurs mois. Puis Jón longea le Quai de la Frome afin de sentir le parfum de grand large qui s'en dégageait. Des marins déchargeaient des guèdes de Toulouse, dont les teinturiers faisaient du bleu foncé. D'autres, de retour du Portugal, déposaient sur le pavé du sucre de Madère et du liège. L'Islande lui semblait si lointaine ! Ce jour-là, il prolongea la balade jusqu'au confluent. « Il faut être patients », avait dit Thorkell. Ça faisait sept hivers qu'on avait amené Jón à Bristol. Il supportait de moins en moins bien cette attente. Le fait de tout garder pour lui, ses espoirs, ses doutes, ses désespoirs même lui pesait. Il se sentait seul. Allongé sur le dos, il ferma les yeux pour mieux écouter le bruit du flot.

Lorsqu'il s'éveilla, il aperçut les fibres laiteuses des nuages élevés qui s'effilochaient dans le ciel. Ça augurait l'arrivée du mauvais temps. On disait souvent à Llywelyn, pour se moquer de sa chevelure pâle et filandreuse, qu'il avait une « tignasse à bourrasque ». C'était vrai, pensa Jón en souriant. Brusquement, il écarquilla les yeux. Les filaments blancs des nuages étaient particulièrement étirés, comme il ne les avait pas vus depuis longtemps.

Jón avait appris à lire les messages du ciel. C'était l'annonce de la première tempête automnale. Il en fut rasséréné : le petit monde des marins hauturiers allait bientôt regagner ses quartiers d'hiver, au Marais ou ailleurs.

C'était une bonne période pour les ouvriers de la tannerie. L'automne apportait sa fraîcheur, mais restait doux. On travaillait moins longtemps car les jours raccourcissaient. En cette fin de journée, des nuages noirs s'accumulaient à l'horizon sud.

Jón observait Brian. L'avant-veille, l'Écossais lui avait annoncé le retour de Ruadh. Depuis, il était resté silencieux. On entendit le tonnerre au loin.

L'averse de grêle surprit les ouvriers, Llywelyn courut se réfugier sous l'auvent. Brian en profita pour s'approcher de Jón et se pencha à son oreille. Une réunion était organisée chez John Foxe le soir même. Il habitait dans une ruelle discrète au pied du rempart. Mieux valait s'y rendre séparément. Thorkell en serait.

Jón était abasourdi. Tout s'accélérait. L'orage redoubla de violence. Il obscurcit le ciel et mit fin à la journée de travail. On mit les peaux à l'abri.

Pour l'occasion, John Foxe avait soigné sa barbe et il arborait un sourire jubilatoire.

– Les pots de bière, sur la table, c'est pour causer plus facilement, déclara-t-il. Servez-vous largement en cas de besoin. Bon, si nous sommes là, c'est parce qu'on a tous quelque chose à voir avec les pays du Nord. Je propose qu'on se présente, car tout le monde ne se connaît pas encore. Mais d'abord, trinquons, parbleu !

– *Sláinte !* fit Ruadh en levant son verre.

– *Skál !* répondit Thorkell en faisant de même.

Chacun eut un sourire amusé, sauf Brian qui restait sérieux. On entendait la grêle crépiter au-dehors. Jón observa l'assistance. Il était si heureux de revoir Thorkell, l'Islandais ! Il reconnaissait bien Ruadh, le grand rouquin qui l'avait protégé lors du funeste voyage depuis l'Islande. Une dame inconnue se tenait à l'écart. Le maître des lieux reprit la parole, manifestement ravi de son rôle :

– Moi, je m'appelle donc John Foxe, et voici ma femme, Katherine. Elle doit supporter mes absences, tout comme mes présences ! Je suis plutôt marin l'été, et plutôt calfat l'hiver.

Il fit une pause, but une gorgée de bière. Il prit un ton plus grave.

– J'ai fait trois campagnes d'Islande. Une fois, on a ramené une pauvre gosse de là-bas. Le capitaine voulait nous faire croire que son père lui avait demandé de l'emmener, « dans un pays où on pouvait bien vivre », qu'il aurait dit. En tout cas, quand on a pris la gamine, sa mère n'arrêtait pas de pleurer, on voyait bien qu'elle en avait après son mari. La fille était maigrichonne, elle a été malade toute la traversée, même que le capitaine avait peur de pas pouvoir la vendre un bon prix. Je crois que si ça n'avait tenu qu'à lui, il l'aurait balancée par-dessus bord. Une fois qu'on est rentrés à Bristol, je lui ai proposé de prendre la gosse avec moi, et cette ordure m'a demandé toute ma solde pour le prix de son accord. Mais la petite a pas vécu bien longtemps, malgré que ma femme s'en soit bien occupée. On n'a jamais su son nom.

Le silence régnait dans la pièce. On n'entendait guère que Ruadh qui finissait le contenu de sa chopine, et le grondement du tonnerre. John Foxe déclara enfin :

– J'ai participé à l'enlèvement d'un enfant en Islande, alors ça me soulagerait un peu si je pouvais aider à en renvoyer deux autres là-bas ! Mon cher Ruadh, à ton tour.

Jón lança un sourire à Thorkell. John Foxe voulait les aider à retrouver leur pays !

Le Gaël posa sa chopine sur la table. Les hommes tendirent l'oreille car il parlait anglais avec un rude accent.

– Moi, j'étais sur le rafiot qu'a amené Jón à Bristol, ça fait sept ans de ça. Le pauvre gamin, y comprenait rien à ce qui lui arrivait.

Ruadh leva les yeux vers le plafond.

– *Óbh óbh ! O mo chreach !* se lamenta-t-il en gaélique. On l'a enlevé, pour sûr ! Y avait une femme qui poussait des hurlements sur le rivage, quand elle a pigé ce qui s'était passé. Voilà pourquoi je suis là.

Jón était submergé par l'émotion. Sa mère !

Le rouquin poursuivit :

– Et puis, y a ma petite île, là-bas dans les Hébrides, elle commence à me manquer. J'irais bien embêter un peu mes parents, et botter le cul à mon chien, s'ils sont encore là. Et pourquoi pas me remettre là-bas. C'est sur la route du nord, tout comme les Shetland. Qu'est-ce que t'en penses, Brian ?

Brian était l'homme le plus méconnu de l'assistance. John Foxe ne l'avait rencontré que la veille et le jugeait difficile à cerner ; il restait méfiant. Quant à Thorkell, qui ne l'avait jamais côtoyé, il attendait son intervention avec impatience afin de mieux le jauger.

– Je m'appelle Brian mac Lochloinn. Normalement, je suis capitaine de bateau de pêche. Mon père était du nord de l'Écosse, mais il est parti s'installer aux îles Shetland. Alors j'ai grandi là-bas, et je me suis tourné vers la pêche. Un jour où je commandais un petit bateau, on a été surpris par le gros temps, et une lame a emporté mes deux hommes d'équipage. Je suis rentré tout seul au port, ce qui est infamant pour un capitaine, comme vous savez. Les familles des disparus m'ont mené la vie dure, d'autant que j'étais d'origine écossaise. Une bagarre a mal tourné, et j'ai tué un homme. J'ai dû m'enfuir.

Brian n'avait manifestement pas l'habitude de parler aussi longtemps. Il se caressa la balafre qui marquait son front, et semblait repasser dans sa tête les détails de l'épisode douloureux qu'il venait d'évoquer. Il porta sa chopine à ses lèvres, but lentement quelques gorgées, la reposa et considéra de nouveau son auditoire.

– Ce printemps, quand j'ai compris que Jón cherchait à renouer avec son pays, ça m'a fait réfléchir. Je veux retourner aux Shetland ; c'est là que je suis né, et j'y ai toujours un frère. Mais je dois entreprendre ce voyage sans trop me faire remarquer, et voir comment est la situation là-bas, après bientôt vingt ans. Je veux donc pas m'embarquer sur un navire régulier. Je suis prêt à prendre le commandement d'un équipage réduit, si vous êtes d'accord. On n'a pas beaucoup de bras, mais ça me paraît être des bras motivés ! Je débarquerai discrètement sur la petite île où mon frère a une ferme.

– Mais à ce moment-là, interrompit Thorkell, il n'y aura peut-être plus que Jón et moi dans l'équipage, et on n'y connaît rien à la navigation ! Et d'abord, de quel bateau est-ce qu'on parle ?

John Foxe reprit la main :

– Dis donc, tu crois peut-être qu'on a déjà tout résolu ? Il va falloir trouver des solutions, et prendre des risques. Mais puisque t'as besoin de parler, prends ton tour.

La longue silhouette de Thorkell se dandinait sur sa chaise.

– Ça fait six ans que les Anglais m'ont enlevé d'Islande. Plus personne m'attend là-bas, mais c'est mon pays, et y a que là que je pourrais vivre. Je sais pas comment expliquer… Il faut voir les glaciers, les volcans, c'est beau à en chialer. Et quand la glace de mer arrive dans les fjords, ça scintille de partout… On dit qu'elle vient du Groenland.

Jón eut un sursaut. Thorkell poursuivit :

– En Islande, la vie est dure. Mais je suis prêt à prendre des risques, rien que pour revoir tout ça.

John Foxe se tourna vers Jón. Le garçon, qui était resté si longtemps solitaire, peinait à assimiler autant de confidences de la part de ces hommes. Il lui semblait qu'il pouvait laisser enfin s'échapper tous les sentiments intériorisés depuis tant d'hivers.

– J'ai fait le serment de retrouver ma mère en Islande. Et ce serment, je veux le respecter. Pourtant, ça n'a pas toujours été facile de me souvenir de mon pays. On me punissait quand je disais un mot en islandais. Et mon ancienne gouvernante m'a toujours vu comme un orphelin. C'est comme si on voulait me faire oublier. J'ai même du mal à revoir comment était ma mère, son visage. Je commençais à me demander s'il fallait pas laisser tomber l'idée de rentrer chez moi. Vous pouvez pas savoir comme ça fait du bien de vous entendre. Moi aussi, je suis prêt à prendre des risques.

Il y eut un long silence. Katherine Foxe avait les yeux humides.

– Pauvre enfant, laissa-t-elle échapper dans un sanglot.

Son mari reprit la parole :

– Sacrebleu ! Réjouissons-nous de notre entente ! Pour y arriver, notre solidarité doit être sans faille.

– Ma parole, tu causes de mieux en mieux en public, le calfat, se moqua Ruadh qui commençait à trouver l'atmosphère par trop larmoyante et le ton de son hôte d'une grandiloquence abusive.

Chacun s'esclaffa, et on trinqua de nouveau. John Foxe sourit et répondit :

– Bon, d'accord, voyons ce qu'on peut faire. Comme dit Thorkell, il reste le problème du bateau, et j'en ai déjà discuté avec Ruadh. Vous avez peut-être entendu parler du *Unicorn*. J'ai fait ma dernière campagne de pêche en Islande sur cette fichue baille, un vieux dogre à un seul mât et une voile carrée. Le genre de bateau qui ressemble plus à un entrepôt flottant qu'à un fier bâtiment. En mer, le *Unicorn* faisait eau de partout et il fallait écoper sans arrêt. Tu en penses quoi, Brian ?

– Il faudrait que je le voie de plus près. Mais j'ai déjà navigué sur des bateaux qui ne méritaient que le nom d'épave.

– Mais pourquoi le *Unicorn* ? demanda Jón.

– Il a un gros avantage, répondit John Foxe. Il n'est pas gardé. En fait, il y a une embrouille entre le propriétaire et l'affréteur. On a dû arrêter les travaux, et le bateau a passé l'été au mouillage, dans la rivière. On a à peine eu le temps de faire un minimum de réparations, juste pour qu'il flotte. Personne sait combien de temps il va rester là, et si on lui fera reprendre la mer un jour, vu son état.

– Si on veut refaire naviguer ce rafiot, faudra trouver du matériel qui va bien, ajouta Ruadh. Des voiles, des cordages, des planches, des clous…

– Du brai, de l'étoupe pour colmater les brèches, compléta Brian.

– Le port est surveillé, dit John Foxe. Peut-être qu'on devra attendre longtemps une bonne occasion pour que vous puissiez filer. Faut qu'on y réfléchisse, et faut qu'on se voie régulièrement. Je propose à chaque nouvelle lune, ou avant s'il y a du nouveau. Et bien sûr, tout ça doit rester entre nous six. Maintenant, je crois qu'il va être temps de rentrer chez vous, le couvre-feu va bientôt sonner.

Les hommes s'éparpillèrent dans la nuit. Jón choisit de passer par les berges. La pluie avait cessé, des éclairs tardifs déchiraient encore le ciel. C'était beau.

Jón et Thorkell se retrouvèrent dès le lendemain soir. Sans qu'ils se fussent concertés, leurs pas les menèrent vers les rives de l'Avon. Il faisait nuit mais on apercevait, parmi les navires au mouillage, l'ombre trapue du *Unicorn*. Le flot faisait pointer sa proue vers l'aval.

– Tu crois que cette coque pourra nous ramener chez nous ?

– Qui sait ?

On entendait, de loin en loin, le cri mélancolique d'une mouette. Jón revoyait défiler les événements de la veille. Ses oreilles bourdonnaient encore des paroles de ces hommes, qui allaient peut-être contribuer à son retour en Islande.

– J'arrive pas à y croire, tout ce qui s'est raconté

hier soir ! Tu sais comment la rencontre s'est arrangée ? C'est allé tellement vite ! Brian m'a prévenu au dernier moment.

– Tout s'est accéléré d'un coup quand Ruadh est revenu, expliqua Thorkell. Brian est allé le voir. Ils se connaissaient pas bien, mais ils ont vite compris qu'ils pourraient peut-être faire des choses ensemble. Après, Ruadh en a parlé à John et à moi. On se voit souvent tous les trois. Et moi, j'étais rudement content qu'on ait retrouvé ta trace ! Je savais pas que tu étais à Redcliffe. Après la fois où on s'est vus, je suis revenu plusieurs fois à la chapelle de Thomas Knapp, à la nouvelle lune. Mais j'ai arrêté au bout de quelques mois.

– Je me suis fait pincer au retour de notre rendez-vous. C'est pour ça qu'on m'a envoyé à la tannerie. Et toi, où est-ce que tu travailles ? Je t'ai cherché partout de ce côté-ci de l'Avon.

– Suis-moi, on va à Temple Street, suggéra Thorkell. Je vais te montrer.

Ils s'arrêtèrent devant un grand bâtiment.

– La laine arrive ici depuis le Welsh Back, et elle est montée au-dessus, à l'étage, expliqua Thorkell. C'est là que les fileuses travaillent. D'abord, elles peignent et elles cardent la laine. Après, elles peuvent commencer le filage. Je me débrouille pour passer là-haut de temps en temps. Tu verrais ça, y en a des mignonnes, et pas bien farouches ! Moi, j'aime bien la grande Mary. Elle a de ces petits airs de sainte-nitouche, avec sa quenouille et son fuseau… Des fois, je lui fais des clins d'œil, ça la fait rougir ! Mais je dois faire gaffe de pas alerter la vieille. Elle passe son temps à surveiller tout ce qui se passe, planquée derrière son rouet dernier cri. Bon, j'en reviens aux tissus. Après, on descend le fil vers les métiers à tisser, dans les pièces, là, qui sont ouvertes sur la rue. C'est la guilde des tisserands qui oblige à ça, parce qu'il faut que tout le monde puisse vérifier la qualité du boulot.

– Mais toi, qu'est-ce que tu fais ici ? interrompit Jón.

– Attends, c'est dans l'étape d'après. Les tissus sont amenés à l'atelier de foulage, à côté. J'ai une pièce juste au-dessus. Tu vas voir.

Thorkell entraîna son compagnon dans une pièce sombre. L'air était vicié par des remugles nauséabonds.

– Ça pue, hein ? C'est là que je travaille.

– T'inquiète pas, à la tannerie, je suis habitué aux odeurs. Mais celle-là, d'où elle vient ? On dirait celle des latrines.

– Tout juste, ça sent la pisse ! Moi, mon boulot, c'est de fouler le tissu, ça agglutine les fibres et ça feutre les étoffes. Et on le fait surtout dans l'urine, parce que ça nettoie bien. Le bassin du fond en est encore rempli. Bon, le travail est dur, mais y a des avantages. Je dois aller chercher l'urine là où on en produit, c'est-à-dire dans les tavernes, et ça me permet d'y boire souvent à l'œil. En plus, je me débrouille pour faire les livraisons chez le teinturier, j'aime bien aller là-bas. Et ça se pourrait que mon patron me laisse y travailler plus souvent, surtout qu'il a moins de boulot pour moi, à cause des moulins à foulon qu'on construit dans la campagne. Mais viens par là, que je te fasse visiter ma belle résidence.

Ils montèrent une échelle et entrèrent dans une pièce exiguë, froide et humide. Thorkell ferma la lucarne et alluma une lampe à huile.

– Quand il pleut pas, j'aère toute la journée, pour garder un air à peu près respirable. Et des fois, j'arrive à attirer la grande Mary dans mon taudis !

Jón eut un sourire gêné. Il ne s'entendait guère aux

choses de l'amour et ramena la conversation sur un terrain mieux balisé.

– Qu'est-ce qui te plaît tant chez le teinturier ?

– La teinture, pardi ! Et je commence à m'y connaître ! Je crois que le teinturier m'a à la bonne, et il m'apprend un peu de son métier. Il y a des plantes qu'ont l'air de rien, mais on peut en faire sortir des couleurs incroyables. Tu verrais ça ! Comme les feuilles de la guède, qui donnent du pastel. Et la racine de garance, qui donne du rouge, et la gaude, du jaune d'or. Est-ce que tu savais d'où on tire la couleur des robes de nos notables ? Eh bien ça vient de la graine d'écarlate, c'est une sorte de parasite qu'on trouve sur les chênes, là-bas dans le Sud, vers la Méditerranée. Et toutes ces couleurs, on peut aussi les mélanger, pour en faire plein d'autres. Mais attention, pas n'importe comment, le teinturier a ses formules secrètes… J'espère que j'aurai le temps de lui en pomper quelques-unes, avant qu'on retrouve notre pays ! Allez, trinquons à nos retrouvailles ! Il me reste un peu de bière tiède qu'on m'a donnée à la taverne des Highlanders.

Les deux garçons burent à grandes gorgées. Jón questionna de nouveau :

– Tu as dit que personne t'attendait en Islande. Et tes parents ?

– Mon père n'est pas rentré d'une sortie de pêche, répondit Thorkell d'un ton monocorde. Après ça, ma mère est devenue folle, et elle s'est jetée du haut d'une falaise. On a retrouvé son corps à moitié bouffé par les crabes. J'étais fils unique, et j'ai été recueilli par un fermier de l'Ísafjord.

– Je suis désolé, dit Jón.

Il observa la pièce. Chemises, braies et chausses débordaient d'une mallette désarticulée. Une paire de sandales traînait au pied de la paillasse. Sur une planche étaient disposés du pain, du lait et du miel. Les yeux du garçon balayaient distraitement le désordre, puis se fixèrent sur une tablette où quelques menus objets étaient mis en évidence : une broche en argent, une pièce de jeu d'échecs, une canine jaunâtre de la taille du pouce.

– Qu'est-ce que c'est ? demanda-t-il en désignant la tablette.

– Je garde tous ces petits objets parce que c'est mon lien avec l'Islande, répondit Thorkell. Ils étaient à mes parents. Sauf la dent : c'est une canine d'ours blanc que Ruadh m'a donnée. Elle vient du Groenland.

Jón tressaillit, son visage pâlit.

– Qu'est-ce que t'as ? s'enquit Thorkell. Qu'est-ce qui va pas ?

– C'est le Groenland, répondit Jón, embarrassé.

Il fouilla ses souvenirs et chercha ses mots. Il finit par ajouter :

– Mon père… Il est peut-être encore là-bas.

Ce matin-là, Jón était peu loquace et s'appliquait en silence à son travail. Il n'avait guère pu trouver le sommeil pendant la nuit. Il prit une peau de bœuf déjà pelanée et échaulée, la disposa sur un chevalet, côté fleur, et commença l'ébourrage. Les poils ayant survécu au pelain ne résistèrent pas longtemps au raclage régulier du couteau sourd. Puis il fit appel à Llywelyn, qui mit la peau à dégorger dans un bassin. Ils en sortirent une autre avec peine, et la placèrent côté chair sur le chevalet. Jón prit un couteau à deux manches et écharna la peau. Il dut batailler ferme car les lambeaux de chair étaient plus durs à retirer que les poils. Après un nouveau rinçage, il faudrait encore effleurer l'autre côté avec la pierre à aiguiser. La peau, désormais bien lisse, serait alors prête à recevoir le tanin et Brian prendrait le relais.

Il pensa de nouveau à son père, qu'il n'avait pas connu. Il ne se souvenait que d'échos lointains, de quelques paroles lancées par les valets de ferme. Sa mère éludait le sujet. Sur l'insistance du jeune garçon, elle avait seulement concédé que son mari était resté dans une terre du couchant, lointaine et glacée, qu'il avait pris un autre chemin. Jón se rappelait qu'à la ferme, on semblait reprocher des choses à son père, on lâchait des mots bizarres lorsqu'on évoquait son destin, comme « Skræling » ou « paganisme ». Le sens lui en avait alors échappé. Depuis hier, il comprenait mieux ; Thorkell avait expliqué, en tripotant la canine d'ours blanc :

– Les Skrælings sont des sauvages, des païens, qui vivent au Groenland. Pour ce que j'en sais, ils sont petits, et mal bâtis. Ils ont le teint jaune et les yeux bridés. Et ils s'habillent avec des peaux de phoque. Peut-être que ton père a été enlevé par les Skrælings.

Une bonne partie de la nuit, Jón avait cherché des traces de son père au plus profond de sa mémoire. Il s'était longuement projeté au temps de sa petite enfance, sur les rives du fjord. Il n'en dégageait guère de souvenirs précis, seulement la rumeur d'un malaise, l'impression désagréable que son père était un sujet dont on évitait de parler. Pourquoi ça, s'il avait été enlevé par les Skrælings ? Pourquoi sa mère avait-elle quitté le Groenland ? Pourquoi son père y était-il resté ? Est-ce qu'il était toujours vivant ?

Thorkell avait aussi évoqué d'autres terres :

– Je ne me souviens pas de grand-chose. Au pays, on m'a raconté que le Groenland a été colonisé par des Vikings islandais, il y a longtemps de ça. Et qu'ils avaient amené leurs bateaux encore plus loin, vers des pays qui s'appellent, si je me rappelle bien, Markland ou Vinland. Il y a des sagas qui racontent ces vieilles histoires, dans des parchemins, en Islande. Mais il me semble qu'on n'avait plus de nouvelles des Groenlandais depuis pas mal d'hivers.

Thorkell avait ajouté :

– Une fois, à la taverne des Highlanders, j'ai entendu des marins qui parlaient de cailloux perdus dans la brume, très loin, vers le couchant. Ils avaient pas mal bu, pourtant ils en causaient qu'à demi-mot, j'ai dû tendre l'oreille. Ils ont aussi parlé de bancs de poissons incroyables. Je sais pas ce qu'il faut en penser.

Puis il lui avait tendu la canine en souriant.

– Tiens, cette dent, prends-la. En me la donnant, Ruadh m'a déclaré comme ça : « Un objet doit aller à celui pour qui il a le plus de sens. » Comme ton père est peut-être là-bas, ça me laisse pas trop le choix, pas vrai ?

Ce geste avait scellé leur amitié.

Jón disposa une nouvelle peau sur le chevalet et reprit les opérations de raclage. Il avait déjà entendu parler de l'existence de terres, au grand large, comme « l'île de Brasil » ou « l'île des Sept Cités ». Le simple fait d'entendre leurs noms aux sonorités mystérieuses donnait envie d'embarquer à leur recherche. Cependant, personne ne semblait plus savoir où elles se trouvaient ni qui avait pu y mettre les pieds. Jón songea qu'il y avait peut-être une clé à cette énigme sur une route maritime qui passerait par le Groenland.

Aodh Ruadh mac Cainneach était d'une surprenante piété, qui contrastait avec un mode de vie quelque peu dissolu. On racontait que le dimanche, il ne ratait jamais ni la grand-messe, ni les vêpres. Quand il entendait sonner les cloches, il ne manquait pas d'exécuter à part lui une preste prière, même à complies lorsqu'il traînait encore à la taverne. C'était un sujet de moquerie pour ses compagnons de beuverie, des Écossais et des marins de tous pays qui formaient l'essentiel de la clientèle des Highlanders. Cet endroit coloré était son lieu de prédilection, à égalité peut-être avec l'église de St Mary Redcliffe. On disait de lui qu'il faisait ses dévotions à toutes les chapelles, fussent-elles consacrées à la dive boisson ! Thorkell se laissait volontiers entraîner à partager un pot de bière, d'autant qu'il jouissait lui-même d'une certaine popularité dans cette taverne, pour la débarrasser des gallons d'urine que produisaient quotidiennement les clients. Jón se joignait parfois à eux. Il aimait tendre l'oreille, écouter des récits ruisselants d'eau de mer, y distinguer les paroles vraisemblables des propos outranciers portés par l'enthousiasme ou la boisson. Il avait interrogé Ruadh à propos de la dent d'ours blanc transmise par Thorkell. Mais le grand rouquin ne savait rien sur les circonstances de son acquisition par le vieux pêcheur des Hébrides qui la lui avait donnée.

Malgré sa clientèle bigarrée et prompte à s'enivrer, il n'y avait que peu de bagarres aux Highlanders. L'humeur joyeuse du patron n'y incitait guère. Ce soir-là, un marin des îles Scilly, au visage émacié, se faisait remarquer. Il s'était frayé un chemin jusqu'au milieu du comptoir en bois, juste entre deux chandelles, et dressait sa longue silhouette de manière à être bien vu par tous. Il semblait plutôt éméché. Il prétendit avoir participé à une expédition lointaine, deux ans auparavant, sur un navire de Bristol. Offusqué qu'on le traitât d'affabulateur, il précisa que le bateau s'appelait le *George* et qu'ils avaient navigué durant quatre semaines vers le large, avant de rencontrer une mer où la brume ne se levait jamais, une mer qui recelait des quantités effarantes de morue. Au retour, ils avaient été pris par une tempête avant de rejoindre miraculeusement l'Irlande. Il affirma que le capitaine avait demandé à ses hommes la plus grande discrétion sur ce lieu de pêche, qui promettait fortune à tout équipage assez intrépide pour s'aventurer si loin des rivages connus. Quand il ajouta que lors de ce voyage, des terres avaient été aperçues, la plupart des hommes s'esclaffèrent et cela mit le patron de si bonne humeur qu'il offrit une tournée générale, ce qu'il ne faisait que lorsqu'il avait la chance d'avoir un client aussi fieffé menteur. Cependant, Jón avisa autour des tables quelques marins expérimentés qui se contentaient de hocher la tête.

Ruadh et Thorkell furent ravis par le récit, à tel point qu'ils décidèrent de se mettre à la recherche de cottes faciles à trousser. À Bristol, les prostituées devaient rester à l'extérieur des murs de la ville, et porter une capuche rayée afin qu'on les reconnût. Toutefois, il y avait à Redcliffe une certaine tolérance, et on fermait les yeux lorsque des filles minaudaient en certaines tavernes. Ruadh, visiblement gagné par l'excitation, marmonna un « Pardonnez-moi, Seigneur ! » en esquissant un signe de croix, puis interpella Jón en ces termes :

– Mon garçon, puisque t'as du poil au menton, faut qu'on pense à te débarrasser de ton pucelage. Tu peux m'faire confiance : j'avais déjà choisi une fiancée pour Thorkell, qui manquait pas de gorge, ni de croupe.

Ruadh étayait son argumentation en promenant le plat de ses mains autour de son torse et de son postérieur. Il poursuivit :

– Et il a pas regretté, hein, Thorkell ? Tu te souviens, la donzelle se plaignait d'avoir encore à éduquer un chérubin, alors qu'elle pouvait facilement bâcler l'affaire à bon compte.

– C'est d'ailleurs ce qu'elle a fait, la ribaude ! ajouta Thorkell en tapant sur l'épaule de Ruadh.

– Mais d'abord, on trinque. *Sláinte !* fit le Gaël en levant sa chopine.

– *Skál !* répondit Thorkell.

Jón songea au sombre bouge où l'avait conduit Llywelyn, et au poitrail doux et mou de la grosse Angharad. Mais il préféra décliner l'invitation. Ses deux compères n'insistèrent pas et se fondirent dans la nuit.

À chaque nouvelle lune se rencontraient, comme convenu, les hommes qui fomentaient un départ vers le nord. John et Ruadh avaient pu chaparder au chantier du matériel de calfat, des amarres usées qui pourraient servir de drisses, d'écoutes, de cargues ou de boulines, et quelques morceaux de toile, mais qui ne suffisaient pas à confectionner une voile digne de ce nom. Il faudrait bien parvenir à en dérober une quelque part.

L'automne s'installait et il y avait moins de mouvements dans le port. Quelques navires se risquaient encore à traverser le golfe de Gascogne et ramenaient du vin après la saison des vendanges. L'attente commençait à peser sur le moral des hommes. Certes, le *Unicorn* était toujours immobilisé, mais on ne connaissait aucun moyen de s'en emparer. Il fallait « attendre une occasion », martelait John, profiter d'un événement qui amènerait du désordre en ville.

6

Au printemps 1484, on vit surgir de l'Avon cinq bâtiments qui approchaient rapidement de la ville en profitant de la marée montante. L'inquiétude grandit lorsqu'on aperçut flotter dans la mâture les hermines de Bretagne. Quand on comprit les intentions belliqueuses des arrivants, il était trop tard : les navires entamaient déjà leurs manœuvres d'amarrage. Ils dégueulèrent sur les quais des hordes d'assaillants braillards et armés jusqu'aux dents. La ville était prise au dépourvu. Les Bristoliens paniqués fuyaient vers leurs logis, mais les forbans, dague au poing, s'engouffraient dans les maisons, en préférant les demeures de belle apparence. Ils en faisaient sortir les hommes, s'emparaient des bijoux, des étoffes, de la vaisselle. Des jeunes filles et des épouses furent abusées. Quelques hommes qui mettaient trop de vigueur à protester furent tués. Ceux qui portaient de beaux habits étaient rassemblés sur les quais. Ils furent embarqués de force. Du bâtiment des douanes s'échappait un nuage de fumée noire. Celui qui semblait être le chef des pillards hurla des ordres depuis le pont de son navire. À la poupe, on pouvait lire le nom du bateau amiral : *La Cuiller*.

Le cauchemar n'avait duré que le temps de l'étale de la marée. Les Bretons avaient disparu dans les méandres de l'Avon aussi vite qu'ils étaient venus. Sur le Quai, on s'activait à éteindre le début d'incendie au bâtiment des douanes, qui par chance avait été construit en pierre. Des hommes accouraient des hauteurs et de la rive gauche. Gruffydd, Brian et Jón atteignirent le Quai puis coururent vers Marsh Street. Ils se précipitèrent dans la maison des Barstaple. On avait forcé la porte et les fenêtres, il y avait des meubles renversés, des bibelots en miettes, de la vaisselle brisée. Les étains et l'argenterie avaient disparu. Ils découvrirent les quatre femmes qui se terraient à l'étage le plus haut, dans la pièce que Jón avait occupée. Sur leurs visages, le garçon vit la crainte laisser place au soulagement. Alice était recroquevillée auprès de sa mère. Miss Brook, négligeant toute retenue, lâcha Elizabeth et vint le serrer dans ses bras vigoureux. Jón eut un regard embarrassé vers Alice qui le fixait de ses yeux clairs. Agnes Barstaple demanda à Gruffydd s'il avait des nouvelles de son mari.

La Grande Croix se dressait au cœur même de la ville, comme un pivot autour duquel tournait la vie politique et commerciale de Bristol. À sa base s'installaient les étals d'un marché bourdonnant qui se prolongeait sur High Street. Ils étaient démontés lorsqu'on devait faire place nette afin de procéder à une exécution publique. Le monument s'élevait au milieu d'un carrefour, dont chaque angle était occupé par une église. Les quatre rues qui s'y rejoignaient étaient bordées de riches maisons et de bâtiments administratifs où siégeaient plusieurs guildes. Un peu plus loin sur Winch Street se trouvait la maison d'arrêt, où l'on punissait les petits méfaits, tels que les tricheries sur les poids et mesures. On avait récemment châtié un boulanger indélicat, qui vendait un pain à la légèreté abusive. Les coupables étaient battus ou exposés au pilori de bois.

L'hôtel de ville se situait de l'autre côté, sur Corn Street, après l'église de St Ewen. Le maire convoquait sa cour de justice sous les arcades de Tolsey qui étaient ouvertes sur la rue, de manière à ce que les sentences fussent entendues de tous. C'était là qu'il avait choisi de s'adresser à la population le lendemain du sac de la ville. Les citoyens se pressaient sous les arcades, et la populace avait envahi la rue. Parmi les notables présents, il y avait le shérif, un des deux baillis du roi, des échevins, des représentants de l'Église. Le maire rendit hommage à ceux qui avaient été lâchement assassinés alors qu'ils défendaient leur famille et leurs biens. Il justifia l'absence de défense concertée par la fulgurance de l'attaque. La foule murmura. Il dit que l'on avait regroupé les hommes de bonne volonté au pied du château, qui malheureusement n'était plus occupé que par quelques soldats, et lorsque la troupe avait été jugée suffisamment fournie pour contre-attaquer, les bateaux étaient déjà repartis. Il précisa que les hommes qui avaient proposé leurs services pour défendre la ville étaient presque tous des Anglais. Chacun comprit qu'il accusait à demi-mot les remuantes communautés irlandaise, galloise et cornouaillaise. Le maire annonça que le chef des assaillants était un Breton de Morlaix, un maudit pirate du nom de Jehan Coëtanlem, déjà connu pour écumer la Manche et y avoir attaqué récemment des bâtiments anglais. Il ajouta que les Bretons auraient pu avoir bénéficié de complicités à Bristol. La foule murmura de nouveau, car il avait encore implicitement visé les communautés : les langues cornique et galloise étaient proches du breton. Le maire poursuivit. Un message avait été envoyé afin de prévenir le roi

Richard III de ces graves événements et requérir son intercession auprès du duc François II à Nantes. Les pillards n'avaient guère eu le temps de rafler un gros butin matériel, et l'on déplorait avant tout l'enlèvement de plusieurs notables. Il fallait probablement s'attendre à une demande de rançon. Le maire égrena les noms de ceux qui avaient été embarqués par les Bretons. Parmi eux se trouvait Thomas Barstaple.

On plaisantait peu ce soir-là chez les Foxe. On tentait d'analyser le déroulement des derniers événements survenus à Bristol. Les hommes félicitèrent Ruadh, car il avait profité de la confusion pour s'emparer d'une petite voile.

– J'bossais au chantier quand on a vu arriver les cinq bateaux, raconta-t-il. On a vite compris que les Bretons étaient pas venus pour livrer du sel de la baie de Bourgneuf ! Et alors tout le monde s'est mis à courir dans tous les sens. Quand y a eu plus personne dans le chantier, hop, je suis monté sur un rafiot et j'ai barboté une voile, en priant Notre-Seigneur d'absoudre ce petit péché. Je l'ai fourrée dans un sac et je l'ai cachée dans les hautes herbes, au bord de l'eau. Après, j'ai essayé d'vous trouver, mais j'ai vu personne. Je suis revenu au Marais à la nuit. Y avait pas de gardien au chantier, et plus personne pour surveiller le port. J'ai embarqué la voile dans un canot, et j'ai pu traverser la rivière sans m'faire remarquer. Je l'ai portée jusque chez moi.

– Elle était pas trop lourde ? questionna Thorkell.

– Y en avait une autre plus grande, précisa le rouquin. Mais trop lourde pour moi tout seul. J'ai dû prendre la petite. *O mo chreach !* Il en faudra, du vent, pour qu'elle fasse bouger le *Unicorn* !

– J'ai vu la toile chez Ruadh, dit Brian. Elle est

brûlée par le sel et par le soleil, et elle ressemble plus à un chiffon qu'à une voile. Mais elle pourrait faire l'affaire, avec un peu de couture.

John se grattait nerveusement la barbe. Il prit enfin la parole :

– Corbleu ! Dire qu'on croyait notre ville inattaquable, derrière les gorges de l'Avon, et derrière les murailles ! Un désastre, oui ! Personne n'a vu venir ces bandits. J'étais parti au château où on organisait la défense. Quand on a été assez nombreux pour riposter, ces chiens de Bretons avaient déjà foutu le camp !

Ruadh lui objecta que les Anglais n'étaient pas non plus des enfants de chœur lorsqu'ils lançaient des raids sur les côtes bretonnes. John prit un air sombre et se renfrogna. Thorkell dit :

– Écoutez, si cette voile fait l'affaire, il me semble qu'on a fait un grand pas, puisqu'on a maintenant tout le matériel qu'il nous faut.

Jón formula enfin ce à quoi tout le monde songeait et qui mettait chacun mal à l'aise :

– Peut-être, mais est-ce qu'on n'avait pas enfin une occasion pour filer ? Les Bretons ont provoqué du désordre dans la ville, et on n'en a pas profité. On aurait peut-être pu s'emparer du *Unicorn*, à un moment ou un autre.

– Désolé, j'ai pas pu vous aider, dit John sèchement. J'avais ma ville à défendre.

– Calme-toi, mon chéri, intervint Katherine Foxe. Personne ne t'a rien reproché. Remplis donc les chopines de nos invités. Je sers le gâteau.

La maîtresse de maison distribua les parts. On but et mangea. Chacun ruminait ses pensées.

– Moi, j'crois qu'on compte trop sur John, dit Ruadh. Il avait des bonnes raisons pour penser à autre chose.

Vous autres, vous saviez pas que j'avais barboté une voile. Dès que je l'ai posée chez moi, j'me suis demandé s'il fallait prévenir tout le monde, et réunir tout le matériel. Je suis passé à la tannerie, pour en parler à Jón, mais t'étais pas là.

– J'étais à Marsh Street. Thomas Barstaple a été enlevé par les Bretons, et les femmes de la maison voulaient qu'un homme reste passer la nuit. Ce bourru de Gruffydd s'est défilé et il a dit que j'étais la personne qu'il fallait, puisque je connaissais mieux la maison que lui.

– C'était trop compliqué pour cette fois, coupa Ruadh. J'propose que si on sent qu'y a une nouvelle occasion de foutre le camp avec le *Unicorn*, on se retrouve tous chez moi, et le plus vite qu'on peut. C'est mieux qu'ici, parce que John peut être occupé à autre chose quand y a de la pagaille en ville. Ça vous va ?

Chacun acquiesça. John ajouta que l'on avait effectivement franchi un pas avec la prise de la voile, ce qui prouvait qu'on pouvait atteindre son but si on était suffisamment opportuniste. Il sourit pour la première fois de la soirée et porta un toast à la bravoure d'Aodh Ruadh mac Cainneach. Les bras se tendirent et levèrent bien haut les chopines.

Jón resta quelques jours à Marsh Street. Il fallait remettre de l'ordre chez les Barstaple, et ses bras d'homme étaient bienvenus lorsqu'il s'agissait de relever les meubles ou d'effectuer les réparations sur les ouvertures extérieures. Le soleil entrait dans la maison et le garçon travaillait quelquefois torse nu. Ses muscles acquis à la tannerie roulaient sous l'effort, lui permettant d'accomplir aisément les travaux de force.

Il remarqua le nouveau regard qu'Alice posait sur

lui. Alors qu'elle avait toujours eu à son encontre un comportement capricieux et versatile, parfois dédaigneux ou arrogant, elle lui parlait désormais avec égard, voire avec douceur. De lunatique, elle devint ambiguë. Elle s'enquérait de son travail, appuyait ses regards, esquissait des sourires. Elle provoquait des frôlements, approchait son visage si près que leurs souffles se mêlaient. Jón ne savait que faire. Lorsqu'il se retrouvait seul sur son grabat, il ressassait les images de la jeune fille, s'interrogeait sur chacune de ses attitudes. Quand ils s'étaient percutés dans le couloir, elle s'était dégagée avec une infinie lenteur, laissant traîner ses mains sur les bras du garçon. Juste avant de s'écarter, elle y avait imprimé du bout des doigts une pression à peine sensible, dont il ressentait encore la brûlure. Elle avait provoqué cette bousculade, il en était persuadé.

Le lendemain, Agnes Barstaple annonça qu'il pouvait retourner à la tannerie.

Lorsqu'après avoir ébourré deux fois la même peau, Jón la déchira malencontreusement avec le couteau à écharner, Gruffydd saisit l'occasion pour le sermonner.

– *Mochyn brwnt ! Twpsyn !* tonna le contremaître. Où est-ce que t'as encore la tête aujourd'hui, bougre d'ahuri ? Ça t'a ramolli, d'être retourné faire le ménage chez Barstaple ? Ça te vaut rien, le contact des bonnes femmes ! Ce midi, t'as même pas mangé la moitié de ton casse-croûte.

Jón résolut de confier ses états d'âme à quelqu'un. Son ami Thorkell, qui était plutôt porté sur la chose, devait pouvoir l'aider à comprendre ce qu'il ressentait dans sa tête et dans sa chair. Il se rendit chez lui et fit part de son désarroi.

– T'es amoureux, ma parole ! s'exclama Thorkell.

Mais si tu veux mon avis, laisse tomber cette affaire. Alice n'est qu'une bourgeoise, tout excitée à l'idée de s'encanailler avec un gars du peuple. Tout ce qu'elle veut, c'est finir mariée à un de ces blancs-becs pleins d'oseille, pour avoir une belle maison et des enfants qui manquent de rien. Tu ferais mieux de fricoter avec les filles de ta condition, crois-moi ! La grande Mary ne porte que des nippes, mais j'ai du goût pour ses manières. Une vraie polissonne ! Et elle a pas mal de copines.

– Je n'ai aucune envie de fréquenter une de ces filles vulgaires qui pullulent dans le quartier, grommela Jón.

– Je vois, fit Thorkell d'un ton froissé. On a des goûts de luxe. On fait dans la broderie fine et dans la soie. Tu ferais bien de revoir tes ambitions, parce que c'est pas facile de trouver ce genre de pimbêche en Islande.

– Est-ce que nous pourrons seulement y retourner ? murmura Jón.

Thorkell réalisa à quel point son ami était ébranlé. Il lui dit doucement :

– Écoute, peut-être que tu plais à cette fille, et qu'elle cherche une aventure. Mais elle sait bien que ça ira pas loin. Tu peux toujours y aller, mais ça sera dur quand elle en aura assez de toi. Et si on vous surprenait ? C'est bien trop risqué. Quant à l'Islande, je n'ai jamais été aussi décidé. Rien ne pourrait me faire reculer, même pas une jolie femme ! En attendant, allons plutôt vider une cruche aux Highlanders.

Ruadh était assis à une table, en discussion avec un marin de passage. Lorsque les Islandais entrèrent, les deux hommes trinquaient :

– *Sláinte !*

– *Saúde !*

Le Gaël commanda une autre cruche de bière puis fit les présentations. L'homme était un natif des Açores, un groupe d'îles situées très loin au large du Portugal. Il affirma s'être rendu souvent en Angleterre, et avoir poursuivi une fois jusqu'en Islande, sur un navire de commerce portugais. Il s'exprimait dans un anglais correct.

– On avait fait escale ici, à Bristol. Je m'en souviens bien, c'était il y a sept ans, en 1477. On avait chargé sur le Quai de la Frome des cuirs, pour un évêque islandais : des bottes, des ceintures, des sacs, et aussi des étoffes, et tout un tas de trucs en métal, des lames, des serrures, des fers à cheval. Je me demandais ce qu'un évêque allait bien faire de tout ça.

– Y paraît que vous autres, les Portugais, vous aimez pas trop prendre des marins étrangers dans vos bateaux, dit Ruadh.

– Je me souviens, cette fois-là, on avait embarqué à Lisbonne un drôle de type, un Génois. Il parlait pas beaucoup, mais je me rappelle qu'il avait interrogé des Islandais à propos de terres, vers le couchant. Il a finalement débarqué dans une anse, en bas d'un volcan. Il s'appelait Cristóvão Colombo, ou Columbus, quelque chose comme ça.

– Est-ce que tu te souviens du nom de ce volcan ? demanda Jón.

– *Ai ! Meu Deus !* Je crois même pas l'avoir entendu. Tu penses peut-être que je me souviens de tous les fichus noms de vos montagnes ou de vos fermes ! C'était un beau volcan, bien régulier, et couvert de glace au sommet, comme un chapeau blanc. Il était tout au bout d'une péninsule. Tu le connais ?

– Ça se pourrait, fit Jón, songeur.

Ses amis l'observaient. Ruadh servit encore à boire, en prenant un soin particulier à remplir la chopine du Portugais. Jón pensa à son père. Il interrogea de nouveau :

– Tu as parlé de terres, vers le couchant ?

– T'es bien curieux, mon garçon, éluda le marin.

– Bah, tu dis rien parce que t'en sais pas plus, provoqua Ruadh.

Le marin s'échauffa.

– Nous autres, les Portugais, nous avons les meilleurs navigateurs du monde ! Notre roi envoie des navires très loin, jusqu'au bout de l'Afrique. Jamais personne n'est allé aussi loin que nous, jamais ! On en voit passer, aux Açores, des caravelles qui reviennent d'Afrique ! Il y a des équipages qui ont passé plus d'un mois sans avoir vu la terre. Il y en a même qui ont vu le soleil vers le nord. *Perfeitamente !*

– Et pourquoi ils rentrent pas directement au Portugal depuis l'Afrique ? demanda Ruadh en remplissant de nouveau la chopine du marin. Si les Açores, c'est aussi loin que tu dis, pourquoi ils font tout ce détour ?

Le Portugais parut embarrassé. Puis il répondit avec aplomb :

– Je peux rien dire de plus. Nos routes maritimes ne regardent que nous.

– Ça se trouve où exactement, les Açores ? intervint Jón.

– Tu ne sais pas ? fit le Portugais, un peu vexé. Par bon vent, à une semaine de navigation de Lisbonne, vers l'ouest.

– Elles sont donc sur la route qui mène aux terres que recherchait ce Columbus, fit remarquer Jón. Puisque vous êtes si forts, vous n'êtes pas capables d'y aller ?

– Pas capables ? s'exclama le marin. Nous autres les Açoriens, nous sommes les plus grands connaisseurs de la mer ! On va sur les meilleurs lieux de pêche, là où y a tellement de morues qu'on voit même plus le bleu de l'eau. Pour voir ça, faut être assez courageux pour aller au grand large, et dans la brume. Oui, nous en sommes capables !

L'Açorien se mordit la lèvre et se leva brusquement.

– *Adeus !*

Son tabouret se renversa. Il se dirigea d'un bon pas vers la sortie. Les trois amis se consultèrent du regard, pantois.

– Ben en voilà un fanfaron de taverne ! finit par s'exclamer Ruadh.

– S'il ne racontait que des balivernes, il aurait pas été aussi embarrassé, fit remarquer Thorkell. Vous avez vu comment il est parti ? On aurait dit qu'il avait eu peur d'avoir trop parlé.

– Il a dit des choses vraies, renchérit Jón. Je crois connaître ce fameux volcan. On l'appelait le Snæfellsjökull. On pouvait le voir depuis la ferme. Et vous n'avez pas déjà entendu parler de cette affaire de morues et de brume ? Un pêcheur des Scilly avait raconté ici même une histoire semblable.

– Ouais, je m'en souviens, confirma Ruadh. Il avait même parlé de terres, vers le couchant. Il s'était fait traiter de menteur.

– Un mois en pleine mer, le soleil vers le nord, vous y croyez, vous ? dit Jón.

– Bah ! fit Ruadh. Qu'est-ce que ça peut faire ? Moi, j'pense qu'à ma petite île des Hébrides, la plus belle de la Création, pour sûr ! Et qu'les Portugais s'avisent pas d'y mettre les pieds !

Pour la première fois depuis dix jours, l'esprit de Jón fut empli par autre chose que l'image d'Alice quand il fut de retour dans sa chambre. Il avait été passionné par le discours de l'Açorien. Qu'il devait être excitant de naviguer vers des terres nouvelles ! Il songea au Vinland et au Markland dont lui avait parlé Thorkell, au Groenland, à la brumeuse terre des morues, autant de lieux situés vers le couchant. Il caressa la dent d'ours blanc et pensa à son père.

Jón comprit que son destin le conduirait vers des terres lointaines, à suivre le sillage de ses ancêtres, ou peut-être les traces de son père, ou simplement les chemins tortueux de l'aventure.

Auparavant, il lui fallait respecter sa promesse.

7

C'était au matin du 15 octobre 1484. La journée s'annonçait belle et ensoleillée.

Thomas Barstaple et sa femme s'étaient rendus à Londres afin d'y traiter quelques affaires. Pour la première fois depuis son retour de Bretagne, il avait consenti à franchir les remparts de la ville. Il était fort éprouvé par ses mois de captivité et par le montant de la rançon qu'il avait dû payer pour y mettre fin. Il reprenait laborieusement ses occupations. Sa femme l'avait résolument encouragé à entreprendre ce voyage.

C'était décidément une belle journée. À la tannerie, les ouvriers avaient le cœur à l'ouvrage et Llywelyn chantait à tue-tête ses airs gallois habituels. Brian fut peut-être le premier à Bristol qui sentit venir les signes précurseurs. Il s'arrêta de battre la peau, leva la tête, puis s'approcha de Jón et lui montra les nuages effilés qui étaient apparus à l'horizon ouest :

– Ça va souffler très fort. Peut-être bien plus fort que tout ce qu'on a vu depuis longtemps.

Dès le début de l'après-midi, on rangea les peaux à la hâte car les premières bourrasques balayaient la ville. Ceux qui travaillaient pour les tisserands coururent vers les Temple Backs afin d'y ramasser les étoffes qui séchaient et les mettre à l'abri. Les commerçants plièrent leurs éventaires et les marins doublèrent les aussières. L'eau de l'Avon commençait à grimper à un niveau que ne justifiait pas entièrement la marée montante.

Sitôt les peaux mises en sécurité, les ouvriers se dispersèrent. Chacun rentrait chez soi pour surveiller ses biens, sauf Brian et Jón qui se rendirent chez Ruadh. Le Gaël les attendait fébrilement. Thorkell était déjà venu mais il était reparti chercher John. Il revint seul peu après, essoufflé par sa course :

– Ouf ! Je suis content de vous voir. Mrs Foxe m'a dit que John a dû rester au chantier, pour amarrer tout ce qui est possible. Elle sait pas trop quand il reviendra.

– On a affaire à un putain de coup de chien, déclara Ruadh. Et c'est pas fini. Qu'est-ce que t'en penses, Brian ?

– Ce qui va se passer, c'est que la marée haute va bientôt inonder la ville.

– Mais pourquoi ça ? demanda Jón.

– Quand le vent d'ouest souffle très fort, ça fait monter l'eau. En quelque sorte, le vent pousse l'eau de la mer vers l'est du canal de Bristol, et donc dans la Severn et l'Avon. Et s'il pleut fort, la crue va amplifier le phénomène. Après, l'eau va se retirer avec le jusant, mais le vent va encore forcir, peut-être bien plus que ce qu'on peut imaginer. C'est difficile de dire combien de temps ça va durer.

– Y aura de la casse, pour sûr, dit Ruadh. Les gens vont devoir défendre leurs maisons, les magasins, et tout. Et peut-être bien qu'y aura des pillages.

– Bon sang, les amis, dites-le-nous si vous pensez qu'on pourra en profiter ! les conjura Thorkell.

– Les bateaux ne pourront naviguer que quand tout

sera passé, dit Brian. À ce moment-là, les gens seront sous le choc, ou alors bien occupés à réparer les dégâts.

– En tout cas, ils auront autre chose à foutre que de s'inquiéter d'un rafiot délabré qui descendrait l'Avon, dit Ruadh.

Brian hésita, puis lâcha :

– Je crois que nous avons une chance.

On entendait le vent siffler dans la rue. Une averse de grêle martelait le toit.

– Je propose que tout le monde rentre chez soi préparer ses affaires, reprit Brian. Il vaut mieux emporter le minimum, mais il faut pas lésiner sur les vêtements chauds. Pour le moment, je pense que Jón et Thorkell peuvent rester chez eux. Faudrait pas que quelqu'un s'inquiète de leur absence. Mais tenez-vous prêts, et revenez sitôt que le vent commencera à mollir. Ruadh et moi, il faut qu'on voie comment va évoluer cette tempête, et qu'on décide quel est le meilleur moment d'agir.

– On n'a qu'à veiller chacun son tour, répondit le Gaël. On va faire des quarts, qu'il fasse jour ou nuit. Et prier pour que ça marche.

– Est-ce qu'on a réuni assez de provisions ? demanda Thorkell.

– Ouais, assez pour partir, dit Ruadh. Deux barils de biscuit, un de morue séchée, et deux tonnelets pleins d'eau et de vin. Ça suffira pas pour tout le voyage, mais faut qu'on puisse tout transborder vite fait sur le bateau avec le canot.

– Thorkell, tu pourrais avertir les Foxe au passage, ajouta Brian. Et toi Jón, tu pourrais vérifier l'amarrage du canot, celui qu'on a repéré sur les Redcliffe Backs. S'il le faut, tu le renforces. Vous êtes d'accord ?

L'excitation avait gagné les deux jeunes Islandais.

Leur pays se rapprochait brusquement, reprenait force de réalité. Chacun se serra la main avec poigne et on se dispersa.

Jón dut lutter contre les rafales pour atteindre la rive. Les embruns lui cinglaient le visage. Le canot était bien là, solidement amarré. L'eau commençait à grimper sur la berge. Il prit hâtivement le chemin de la tannerie, où Gruffydd et Miss Brook l'attendaient impatiemment.

– Bougre de garnement ! rugit le contremaître. Tu étais passé où ? Filons chez Barstaple. Il faut sauver tout ce qu'on peut, avant que l'eau envahisse la maison !

– Quel malheur ! gémit la gouvernante. Et dire que Mr et Mrs Barstaple sont partis pour Londres !

Ils s'engouffrèrent dans la rue. Miss Brook, soutenue par les deux hommes, retenait avec peine les plis de son ample manteau. Elle geignait des paroles que le vent balayait. Jón était trop préoccupé pour tendre l'oreille ; il lui faudrait absolument se réfugier chez Ruadh avant la fin de la tempête.

Les rafales redoublèrent d'intensité à l'approche du Pont. Une pluie glaciale s'abattit sur les passants qui osaient se risquer dehors. Il faisait encore jour mais on n'y voyait plus guère. Une fine grêle se mêlait aux gouttes et fouettait la moindre surface de chair non couverte. Quand le trio atteignit l'autre rive, les berges étaient sous les eaux et ils pataugèrent avant de rejoindre l'escalier qui longeait l'église Saint-Nicholas. Le vent perdit un peu de sa force et la pluie cessa. Lorsqu'ils furent enfin à Marsh Street, l'eau n'avait pas encore atteint la maison. Alice et Elizabeth étaient terrorisées. Gruffydd et Jón barricadèrent les ouvertures comme ils purent. Puis on entreprit de monter à l'étage tout ce qu'on pouvait, en commençant par les tapis. Les hommes surélevèrent les meubles à l'aide de morceaux de bois.

L'eau s'infiltra bientôt sous la porte et l'on se réfugia au premier étage. Les deux hommes s'assirent dans l'escalier et observèrent la progression de l'eau. Miss Brook ne cessait de se lamenter :

– Comme si Mr Barstaple n'avait pas déjà eu assez d'ennuis cette année ! Après le paiement de la rançon aux Bretons, il lui faudra encore débourser pour réparer les dégâts. Cette maison ne mérite pas tous ces malheurs !

– Je crois qu'il y a rien à faire de plus, coupa Gruffydd. On devrait tous aller se reposer. Avec votre permission, je vais rentrer chez moi. Il faut aussi que je surveille ma maison. Jón va rester ici.

– Vous êtes fou de sortir encore par ce temps épouvantable ! s'écria Miss Brook.

Mais le Gallois haussa ses larges épaules, pataugea bruyamment dans l'eau et franchit le seuil en grognant.

Le niveau de la marée atteignit la deuxième marche puis se stabilisa. Enfin l'eau reflua peu à peu. Le vent mugissait de plus belle. Miss Brook refusa catégoriquement de laisser partir Jón : il était beaucoup trop dangereux de mettre le nez dehors et il fallait absolument un homme à la maison. Alice et Elizabeth étaient parties se reposer. Lorsqu'il fut de nouveau possible de rejoindre à pied sec le rez-de-chaussée, Miss Brook descendit à la cuisine préparer de la soupe.

Jón se demanda s'il fallait fuir. La maison craquait sous les coups de boutoir du vent. À deux reprises, on entendit un choc brutal sur la façade. Miss Brook avait raison. Il devait y avoir nombre d'objets dangereux qui volaient dehors. Jón ne se souvenait pas avoir déjà été témoin d'un phénomène de cette ampleur, même en Islande. Il décida d'attendre la première accalmie. Par ailleurs, il se sentait coupable d'abandonner les trois femmes en pleine tempête. La gouvernante fit venir la maisonnée autour de la soupe fumante. Chacun s'assit. Jón s'entendit murmurer :

– Je n'ai jamais rien vu de pareil, même en Islande.

Alice et Miss Brook échangèrent un regard. D'habitude, Jón ne parlait pas de son pays.

– Nous autres, les Islandais, nous sommes pourtant habitués aux tempêtes. Là-bas, le vent est souvent glacial en hiver, comme jamais il ne l'est à Bristol. Mais nous savons nous en protéger, et nous aimons ce vent.

Un courant d'air fit vaciller la lueur des chandelles. Les deux femmes étaient déconcertées. Jón parlait avec plus de force.

– Parce que c'est le vent d'Islande, tout simplement.

Alice et Miss Brook mesurèrent la métamorphose du garçon. Il semblait que ce vent fou l'avait transformé. Comme un vent de liberté.

– Puisse le vent m'aider à rejoindre l'Islande, mon pays.

Comme s'il était devenu un homme, maître de son destin.

Jón avait transmis son message. Les deux femmes le pressentaient : il n'avait jamais été aussi proche de son pays.

Chacun rejoignit sa couche. Elizabeth rendit au garçon le réduit du second étage et s'installa dans la chambre d'Alice. Miss Brook embrassa le garçon avec un épanchement inhabituel. Il lui renvoya un sourire tendre et s'engagea dans l'escalier. Sous les combles, le bruit était effrayant. Jón pouvait y apprécier les moindres variations du vent.

Au cœur de la nuit, la tempête semblait accorder quelque répit. Miss Brook perçut les craquements des pas du garçon dans l'escalier. Elle ne fit rien pour le retenir. Alors que Jón s'apprêtait à ouvrir la porte de la maison, il sentit une main sur son bras. Il frémit et se retourna. Alice se serra contre lui et posa ses lèvres sur les siennes. Les jambes du garçon chancelèrent. Il ressentait la chaleur de sa bouche, de ses seins et de son ventre irradier dans son corps d'homme.

Elle s'écarta doucement. Elle lui souffla :

– Je te souhaite bonne chance, Jón. Et bon voyage.

Cette fois, ce n'était pas de la compassion que reflétait son regard embrasé.

Elle disparut dans le couloir sombre. Un long moment, il demeura figé, pantelant de désir. Pour la première fois, elle avait prononcé son nom en islandais. Alice… Elle avait deviné qu'elle ne le reverrait plus. Il se décida enfin à lever le loquet.

Le vent était encore vigoureux. Dans la nuit noire, Jón prenait soin de ne pas trébucher sur les débris qui jonchaient le sol. Des branches d'arbre, des planches, des morceaux de toile déchirée s'agglutinaient sur le pavé. Il n'y avait personne dehors mais on pouvait distinguer dans les interstices des façades quelques rais de lumière. Il traversa le Pont sans encombre et rejoignit le logis de Ruadh. Tout le monde était là. Les visages se détendirent un peu. Les hommes s'étaient inquiétés car ils ne l'avaient pas trouvé à la tannerie. John déclara :

– La prochaine marée devrait encore inonder les rues, et les gens vont rester planqués dans leurs maisons, surtout après cette nuit terrible. L'eau a rempli les caves de la ville basse. Il y a pas mal de marchandises qui risquent d'être perdues, et les gens auront d'autres soucis que de se préoccuper d'un vieux dogre en train de quitter le port. On espère qu'après la marée haute, le vent se calmera. En fin de nuit, ça pourrait être propice : l'obscurité, le courant favorable, et peut-être un temps maniable.

– Est-ce que c'est pas dangereux de descendre l'Avon de nuit ? demanda Thorkell.

– Sacrebleu, je suis le meilleur connaisseur de la rivière ! affirma John. Et j'ai décidé de vous accompagner un peu sur cette fichue baille, jusqu'à l'embouchure. Mes parents habitent une ferme pas loin, vers Crockerne Pill, et ça pourra expliquer mon absence de Bristol.

Il soupira, puis ajouta :

– Vous allez me manquer, les gars… Des fois, je vous envie de partir, tous ensemble, à l'aventure. Mais c'est ma terre ici, et je la quitterais pour rien au monde. Tout me retient dans ce bon pays d'Angleterre. Et je pourrais pas me passer de Katherine. On n'a pas eu d'enfants, et vous étiez un peu comme notre famille. Nous ne vous oublierons pas.

– Bon, c'est pas encore fait, dit Ruadh, qui était mal à l'aise quand trop de sentiments affleuraient autour de lui. Faut prier Dieu pour que ça se calme. En attendant, on devrait se reposer. J'ai des couvertures.

– Faudra qu'on se décide au plus tard avant le lever du jour, reprit John. Et toi, Jón, n'oublie pas d'aller chercher tes affaires à la tannerie, et sois discret. Jón ?

Le garçon sortit de ses pensées.

Une fois dans la rue, il lui sembla que la tempête avait repris de la force. Il se surprit à encourager le vent, à souhaiter une remise en cause de leur départ. Il se dirigea sans hâte vers la tannerie, réunit ses frusques et revint chez Ruadh.

Il régnait dans la pièce une tension inattendue. On n'avait pas pu empêcher l'hôte des lieux de se rendre à l'église de St Mary Redcliffe où il voulait faire ses dévotions à la chapelle de la Vierge Marie, comme le faisaient les marins avant leurs longs et périlleux voyages. Thorkell était dans une fureur inhabituelle :

– Il aura tout le temps de recommander son âme à Dieu quand on sera en mer ! Il risque de tout faire capoter, ce damné bigot !

– Tu sais bien qu'il ne serait pas parti sans ça, dit John. Il est incorrigible.

Jón s'emmitoufla dans une couverture.

Ruadh le tira brusquement de son hébétude. Chacun se chargea le plus possible avant de sortir. Il faisait encore nuit, il n'y avait presque plus de vent. Les rues étaient désertes, encombrées de flaques noires. Au détour d'une maison, les fugitifs aperçurent de sombres silhouettes s'échapper d'un entrepôt, les bras chargés de sacs. Les deux groupes se jaugèrent avec méfiance. Chacun peinait à soutenir son fardeau. Les pillards, de pauvres gueux, avaient le regard déterminé de ceux qui n'ont rien à perdre.

On passa son chemin. Jón et ses amis atteignirent le rivage ; l'eau recouvrait toujours les berges. Les hommes chargèrent le canot, John et Brian prirent place à bord et s'éloignèrent sur la rivière opaque. Bientôt, on n'entendit plus les coups réguliers des rames, et on pouvait distinguer les deux ombres gesticuler sur le pont du *Unicorn*. Ils revinrent peu de temps après. Le jour commençait à poindre, et les hommes renoncèrent à faire trois transbordements. Le canot fut rempli au maximum, les cinq amis se tassèrent où ils purent. L'eau de l'Avon effleurait le bord de l'esquif, et les vaguelettes les plus hautes passaient par-dessus. Ils parvinrent enfin jusqu'au bateau. Peu après, le cliquetis de la chaîne dans l'écubier résonna dans le port désert. L'ancre enfin levée, le vieux dogre fut emporté vers l'aval par le courant.

Le jour se leva sous un ciel gris, et l'on pouvait mieux discerner les nombreux objets flottants qui encombraient la rivière. Parmi les troncs et les branchages, des charognes de moutons et de vaches flottaient entre deux eaux. Et parfois, un cadavre d'homme, de femme, d'enfant. Les inondations avaient prélevé leur lot de victimes.

Ils aperçurent, au creux d'un méandre, le mouillage d'attente de Hungroad. À son approche, l'équipage prit la mesure du cataclysme qui avait ravagé les lieux. Deux navires étaient échoués sur le rivage. Les gréements des bateaux rescapés avaient l'allure d'épouvantails en guenilles veillant sur un champ dévasté. Des lambeaux de voiles mal ferlées pendaient sous les vergues. Çà et là, le sommet incliné d'un mât jaillissait de la surface de l'eau, comme pour baliser l'épave qui le soutenait encore. À bord du *Unicorn*, chacun observait en silence ce spectacle de désolation. Le courant entraîna le dogre vers l'aval. Peu avant l'estuaire, John Foxe put débarquer discrètement avec le canot. Les quatre hommes restants engagèrent le bateau en direction de la mer.

8

Jón rejoignit Brian sur le pont. Le canal de Bristol, ce large bras de mer entre le Pays de Galles et les Cornouailles, était agité d'une énorme houle héritée de la terrible tempête de la veille qui avait balayé la région. Le courant de marée ne faisait qu'amplifier le désordre des vagues. Le vent du nord forcissait brusquement au passage des nuages lourds qui encombraient le ciel, pour tomber aussitôt après, obligeant les marins à d'incessantes manœuvres. De froides averses cinglaient le visage des hommes de quart. La nuit tombait.

L'équipage, déjà clairsemé, était encore affaibli par la défaillance de Thorkell, dont l'estomac n'avait pu résister à un tel traitement. Allongé dans la cabine, il grelottait sous un monticule de couvertures et de chiffons. Brian avait dû suppléer à cette défection et ne s'était pas reposé un instant depuis Bristol. Il avait donné la consigne de carguer la voile à l'approche de chaque nuage, faute de quoi la vieille toile risquait de se déchirer sous le grain.

Le *Unicorn* cumulait les handicaps. La saison était bien avancée, surtout pour aller vers le nord. Par ailleurs, les dogres étaient habituellement menés par des équipages deux fois supérieurs en nombre. Or il n'y avait que deux marins expérimentés à bord, alors que le temps capricieux nécessitait en permanence la présence d'hommes sur le pont capables de conduire le bateau et régler la voile.

Ruadh, épuisé, était parti s'allonger en prévision de la nuit difficile qui s'annonçait. Il fallait sans cesse établir ou carguer la voile en fonction des grains, dont il valait mieux anticiper l'arrivée. Brian avait pris naturellement le poste de capitaine. Il voulait profiter de l'obscurité afin de s'éloigner discrètement de Bristol, et déployait une énergie que Jón ne lui connaissait pas. Le garçon obéissait comme il pouvait aux ordres mais sentait ses forces diminuer à chaque manœuvre. Ses doigts gourds peinaient à manipuler la voile lourde et humide. Cependant, l'effort maintenait un semblant de chaleur dans son corps. Lors d'une accalmie, il observa son capitaine. Brian n'était plus l'ouvrier discret et appliqué de la tannerie, mais un homme au regard déterminé, comme sublimé par la mer et par la lutte contre les éléments. Il avait le front haut, et la balafre qui semblait en saillir lui donnait un air farouche. Il paraissait indestructible. Jón était à la fois impressionné et rasséréné par cette métamorphose.

Au milieu de la nuit, Ruadh apparut sur le pont, l'air consterné.

– *Óbh óbh ! O mo chreach sa thàinig !* se lamenta le grand rouquin. Cette foutue chiotte prend l'eau ! À fond de cale, y en a jusqu'aux chevilles.

– C'est pas très surprenant, répondit calmement Brian, la main sur le gouvernail. Ce qui l'est plus, c'est qu'il y en ait pas encore jusqu'aux genoux ! Écoutez, il faut absolument mettre le plus de distance possible entre nous et Bristol, avant qu'on puisse atterrir et colmater les brèches. En attendant, il faut tenir, écoper, et faire marcher le bateau tant qu'on peut. Profitez de l'accalmie pour sortir l'eau avec des seaux.

Lorsque le jour se leva enfin, le bilan était peu reluisant. On peinait à stabiliser le niveau d'eau dans les fonds, qui arrivait désormais « à mi-mollets » selon l'échelle du corps de Ruadh. Thorkell était éveillé, mais recrachait ce qu'on tentait de lui faire ingurgiter. Les hommes étaient harassés. Cependant, on pouvait lire dans les regards fourbus une volonté inébranlable. Brian déclara qu'il était trop dangereux d'accoster tant qu'on se trouvait dans le canal de Bristol, car la côte galloise était parsemée de récifs et de hauts-fonds, et qu'il fallait prévoir une deuxième nuit en mer, en espérant que le vent ne resterait pas au nord. Nul ne broncha.

L'air était toujours instable, cependant la mer se faisait moins chaotique et le soleil fit une brève apparition. Il fallait en permanence un homme à l'écope, un autre au gouvernail et, tant que le vent restait aussi irrégulier, un troisième au réglage de la voile, qui avait au moins le droit de s'effondrer entre deux manœuvres. Les trois hommes encore valides se relayaient aux différents postes, mais l'équipage ne pourrait tenir longtemps à ce rythme. Brian allait se résoudre à mettre en panne durant quelques heures, afin d'immobiliser le bateau et prendre un peu de repos, lorsque Thorkell apparut sur le pont. Il tenait dans sa main un bout de biscuit. Sa longue carcasse tituba jusqu'au bastingage. Il regarda un moment la mer, puis sourit faiblement et dit :

– Est-ce que je peux être utile ?

Brian le nomma solennellement « timonier » et lui confia le gouvernail, une activité propice, selon lui, à éviter le mal de mer. Il resta un long moment à ses côtés, prodiguant des conseils, redressant parfois la barre pour éviter une embardée trop brutale. Lorsqu'il jugea que son élève avait acquis un semblant d'autonomie, il dit à Jón d'aller dormir. Dorénavant, chacun des hommes allait pouvoir être mis au repos, à tour de rôle. Quelques heures plus tard, le capitaine prit enfin la place de Jón sur la paillasse.

Le vent s'établit au nord-est, puis à l'est durant la nuit. Il se fit plus régulier mais plus froid. La mer s'aplatit et l'on réussit à faire baisser l'eau des fonds. Le ciel était constellé d'étoiles et le sillage illuminé par le scintillement du plancton. Le *Unicorn*, enfin sorti du canal de Bristol, cinglait vers le nord et fit son entrée en mer d'Irlande. Au matin, l'équipage requinqué se réunit autour du merlu frais pêché par Ruadh, qu'on mangea cru – faute de pouvoir faire autrement –, sauf le pêcheur lui-même que cela rebutait.

– Il va falloir accoster bientôt, dit Brian. Pour calfater les brèches et compléter l'avitaillement. C'est dommage parce que le vent est pas mal orienté. Mais si la mer s'agite de nouveau, l'eau va rentrer encore. Je connais des bons abers sur la côte galloise.

– Moi, j'pense qu'on devrait plutôt profiter de ce vent pour aller vers la côte irlandaise, proposa Ruadh. On y sera mieux à l'abri des coups de vent d'ouest. Ce foutu baquet troué devrait bien tenir jusque-là.

Brian approuva et mit le cap au nord-ouest.

– Dis-moi, comment tu fais pour choisir le cap ? demanda Jón.

– Je connais la mer d'Irlande, répondit Brian. On y est depuis qu'on a dépassé ces îlots accores, qu'on voit encore là-bas, dans notre tribord arrière. J'ai mes repères. Je sais qu'en sortant du canal de Bristol, le cap au noroît nous amène au sud de Dublin.

– Mais comment tu sais qu'on va dans cette direction ? reprit Jón.

Brian prit deux petits morceaux de bois qu'il mit en croix sur le sol. Chaque extrémité de bâtonnet désignait l'un des points cardinaux.

– Cette nuit, j'ai vu l'étoile-guide qui indique le nord, j'ai vu aussi le sens de la houle, et j'ai senti le vent tourner. La longue houle d'ouest, qui a été levée par la tempête, va s'aplatir. Les vagues courtes formées par le vent actuel, qui vient de l'est, vont bientôt prendre le dessus. Mais on sera déjà en vue de l'Irlande.

Jón buvait les paroles de son capitaine. Il avait l'impression de pénétrer les secrets de la navigation, les codes de ce milieu étrange qu'était la mer. Brian disparut à l'intérieur puis ressortit avec une écuelle remplie d'eau, un bâtonnet de bois, une aiguille de fer et un caillou. Il frotta le caillou sur l'aiguille. Puis il posa celle-ci sur le bois, qu'il fit flotter.

– Quand on s'éloigne de la côte et qu'on ne voit pas l'étoile-guide, on peut naviguer à l'aiguille et à la pierre. Regarde, l'aiguille pointe toujours dans la même direction, le nord.

À chaque fois que Brian faisait tourner le bâtonnet, celui-ci revenait en position initiale. Bien que Jón eût déjà entendu parler de cette technique, il n'en croyait pas ses yeux.

– Ça alors ! Mais pourquoi tu as frotté le caillou contre l'aiguille ?

– C'est de la pierre d'aimant. Elle transmet son pouvoir à l'aiguille.

– Et comment elle fait ? insista Jón.

– C'est comme ça. Et ça marche.

Jón fit à son tour bouger l'aiguille, qui refusait obstinément de changer de direction. Il prit la pierre d'aimant dans sa main et observa l'objet magique avec vénération. Brian sourit :

– Je t'apprendrai pas mal d'autres choses. Parce que tu devras peut-être te débrouiller tout seul, quand j'aurai débarqué !

Bientôt, on aperçut la côte irlandaise. Pendant le quart, Ruadh avait parlé aux jeunes Islandais des routes habituellement empruntées afin de rejoindre leur pays. Contrairement au *Unicorn*, la plupart des bateaux de Bristol contournaient l'Irlande par le sud et l'ouest, car ils redoutaient les courants et récifs de la mer d'Irlande, ainsi que les pirates écossais qui infestaient certains chenaux étroits. Cependant, Ruadh et Brian connaissaient bien les pièges de ces eaux, ils étaient eux-mêmes écossais et le dogre ne transportait aucune cargaison de valeur susceptible d'intéresser des forbans.

Brian revint sur le pont à l'approche de la côte. Il fit jeter la sonde à plusieurs reprises, manœuvra pour contourner un banc de sable. Ce danger restait invisible aux yeux de Jón, mais son capitaine le situait non loin à tribord, à quelques brasses en dessous de la surface. Thorkell semblait revivre à la vue des forêts et des champs baignés de soleil. Jón le prit à part et lui lança un regard moqueur :

– Dis-moi, Thorkell le Phoque, je t'ai jamais demandé d'où venait ton surnom. Tu me parais pourtant pas très à l'aise avec la mer.

– Eh bien, détrompe-toi, mon garçon. Simplement, je me sens beaucoup mieux dans l'eau que sur l'eau. Dans l'Ísafjord, j'étais considéré comme un très bon nageur, et y en avait pas beaucoup qui arrivaient à me faire boire la tasse.

– Comment ça ? demanda Jón, interloqué.

– Sache que dans notre beau pays, un bon nageur, c'est pas seulement quelqu'un qui nage vite, mais c'est aussi quelqu'un qui est capable de mettre la tête de son adversaire sous l'eau. Et d'ailleurs, je suis impatient de te défier à ce jeu, ça devrait faire cesser tes railleries.

Jón pensa qu'il y avait de bien étranges distractions dans son pays. Il n'était pas pressé de se mesurer à son ami dans l'eau froide d'un fjord.

On engagea le bateau dans l'embouchure d'une rivière où l'on jeta l'ancre. Il y avait au mouillage deux picards avec mât de misaine et un vieux currach fait de peaux de bœuf tendues sur une ossature en bois. On apercevait un hameau sur la colline. Le soir tombait. Les hommes se nourrirent et dormirent, mais chacun prit un quart de veille. La vigilance était de mise dans ce recoin d'Irlande où ils ne connaissaient personne. Lorsque vint son tour, Jón s'installa vers la proue. La nuit était calme. Il se sentait encore grisé par la navigation accomplie. Il avait fui Bristol, traversé la mer, atteint un nouveau pays ! Le vent s'était d'abord manifesté comme un compagnon capricieux, puis transformé en fidèle allié. La mer hostile s'était adoucie peu à peu. Le garçon pensa au bâtonnet de bois, à l'aiguille et à la pierre magique qui permettaient de garder le bon cap en s'affranchissant de l'étoile-guide. Il leva les yeux au ciel et observa l'astre du Nord, qui donnait la direction de l'Islande.

Les hommes attendirent la marée puis échouèrent le bateau sur la rive. Il fut décidé que Brian et Jón resteraient à bord, afin de calfater les brèches qu'ils pourraient déceler dans le bordage, tandis que Ruadh et Thorkell iraient s'approvisionner à terre.

À défaut de trouver une véritable entrée d'eau, Jón et Brian disposèrent le plus d'étoupe qu'ils pouvaient entre les bordés de bois. Après quelques heures de labeur, ils descendirent du bateau, pataugèrent dans la vase puis mirent le pied sur la terre ferme. Ils avisèrent le currach, lequel était simplement lesté d'une meule. Les deux hommes s'assirent sur la berge.

Un vieil homme apparut sur la rive en amont et s'approcha en claudiquant. De longs cheveux blancs lui descendaient dans le dos. Lorsque Brian engagea la conversation en gaélique, le vieillard sourit. Comme il avait aperçu les deux hommes devant son currach, il était venu à leur rencontre. Il assura que le *Unicorn* se trouvait en sécurité dans la rivière. Jón, qui ne comprenait goutte à la conversation, pria son compagnon d'interroger l'Irlandais sur son bateau. Le vieux se mit à parler longuement. Sur son visage alternaient des rictus joyeux ou graves. Puis Brian traduisit :

– Il dit qu'il aime son currach parce qu'il aime son pays. D'après lui, c'est sur un currach que le moine saint Brendan a embarqué, il y a bientôt mille ans, pour explorer des terres lointaines, vers le couchant. Le vieux prétend que si plus tard, des Vikings norvégiens ont colonisé l'Islande, c'est parce que des chrétiens irlandais leur ont montré la route.

– Thorkell m'a raconté qu'il y avait des moines en Islande, quand les premiers colons norvégiens sont arrivés, dit Jón.

– Les moines irlandais sont peut-être allés encore plus loin, comme ce saint Brendan, dit Brian. Le vieux croit qu'il y a des grandes terres vers le couchant, et même des terres habitées. Il dit qu'un jour, sur la côte ouest de l'Irlande, il a vu un canot bizarrement fichu, qui dérivait. Il y avait deux cadavres à l'intérieur, et le vieux assure qu'il a jamais vu d'hommes à l'allure aussi étrange… Il dit aussi que sur la côte ouest, on découvre de temps en temps, sur les grèves, des troncs d'arbres inconnus…

Le vieillard leur promit une caque de harengs s'ils l'accompagnaient au hameau. En chemin, il se présenta : il s'appelait Pádraig Ó Conchobhair. Brian, mis en confiance, lui résuma les raisons de la présence du dogre dans cette rivière. L'Irlandais lui fit un sourire complice. Il conseilla d'éviter Dublin, contrôlé par les Anglais.

L'équipage du *Unicorn* se retrouva au hameau. Le soleil et le contact de la terre ferme avaient redonné des couleurs à la peau claire de Thorkell. Avec Ruadh, ils s'étaient procuré au village un sac de froment et un tonnelet de bière. On trinqua. Le vieux Pádraig offrit à Brian un briquet en fer forgé, de la pierre à feu et de l'amadou. Il remit à Jón, outre la caque de harengs, un bon morceau de viande de mouton, des moules et du fromage. Il était heureux de proposer son aide à des gens qui avaient joué un si bon tour aux Anglais.

Le *Unicorn* marchait bien et ses fonds restaient secs. L'eau bleue était striée de longues bandes marron. Brian expliquait cela par l'effet des courants des marées qui s'engouffraient en mer d'Irlande par le nord et par le sud, remuant ses eaux en tous sens. Ruadh, qui s'était proclamé maître coq, pouvait enfin cuire les aliments, car le briquet de Pádraig fonctionnait fort bien : dès les premiers chocs du métal sur la pierre à feu, l'amadou s'enflamma. Ruadh bénit le repas avec conviction. Après que le mouton eut été avalé, on mit plus d'application au maniement des hameçons et la mer offrit des carrelets et des maquereaux. Thorkell refusait de manger le hareng : il prétendait qu'en Islande, il fallait être affamé pour accepter un tel poisson.

Laissant Dublin loin à bâbord, le *Unicorn* longea l'île de Man, jadis un fief viking, et l'on aperçut bientôt l'Écosse. On repérait parfois une voile au loin, mais aucun bâtiment ne s'approcha d'eux. Salué par une troupe de dauphins, le dogre fut entraîné par le courant du chenal du Nord et fit son entrée dans l'archipel des Hébrides. Jón observait ces hautes terres sauvages, dont on disait qu'elles étaient des repaires de naufrageurs. Mais on disait ça de toutes les îles.

Le *Unicorn* approcha de l'une d'entre elles, dominée par trois montagnes rondes. Il s'engagea dans un loch profond et sinueux. Ruadh montrait la lande herbeuse et pâle, les sombres étendues de bruyère.

– L'île de Jura, c'est un des coins que j'préfère, dit le Gaël. J'y venais souvent dans le temps. Une chance qu'on ait un arc à bord : j'compte bien attraper un de ces cerfs qu'on voit là-bas, sur les pentes. Comme ça, on pourra manger un repas digne de ce nom, avant qu'on se sépare. Parce qu'ici, on n'est plus bien loin de mon île.

Le grand rouquin battit le briquet, fit un feu, et découpa l'animal. Les hommes étaient assis dans l'herbe et parlaient peu. Le feu incitait à laisser vagabonder ses pensées. Ruadh posa des lamelles de viande sur les braises. Il était ému.

On leva l'ancre dès l'aube. Le vent était toujours favorable et modéré, une chance pour la saison, et pour l'estomac de Thorkell qui semblait s'être amariné. Après avoir contourné bon nombre d'îles, Canna fut bientôt en vue.

Le dogre s'engagea dans la passe d'entrée, qui donnait accès à une petite baie suffisamment fermée pour offrir un abri parfait contre vents et mers de toutes directions.

L'île ressemblait à un immense navire échoué gîtant sur bâbord : au sud s'étendait une côte plutôt basse, mais la pente s'accentuait à mesure. Le relief s'escarpait jusqu'à la crête, puis la montagne sombrait en falaise dans la mer, au nord. Les teintes colorées des feuillus contrastaient avec la sombre austérité des conifères. Les prairies étaient couvertes de moutons. On apercevait quelques fermes. C'était beau. Des phoques observèrent la manœuvre de mouillage, alors que des huîtriers pies survolaient le bateau et paraissaient évaluer les nouveaux venus. Des barques étaient tirées sur la grève et des gamins couraient le long du rivage. Ruadh porta la main à son front pour mieux discerner les visages.

9

Ils n'étaient plus que trois. L'équipage du *Unicorn* n'oubliait pas qu'il était en fuite. Après seulement une journée passée à Canna, il s'était séparé d'un de ses membres et avait levé l'ancre. Sa sécurité passait par la discrétion et la fugacité des escales. La tristesse finirait par passer, comme toujours. Les hommes savaient que lorsqu'on poursuivait un dessein exigeant, tout le reste devait s'effacer, sous peine de risquer l'échec. C'était ingrat et exaltant. Quitte à sacrifier des amitiés, des amours, ils devaient suivre leur destin sans compromission.

La vision du corps d'Alice se serrant contre le sien hantait souvent les nuits de Jón. Il savait qu'il ne la reverrait plus. Il savait aussi qu'il toucherait à d'autres femmes, c'était en tout cas ce que lui prédisait Thorkell. En attendant, il fixait l'image de la jeune Anglaise dans ses pensées, depuis ses mèches blondes jusqu'à ses pieds fins, redessinant une boucle, s'attardant sur une courbe. Toutefois, la perception de sensations plus fines s'estompait malgré lui : son parfum, le goût de ses lèvres. Alice commençait à lui échapper, à devenir plus diffuse. Cela l'irritait et le soulageait à la fois.

Durant ses quarts, il n'y pensait jamais. Ce jour-là, Brian lui enseigna ce qu'était la navigation à l'estime.

Lorsqu'on s'éloignait des repères qu'offrait la terre, il fallait évaluer continuellement son cap et sa vitesse afin d'en déduire la route suivie. Depuis l'archipel des Shetland jusqu'en Islande, c'était la pleine mer et il faudrait naviguer à l'estime. Brian lui apprit comment certains capitaines mesuraient la vitesse de leur bateau. Il dit à Jón d'aller à la proue et de lancer une vieille planche pardessus bord, le long du flanc du navire. Il se posta lui-même à la poupe. Lorsque le morceau de bois fut lancé, il le scruta attentivement à la surface de l'eau, puis leva le bras quand il passa devant lui. Il déclara, énigmatique :

– Le problème, c'est qu'on n'a pas de sablier à bord.

Comme l'apprenti matelot restait interdit, Brian expliqua que si on mesurait le temps que la planche avait mis pour aller de la proue à la poupe, et si on connaissait la distance entre ces deux extrémités, on pouvait en déduire la vitesse du bateau. Jón resta un moment à regarder la mer, puis s'empara d'un bout de bois et le lança dans la vague d'étrave. Sur toute sa longueur, la coque glissa le long du bâton. Il commençait à comprendre.

– Comment on va faire, sans sablier, en pleine mer ?

Depuis longtemps, Brian savait estimer la vitesse des bateaux sans sablier, au défilement des vagues, à l'angle de gîte, au chuintement de l'étrave, aux marques du sillage. Il répondit :

– On essaiera d'en trouver un aux Shetland.

– Donc, l'aiguille et la pierre d'aimant pour le cap, la planche et le sablier pour la vitesse. Et l'estime est faite ! déclara Jón, ravi.

– C'est pas si simple, tempéra Brian. N'oublie jamais la règle de base : il faut toujours rester humble devant la mer. Il n'y a pas de sablier ou d'aiguille qui sache donner la force et la direction des courants. Faut savoir se passer des instruments. Je me souviens, j'ai navigué une fois en mer du Nord sur un bateau marchand, sous les ordres d'un espèce de jeune blanc-bec, un fils d'armateur. Le ciel était couvert, on pouvait pas voir l'étoile-guide. Et le capitaine ne trouvait plus son chemin, parce qu'il avait perdu sa pierre d'aimant. Mais le vieux timonier, lui, n'avait pas besoin de consignes pour ramener le bateau. Il connaissait la houle, les nuages, les oiseaux de mer, les algues flottantes, tout ça.

Ce n'était guère encourageant. L'apprentissage de la navigation requérait-il donc de si longues années ? Brian sourit en avisant la mine déconfite de son élève.

– Il y en a qui apprennent plus vite que d'autres. Ceux qui observent tout le temps, les mouvements du bateau, la forme des nuages, ceux qui sont à l'affût du moindre changement de l'air, de la luminosité, de la température. Bref, ceux qui ne dorment que d'un œil. C'est ceux-là qui font des bons marins.

Le *Unicorn* avait laissé les Hébrides dans son sillage et l'on apercevait au loin l'archipel des Orcades.

– Les jeunes, vous allez pouvoir discuter avec les gens, dans ce coin-là, dit Brian. Ils parlent presque la même langue que vous !

Les Orcades et les Shetland n'étaient passées sous domination écossaise qu'une quinzaine d'années auparavant. Alors qu'elles étaient de culture nordique depuis des siècles, elles avaient été offertes en dot par l'ancien roi du Danemark Christian Ier, pour le mariage de sa fille Margrethe avec le roi d'Écosse James III.

Parce qu'il voulait longer la terre de ses ancêtres, Brian choisit d'emprunter le détroit de Pentland, entre les Orcades et l'Écosse. Le voilier y fut entraîné par un courant si terrible que la mer faisait d'énormes tourbillons, que les vagues ricochaient les unes contre les autres, que la barre ne répondait plus guère aux gesticulations de Thorkell, qui pâlissait autant que sa peau claire le lui permettait. Brian sourit en considérant les longs bras de son timonier, qui s'agitaient de manière aussi désordonnée que le faisait la mer.

– C'est le plus fort courant que je connaisse, affirma-t-il. Regardez ça, à quelle vitesse la terre défile ! Évidemment, le passage est pas possible par mauvais temps. Quand le vent vient contre le courant, ça lève un de ces clapots, ça déferle dans tous les sens ! Aujourd'hui, ça va, c'est plutôt calme.

Thorkell soupira et hocha la tête en signe d'incrédulité. Brian poursuivit :

– À bâbord, ce sont les Orcades. Et à tribord, le Caithness en Écosse. Les rois ont toujours eu du mal à tenir les clans qui dominent ce coin-là. Mon père a quitté le pays parce qu'il avait eu des ennuis avec un de leurs chefs.

Décidément, Brian était bien plus loquace en mer qu'à terre. Cependant, il pouvait se fermer comme une huître. Il s'accouda au bastingage et observa longuement la côte écossaise. Personne ne songea à le déranger. Bientôt la mer s'apaisa : le passage difficile était dans leur sillage. Brian sortit de sa torpeur et l'on remit le cap au nord. Il se félicita des conditions rencontrées. « Belle mer et bon vent », répétait-il.

Les quarts se succédaient. Le *Unicorn* filait toujours vers le nord et restait à bonne distance de terres qu'on apercevait depuis peu à tribord. Enfin, Brian décida d'incurver le sillage. À mesure que l'on s'approchait, on voyait mieux le relief marqué de l'archipel. Une petite île se détacha de la ligne de côte ; l'étrave pointait désormais droit dessus. Peu à peu, on distingua des îlots verticaux, des arches, des grottes. Brian dirigea le *Unicorn* vers une anfractuosité entre deux falaises. Le relief s'adoucit et l'on franchit une passe étroite et bordée de cailloux qui menait à un plan d'eau calme et circulaire. Il y avait là quelques fermes. C'était Hamna Voe, sur l'île de Papa Stour, aux Shetland. C'était le pays de Brian.

Jón se baladait seul sur la lande. Il dépassa la petite église, entra dans le cimetière. Il aimait flâner au milieu des pierres tombales. Il y en avait de très vieilles, la plupart des noms étaient norrois. Voilà une terre où il pouvait utiliser sa langue maternelle pour converser ; c'était comme s'il se trouvait à la périphérie de l'Islande. Cependant, son pays lui semblait de moins en moins accessible. Il descendit vers Housa Voe. Papa Stour se montrait décidément fort accueillante, avec ses trois *voes*, petites baies aux eaux calmes qui étaient autant de bons abris pour les bateaux, et avec ses habitants hospitaliers. Les membres de l'équipage du *Unicorn* étaient logés chez Niall. Jón sourit au souvenir de leur arrivée chez lui. Leur hôte paraissait aussi taciturne que Brian, mais quand ils s'étaient reconnus, les deux frères s'étaient jetés dans les bras l'un de l'autre. Lors du festin qui s'ensuivit, Niall leur avait proposé d'hiverner sur l'île, s'ils souhaitaient attendre les beaux jours.

Une rafale isolée balaya le *voe*. Jón s'assit dans l'herbe. Il songeait à la traversée vers l'Islande. Thorkell et lui hésitaient à s'y engager à deux sur le vieux dogre. Les nuits défilaient et la saison avançait. C'était la peur qui le freinait. Plus personne ne s'aventurait vers l'Islande en cette saison, d'autant moins avec un équipage réduit et encore inexpérimenté. Mais rester passer l'hiver présentait aussi des risques. On craignait des indiscrétions à propos du *Unicorn*, même si les gens de Papa Stour étaient solidaires. Deux hommes venus d'une autre île avaient posé des questions. La veille, un petit canot était entré à Hamna Voe, avait tourné autour du *Unicorn* puis était reparti.

Niall parla d'une possibilité de renfort pour l'équipage.

Sur l'île principale de l'archipel, on avait accueilli récemment quelques réfugiés, survivants d'un massacre ayant eu lieu à Bergen, en Norvège. Pour faire comprendre à Jón les raisons de ce massacre, il fallut d'abord lui donner les grandes lignes de l'histoire des pays du Nord, dont il ne savait pas grand-chose.

Autrefois, l'Islande avait été indépendante. Elle l'était restée près de quatre cents ans, depuis le début de sa colonisation par les Vikings au IXe siècle, jusqu'en 1264, année de la signature du Vieux Pacte avec le roi de Norvège. En 1380, la Norvège avait basculé à son tour sous le joug du Danemark, entraînant avec elle l'Islande, ainsi que les îles Féroé et le Groenland.

Selon la volonté du Danemark, toutes les marchandises provenant de ses possessions devaient transiter par le port norvégien de Bergen, afin de mieux contrôler le commerce et les taxes. Depuis des décennies, les marchands allemands de la Hanse avaient obtenu du Danemark un quasi-monopole des transactions effectuées à Bergen, qui était devenue leur comptoir. Malgré tout, de nombreux bateaux anglais commerçaient directement avec l'Islande, ce qui leur valait d'être fréquemment en conflit avec les Danois et les Allemands.

Durant l'été, les hommes de la Hanse avaient convié à un dîner les marins anglais qui fréquentaient le port de Bergen, et les quelques Norvégiens qui résistaient encore à leur influence. Il s'agissait d'un terrible traquenard : les invités avaient été attaqués par leurs hôtes avant d'avoir pu goûter au dessert. Parmi les quarante morts se trouvaient de nombreux pilotes expérimentés qui connaissaient les routes du Nord. Se trouvaient aussi une poignée de marins islandais qui avaient choisi de se mettre au service des Anglais.

– J'ai croisé un rescapé islandais, il y a deux semaines, annonça Niall. Un jeune marin, un costaud, qui a trouvé un boulot de palefrenier sur la Grande Île. Si vous voulez, je peux vous y emmener avec ma barque, après le coup de vent.

Jón et Thorkell reprirent espoir.

Brian continuait de transmettre à Jón son savoir en matière de navigation. Il lui parla longuement des îles Féroé, où il n'était pas prévu de relâcher, mais qui pouvaient être une solution de repli en cas d'avarie. Il mettait en garde contre les furieux courants de marée qui enserraient ces îles. En cas de mauvais temps, il valait souvent mieux rester en mer plutôt que de prendre le risque de se faire entraîner sur des cailloux.

– Il faudra éviter Kirkjubø, c'est le siège de l'évêché, pour pas avoir d'ennuis avec les Danois. Mais en cas de problème, les Féroïens devraient être de votre côté. Ils parlent une langue qui ressemble encore plus à l'islandais que celle des Shetlandais. Évidemment, c'est pas la meilleure saison pour naviguer dans les eaux des Féroé.

Les propos de Brian n'étaient guère rassurants. Il faudrait compter sur la chance pour rejoindre l'Islande.

Egill Demi-Troll méritait bien son surnom : le robuste gaillard dépassait Jón d'une tête en hauteur et d'une épaule en largeur. Il était originaire des fjords de l'Est, en Islande. Poussé par la misère, il s'était enrôlé comme mousse sur un voilier anglais. Depuis deux hivers, il avait économisé un petit pécule, qu'il était parvenu à sauver lors du massacre de Bergen. Bien qu'il jugeât hasardeux de rejoindre le pays en cette saison, il avait été touché par l'histoire de ses deux jeunes compatriotes et avait décidé de profiter de l'opportunité. De son propre aveu, il ne s'entendait guère en pilotage, mais se présentait comme un solide matelot rude à la peine, capable de manœuvrer par tous les temps. Son teint hâlé, son corps noueux et ses doigts rugueux semblaient confirmer ses dires. Brian suggéra de lui donner la responsabilité des manœuvres, alors que Jón se concentrerait sur son rôle de pilote. Et Thorkell, qui n'était pas fait pour naviguer, eh bien Thorkell ferait ce qu'il pourrait !

Si Brian était réticent à l'idée de ce départ tardif, il ne fit rien pour l'empêcher. Il avait fait part aux jeunes Islandais des risques encourus, c'était à eux de prendre la décision. Parfois, il se reprochait de les abandonner et envisagea un moment de les accompagner. Mais c'était aller au-devant de complications, car les marins étrangers n'avaient pas le droit de passer l'hiver en Islande.

Un soir, alors que tout le monde était assis à la table pour le souper, le frère de Brian prit la parole :

– Écoutez-moi tous. On dit que les Islandais sont des gens plutôt lents, mais Thorkell n'a pas traîné longtemps pour faire la conversation à ma fille ! Il a abusé de mon hospitalité. Faut donc qu'il parte sitôt que le temps le permettra. Et d'ici là, je veux pas voir un Islandais approcher ma fille, ni même la regarder !

La jeune fille se mit à rougir. Elle n'avait pas été insensible aux approches du garçon. Thorkell se tortilla un moment sur sa chaise, puis répondit :

– Je partirai. Pour l'Islande.

Fin novembre, le vieux *Unicorn* appareilla. Il pleuvait mais le vent était bien orienté. Brian vint souhaiter bonne chance à l'équipage. Alors qu'il n'avait guère l'habitude de plaisanter, il surprit ses compagnons en lançant à Thorkell :

– Tu n'es qu'un incorrigible trousseur de cottes ! J'espère que la mer secouera suffisamment ce fichu baquet pour que tu expires tripes et boyaux et que tu expies tes péchés !

Lorsque le bateau sortit du *voe*, il n'y avait que la main de Brian pour s'élever sur le rivage. Egill Demi-Troll s'affairait à la manœuvre, aidé mollement par ses deux compagnons. Jón avait l'estomac noué. Il se sentait nauséeux. Il était le plus jeune à bord et devait trouver la route de l'Islande. L'escale lui laissait un goût amer. Il reprocha à son ami de n'avoir pas respecté leurs hôtes. Thorkell, irrité, lui répondit qu'il comprendrait mieux son attitude lorsqu'il oserait enfin toucher à une femme, et qu'il devait sans doute être jaloux. Jón fut d'autant plus piqué au vif que son ami n'avait peut-être pas tort.

Cette nuit-là, Jón pouvait voir l'étoile-guide et il vérifia que l'aiguille préalablement frottée avec la pierre d'aimant indiquait toujours la même direction. Brian lui avait dit de faire cap à l'ouest pendant un jour et demi environ, jusqu'à voir les îles Féroé, de passer à leur sud puis de faire cap au nord-ouest. Par bon vent, l'Islande pouvait apparaître au bout de quatre jours.

Egill précisa :

– J’ai fait trois fois la route Bergen-Islande, avec les Anglais. Notre patron disait qu’il fallait passer au sud des Féroé, à une distance qui permet de voir la moitié de la hauteur des montagnes au-dessus de l’horizon. Mais j’ai jamais vu les Féroé : elles étaient toujours cachées par la brume.

– Dis donc, ton capitaine devait être bien expérimenté, fit remarquer Jón.

– Il disait même qu’il connaissait la route du Groenland, et qu’il savait tout ça par un vieux pilote norvégien. À force de fréquenter Bergen et l’Islande, les Anglais ont appris pas mal de choses sur les routes du Nord. Mais elles risquent d’être bientôt complètement oubliées, à cause de ces chiens de Danois.

– Qu’est-ce que les Danois ont à voir avec ça ? demanda Jón.

– Ils sont bien trop occupés à faire la guerre aux Suédois, ou à faire des risettes aux Allemands. Regarde comment ils ont abandonné le Groenland ! Et peut-être même bientôt l’Islande ! Aujourd’hui, à cause d’eux, il n’y a plus grand monde pour se souvenir de la route qui mène au Groenland, sans parler des terres plus lointaines.

– Tu disais que des Anglais connaissaient cette route, objecta Jón.

– Beaucoup de ceux qui savaient encore des choses ont été massacrés à Bergen.

Egill tourna son regard vers le large. Les vagues étaient noires.

– C’était horrible, marmonna-t-il.

Quelques moutons striaient la mer sombre de leur écume.

– On raconte que les Anglais font de la contrebande, dit Jón.

– Je suis de ceux qui pensent que les Anglais valent mieux que les Danois, répliqua Egill.

– Les Anglais m'ont enlevé.

– Ils m'ont sorti de la misère.

Au détour d'un nuage, la lune fit son apparition.

– Qu'est-ce que tu sais du Groenland ? questionna Jón.

– Oh, pas grand-chose, répondit Egill. On dit que les Groenlandais sont des gens querelleurs, ombrageux. Mais on n'a plus entendu parler d'eux depuis longtemps. Un jour, des pêcheurs anglais m'ont dit qu'ils avaient approché les côtes, mais ils ont pas parlé d'habitants. Je suis pas sûr qu'il y ait encore quelqu'un là-bas.

– Et qu'est-ce que tu sais de la route du Groenland ? précisa Jón.

– Mon patron disait qu'il fallait passer au sud de l'Islande, sans la voir mais assez près pour croiser les animaux qu'on trouve dans ses eaux : les baleines, les oiseaux de mer. Après, en continuant plein ouest, on arrive sur une côte : c'est le Groenland. Mais pour rejoindre les Établissements nordiques, il faut encore longer cette côte vers le sud, jusqu'à un grand cap, qu'on doit contourner. Les Groenlandais sont un peu plus loin… s'ils sont encore là !

Peu à peu, les étoiles reprenaient possession de la voûte céleste.

– En Islande, tu ferais mieux de raconter que les Anglais t'ont enlevé, suggéra Jón.

– Bien sûr, dit Egill. Je te fais confiance pour nous y amener.

– J'espère qu'on verra les Féroé. Bon, je vais passer le relais à Thorkell.

Mais les Islandais ne virent pas les îles Féroé. La brume, habituée des lieux, enveloppait le *Unicorn*.

Jón regretta de n'avoir pas pu se procurer de sablier afin de mesurer la vitesse du bateau. Il compara son estimation avec celle d'Egill, puis décida d'obliquer vers le nord-ouest.

Lorsque la brume se leva, ce fut pour laisser la place à un ciel plombé. Le vent de sud-est forcissait rapidement. Thorkell abandonna son dernier repas sur le plancher de la coursive et se réfugia sur sa paillasse en gémissant. Les vagues s'élevaient de plus en plus haut. La voile fut carguée et soigneusement ferlée, on naviguait « à mât et à cordes », comme disait Egill. Les embruns fouettaient les visages, le vent hurlait dans le gréement et il fallait crier pour se faire entendre. Egill tenait fermement le gouvernail et s'était attaché avec une corde. Poussé par le vent, le bateau filait à vive allure. Jón ne savait plus très bien où ils étaient et se demandait s'ils n'allaient pas passer à côté de l'Islande. Egill fit remarquer que si la tempête se prolongeait, il vaudrait peut-être mieux rater l'Islande que s'y fracasser. Malgré ces perspectives peu réjouissantes, Jón s'étonna lui-même de rester si calme. La peur n'était pas loin, mais il ressentait une curieuse ivresse dans la lutte contre la furie de la mer et du vent. Des fulmars venaient frôler le mât ou la proue. Il admirait leur facilité à raser l'écume et à contourner le bateau, indifférents au mauvais temps. Il était subjugué par la danse des vagues, reliefs mouvants et escarpés qui rattrapaient le vieux dogre et le bousculaient inlassablement. Comme un chat s'amuse avec une souris, pensa-t-il. Son visage se rembrunit. Le pont était régulièrement inondé par des paquets de mer. Jón s'apprêtait à relayer Egill quand il entendit la voix plaintive de Thorkell. Son compagnon lui indiqua de la main les fonds du bateau, où l'eau avait fait de nouveau son apparition.

Dès lors, ce fut une lutte incessante pour garder le navire à flot. Thorkell rassembla ses maigres forces et se mit à écoper. Ceux qui ne tenaient pas la barre manipulaient les seaux d'eau de mer glacée. Le *Unicorn*, alourdi, résistait à la poussée des vagues au lieu de se laisser glisser. À l'intérieur, on entendait les membrures de bois craquer de toutes parts, comme si le vieux dogre se tordait de douleur.

Les bourrasques de pluie ou de neige se succédaient. Les hommes, épuisés, hagards et transis, étaient plus préoccupés par leur survie immédiate que par des considérations de navigation. Après deux nuits de fuite effrénée vers le nord-ouest, Jón évalua qu'on devait approcher des atterrages de l'Islande, mais cette idée lui paraissait impalpable, comme irréelle. C'était la première fois qu'il devait piloter un bateau, il n'avait donc jamais pu confronter ses estimations à la réalité. Il en venait même à douter qu'il pût y avoir des terres quelque part au milieu de ce chaos liquide.

Soudain, une trouée dans les nuages laissa apparaître des fragments de relief gris, qui semblaient flotter dans un domaine où la glace et les nuées s'enchevêtraient en contours incertains.

L'Islande surgissait de la mer.

Gorgé d'eau, le *Unicorn* était devenu ingouvernable. Des bancs de nuages bas voilaient le socle des montagnes et il était impossible de distinguer les détails de la côte.

Tout à coup, entre la montagne et la mer, une bande sombre apparut, toute proche. Egill Demi-Troll hurla :

– Les sables ! Accrochez-vous, on a peut-être une chance !

Les vagues énormes se creusèrent encore jusqu'à déferler en rouleaux. Le vieux dogre se mit en travers et bascula violemment. Jón sentit l'eau salée lui envahir la bouche.

Deuxième partie

Breidafjord

10

À son réveil, la fumée lui piqua les yeux. Un visage crevassé par les rides l'examinait. C'était une vieille femme. Un foulard foncé dissimulait ses cheveux. Elle était accoutrée d'une robe noire de *vadmál*. La vision de ce tissu de bure grossier, si commun en Islande, faisait affleurer dans l'esprit de Jón des réminiscences de son passé. Ses yeux continuèrent à observer. Les pieds de la femme étaient protégés par des lambeaux de cuir de vache cousus. Elle se retourna et se dirigea vers le feu, qu'elle entretint avec un morceau de bouse séchée. Puis elle clopina de long en large. Ses savates défraîchies traînaient sur la terre battue.

Jón était trop faible pour parler, et la vieille ne disait rien. Il était allongé sur une paillasse étalée à même le sol, contre les mottes de tourbe du mur. Il cligna des yeux. Un rai de lumière pénétrait par une minuscule fenêtre calfeutrée d'un carreau de peau noirci. Il crut reconnaître, posé sur une pierre plate, le briquet en fer forgé du *Unicorn*. Il referma les yeux et se rendormit.

Deux hommes firent irruption dans la cahute, les bras chargés de bois et de cordages. Ils déposèrent leur fardeau sur le sol. Le plus grand s'approcha de

Jón et lui parla doucement. C'était Egill Demi-Troll. L'autre homme déclara :

– J'm'appelle Thormódur, et là, c'est ma mère, Ragnhildur. Comme vous pouvez voir, on n'est pas bien riches. On vous a sauvé la vie, ouais, à tous les deux.

– Où est Thorkell ? s'enquit Jón.

– Il s'est noyé, répondit Egill. Le malheureux a dû être assommé pendant le naufrage. On a retrouvé son corps sur le sable, et on l'a ramené.

– Ben on peut dire qu'vous avez d'la chance de nous avoir trouvés, dit Thormódur. Y a pas de ferme dans le coin. Plus personne veut s'installer ici, à cause du volcan. Mais moi, j'suis pas un couard ! On trouve de quoi bouffer, ici : on chasse les oiseaux et on ramasse des baies. Et quand on a d'la veine, on récupère ce qu'il y a dans les épaves, ou on profite du bon cœur des voyageurs qu'ont besoin d'être guidés dans les sables. Bon, puisque t'es réveillé, faut nous aider à récupérer ce qu'on peut sur le bateau.

– Il doit encore se reposer, coupa Egill.

Jón reprenait peu à peu ses esprits. Thorkell était mort. Son dernier compagnon de Bristol. Son ami.

Il n'avait pas vraiment écouté les propos tenus par leur hôte, mais sa voix rustre avait un ton qui suintait la roublardise. Il lui sembla qu'il faudrait s'en méfier. L'homme portait des braies et un manteau de bure. Son visage était dissimulé derrière une barbe hirsute et de longs cheveux grisonnants.

La vieille mit du *skyr* dans un bol. Jón se redressa. À la vue du lait caillé épais, de vieilles images de son enfance émergèrent de nouveau dans sa tête. Puis la femme remplit une écuelle de gruau, y ajouta du poisson séché extrait d'un baril, et lui tendit le tout.

– Je vais enterrer Thorkell, dit Egill. On ira au bateau demain.

Thorkell le Phoque, pourtant si bon nageur, avait péri noyé. Quelle ironie cruelle ! Jón aurait tout donné pour qu'il lui mît la tête sous l'eau. « Je suis impatient de te défier à ce jeu, ça devrait faire cesser tes railleries », avait dit Thorkell. Il n'en aurait pas l'occasion.

La première journée de Jón en Islande s'écoula lentement. Il aurait voulu dormir, ne penser à rien. Ou bien se lever, agir, aider Egill à enterrer son ami, fouler le sol islandais pour faire passer son chagrin. Mais ses tristes pensées s'engourdissaient dans un demi-sommeil tourmenté.

Thormódur marchait devant. Les jeunes naufragés suivaient en tirant la charrette sur le sable noir. Le ciel était entièrement couvert de nuages clairs. Jón regardait sans cesse autour de lui, la montagne rocheuse, les sommets enneigés, le glacier luisant, le sable sombre, son pays retrouvé. Tout était gris, blanc, noir. C'était beau.

– Notre sauveur va sûrement vouloir marchander son aide, lui dit Egill. De toute façon, on va devoir lui laisser l'épave, mais il faut qu'on récupère tout ce qu'on peut pour notre voyage. Je dois encore avoir de la famille dans les fjords de l'Est. C'est à quelques jours de marche, et d'après ce que j'en sais, le terrain est praticable. Pour toi, c'est plus compliqué : vers l'ouest, il y a des très grandes étendues de sable, qui sont pleines de pièges. Il y a des torrents pas faciles à traverser, et il faut faire gaffe aux sables mouvants. D'après Thormódur, prendre ce chemin en cette saison, et sans connaître, c'est aller à la mort. Il en rajoute peut-être un peu, mais il a pas tort : c'est ce qu'on disait aussi dans les fjords de l'Est. Il propose de te guider, mais il veut être payé.

– Je dépends donc de lui, dit Jón. Faudra que je me méfie : il pourrait facilement se débarrasser de moi sur la route.

– Je lui ai dit qu'on lui laissait l'épave du *Unicorn*, en échange de ses services. Mais il a répondu que l'épave lui appartenait, puisqu'elle est sur son rivage. Bien sûr, c'est faux. Il n'a aucun droit sur cette terre, même s'il dit qu'elle est à lui parce que personne n'en veut.

– J'ai des économies, une bourse de quelques pièces, dit Jón.

– Il vaut mieux que tu les gardes pour ton voyage, suggéra Egill. Je vais donner dix aunes[1] à ce rustaud de Thormódur pour qu'il t'emmène après les sables, jusqu'au couvent de Kirkjubær. Je lui ai dit qu'il était responsable de ta vie, et que si tu n'arrivais pas à destination, ta mort serait vengée. Mais je crois pas que mes menaces l'ont beaucoup dérangé. Il m'a demandé ce qu'on faisait sur un bateau anglais, et à qui il était. Je lui ai répondu que je l'avais acheté à Bergen, mais il se doute bien que ce bateau n'est pas à nous, et qu'on n'a aucun protecteur en Islande.

– Je te rembourserai ma dette sitôt que je pourrai, dit Jón.

– Tu m'as permis de rentrer chez moi, dit Egill. La dette est effacée.

– Au fait, comment tu t'es sorti du naufrage ? demanda Jón.

– J'ai eu de la chance : je suis passé par-dessus

1. Le terme « aune », employé comme unité d'échange, désignait la valeur d'une aune de *vadmál*. L'aune correspondait à la longueur de l'avant-bras, c'est-à-dire 49 cm.

bord juste avant que le bateau soit roulé par une déferlante. Je me suis fait déposer presque en douceur sur le sable. Je me suis mis aussitôt à votre recherche et je t'ai trouvé près de l'épave, au milieu des débris du bateau. T'étais évanoui, mais tu respirais encore, et je t'ai frictionné. C'est à ce moment-là que j'ai vu arriver Thormódur.

Les hommes atteignirent le bateau. Les vagues déferlaient sur la plage en puissants rouleaux. Jón observa l'épave de ce bon vieux *Unicorn*, qui avait accompagné ses rêves de retour depuis deux hivers, et l'avait finalement ramené au pays. Le voilier gisait sur le flanc, son mât avait disparu. Au loin vers l'ouest, on apercevait une masse rocheuse, comme un immense vaisseau de pierre surgi des sables noirs.

– C'est le promontoire d'Ingólfur, le premier colonisateur de l'Islande, commenta Egill. C'est ici qu'il a accosté en arrivant de Norvège, mais il s'est installé beaucoup plus à l'ouest, dans le Faxaflói.

Le déchargement et le désossement de l'épave exigeaient un long et pénible travail. Les jours étaient courts et l'on ne pouvait faire qu'un ou deux trajets quotidiens quand le temps le permettait. À pleine mer, on pataugeait dans l'eau. Thormódur voulait ramener un maximum de bois, de corde et de toile. À chacun des voyages au bateau, Jón revoyait Thorkell évoluer sur le pont, le dernier endroit où il l'avait vu. Il récupéra la pierre d'aimant et l'aiguille. La dixième nuit, une nouvelle tempête éparpilla les restes du *Unicorn*. C'en était fini du vieux dogre.

Les deux jeunes gens promirent de se revoir. Les hommes étaient chargés de sacs emplis de provisions et de couvertures. Egill Demi-Troll s'éloigna vers l'est, alors que Jón et Thormódur prirent la direction de l'ouest. Ils marchèrent à flanc de montagne, où se trouvaient les meilleurs gués pour franchir les nombreuses rivières. Cependant, lorsqu'un glacier atteignait les sables, son front déversait des torrents impétueux qui obligeaient à faire de larges détours vers l'aval, jusqu'à trouver un passage. Thormódur savait lire le sable et évitait les zones plus sombres où, disait-il, on pouvait s'enfoncer sans pouvoir en sortir. Parfois, il décidait de couper par la glace. Dans les passages difficiles, les hommes y creusaient la trace avec leurs bâtons. Ils contournaient des crevasses au bleu profond, en se méfiant des ponts de neige. Jón frémissait aux craquements lugubres des séracs. Son guide n'était guère loquace mais commentait ses choix de route. Le temps était propice à l'avancée des deux hommes et l'on pouvait marcher au clair de lune.

On s'approchait d'un immense glacier, qui s'enfonçait dans un désert de sable noir se perdant à l'horizon. Des rivières d'un gris laiteux serpentaient sur la plaine plongée dans la pénombre. Les marcheurs firent halte tard dans la nuit. Ils tendirent sur les branches des arbustes un morceau de la voile du *Unicorn* et mangèrent des biscuits récupérés de ses soutes, copieusement salés par l'eau de mer. Le glacier brillait sous la lune.

Thormódur se retourna et montra celui qu'ils avaient contourné :

– Derrière nous, c'est l'Öræfajökull. En dessous, y a le volcan qui a recouvert la moitié du pays sous la cendre et sous la pierre ponce, ça doit faire au moins un siècle, ouais. C'est pour ça que plus personne veut s'installer dans le coin, encore maintenant. Et devant nous, c'est l'dernier glacier, le plus dur à passer : le Skeidarárjökull. Toute cette glace descend d'la calotte du

Vatnajökull, qu'est le plus grand des glaciers du pays. Y en sort des sacrées rivières, et souvent y vaut mieux monter sur la glace pour en faire le tour. Heureusement que c'est pas la période de crue, on arrivera bien à trouver des gués. Une fois, un vieux m'a raconté que quand y a un des volcans cachés sous le glacier qui s'énerve, ça fait fondre un sacré paquet d'glace, ça fait des torrents du diable, et ça inonde toute la plaine ! Mais rassure-toi, ça arrive pas souvent. Après l'glacier, on rejoindra les premières fermes, et on pourra longer la montagne, jusqu'au couvent. Si tout va bien, c'est à trois jours de marche.

Pour la première fois, Thormódur paraissait détendu. Il se laissa aller à raconter des histoires :

– Les mauvaises langues colportent pas mal de choses sur les nonnes de Kirkjubær et sur les moines de Thykkvibær… On dit qu'le pont de la Skaftá, entre les deux couvents, était toujours bien entretenu, parce que ça favorisait les échanges, si tu vois c'que j'veux dire… Il paraît qu'y a pas si longtemps, les moines traversaient plus souvent qu'à leur tour, et on y menait joyeuse vie ! On y tenait tellement, à ce pont, qu'on gardait tout l'bois flotté pour le réparer, ouais. D'ailleurs, on appelle encore ce coin « le rivage du Pont ».

Quand Jón se réveilla, un épais brouillard entourait le campement. Comme il ne voyait pas son compagnon de voyage, il se leva promptement et inspecta les environs. Thormódur avait disparu. Il avait emporté sa besace avec lui : il ne reviendrait pas. Le jeune homme était furieux de s'être ainsi laissé berner. Dire qu'Egill avait donné dix aunes à ce diable d'homme des sables ! Il vérifia le contenu de son sac : rien n'y manquait. Son guide lui avait laissé de quoi s'en sortir. À bien y réfléchir,

Thormódur lui avait enseigné la manière de chercher un bon passage dans les sables ou la glace ; avant de disparaître, il avait même évoqué la meilleure option sur la route à venir. L'homme n'était pas si mauvais. Mais peut-être avait-il donné ces conseils afin d'encourager le jeune homme à continuer son chemin plutôt qu'à chercher à se venger.

Jón décida de continuer vers l'ouest, malgré le brouillard. En longeant la limite des sables et de la montagne, il ne pourrait pas se perdre. De temps à autre, une percée dans les nuées laissait apparaître un fragment de paroi minérale. Dans leurs enlacements, la brume et la roche dessinaient la figure de quelque monstre de pierre. Des créatures semblaient surgir de leur résidence des montagnes. Jón frissonna en pensant aux histoires de trolls rapportées par Egill. D'après lui, ces affreux géants, qui se montraient volontiers maléfiques, pouvaient apparaître à tout instant, surtout dans les régions reculées du pays.

Un peu plus loin, le glacier lui barra le chemin. Il longea quelque temps son front de glace sale, mais devait souvent s'en écarter afin de contourner des mares d'eau glacée. Il songeait à son retour à la ferme, à sa mère qui ne l'attendait peut-être plus. L'air chargé d'humidité engourdissait son esprit. Bientôt, il ne vit plus que du sable noir autour de lui. Il continua de marcher dans la direction qui lui semblait être la bonne. S'il croisait un cours d'eau, il pourrait le remonter jusqu'au glacier… Il marcha encore. Soudain, il stoppa sa progression et observa le sable, incrédule. Il allait croiser une série d'empreintes. Non, ça ne faisait aucun doute : elles avaient été dessinées par ses propres pas ! Découragé, il s'effondra sur le sol et mit sa tête dans ses mains. Que faire ? Le froid et la peur l'envahirent. Il trembla.

Il devait marcher encore et encore, quitte à tourner en rond. Il finirait bien par trouver de l'eau courante. Le brouillard lui parut de plus en plus opaque : c'était le soir qui tombait. Ça devenait dangereux de continuer à marcher car on n'y voyait guère à deux pas. Il mit le pied dans une boue épaisse et trébucha. Il voulut s'appuyer sur son bras mais celui-ci s'enfonça dans le terrain mou et noir. Il s'engluait. Les sables mouvants !

Son autre bras parvint à accrocher le sable dur, à y ramener son corps. Il était couvert de boue. Des frissons parcoururent son dos, ses épaules. Ça ne pouvait plus continuer ainsi. Il commençait à manquer d'eau, alors qu'il savait y en avoir à profusion autour de lui.

Il fouilla son sac pour faire l'inventaire de ce qui lui restait. Son doigt se piqua sur un objet pointu. L'aiguille ! La pierre d'aimant ! Voilà qui allait lui permettre de naviguer dans les sables ! Ragaillardi, il s'emmitoufla dans la toile. Il avait des chances de s'en sortir désormais.

Il ne dormit guère à cause du froid et la longue nuit lui sembla interminable. Il se décida à reprendre son chemin dans l'obscurité. Il dut sacrifier un peu d'eau pour remplir son écuelle et faire flotter l'aiguille sur un bâtonnet. Si elle indiquait toujours le nord, il lui fallait la suivre afin de rejoindre le glacier.

Alors que la nuit n'en finissait pas, il vit enfin le glacier surgir des ténèbres, comme une masse grise et tourmentée. Il repartit alors vers l'ouest. Le jour semblait se lever, mais la brume persistante l'obscurcissait. De nombreuses rivières firent obstacle à sa progression, l'obligeant à faire autant de détours vers l'aval, à la recherche d'un gué. L'eau glacée lui arrivait parfois jusqu'en haut des cuisses, et il devait traverser rapidement pour éviter l'engourdissement. S'il trébuchait, c'en serait fini de lui.

Plus loin, une rivière lui barra le chemin ; son débit interdisait tout passage. Passer par le glacier était folie dans ce brouillard. Vers l'aval, probablement atteindrait-il la mer avant d'avoir trouvé un gué. Il ne voyait aucune issue. Il prit sa dent d'ours blanc entre ses doigts.

Le vent du nord se leva, glacial. C'était sa chance. Les nappes de brouillard glissèrent vers la mer. Le glacier, immense, resplendit. Au-delà de la rivière, son front interminable paraissait toucher à sa fin. Jón s'engagea sur la glace. Mais le Vatnajökull n'allait pas se laisser franchir aussi facilement. Les rafales soulevaient des nuages de neige et cinglaient son visage. La visibilité se réduisait dans les bourrasques, ce qui rendait hasardeux le choix du meilleur chemin parmi les crevasses. Plusieurs fois, il dut attendre une accalmie avant de continuer. Sa capacité de résistance le surprenait lui-même. Peut-être que tout homme en danger de mort disposait d'une réserve de ressources insoupçonnées.

Il foula enfin le sable. En longeant de près le front glaciaire, il était plus à l'abri du vent, mais devait contourner des mares d'eau grise. Juste avant la nuit, il atteignit des pentes herbeuses. Les grands déserts de sable noir et de glace étaient derrière lui. Il trouva un enfoncement dans la roche, une petite grotte où passer la nuit.

Lorsqu'il vit la fumée, il sut qu'il s'approchait des hommes. C'était une fermette nichée dans un vallon. Un paysan en retapait l'enclos. Il aperçut Jón sur la crête et arrêta son ouvrage. Il le laissa venir, le regarda de haut en bas, le dévisagea et lui annonça :

– On n'aime pas les vagabonds, par ici.

– J'ai traversé les sables, et je te demande l'hospitalité, dit Jón.

– Tu dois être le plus vaillant des hommes pour avoir accompli un exploit pareil, répondit l'homme avec un sourire narquois. Mais je crois plutôt que tu dois être un sacré menteur. Personne ne traverse les sables à pied en cette saison, surtout avec la brume qu'il y a eu. Ou alors, si t'as pris des risques pareils, c'est que t'as dû faire de bien mauvaises actions dans l'Est… Tu dois être un de ces hors-la-loi des hautes terres de l'intérieur. Dans tous les cas, t'es pas le bienvenu.

– Regarde mes vêtements et mon sac, dit Jón. Le sable s'est mis partout.

Le fermier ouvrit le sac et le vida sur le sol. L'aiguille tinta contre une pierre. Jón ajouta :

– Je peux te prouver qu'on peut trouver son chemin dans la brume.

– Si tu dis vrai, je te donne l'hospitalité, dit le fermier. Sinon, tu fous le camp d'ici.

Jón mit de l'eau dans son écuelle, frotta l'aiguille avec la pierre d'aimant, la posa sur un bâtonnet et le fit flotter. Il le tourna dans un sens, puis dans l'autre. Le bâtonnet revenait toujours dans le même axe. Jón répéta sa démonstration, pour l'édification du fermier.

– Par quelle diablerie ?

Il n'en croyait pas ses yeux.

Jón eut droit à des saucisses, du fromage et de la bière. La femme de son hôte lui avait fourni obséquieusement des vêtements de rechange : une chemise de *vadmál*, des braies, et même un long manteau. Le couple regardait religieusement le jeune miraculé des sables engloutir la nourriture. Puis le fermier dit :

– Ma foi, tu dois être un sacré magicien pour commander l'aiguille comme ça.

– J'ai besoin d'un cheval pour continuer ma route, dit Jón. Si tu m'en prêtes un, je te le ramènerai après l'hiver.

L'homme ne s'attendait pas à une telle requête. Comme il était à la fois superstitieux et avare, il hésita. Jón sentit son indécision et ajouta d'un ton ferme :

– Si je dois continuer à marcher à cause de toi, je ne réponds plus de la manière dont ma magie pourrait s'exercer. C'est elle qui m'a aidé à traverser les sables à pied, en hiver, et avec la brume, ce que seuls ceux qui savent certaines choses peuvent accomplir. Ne m'oblige pas à user encore de ma magie, parce que ça serait contre toi, qui m'as tout d'abord refusé l'hospitalité.

Le fermier eut un mouvement de recul et blêmit. Pressé de voir disparaître son inquiétant visiteur, il concéda :

– Tu dois avoir de grands pouvoirs, bien que tu aies quand même dû traverser les sables à pied. C'est un honneur pour moi de te prêter un cheval.

– Je n'abuserai pas de ton hospitalité, dit Jón. Je repars demain. Comme ça, tu ne regretteras pas de me donner des provisions pour la route.

Jón n'était jamais monté sur un cheval. Dans la cabane qui servait d'écurie, il tentait de se rassurer. Les chevaux étaient plutôt trapus. Ils avaient le poil rude et le crin épais, mais n'étaient pas bien grands, comparés à ceux de Bristol. Une fois, Gruffydd lui avait laissé les rênes du chariot de la tannerie. Certes, l'attelage connaissait par cœur le chemin du Quai, mais quand même, il avait filé droit ! Le fermier choisit le plus petit de ses chevaux, c'est-à-dire celui qui avait le moins de valeur, une bête au regard morne et à robe grise, couleur de mauvais augure. Mais Jón ne protesta pas. Il monta maladroitement sur le cheval et s'éloigna, sous le regard perplexe de son hôte. Il fallait surtout ne pas tomber avant d'être hors de vue. Heureusement, sa monture n'était pas nerveuse et il franchit la crête sans encombre. Avant de disparaître, il se permit même de saluer d'une main le fermier.

Il n'avançait guère plus vite qu'à pied et devait se couvrir pour ne pas avoir froid. Il avait pu garder les vêtements de la ferme, qui s'ajoutaient à ses vieilles frusques anglaises encore maculées de traces de boue. Parfois, il mettait pied à terre et tirait le cheval derrière lui. Ça le réchauffait de marcher. Au moins n'avait-il pas à porter son sac. À cette allure, il mit deux jours pour atteindre le couvent de Kirkjubær.

Une intendante lui ouvrit la porte, soupçonneuse. Quand il raconta son naufrage, elle le prit pour un simple d'esprit. Quand il montra son aiguille aimantée et fit la démonstration de son pouvoir, elle lui lança un regard empli de crainte et fit un signe de croix. Elle lui donna des provisions et l'invita à s'éloigner, en lui conseillant vivement un refuge qui servait aux bergers durant l'été, plus haut dans la vallée. Mais la nuit était déjà bien avancée, et il dut encore dormir dehors cette fois-là.

Après avoir dépassé quelques fermes, où il obtint à l'occasion un peu de nourriture, Jón s'engagea sur la piste qu'on appelait la « route de derrière les montagnes ». Elle passait au nord du glacier Mýrdalsjökull, et semblait être le meilleur chemin pour rejoindre le

Breidafjord. En effet, continuer à longer la côte impliquait de parcourir encore des sables, de contourner des glaces, puis de traverser des cours d'eau imprévisibles.

Il lui fallait donc remonter le cours de la rivière Skaftá. L'intendante avait parlé d'une journée de cheval jusqu'au refuge. Probablement lui faudrait-il chevaucher plus vite pour tenir cette prévision. Il se mit à marteler les flancs de sa monture, de plus en plus vigoureusement, et parvint, après force talonnages, à lui imprimer une allure de *tölt*[1] respectable. Mais à peine avait-il atteint le rocher des Sœurs que le cheval se mit à boiter. Il descendit de sa monture au pied de ce curieux rocher, en forme d'énorme molaire. Un paysan lui avait raconté l'histoire des deux nonnes enterrées à son sommet, après avoir été brûlées vives, au siècle précédent. L'une d'elles avait injurié le pape, l'autre avait donné son âme au diable, jeté du pain consacré aux latrines et couché avec nombre de laïcs du district. Décidément, il s'en racontait des choses, sur le couvent ! Le récit l'avait fait sourire, mais pour l'heure, Jón n'était guère disposé à la gaieté. Il dut se rendre à l'évidence : le fermier lui avait fourni une rosse. Il continua son chemin à pied en tirant le cheval par la bride.

Le paysage avait été modelé par les volcans au cours des siècles. Jón entra dans un désert de collines arides aux teintes jaune et marron. Il n'avait plus croisé personne depuis qu'il s'était éloigné des dernières fermes proches du couvent. Le soleil bas de l'hiver se cachait déjà derrière les sommets. Faute d'avoir pu trouver le refuge avant que l'obscurité ne revînt, il dut encore s'abriter dans une cavité. Le lendemain, il contourna

1. *Tölt* : allure naturelle à quatre temps, qui peut aller aussi vite que le galop.

une immense coulée de lave sombre qui paraissait toute fraîche. On lui avait parlé de l'éruption du Veidivötn, un cataclysme ayant eu lieu sept hivers auparavant. Le volcan avait alors couvert de cendres une partie du pays. De nombreuses fumerolles jaillissaient des pentes des montagnes, dont les versants offraient au regard la palette entière des couleurs. Jón s'approcha d'une rivière d'eau chaude, se déshabilla et s'y baigna avec délectation. Il admira les flancs des montagnes, parcourus de traînées de rhyolites exhibant des teintes allant du bleu-vert au rose ou au rouge écarlate, tachetées de névés immaculés. En quelques jours, il avait fréquenté une nature invraisemblable. Il avait d'abord traversé des étendues sans couleur mais aux contrastes saisissants, où le blanc et le noir semblaient lutter en un combat titanesque, comme en témoignaient les détonations des séracs et les grondements des torrents glacés. Finalement, il avait atteint un lieu merveilleux où ne manquait aucune des nuances de l'arc-en-ciel, il était nu comme un ver et barbotait dans une eau délicieuse. Quel pays que le sien !

Jón s'abrita dans une cabane qu'il avait aperçue non loin de la rivière. Il fut tenté d'y prendre un ou deux jours de repos. Mais ses réserves de nourriture ne lui permettaient pas de s'attarder trop longtemps. Et il fallait profiter du ciel clair, qui l'autorisait à voyager à la lumière des étoiles dans l'interminable nuit d'hiver. La nature pouvait redevenir hostile. Il décida de se lever tôt le lendemain.

Durant la nuit, son sommeil fut brusquement interrompu par l'irruption d'un groupe d'individus.

– Eh, jeune homme ! Qu'est-ce que tu fais là, tout seul dans les hautes terres ?

Jón vit plusieurs silhouettes pénétrer dans la cabane. Il jugea que ça serait trop long de raconter son histoire, et que de toute façon elle ne serait pas crue. Il mentit :

– Je m'appelle Jón Thorsteinsson, je viens des fjords de l'Est et je vais dans le Breidafjord. Mon père est malade et je vais le voir.

Peu à peu, ses yeux s'habituèrent à l'obscurité. Ils étaient six, plutôt dépenaillés. Peut-être s'agissait-il de ces hors-la-loi errant dans les hautes terres inhabitées de l'intérieur, ces voleurs mis au ban de la société des hommes. On entendait de petits hennissements en provenance du dehors. L'homme qui avait déjà parlé dit :

– Nous, on vient des fjords du Nord, et on va dans les pêcheries du Sud, pour la saison. Est-ce que t'as à manger ?

– À peine pour moi. Il y a donc pas de poisson, dans le Nord ? demanda Jón, étonné.

– Il y a du poisson dans le Sud, et pas beaucoup de boulot dans les fermes en hiver. C'est pour ça que nos maîtres nous font traverser le pays. Si tu nous donnes à manger, on te laissera tranquille. Faut te dire qu'on est à bout. Plus au nord, on a été pris dans une tempête de neige. Il en est tombé une sacrée couche, jusqu'au milieu du ventre des chevaux. On a deux compagnons qui sont morts : ils ont gelé sur leur cheval.

Jón distribua des biscuits aux voyageurs. Ils les dévorèrent, sans faire de remarque sur leur salinité, puis fouillèrent son sac et le délestèrent des biscuits restants. Enfin, ils s'allongèrent pour dormir. Heureusement, ils n'avaient pas touché à sa modeste bourse. Le jeune homme attendit de compter six ronflements différents, prit son sac et sortit. Il flatta la croupe de son canasson, puis s'approcha des trois montures amenées par les visiteurs. Avec satisfaction, il constata de nouveau que les chevaux islandais étaient plus petits que leurs congénères anglais. Il en choisit un, le prit par la bride et s'éloigna dans la nuit.

Quand le jour pointa, il se décida à le monter. Il talonna comme il l'avait fait avec sa première monture, mais son nouveau compagnon était prompt à réagir et partit au galop. Jón se laissa tomber au sol avant de prendre trop de vitesse. Étourdi, il se releva avec difficulté. Par bonheur, il n'avait rien de cassé. Il vit le cheval qui s'éloignait rapidement dans la mauvaise direction, vers la cabane. Que faire ? Il n'avait plus rien à manger et il lui fallait vite rejoindre une ferme pour trouver de la nourriture, pendant que le beau temps le permettait. Ne pas récupérer le cheval était prendre le risque d'un long voyage à pied. Cependant, aller à sa recherche signifiait rallonger la route sans garantie de succès.

La chance lui sourit. Le cheval s'était arrêté pour s'abreuver à la rivière. Il se laissa approcher et monter. Jón s'appliqua à effleurer du talon les flancs de son remuant compagnon, qui poursuivit son chemin, en tranquilles foulées de *tölt*. Il avait désormais en ligne de mire le mont Hekla, aux pentes douces, coiffé de neige. Ce volcan était connu jusqu'à Bristol, où l'on prétendait que son cratère était une bouche de l'enfer. Jón ne prêtait pas attention aux élucubrations des Anglais, mais Egill lui avait raconté qu'au siècle dernier, les éruptions du Hekla avaient ravagé plusieurs fois le pays.

Cette nuit-là, les lumières du Nord apparurent dans le ciel, en face du volcan. Jón n'en avait plus admiré depuis son enlèvement. Illuminant la voûte céleste, d'immenses voiles jaune-vert semblaient onduler au vent. Jón laissa échapper des larmes, sans savoir si c'était la beauté infinie des lumières ou le souvenir de son enfance qui lui embuait les yeux.

Jón obtint enfin quelque nourriture auprès d'un pauvre paysan qui survivait sur le plateau rocailleux. L'homme lui conseilla de se diriger vers le nord, afin de rejoindre un gué permettant de franchir la Hvítá en amont, à une journée de là. Selon ses dires, cette rivière impétueuse était la plus dangereuse d'Islande, avec ses rapides, ses crues subites, et même ses énormes cataractes. Décidément, la nature islandaise affirmait encore sa puissance !

Le passage du gué se fit sans plus de désagrément que des vêtements mouillés. Une fois parvenu sur l'autre rive, Jón rejoignit la vallée de Haukadalur, plus verdoyante. Alors qu'il chevauchait dans des pâturages, il aperçut tout à coup, au loin, comme un immense jet d'eau s'élever, puis disparaître. Interloqué, il mit pied à terre, prit son cheval par la bride et s'approcha prudemment. Il s'engagea au milieu de fumerolles et de mares multicolores, où rivalisaient les bleus et les roses. L'odeur prégnante l'incommoda. La boue était si chaude qu'elle bouillonnait par endroits. L'une des mares se mit à s'agiter ; elle se gonfla, retomba, puis enfla de nouveau. Surpris, Jón recula de plusieurs pas. Soudain, il en jaillit un gigantesque jet d'eau fumante. Le cheval hennit. Le jeune homme recula encore, effrayé. Le jet ne dura que quelques secondes, et la mare reprit son état normal. Jón s'éloigna à distance respectable, s'assit et attendit. À son grand étonnement, l'eau recommença à s'élever, jusqu'à au moins cent aunes de hauteur. Le phénomène se reproduisait à intervalles plus ou moins réguliers. Quelle force mystérieuse tapie dans les entrailles de la terre pouvait bien s'exprimer ainsi ?

Quelle créature cachée, facétieuse ou maléfique, elfe ou revenant, s'amusait à lui faire peur ? Il en avait pourtant vu des choses extraordinaires, depuis qu'il était rentré au pays, mais cette fois ça dépassait l'entendement.

Un paysan de la Haukadalur lui avait dit que ce serait le dernier obstacle important de son voyage. En effet, ce champ de lave paraissait interminable. Jón avait attendu le jour avant d'y engager sa monture, car le cheval devait avoir la meilleure vision possible afin d'éviter un faux pas. Le jeune homme commençait à s'attacher à son compagnon au poil gris. Celui-ci montrait une étonnante habileté à se frayer un chemin parmi les gros blocs de lave brune recouverts d'herbes éparses. Malgré tout, le paysage ne défilait qu'imperceptiblement. Depuis le refuge des pêcheurs, il était rare de croiser un être humain ou une habitation, et il avait été difficile de se ravitailler.

Pour ne rien arranger, le temps s'était couvert. Sous les nuages, le vent balayait des averses de grésil qui fouettaient le visage. Jón se réconfortait en se disant qu'il ne devait plus être loin de la côte ouest, la plus peuplée du pays. Le cheval ne rechignait pas à la tâche et poursuivait son chemin, de sa démarche lente mais sûre. Ils durent s'arrêter pour la nuit sans être sortis du champ de lave. Jón arrangea un abri précaire avec la toile de ce bon vieux *Unicorn*, mais il craignait qu'elle ne se déchirât sous les bourrasques. Il eut bien du mal à trouver le sommeil. Au milieu de la nuit, le cheval vint s'allonger près de lui et lui réchauffa le flanc. Jón ferma les yeux.

Il lui sembla être réveillé par le silence. Le lambeau de voile s'était arrêté de battre sous les rafales. Aucune étoile ne scintillait dans le ciel nocturne, mais il faisait clair. Jón vit que la neige avait recouvert le sol. Il se retourna mollement. Soudain, une sombre pensée le fit sursauter : le manteau neigeux commençait à dissimuler les aspérités du terrain. Continuer la route, c'était risquer de se tordre la jambe, pour le cheval comme pour le cavalier ! Néanmoins, il était hors de question d'attendre une hypothétique fonte de la neige. Jón décida de reprendre immédiatement la marche. Dans ces conditions, peu importait qu'il fît jour ou nuit. L'aiguille et la pierre d'aimant donnèrent la direction. Le jeune homme faisait la trace tant bien que mal, tirant le cheval par la bride. Des congères épaisses obstruaient sa route. Il trébuchait, mais la neige amortissait ses chutes.

En cette saison et par temps couvert, le jour n'était plus qu'une lueur fugace. Il semblait ne pas avoir le temps de s'établir complètement avant que l'obscurité ne regagnât du terrain. Jón avançait mécaniquement. À sa droite, le glacier Langjökull se confondait avec les nuages. À chaque fois qu'il tombait, il avait un peu plus de mal à se redresser. À bout de forces, il décida de remonter le camp. Il était à court de vivres. Le cheval vint de nouveau spontanément s'allonger contre lui. Jón eut le cœur serré. L'idée qu'il lui faudrait peut-être le sacrifier pour vivre l'effleura. Il ferait tout pour l'éviter.

Au réveil, il mangea son dernier morceau de poisson séché. Il trouva la force de continuer. Le cheval était toujours aussi fringant, se nourrissant de l'herbe dissimulée sous la neige. Avec le redoux, le sol rocheux apparaissait çà et là. Le terrain se fit plus régulier. Jón enfourcha sa monture. Il croisa la piste de la Kaldidalur qui reliait le nord et le sud du pays en passant par les montagnes. La région côtière n'était plus très loin. Enfin, il atteignit des pâturages : dorénavant, il pourrait facilement trouver gîte et nourriture, d'autant que Noël approchait. La période était propice à profiter de la générosité des gens. Même s'il lui restait encore du chemin jusqu'au Breidafjord, il était sûr désormais d'atteindre son but.

11

Lors de sa traversée de l'Islande, Jón avait été surpris par l'absence de village. Il n'avait croisé que des fermes isolées. Les rivages fertiles de l'ouest abritaient les plus riches du pays, et la ferme de Skard surpassait toutes les autres par son opulence.

Jón avait choisi d'arriver par la crête. Lorsqu'il parvint en haut, le large Breidafjord apparut, un grand golfe ouvert plutôt qu'un véritable fjord. Au loin à l'ouest, on apercevait le volcan enneigé du Snæfellsjökull, au bout de la péninsule du Snæfellsnes. On pouvait voir son sommet car les nuages étaient élevés. Jón dirigea son regard en contrebas, où s'étendait la ferme de Skard. Il s'assit sur un rocher. Il reconnaissait la plupart des bâtiments et dépendances. Sa mère se trouvait-elle là, quelque part ? Que faisait-elle ? Le jeune homme resta ainsi un long moment, comme s'il avait peur de descendre la pente. Il s'exerçait à reconnaître les innombrables îles et îlots qui jonchaient le fjord. Un tourbillon de souvenirs diffus l'envahit.

Il attacha le cheval et pénétra dans l'enclos. Sa main tremblait en frappant à l'huis. Une voix de femme répondit :

– Qui est là ?

– Je m'appelle Jón Thorsteinsson. Je suis le fils de Thorsteinn Ólafsson et Gudrún Jónsdóttir[1].

La porte s'ouvrit et une petite femme apparut dans l'embrasure. Elle le dévisagea de son regard bleu, perplexe. Des cheveux châtain cendré s'échappaient de son foulard. Soudain, elle sourit.

– Le petit Nonni ! C'est bien toi ? Tu te souviens de moi ?

Puis son visage se ferma.

– Ta mère est partie à l'étranger. Ça doit faire cinq hivers maintenant.

Jón avait reconnu Halldóra. Il se souvenait d'elle comme d'une femme ayant des responsabilités dans la domesticité de la ferme, et qui avait pris sa mère sous son aile. Il l'entendit ajouter :

– Gunna a embarqué sur un bateau qui allait vers le sud. Mais ne reste pas là. Sois le bienvenu. Comment tu es revenu ? Viens donc te restaurer.

Jón n'avait pas faim. Il sentit ses jambes se dérober, il s'appuya au chambranle de la porte.

– Je… Je serai de retour avant la nuit, balbutia-t-il, l'estomac noué.

Halldóra ne savait pas si elle devait l'encourager à prendre du repos ou le laisser avec sa peine. Mais Jón avait déjà rassemblé ses forces et emprunté le chemin qui menait au rivage.

Quelques barques de pêche avaient été halées sur la grève. On pouvait en apercevoir une autre, au loin, sur le fjord. La surface de l'eau se ridait au passage des risées. Il ne put retenir ses larmes. Tout avait basculé

1. En Islande, le nom de famille est dérivé du prénom du père. Pour plus de précisions, voir la généalogie en annexe.

si vite, le temps d'une porte qui s'ouvre : l'espoir, la désillusion.

Ses pleurs furent de courte durée. Il s'était préparé à tout ; après ces nombreux hivers écoulés, il ne pouvait être sûr que sa mère serait encore à Skard, ni même qu'elle serait toujours en vie.

Depuis qu'il était séparé de sa mère, Jón avait vécu. Le vide provoqué par son absence n'était plus aussi grand à combler que lorsqu'il était enfant. Son chagrin prenait une autre forme : tout devenait encore plus incertain. Si sa mère était restée en Islande, il aurait été facile de suivre ses traces. Mais elle était partie à l'étranger. Vers le sud, disait Halldóra. Il n'avait même pas demandé dans quel pays. Le Sud était vaste, et il en venait lui-même.

Désormais, la poursuite de sa quête devenait fort hasardeuse, et l'espoir de respecter son serment s'amenuisait. Il regarda la mer, l'horizon lointain. Le soir tombait. La tristesse et le découragement l'envahirent, ses yeux se brouillèrent de nouveau.

À la ferme de Skard, Halldóra faisait office à la fois de maîtresse de maison et de gouvernante depuis la mort d'Ólöf Loftsdóttir la Riche, cinq hivers auparavant. Ólöf et ses enfants avaient hérité d'une fortune considérable, peut-être la plus importante que l'on eût connue en Islande. Cette richesse provenait de leurs aïeux, de la succession du mari d'Ólöf, le gouverneur Björn Thorleifsson le Riche, mais aussi du résultat de nombreuses manœuvres destinées à s'emparer des biens de leurs rivaux, par la loi ou par la force.

Einar Björnsson, qui avait repris la ferme de sa mère, était resté célibataire. Il jugeait qu'aucune des femmes de ce pays n'était digne de son lignage ni de sa richesse. Cependant, il avait toujours une ou deux maîtresses parmi les servantes de ses différentes propriétés, sans compter les relations éphémères plus ou moins consenties. Il était présent à Skard le jour de l'arrivée de Jón, mais ne se montra pas et le fit convoquer pour la veillée du lendemain, afin qu'il racontât le détail de ses aventures.

Dès que le jour se fut levé, Halldóra emmena Jón pour un tour du domaine.

– Ta mère est partie vers des îles portugaises du nom d'Açores, pour rejoindre ton oncle Sæmundur qui s'était installé là-bas.

Ils entrèrent dans la coquette église en bois, où l'on remarquait une belle icône en albâtre, de facture récente. Le prêtre Séra Benedikt avait assez d'entregent pour être apprécié à la fois par Einar et par l'évêque, malgré son concubinage notoire avec sa bonne, une veuve d'âge mûr qui faisait rimer piété et sensualité.

– Je me souviens que tu as été baptisé ici même. Tu étais un beau bébé.

Ils ressortirent et firent le tour de l'église. Halldóra lui parla de l'arrivée de sa mère en Islande :

– Quand le bateau est apparu dans le fjord, on a d'abord cru que c'était un caboteur islandais, parce qu'il n'était pas très grand. Les gens se serraient à bord, il y avait là plusieurs familles. Pourtant, ils étaient moins nombreux qu'au début de leur voyage : ils nous ont dit que les plus faibles d'entre eux étaient morts, et que d'autres étaient passés par-dessus bord dans une tempête. Ils disaient venir du Groenland, ce que personne n'a mis en doute, vu leur état misérable. Gunna portait un nourrisson dans ses bras. C'était toi. Elle a demandé à parler avec le maître de Skard, et elle a donc été reçue par Ólöf Loftsdóttir. Il faut dire que ta mère a un lien de parenté éloigné avec Ólöf. On dit même que les deux femmes ont pour ancêtre commun le colonisateur de Skard en personne, Geimundur Peau-d'Enfer.

– Peau-d'Enfer ? interrogea Jón.

– Il avait la peau sombre. Ta mère pensait que tu avais hérité de cette particularité. C'était un grand chef viking, le plus noble des colonisateurs de l'Islande. Tu peux être fier de cet aïeul.

– Qu'est-ce que ma mère a dit à Ólöf ? coupa Jón.

– Elle lui a demandé de la recueillir, elle, toi son fils, et son beau-frère Sæmundur. Ólöf les a pris à son service. Les autres Groenlandais ont été placés dans des fermes plus au nord. Il faut te dire qu'Ólöf et son mari Björn étaient allés au Groenland, peut-être vingt hivers plus tôt, où ils avaient fait naufrage et hiverné. Ils connaissaient donc les problèmes qu'il y avait là-bas. Quand ta mère s'est réfugiée en Islande, on n'avait pas eu ici de nouvelles des Groenlandais depuis le voyage de Björn et Ólöf.

– Réfugiée ? s'étonna Jón. Mais pourquoi ?

– Apparemment, la vie au Groenland était devenue impossible. Quand ta mère est tombée enceinte, c'était la première grossesse là-bas depuis pas mal d'hivers. Gunna pensait qu'il n'y avait pas d'avenir pour un enfant dans ce pays. Le dernier prêtre n'avait pas été remplacé, et elle voulait te faire baptiser.

– Et mon père, qu'est-ce qu'il est devenu ?

– Il est resté au Groenland avec son autre frère, Ísleifur. Gunna n'en parlait pas beaucoup, comme elle parlait peu de la vie là-bas. Il lui avait dit de l'attendre pendant trois hivers, mais il n'est jamais venu. Ton oncle Sæmundur, qui s'était installé aux Açores, la pressait de le rejoindre. Il a même réussi à lui faire parvenir de l'argent pour son passage. Et elle a fini par céder, après la mort d'Ólöf. Elle avait désespéré de te voir revenir.

– Alors, je suis donc né au Groenland ? demanda Jón.

– Oui, dit Halldóra. Mais baptisé ici.

Jón resta un moment à regarder l'église. Il avait appris tant de choses en si peu de temps.

– Que deviennent les gens restés au Groenland ?

– À ma connaissance, personne n'en sait rien.

La gouvernante lui montra les maisons d'habitation, l'étable et les bergeries, l'écurie, la laiterie, la forge et d'autres ateliers d'artisans, les granges, les magasins et la resserre. Même s'il y avait moins de travail en hiver, il régnait une activité intense. Une cinquantaine de personnes y habitaient en permanence, de tous âges et toutes conditions : bergers, vachers et palefreniers, artisans, valets, lingères, ménagères, cuisinières et autres domestiques. Ceux qui se souvenaient de Jón le saluaient chaleureusement. De la mémoire du garçon surgissaient régulièrement des vieilles images du passé.

Jón fut impressionné par la multitude de moutons qui se pressaient dans les bergeries. En revanche, il fut étonné par l'absence de cochons, de chèvres, d'oies ou de poules. Halldóra dit qu'Einar avait une soue dans une autre de ses fermes, mais qu'à sa connaissance, personne n'élevait plus vraiment de volailles en Islande. Elle précisa aussi que le blé et l'orge étaient importés, car on n'en cultivait plus guère dans le pays. Les murs de tourbe des grands bâtiments étaient consolidés par des poutres en bois, leurs toits couverts d'herbe descendaient presque jusqu'au sol. La maison principale était particulièrement soignée, et révélait ostensiblement la richesse du domaine. La poutre, les montants et les panneaux en bois de la porte étaient finement sculptés. On disait que c'était la ferme laïque la plus opulente du pays.

Jón questionna de nouveau Halldóra :

– Alors, tout ça appartient à Einar Björnsson ?

– Oui, dit Halldóra. Il a hérité de la plus importante ferme de l'héritage de ses parents. Il s'occupe aussi de préserver les biens de son frère aîné Thorleifur, qui a récupéré les deux autres grosses fermes de la famille : Vatnsfjord du côté de l'Ísafjord et Reykhólar sur le Breidafjord, au nord. Tu sais, il s'est passé pas mal de choses cette année dans la famille d'Einar.

– Pourquoi est-ce que Thorleifur ne veille pas lui-même sur ses biens ? interrogea Jón.

– À la fin de l'été dernier, il est parti en Norvège pour chercher du soutien auprès du roi, car il avait du mal à justifier de son droit à posséder certains biens qu'il s'était appropriés. Mais on dit qu'il s'est installé dans un monastère à Bergen, et qu'il ne rentrera peut-être pas en Islande. Il était fatigué par les luttes. Son influence reculait, il avait dû depuis quelques hivers partager le titre de gouverneur de l'Islande avec d'autres, comme ce Didrik Pining.

– Qui est cet homme ? demanda Jón. Il n'a pas un nom islandais.

– C'est un navigateur allemand. Il est bien vu par le roi parce qu'il a exploré les mers du royaume et attaqué des navires anglais. Mais il n'est pas du tout apprécié des Islandais : on n'aime pas être gouvernés par un étranger, et plusieurs fermiers l'ont accusé de viols et de vols. Heureusement, on ne l'a pas revu dans le pays depuis bientôt deux hivers.

– Einar a donc le champ libre, dit Jón

– Pas tout à fait, répondit Halldóra. Il y a encore en Islande un autre enfant de Björn et de Ólöf. C'est la sœur aînée, Solveig. Cet été, elle s'est mise en ménage avec Páll Jónsson d'Ögur, un chef de district d'une famille assez influente pour lui obtenir la main du meilleur parti du pays. Le mariage a eu l'accord du roi, du pape et de l'archevêque de Nidaros, mais l'évêque de Skálholt n'a pas vraiment donné son consentement. Il n'aime pas trop que deux familles puissantes s'unissent, ça peut porter ombrage au pouvoir de l'Église en Islande. Il a des arguments pour contester ce mariage : d'abord Páll et Solveig sont proches parents, ensuite Solveig est déjà la mère de six enfants, conçus avec l'intendant qu'elle avait pris quand elle habitait à la ferme de Hóll.

– Pourquoi est-ce qu'elle n'a pas récupéré l'une des grosses fermes de ses parents ? interrogea Jón.

– Elle a été écartée du partage par ses frères, au prétexte qu'elle aurait eu des rapports intimes avec un homme dans la maison de leur père, ce qui signifie la perte de son héritage selon le *Livre des Lois*. Ce mariage est important pour Solveig : ça pourrait régulariser sa situation et lui permettre de récupérer une plus grande part de la succession familiale.

Jón soupira. Ainsi, les notables de l'Islande se déchiraient pour le pouvoir et l'argent. Sous cet aspect, son pays n'était pas différent des autres.

Le retour de Jón fit sensation à Skard, bien qu'il ne fût que le rejeton d'une ancienne domestique. On venait de fêter Noël et cette réapparition était considérée comme un heureux présage.

Afin de marquer l'événement, on avait mangé de la tête de mouton fumée et des testicules de bélier suries. À l'heure de la veillée, on commençait à se bousculer dans la grande salle. On avait délaissé les métiers à tisser, suspendu les parties d'échecs, interrompu la lecture de manuscrits ou la déclamation de ballades. Presque toute la maisonnée se pressait autour de la table. Les lumières vacillantes des chandelles tentaient de percer l'épaisse fumée dégagée par le feu, et les tapisseries paraissaient trembler le long des murs. Jón avait le grand honneur d'être assis en face d'Einar Björnsson, une place habituellement réservée à l'intendant Grímur ou à des hôtes prestigieux. Il observa le maître de maison. Einar était vêtu d'un chapeau large et noir, d'une tunique d'apparat brodée, de bottes anglaises. À son cou se balançait une croix en argent, et à son doigt brillait une bague en or. Il devait avoir une bonne quarantaine d'hivers. On porta un toast, puis Jón se mit à raconter : la vie à Bristol, le *Unicorn*, la fuite, la navigation, le naufrage, la traversée du pays. Einar écoutait, les gens s'exclamaient et questionnaient, les enfants étaient captivés. Jón sentait qu'il retirait une grande considération de son voyage et de ses aventures. Toutefois, son prestige naissant fut entamé lorsqu'il évoqua sa stupeur devant le grand jet d'eau fumante. On lui apprit qu'il était passé devant Geysir. Dans l'assistance, des gens disaient avoir lu dans de vieux textes que le phénomène était apparu deux siècles auparavant, à la suite d'un grand tremblement de terre. Les Islandais de l'époque avaient été fort étonnés par ce prodige, tout comme les premiers colonisateurs du pays avaient été surpris par les éruptions volcaniques ou les sources d'eau chaude. Un homme affirma que ce phénomène était unique au monde, car ceux qui avaient voyagé à l'étranger prétendaient que personne n'avait vu ça hors d'Islande, et qu'on les avait traités de menteurs.

La discussion se poursuivit après qu'Einar se fut

retiré. Certains se moquèrent de l'ignorance des étrangers, mais d'autres profitèrent de ce que Séra Benedikt fût trop occupé à finir un reste de tête de mouton pour affirmer que Geysir était la manifestation d'êtres surnaturels. Jón raconta qu'à une journée de Skard, il s'était baigné dans une petite mare d'eau chaude, en compagnie d'un voyageur qui lui avait parlé d'un gros rocher escarpé, situé non loin vers le nord. L'homme avait prétendu que ce rocher était habité par des elfes, qui y célébraient des messes à la lumière d'innombrables chandelles. Jadis, un jeune paysan et un moine de Helgafell étaient morts pour avoir voulu les côtoyer. Jón n'avait guère prêté attention à ce récit, il était d'ailleurs passé devant le fameux rocher sans rien remarquer, mais il vit dans l'assistance des gens hocher gravement la tête. On lui précisa qu'il s'était baigné à Laugar et que le rocher s'appelait Tungustapi.

Séra Benedikt pestait contre ces vieilles croyances issues des temps païens, et martelait que ces apparitions n'étaient que des manifestations du démon. Pourtant, chacun savait que le prêtre croyait aux trolls et aux géants, aux revenants et aux elfes, aux esprits de la nature.

La veillée se prolongea tard dans la nuit. Après que Séra Benedikt se fut assoupi en digérant son repas, les gens débattirent de l'origine des elfes. La plupart expliquaient qu'ils descendaient de certains enfants d'Adam et Ève, que celle-ci avait cachés à Dieu car ils n'étaient pas lavés. Dieu avait alors déclaré : « Ce qui doit m'être caché sera caché aux hommes. » Ces créatures équivoques, sans âme, avaient néanmoins le pouvoir de se laisser voir des hommes s'ils le désiraient. Mais d'autres parmi l'assistance prétendaient qu'à la suite d'une révolte au paradis, provoquée par le diable, ceux qui s'y étaient ralliés avaient été relégués en enfer, alors que ceux qui étaient restés neutres avaient été renvoyés sur Terre, condamnés à vivre cachés dans des monticules, des collines et des rochers. Puis on raconta force histoires de femmes-elfes ayant recours au service d'un humain pour procréer, ou de bergères séduites par des hommes-elfes dans les pâturages des montagnes.

Jón, qui avait déjà vu tant de choses extraordinaires en Islande, n'eut aucun mal à croire à ces histoires.

Einar Björnsson aimait chevaucher son alezan dans le pré-clos et observer les allées et venues des gens de la ferme. C'était la fin de matinée et le soleil ne tarderait pas à se lever derrière la colline. Il s'approcha de Jón qui sortait de la maison.

– Tu me sembles être un homme courageux, Jón Thorsteinsson. J'ai besoin de gaillards comme toi à la ferme. Si tu décides de rester à mon service, tu participeras à la saison de pêche, puisque tu aimes naviguer.

– Je suis heureux de te servir, et de servir la ferme où a travaillé ma mère. Je serai un bon marin.

– Je ne doute pas que tu seras aussi un bon ouvrier agricole, au printemps, répondit Einar.

– Est-ce que tu sais des choses sur ma famille ? questionna Jón.

– Ta mère était une domestique de la mienne. On la disait appliquée à la tâche, c'est pourquoi j'ai regretté son départ. Mais je l'ai à peine connue. À ce qu'on m'a raconté, elle venait du Groenland.

– Est-ce qu'on a des nouvelles de ce pays ? demanda Jón.

– Mes parents évoquaient parfois le voyage qui les y avait menés, quand j'étais encore un enfant. Ils en parlaient comme d'un pays fini, décadent, habité par une poignée de gens hargneux et miséreux. Je crois qu'il n'y a plus rien d'intéressant là-bas. Pour ton travail, renseigne-toi auprès du vieux Gísli, le maître-pêcheur.

Einar tourna bride. Jón le regarda s'éloigner, surpris par sa réaction à propos du Groenland. Il lui semblait au contraire fort intéressant de connaître le mystérieux destin des Groenlandais.

12

Jón apprenait peu à peu le rude métier de pêcheur. Les marins partaient sur des dix-rames, des barques sans pont que l'on appelait ainsi car elles pouvaient accueillir jusqu'à dix rameurs. Ce n'était pas de trop lorsqu'il s'agissait de transporter des marchandises ou des personnes par mauvais temps, mais pour la pêche, seulement deux à cinq hommes y prenaient place. Par sécurité, on sortait généralement à deux ou trois bateaux. Le vieux Gísli commandait la petite escadre et le premier canot, tandis que le deuxième était généralement placé sous la responsabilité d'Erlendur la Quille, un homme ombrageux, taciturne et rude à la peine. On ne savait plus très bien d'où lui venait son surnom, mais on disait qu'il était dû à sa silhouette ramassée évoquant la quille du jeu, plutôt qu'à une référence aux bateaux. On propulsait les barques à la rame ou à la voile quand le vent était propice. Jón faisait partie de l'équipage de Gísli, qui entendait faire fructifier les bonnes dispositions du jeune homme à la navigation. Le vieux marin travaillait pour la ferme de Skard depuis toujours.

Lorsqu'il prenait la mer, Gísli ne manquait pas de s'attacher discrètement autour du cou une amulette en bois gravée de runes réputées magiques, censées favoriser l'abondance de poisson. Surtout, le vieil homme avait le don des rêves prémonitoires. Ainsi, quand il entendait gronder l'orage dans son sommeil, les bateaux restaient sur la grève le lendemain. En revanche, quand une île du Breidafjord lui apparaissait en songe, on allait pêcher à proximité, car on était sûr d'y trouver du poisson. Toutes ces superstitions n'étaient officiellement pas du goût de Séra Benedikt, même s'il les tolérait car il y croyait lui-même.

Les pêcheurs ramenaient de la morue ou de l'aiglefin, qu'on séchait sur de grands tréteaux à traverses, ou encore du flétan, qu'on préférait consommer frais. Si l'on fumait parfois le poisson, on ne le salait jamais, car le sel était une denrée trop rare pour être utilisée à la conservation des aliments. Lorsque les pêcheurs attrapaient un hareng, ils le rejetaient ou le coupaient en morceaux pour s'en servir d'appât. Quand Jón leur dit qu'il en avait mangé à Bristol, ses camarades se moquèrent de lui et des goûts étranges des Anglais. Quand il ajouta qu'il avait trouvé ça bon, les ricanements s'amplifièrent sur les bancs de la barque.

On s'était encore amusé lorsque Jón avait prétendu que les marées du canal de Bristol étaient trois fois plus importantes que celles du Breidafjord, pourtant le coin d'Islande où l'amplitude des marées était la plus forte. Cependant, on lui reconnaissait un certain sens marin. Le jeune homme devinait les changements de vent, appréciait la renverse des courants. De plus en plus, on prêtait attention à ses avis. Même les anciens comme Gísli tendaient l'oreille lorsqu'il suggérait de se mettre à l'abri d'un îlot, de rentrer à Skard, ou d'attendre en mer le passage d'un grain. Il apprit vite à reconnaître les alignements qu'on devait suivre afin de rester dans un chenal et d'éviter les rochers à fleur d'eau qui encombraient ses bords. Ainsi, quand on quittait ou rejoignait le petit havre naturel de Skard, il fallait mettre le bateau dans l'alignement de la côte nord de l'île de Stóra-Öffursey avec le tombant de la montagne au-dessus de Tjaldanes. Le Breidafjord était constellé de milliers d'îles, d'îlots et de cailloux, entre lesquels il fallait se faufiler dans des passes soumises à de forts courants de marée.

Jón prenait conscience qu'à la ferme, le travail de pêcheur était tenu pour peu reluisant. Les gamins se pinçaient le nez à son passage. Les jeunes pimbêches pouffaient en le regardant à la dérobée, bien qu'il crût aussi déceler des regards plus ambigus. Ce qu'Einar lui avait présenté comme une faveur était considéré par beaucoup comme une activité médiocre, moins noble que le travail des champs. Jón n'en avait cure parce qu'il se plaisait sur l'eau, mais il commençait à se méfier du maître de maison. On disait d'Einar Björnsson qu'il était orgueilleux et rusé, qu'il savait défendre ses intérêts et s'en donnait les moyens, ce qui était plutôt perçu comme des qualités. De nombreux serviteurs de la ferme avaient participé, armés de haches, lances et boucliers, à des opérations contre ceux qui en voulaient à ses biens.

Jón était surpris par le climat de violence qui régnait dans son pays. Des *bóndis*[1] fortifiaient leurs fermes, on n'hésitait pas à voler du bétail et autres richesses

1. *Bóndi* : fermier. Dans l'Islande médiévale, les *bóndis* étaient les paysans-pêcheurs-propriétaires, qui constituaient le socle du pays, la base de la société. Leur statut social privilégié leur donnait des droits devant la justice. Ils étaient aussi des chefs de clan protégeant l'honneur et la fortune de leur famille.

aux églises, aux monastères, et même aux évêchés. On portait plainte devant l'Althing[1] ou devant la cour. Bien sûr, on devait parfois payer des compensations pour un vol, une blessure grave ou un meurtre, mais beaucoup de procès étaient révisés au gré des témoignages ou du bon vouloir du roi. Des affaires judiciaires entre familles rivales se perpétuaient sur des générations.

Il semblait à Jón que son maître était parmi les chefs islandais les plus âpres au gain, et ce n'était pas étonnant qu'il eût été excommunié à la suite d'un meurtre : trois hivers auparavant, il avait tué un rival dont il convoitait les biens, et avait refusé de se confesser et de payer une compensation à la famille du défunt, comme l'avait stipulé le jugement de douze prêtres.

Pourtant, Halldóra considérait Einar Björnsson comme un bon maître, car on ne manquait jamais de rien à la ferme. Les serviteurs étaient bien logés et nourris. On tolérait les vagabonds auxquels on donnait, de temps en temps, le gîte et le couvert. Toutefois, elle regrettait le temps de Björn et Ólöf, quand on composait ballades et poèmes rimés, on accueillait les scaldes et on lisait les anciens textes. Depuis leur mort, la vie culturelle et artistique consistait davantage à danser la ronde sur des rimes légères, lors de fêtes où l'on sortait les cornes gravées qu'on remplissait inlassablement de bière, et qu'on buvait chacun son tour, suivant la tradition ancestrale.

1. Un *thing*, dans le Nord ancien, était une assemblée de chefs de clan. L'Althing est l'assemblée de toute l'Islande. Il se tenait à Thingvellir, en juin. Par ailleurs, des *things* locaux se tenaient dans les districts. Pour plus de précisions, voir l'annexe « Repères historiques », paragraphe « *Things* et Althing ».

L'hiver était exceptionnellement doux et les rives du fjord restèrent libres de glace. Les jours commençaient à s'allonger, et avec eux les campagnes de pêche. Les hommes passaient la nuit dans des cabanes sur les îles du fjord, ou parfois en mer, malgré le froid et le vent.

Ce jour-là, on avait poussé les bateaux jusqu'à Rif, près de la sortie du fjord. Juste avant d'atterrir, on avait croisé des épaulards exhibant leur immense aileron dorsal devant le Snæfellsjökull, le volcan-sentinelle du Breidafjord, chapeauté de son glacier immaculé. On avait fait un feu sur la grève. Gísli aimait la beauté de l'endroit, même si c'était là qu'avait été assassiné le gouverneur Björn Thorleifsson le Riche, le père d'Einar. Devant les flammes, le vieux pêcheur ajusta son bonnet de *vadmál* brun et se mit à raconter.

– C'était en 1467. On était venus jusqu'ici à cheval, une trentaine d'hommes. On voulait arrêter des Anglais de Lynn qui faisaient du commerce, ce qui était contraire à la loi. Mais l'expédition a mal tourné. Je pense que les gens d'ici, qui profitaient bien de ce commerce, n'étaient pas forcément de notre côté. En tout cas, les Anglais étaient au courant de notre arrivée, et ils nous ont tendu une embuscade. Ils étaient plus nombreux que nous et il y a eu pas mal de morts : Björn lui-même, plus sept de nos compagnons. Avec ceux qui s'en sont sortis, on a favorisé la fuite d'Ólöf, qui nous accompagnait pour rendre visite à un parent. Mais son fils Thorleifur a été fait prisonnier, et emmené sur un des bateaux étrangers. Ólöf a dû payer une sacrée rançon pour le libérer. Et comme elle nous voyait tristes à cause de la mort de son mari, elle nous a réunis et elle nous a ordonné, je m'en souviens bien : « Ne pleurons pas sur Björn, mais vengeons-le ! » C'était une sacrée bonne femme ! Un peu plus tard, on a réussi à capturer douze marins anglais. Ólöf les a obligés à travailler dur. Elle les a tellement fait maltraiter qu'il y a eu des protestations de la part des gens de la maisonnée. Elle a fini par faire décapiter les prisonniers. Et toute cette affaire a déclenché un conflit entre l'Angleterre et le Danemark.

Erlendur la Quille ajouta :

– C'est moi qui ai tranché la tête de ces forbans.

Jón eut un frisson et détourna son regard vers le feu. Il s'adressa de nouveau à Gísli :

– Les Anglais n'ont donc pas le droit de faire du commerce avec nous ? On m'a pourtant dit que beaucoup de leurs bateaux venaient ici tous les étés.

– Normalement, ils doivent avoir une autorisation du Danemark, et ils doivent payer des droits de douane. Mais il y en a beaucoup qui viennent illégalement. Les pires se conduisent comme des pirates, et t'es bien placé pour le savoir, mais en général ils font du commerce sans chercher des noises, et ils sont tolérés par les Islandais. Il faut bien dire que les Danois ne nous ravitaillent pas assez, pas à la hauteur de leurs engagements. On est donc obligés de se fournir auprès d'autres marchands étrangers. Et c'est souvent des Anglais.

– Ces Anglais, est-ce qu'ils vont jusqu'au Groenland ? questionna Jón.

– Je pense que plus personne va là-bas, répondit le maître-pêcheur. On dit qu'il y a de plus en plus de glaces, ça rend la navigation trop difficile. C'est ce qu'ont raconté les gens du bateau de rescapés, celui dont faisait partie ta mère. Ici aussi, on voit bien que les hivers sont de plus en plus rudes, même s'il est doux cette année. Pourtant, il semble bien que les pays du couchant intéressent encore des gens. Il est venu ici même à Rif, il y a de ça sept ou huit hivers, un étranger qui posait pas mal de questions. Surtout sur les terres dont parlent nos anciennes sagas.

– Cet étranger, comment il s'appelait ? coupa Jón.

– Oh, je ne sais plus. Il avait trouvé à se loger dans la ferme de l'église d'Ingjaldshóll, près de Rif. C'était un Italien.

– Quelque chose comme « Colombo », ou « Columbus » ?

– « Kólumbus », c'est ça ! répondit le vieux Gísli, surpris. Comment tu le sais ?

– Cet homme est passé par Bristol.

Jón se souvint des paroles du marin portugais, un peu éméché, croisé dans une taverne de Redcliffe : « Ce Colombo avait interrogé des Islandais à propos de terres, vers le couchant. Il a finalement débarqué dans une anse, au pied d'un volcan couvert de glace. » Le volcan ! Jón leva les yeux vers son sommet, qu'on pouvait admirer depuis la grève. C'était bien au pied du Snæfellsjökull que le Génois avait atterri !

La neige reculait vers les cimes et les rivières étaient grossies par la fonte. Le plumage des perdrix et le pelage des renards se rembrunissaient. Les boules duveteuses des joncs à coton envahissaient les marécages. Aux abords des ruisseaux, les mousses d'un vert lumineux étaient couvertes de perles humides. Les petites fleurs de printemps, mauves et bleues, jaillissaient entre les pierres, dans les landes et sur les rivages. La nidification des oiseaux de mer avait commencé sur les escarpements de la côte.

L'arrivée de la belle saison signifiait aussi celle des premiers bateaux étrangers. Il y aurait donc peut-être des possibilités de s'embarquer vers le sud.

Jón était partagé entre sa volonté de respecter le serment fait à sa mère, et le besoin impérieux de retrouver son identité, ce qui nécessitait de se familiariser avec son pays. Il avait surmonté bien des obstacles pour y revenir ; un départ précipité n'aurait pas de sens.

On ne pouvait s'imprégner de l'Islande sans y vivre au rythme des saisons.

À l'approche de l'été, l'intendant Grímur signifia à Gísli la fin de la pêche. Le temps du frai de la morue était passé, on avait accumulé un stock suffisant de poisson séché et les travaux des champs nécessitaient des bras. Jón fut d'abord assigné à la remise en état du chemin qui menait au fjord, endommagé par un glissement de terrain, non loin du clos entourant la ferme. Il s'agissait de charroyer des pierres et de les disposer de manière à consolider le chemin. Ce travail de force dura plusieurs jours. Puis il fallut réparer les clôtures. Quand les gros travaux d'entretien du printemps furent terminés, on affecta Jón à l'équipe des bergers. Peu à peu, il apprit à tondre les moutons, à les marquer au fer rouge, à accompagner l'agnelage, à guider un troupeau vers les hauteurs lors de l'estivage.

Le temps était venu de transporter des moutons vers les prairies des îles du fjord, qui constituaient d'excellents pâturages. Les îles Bjarneyjar étaient une escale habituelle des bateaux de Skard. Elles étaient le siège d'une petite station de pêche, presque un village. De pauvres hères habitaient là une bonne partie de l'année, se nourrissant de poissons ou de coquillages et vivant dans des cabanes en tourbe, en pierre et en bois. Tant bien que mal, ils entretenaient et maintenaient à flot des rafiots récupérés on ne savait où. Les *bóndis* n'aimaient guère cette population instable de gueux qui échappaient à leur contrôle. On les accusait de brader le poisson aux bateaux étrangers, et même de leur vendre leurs propres enfants. Cependant, on tolérait leur présence sur les îles car on n'avait pas à subvenir à leurs besoins, même si l'on parvenait difficilement à les réquisitionner pour les travaux estivaux, y compris pour la fenaison. Jón appréciait ces gens, farouchement indépendants et refusant de s'inféoder à un fermier, malgré la misère. On leur achetait parfois de la morue séchée à bas prix, quand la pêche était mauvaise.

Jón fut choisi par le vieux maître-pêcheur pour conduire l'une des quatre barques. Erlendur la Quille en prendrait une autre, tout comme Gísli lui-même, et un pêcheur originaire du sud du Snæfellsnes, Finnbogi d'Arnarstapi. Il n'y avait que deux hommes par canot afin de laisser le plus de place possible aux animaux. Les gamins de la ferme étaient venus nombreux pour aider à charger les moutons dans les barques. On poussait les bêtes, on les tirait, on s'éclaboussait. Les plus courageux en profitaient pour se jeter dans l'eau froide. Enfin, les canots prirent le large.

Les traversées donnaient toujours lieu à une course implicite entre les embarcations. Le vent était portant, la mer belle et le courant traversier. Le soleil brillait, les équipages étaient de bonne humeur. Il se trouva que Jón parvint le premier aux îles Bjarneyjar. Si Gísli félicita le garçon, il n'en fut pas de même de la part d'Erlendur, qui prétendit avoir écopé d'un rafiot pitoyable. Jón offrit d'échanger les barques, mais il n'y eut pas de revanche : Gísli envoya Erlendur et Finnbogi à Skard pour y faire un nouveau chargement. Pendant ce temps, Jón et lui iraient voir les îliens afin d'organiser le séjour des moutons.

À la veillée, Jón expliqua joyeusement à ses camarades comment, entre Skard et les îles Bjarneyjar, il avait déterminé son cap en fonction du courant et de l'orientation du vent. Le vieux Gísli l'interrompit :

– Je sais bien que t'as mérité d'être arrivé le premier. Mais ne t'en vante pas trop. Les hommes n'aiment pas qu'on ternisse leur réputation, et tu pourrais bien t'attirer des jalousies. N'oublie jamais ça : la première qualité d'un marin, c'est l'humilité.

13

Quand venait le moment de la fenaison, tout le monde était mobilisé. Il fallait profiter des jours de beau temps pour faucher, râteler, faner, puis enlacer le foin autour de piquets pour l'empêcher de s'envoler. Enfin, on entreposait les meules à l'abri dans les granges. Le foin était vital pour la ferme.

Par la suite, on envoya Jón passer plusieurs nuits dans une hutte de l'arrière-pays, afin de surveiller les moutons. Même si la mer lui manquait, le jeune homme appréciait ces journées de solitude. Il attrapait des truites ou des saumons dans la rivière, faisait sa ronde dans les vallons et sur les crêtes, s'allongeait dans les pâturages. Son esprit vagabondait.

Quel pays étonnant que l'Islande ! Il n'existait pas de ville, de rues, de quais, pas même de véritable village. Tout était basé sur des fermes autonomes, et ceux qui n'entraient pas dans leur giron végétaient au bas de la société : les travailleurs saisonniers ou, encore plus bas, les vagabonds. Les *bóndis* décourageaient l'essor d'activités indépendantes des fermes, comme on en voyait à Bristol. Même le métier de pêcheur n'était pas reconnu comme tel, mais plutôt comme l'une des occupations d'un paysan, une forme de cueillette ou de chasse parmi d'autres.

Lorsque Jón avait demandé pourquoi on cultivait si peu le grain en Islande, on lui avait répondu que le climat était trop rude, même pour de l'orge. Néanmoins, l'intendant Grímur avait concédé qu'il était plus avantageux d'échanger aux étrangers du grain contre du poisson séché. Ainsi, on méprisait le métier de pêcheur, mais on utilisait le produit de son travail comme principale monnaie d'échange avec l'extérieur.

Jón se lamentait de l'absence de navires hauturiers basés en Islande, qui avait été pourtant un pays de hardis navigateurs. Seuls les évêques et quelques notables possédaient encore des embarcations capables d'affronter la haute mer. On manquait de bois pour construire des bateaux, et de bateaux pour importer du bois. On faisait donc appel aux étrangers, mais ils étaient priés de rembarquer à l'automne. Pour s'installer à l'année en Islande, il fallait savoir parler islandais ! C'était tout juste si en hiver, il ne restait dans le pays que quelques fonctionnaires danois. Quel contraste avec Bristol, si cosmopolite !

Un beau matin, on vit dans le fjord un grand voilier au mouillage. Une chaloupe avait été mise à l'eau par les marins. Einar, Grímur et une dizaine d'hommes armés chevauchèrent jusqu'au rivage. C'étaient des Anglais. Comme on peinait à se faire comprendre, on fit appeler Jón, qui servit d'interprète. Le bateau venait de Hull et les hommes étaient en quête de poisson séché, d'huile de foie de morue et de soufre. Ils étaient bien au fait des besoins des Islandais et proposaient en échange de la farine, un peu de bois et d'hématite, des fers à cheval, du suif, du malt et du sel. Jón traduisit à mesure.

Einar exigeait que l'on soignât bien les chevaux, qui étaient indispensables aux déplacements à travers le pays. Par ailleurs, les ripailles de l'été avaient fait baisser les stocks de bière. On prit donc tous les fers à cheval, qui étaient de bonne qualité, ainsi que la totalité du malt. Bien entendu, on prit l'hématite pour la forge, ainsi que la farine et le bois, denrées précieuses en Islande. Après que les Anglais eurent constaté qu'ils étaient correctement renseignés et qu'ils avaient bien affaire à un personnage fortuné, ils précisèrent que leurs cales renfermaient aussi du miel et des amandes, de la vaisselle en porcelaine, des bottes de cuir et des sous-vêtements de lin. En échange, Einar donna l'un de ses faucons – il choisit un individu souffreteux – et compléta avec de l'argent. Puis il leur demanda de ne pas s'attarder, car il n'était pas certain que ce commerce aurait été au goût du roi du Danemark.

La nouvelle du rôle important tenu par Jón lors de ces transactions fit le tour de la ferme. Ceux qui ricanaient parce qu'il ne savait ni lire ni écrire se firent plus modestes. Néanmoins, Jón se sentait en décalage avec les jeunes de son âge. Il savait parler anglais mais ne savait pas déchiffrer les textes islandais. Il préférait la pêche au travail des champs. Cet hiver, quand il avait participé aux jeux de balle sur la glace, on s'était amusé de son manque d'équilibre. Cependant, on admirait ses talents de navigateur.

Jón recherchait plutôt la compagnie d'anciens comme Gísli ou Halldóra. Un jour, il demanda à la gouvernante pourquoi son oncle Sæmundur avait quitté l'Islande. Elle répondit :

– Comme tu le sais, ton père avait demandé à Gunna de l'attendre pendant trois hivers en Islande.

Halldóra semblait chercher ses mots.

– Ta mère est une femme bien, et ton oncle l'appréciait beaucoup. Quand le délai de trois hivers a été passé, Sæmundur lui a demandé si elle voulait vivre avec lui, mais elle a refusé. L'été suivant, il s'est embarqué dans l'expédition des Danois et des Portugais.

– Quelle expédition ? demanda Jón.

– À ce que j'en sais, les rois des deux pays s'étaient mis d'accord pour organiser un voyage vers le couchant. Le chef était l'Allemand Didrik Pining. Sæmundur s'est embarqué avec lui, peut-être par dépit, ou pour avoir des nouvelles de ses frères. Quand ils sont revenus, ils ont raconté qu'ils avaient vu beaucoup de terres. Sæmundur disait qu'ils avaient longé le Groenland, mais qu'ils n'avaient pas pu approcher les Établissements nordiques, à cause du brouillard et de la glace. Puis ils auraient atteint le Markland, et peut-être même le Vinland, où ils ont encore eu de la brume.

– Après, Sæmundur est reparti d'Islande, rappela Jón.

– Comme ta mère avait encore une fois refusé de vivre avec lui, il a décidé de répondre à l'invitation d'un Portugais, un notable, qui faisait partie de l'expédition. Cet étranger offrait du travail à ceux qui voudraient bien s'installer dans l'archipel des Açores, des terres fertiles, à ce qu'il disait. Beaucoup de marins ont suivi, dont quelques Islandais, surtout les plus pauvres. Un peu plus tard, Sæmundur a envoyé des nouvelles à Gunna. Il disait qu'il habitait une terre d'avenir, et il prédisait que le sort de l'Islande pourrait ressembler à celui du Groenland. Ta mère a d'abord préféré rester ici. Mais après ton enlèvement, plus grand-chose ne la retenait en Islande. Après la mort d'Ólöf, elle a finalement décidé de rejoindre Sæmundur.

On avait rassemblé les moutons des pâturages communs dans les enclos de triage, non sans quelques disputes avec les fermiers du sud. Comme tous les automnes, il y avait eu des contestations sur le nombre de têtes récupérées par chacun. Le dernier foin était à l'abri et la saison avait été excellente. Jón commença l'apprentissage de la lecture et de l'écriture, sur une tablette de cire, suivant les enseignements dispensés par Halldóra. Il était l'un des rares analphabètes parmi les jeunes de la ferme, et comptait bien y remédier rapidement. Il était surpris de constater que les enfants, y compris ceux de familles modestes, se plongeaient avec facilité dans les livres, alors qu'à Bristol, la plupart des ouvriers, marins et paysans ne savaient ni lire ni écrire. Jón était particulièrement pressé de découvrir les textes concernant le Groenland et la découverte du Vinland. On lui dit que toutes ces histoires étaient consignées dans la *Saga des Groenlandais* et la *Saga d'Eiríkur le Rouge*, mais on n'en possédait pas d'exemplaire à Skard, sauf peut-être dans la bibliothèque d'Einar qui contenait les plus beaux parchemins, et à laquelle n'avait accès que lui seul. Les récits les plus populaires à Skard étaient la *Saga des gens du Val-au-Saumon* et la *Saga de Snorri le Godi*, qui se déroulaient dans les régions bordant le Breidafjord. Tout le monde à la ferme était féru de généalogie et prétendait avoir au moins un parent fameux parmi les héros de ces sagas. Quand Jón fut venu à bout de quelques textes simples, Halldóra lui proposa un petit récit qu'elle avait retrouvé dans le coffre à livres, caché dans un énorme recueil. Il était intitulé *Le dit de Geimundur Peau-d'Enfer*. Ainsi, Jón aurait aussi un ancêtre prestigieux à faire valoir.

Geimundur et son frère Hámundur étaient les fils d'un roi de Hordaland en Norvège : Hjör, fils de Hálfur fils du roi Hjörleifur l'Amoureux et d'Æsa la Blonde. Leur mère était Ljúfvina, une princesse étrangère que le roi avait enlevée et prise pour compagne. Quand elle vit la peau sombre de ses fils, elle les trouva laids et les échangea contre le garçon d'une serve, mais se ravisa lorsqu'ils grandirent et devinrent bagarreurs et prometteurs. Le roi déclara qu'il pensait que ces garçons étaient bien de sa famille, quoiqu'il n'eût jamais vu « une pareille peau d'enfer ». Dès qu'ils furent à l'âge d'homme, les deux frères partirent guerroyer en expéditions vikings, amassèrent un grand butin et en retirèrent beaucoup d'honneur. En Norvège commençait alors la tyrannie du roi Haraldur Belle-Chevelure, et de nombreux chefs quittèrent le pays pour les contrées prometteuses d'Islande. C'était l'époque de la colonisation de l'île, autour de l'an 900. Geimundur Peau-d'Enfer accosta dans le Breidafjord et prit beaucoup de terres. Il possédait de nombreuses fermes et ne se déplaçait jamais avec moins de quatre-vingts hommes, on l'appelait « le Magnifique ».

Un sacré ancêtre, apprécia son jeune descendant. En complément des leçons dispensées par Halldóra, Jón allait régulièrement à l'église afin d'y suivre les enseignements prodigués par Séra Benedikt aux jeunes de la ferme. Il ne s'intéressait que modérément à l'éducation religieuse et s'appliquait surtout à progresser en lecture, même s'il préférait les sagas aux missels. Ceux-ci étaient souvent écrits en islandais, alors qu'à Bristol les messes se faisaient exclusivement en latin. Comme tout le monde, Jón se rendait à l'église le dimanche. Il avait du mal à adhérer aux prêches de Séra Benedikt, mais ne manquait pas de faire une petite prière à saint Nikulás ou à saint Thorlákur avant chaque sortie en mer.

On recommençait à pêcher sporadiquement dès l'automne, après la vérification et la remise en état des barques. À l'ouest de l'Islande, le poisson se faisait plus abondant après la nouvelle année ; la saison de pêche débutait alors vraiment. En attendant, les hommes n'allaient en mer que si l'on n'avait pas besoin d'eux à la ferme, pour l'entretien des haies ou des bâtiments. Jón était désormais considéré comme un marin accompli et Gísli lui avait confié une barque. Par ciel incertain, les bateaux sortaient toujours ensemble, mais quand le temps était clément, ils allaient le plus souvent chacun de son côté. La froideur qui régnait entre Jón et Erlendur depuis l'histoire de la course y était pour quelque chose.

Un matin, le soleil radieux incita Jón à naviguer sur les eaux brillantes du fjord. Il fit une halte aux îles Bjarneyjar. L'automne voyait la population des îles se reconstituer pour la saison de pêche. Certains anciens ne réapparaissaient pas et l'on proposait leurs cahutes aux nouveaux venus. Les barques avaient passé l'été à paresser sur les galets. Jón s'approcha d'un groupe de pêcheurs en grande conversation autour des bateaux. Il remarqua une silhouette large et haute.

– Egill Demi-Troll !

– Jón Thorsteinsson ! Ça alors !

Les deux jeunes gens se saluèrent chaleureusement.

– Tu te souviens, le *Unicorn*, les sables !

Egill Demi-Troll avait quitté les fjords de l'Est, où la vie était dure, et rejoint les terres plus fertiles et les eaux plus poissonneuses du Breidafjord. Son tempérament indépendant et son goût pour la navigation lui avaient fait rejoindre la communauté des pêcheurs de l'archipel.

Dès lors, Jón s'arrangea pour venir plus souvent aux îles Bjarneyjar. Certains jours, il partait seul de Skard et embarquait Egill pour une partie de pêche. Le vieux Gísli lui accordait de plus en plus d'autonomie. On tolérait ses escapades solitaires, dans la mesure où il n'avait pas son pareil pour trouver du bois flotté ou des œufs d'oiseaux de mer, qu'il fournissait en bonnes quantités à la ferme. Il sillonnait inlassablement le dédale des îlots du fjord, explorait des chenaux inusités, accostait sur des rivages isolés. Parfois, la rude coque en bois de son embarcation raclait un rocher dissimulé sous la surface. Jón mémorisait son emplacement, repérait un alignement permettant de l'éviter. Il avait ainsi localisé des escarpements où nichaient des oiseaux de mer, reconnu des îlots fréquentés par les phoques, découvert des grèves situées sur des rencontres de courant, et qui étaient de véritables gisements de bois. Il y trouvait des branches et des troncs, qu'il lui fallait souvent débiter à la hache avant de pouvoir embarquer les bûches. Il n'y avait guère de forêts en Islande et l'on disait que ce bois, poussé par vents et courants, provenait du Markland. Quand Jón découvrait sur les rives de la « grande terre » – comme disaient les îliens – des troncs suffisamment gros pour servir de poutres, il prévenait les gens de la ferme, qui les ramenaient avec des traîneaux s'il avait suffisamment neigé, ou les tiraient sur la terre à l'aide des chevaux pour les mettre à l'abri des vagues.

Le vent de terre faisait gonfler la voile. Il charriait avec lui une odeur putride, puissante. Jón devina la présence d'une baleine échouée. Ses narines en éveil le guidèrent facilement jusqu'au cadavre. C'était un petit rorqual adulte.

Jón porta la nouvelle de sa découverte à Skard, et tous les bateaux de la ferme furent mis à contribution pour emmener les gens sur place afin d'y dépecer la charogne. Gísli, fatigué, ne fut pas du voyage. Jón guida la flottille dans les passes, se gardant bien de révéler les amers et alignements qu'il utilisait. Erlendur la Quille faisait des efforts pour sauvegarder l'apparence du chef d'expédition, mais ne pouvait que suivre les indications de son jeune rival. Il enragea lorsque Jón décida de passer un chenal étroit à la voile, alors que lui-même jugeait plus prudent d'utiliser les avirons.

Il fallait faire vite pour éviter une trop grande putréfaction de l'animal, et surtout pour que personne d'autre ne récupérât la viande avant eux, car il était difficile de savoir si la plage se trouvait sur les terres d'Einar Björnsson ou faisait partie du littoral commun. On procéda rapidement à la découpe de la bête. Le retour à Skard fut un événement, comme chaque fois que l'on ramenait une baleine échouée, et les gens félicitèrent Jón pour sa découverte. Sans tarder, on mit la viande à fermenter dans des fosses.

Au printemps, Jón multiplia ses escales aux îles Bjarneyjar, devenues son pied-à-terre favori. Toute la petite communauté de pêcheurs le connaissait. Il échangeait son expérience avec la leur, sur les bons coins de pêche, la manière de lire les nuages ou la houle. Le poisson était la source de nourriture privilégiée des îliens, mais ils mangeaient aussi du phoque, contrairement aux gens de Skard. La consommation de viande de phoque avait pourtant été autorisée cinq hivers auparavant par le pape, dérogation accordée aux chrétiens d'Islande eu égard à la rudesse de leurs conditions de vie. Cependant, le phoque restait davantage recherché pour son huile, employée comme combustible pour les lampes.

Egill Demi-Troll et d'autres pêcheurs utilisaient cette huile comme goudron, dont ils badigeonnaient les bandes de *vadmál* servant à calfater le bordage à clin des bateaux. Aux Bjarneyjar, Egill appréciait la liberté de chacun, lui qui supportait mal d'être sous les ordres d'un maître. La précarité en était le prix à payer. Les habitants des îles étaient soumis aux caprices des grands propriétaires, car la terre ne leur appartenait pas. L'accord implicite était qu'en cas de besoin, ils devaient participer aux travaux des champs, surtout à la fenaison, mais certains pêcheurs comme Egill préféraient s'exiler durant la saison estivale.

Les îliens vendaient parfois discrètement leur poisson aux bateaux étrangers, bien que cela fût considéré comme une concurrence illégale par les fermiers. Les pêcheurs ne pouvaient donc guère s'enrichir afin d'enraciner la communauté de façon durable. Jón pensait que si les fermiers voulaient bien ne s'occuper que des bêtes et du fourrage, les pêcheurs pourraient vivre de façon convenable dans un véritable village, aux îles Bjarneyjar.

14

Au début de l'été, Jón et Gísli se rendirent à Flatey, où il fallait aider au transbordement d'une partie du bétail et ravitailler la ferme en poisson et en bière.

Jón aimait cette île du Breidafjord, située un peu au-delà des Bjarneyjar. On échouait souvent sur la plage au sud, mais on allait quelquefois jeter le grappin à Hafnarey, un îlot en croissant formé par le cratère d'un petit volcan, dans lequel on pénétrait par une passe étroite depuis le chenal le séparant de Flatey. Sur les parois du cratère, les colonies de mouettes, de sternes et de macareux cohabitaient en gardant jalousement leur secteur respectif. C'était bruyant, coloré, agité !

Depuis le départ de Thorleifur Björnsson à l'étranger, sa femme Ingveldur Helgadóttir et ses enfants s'étaient réfugiés à Flatey, pour se préserver du climat de violence qui régnait dans le pays. Ils y bénéficiaient de la protection loyale d'Einar, qui subvenait à leurs besoins en l'absence de son frère.

Le soir tombait lorsqu'ils atterrirent sur l'île. Les quatre hommes des deux bateaux déchargèrent les tonnelets et l'outillage de fer produit par la forge de Skard. L'intendant d'Ingveldur leur souhaita la bienvenue et les logea dans une resserre, à l'exception de Gísli qui était installé dans une pièce de la demeure principale.

Une jeune femme aux longs cheveux noirs leur servit du bouillon de poisson et de raves accommodé aux algues. Elle était grande et mince, vêtue d'une longue jupe de *vadmál* fin et d'une tunique sombre égayée par un coquillage en guise de broche. Après le dîner, Gísli donna aux hommes des précisions sur leur travail du lendemain : assister le huit-rames de la ferme de Flatey au transport d'une partie de ses moutons vers des îlots alentour. Enfin, Jón et ses camarades s'endormirent sur les paillasses.

Au matin, on réunit les moutons et brebis dans un enclos. Avant d'embarquer, on fit un substantiel repas. La maîtresse des lieux, Ingveldur Helgadóttir en personne, vint les saluer. Elle portait une longue robe de tissu plissé et brodé de bleu, avec du velours, un chandail fermé par une broche d'argent et réalisé en tricot, comme cela se faisait de plus en plus, ainsi qu'un châle en soie rouge.

La jeune femme aux cheveux noirs servit du poisson et des fèves, des coquillages, une caillebotte et du petit-lait suri. Elle avait un visage effilé aux lignes douces. Cette fois, Jón parvint à croiser son regard, ses yeux pers. Elle sourit à chacun en servant les écuelles. Son corps semblait onduler au vent. Gísli ajusta son bonnet et lui prit la main, échangea quelques mots avec elle. Quand elle se pencha sur Jón pour lui donner son repas, le contact de ses cheveux le fit frissonner. Puis elle s'éloigna, se retourna brièvement avant de disparaître.

Lorsqu'ils furent sur l'îlot, Jón interrogea Gísli en aparté :

– Dis-moi, sais-tu qui est cette jeune fille de Flatey, celle qui a des longs cheveux noirs et des yeux clairs ?

– Ah, Jórunn ? C’est la fille de Vigfús, qui travaille à la ferme de Reykhólar, de l’autre côté du Breidafjord. Je le connais bien parce que j’ai souvent pêché avec lui. Mais il a arrêté de naviguer, après que la mer lui a pris un fils, le frère de Jórunn. Il a eu pas mal d’enfants de plusieurs lits, et sans jamais se marier, ce qui lui a d’ailleurs valu des ennuis avec l’Église. La petite Jóra est donc une enfant naturelle. Sa mère a disparu après la mort de son fils, il y a quelques hivers de ça. J’ai toujours eu de bons rapports avec Vigfús, même si on ne se croise plus beaucoup maintenant. Mais je vois, mon garçon, que tu m’écoutes avec un grand intérêt... Ne serais-tu pas un peu sous le charme ? La belle a déjà eu des prétendants, bien que son père n’ait guère de dot à lui apporter. Mais rassure-toi, pour l’instant, elle les a tous refusés ! Et son père ne veut pas la marier si elle n’est pas d’accord. Jórunn a toujours été indépendante, même si elle est bien attachée à ce caillou du Breidafjord. Il lui arrive d’aller à Reykhólar, mais ça fait un moment qu’on l’a pas vue à Skard. Je peux lui parler de toi si tu veux.

– Je préfère lui parler moi-même, répondit Jón.

Mais il ne sut pas comment s’y prendre et n’osa lui dire un mot durant les deux jours de leur escale à Flatey.

L’événement de l’été à Skard fut la nouvelle, rapportée de Bergen par un bateau norvégien, de la mort de Thorleifur Björnsson, le frère d’Einar. On dit que sa femme Ingveldur Helgadóttir garda les yeux secs ; il y avait eu de l’amour entre eux et leur union avait engendré treize enfants, mais Thorleifur s’était beaucoup éloigné d’elle ces dernières années, multipliant les longs séjours à l’étranger juste après leur mariage tardif. Par ailleurs, elle déplorait qu’il eût peu à peu délaissé son poste de gouverneur et montré moins de vigueur à la défense de ses biens.

Ils étaient parvenus à légitimer leurs enfants à la suite de longues procédures, bien qu'ils fussent parents au quatrième degré. Moyennant compensations, ils avaient réussi à obtenir du roi, du pape, de l'archevêque et même de l'évêque Magnús, l'autorisation de convertir leur concubinage en mariage légal, afin que leur descendance pût bénéficier de leur fortune. Néanmoins, les enfants avaient été conçus hors mariage et leur droit à l'héritage n'était pas bien établi. Einar, s'il ne contestait pas les démarches de son frère aîné envers lequel il avait toujours été fidèle, n'était cependant guère pressé de voir les richesses familiales passer entre les mains de ses neveux.

Avec l'arrivée de l'automne, on se mit à préparer la saison de pêche. On vérifia les lignes, et la forge de Skard fournit de nouveaux hameçons. On sortit pêcher pour la première fois de la saison, malgré le temps incertain. Erlendur et Finnbogi partirent naviguer de conserve. De son côté, Jón rejoignit les îles Bjarneyjar afin d'y embarquer Egill. Son intention était de récupérer le bois flotté qui avait dû s'accumuler sur les berges pendant l'été.

Les deux amis firent le tour des grèves et des pointes qui recevaient habituellement les débris déposés par les courants. Partout, la laisse de pleine mer était jonchée de morceaux de bois. Le canot fut bientôt rempli d'une fructueuse récolte. Comme ils avaient coutume de le faire, ils décidèrent d'en déposer discrètement une partie aux Bjarneyjar pour les pêcheurs. Le vent avait forci à l'approche des îles, lorsqu'ils virent les barques d'Erlendur et Finnbogi, qui semblaient être en embuscade plutôt qu'en pêche. Quand les bateaux furent à portée de voix, Erlendur cria :

– Holà ! On t'emploie pas pour donner du bois aux traîne-misère des îles ! Et on va faire passer votre chargement sur nos barques. Ce bois, c'est à Skard qu'il doit être amené !

– Vous n'avez qu'à venir le chercher ! répondit Jón.

– Tu le regretteras, chien du diable !

Les bateaux d'Erlendur et de Finnbogi donnèrent la chasse. Toutefois, l'équipage commandé par ce dernier semblait rester à distance malgré les exhortations d'Erlendur. Jón et Egill craignaient pour leur chargement balloté par les vagues de plus en plus hautes formées par le vent. Ils n'osaient pas forcer l'allure et le canot alourdi perdait régulièrement du terrain sur son principal poursuivant. Une averse de grêle crépita sur le bois. Ils s'engagèrent dans des chenaux étroits, où la côte protégeait des vagues du large mais où régnait un clapot désordonné, levé par le ressac et le courant. Ils pénétrèrent dans une passe dont les bords étaient hérissés de roches acérées. Le vent les poussait à vive allure. Erlendur s'efforçait de rester exactement dans leur sillage. Jón s'appliqua à frôler un rocher à fleur d'eau sur lequel portait le courant traversier. Il savait pouvoir éviter le récif, invisible sous la surface du fjord, grâce à certains repères et alignements qu'il connaissait. Erlendur s'était encore rapproché. Stimulé par son retour, il hurlait des malédictions. Son canot s'encastra sur le rocher.

À Skard, on vit venir deux barques, l'une à la remorque de l'autre. À bord de la seconde, l'équipage maniait énergiquement l'écope. On accosta et déchargea le poisson. Erlendur avait sa tête des mauvais jours et la silhouette encore plus ramassée que d'habitude. Personne ne se risqua à le questionner. Finnbogi resta évasif et justifia par une fortune de mer les infiltrations d'eau entre les bordages du canot endommagé. Les dégâts matériels étaient minimes et furent rapidement réparés. Mais Erlendur considérait que son honneur avait été sali.

Jón rejoignit Skard le lendemain. Son bateau était chargé de bois, jusqu'au plat-bord. Il avait jugé plus prudent de garder toute sa cargaison pour la ferme, afin de prévenir d'éventuelles accusations. Peu à peu, les détails de la poursuite furent distillés dans la maisonnée par les hommes qui y avaient participé. Cela augmenta encore le prestige de Jón et la rancœur d'Erlendur, qui n'avait pas de preuves contre Jón de ses livraisons aux îliens.

15

Une année s'était écoulée depuis que Jón avait vu Jórunn pour la première fois. Durant la saison de pêche, il l'avait croisée lors d'escales à Flatey, mais n'était pas parvenu à lui parler, malgré les encouragements du vieux Gísli et les allusions ironiques d'Egill. La jeune femme paraissait un peu plus distante à chacun de ses passages.

Comme tous les ans au retour de la belle saison, des hommes de Skard se préparaient à séjourner quelques nuits sur l'île de Flatey, afin de prêter main-forte au transfert des moutons vers les îlots. Le vieux Gísli, qui prenait de moins en moins la mer, n'avait jamais manqué cela. Il désigna Jón pour l'aider à commander les barques.

Lors de la traversée, il y eut peu de vent et l'on dut faire une partie du trajet à l'aviron. On accosta à Flatey tard dans la soirée. Il faisait encore clair car les longues journées étaient revenues, mais Gísli dit aux hommes de camper sur la plage afin de ne pas déranger les gens de l'île. Lui-même s'en allait prévenir l'intendant et dormir à la ferme, comme à son habitude.

Le lendemain, Ingveldur Helgadóttir vint saluer les hommes de Skard, et Jórunn servit le solide repas du matin en souriant à chacun. Elle coula un regard curieux en direction de Jón, qu'il ne sut interpréter. Cette fois, il était bien décidé à lui parler. Les hommes firent plusieurs navettes avec leurs barques chargées de moutons, entre Flatey et les îlots alentour. Au moment où ils accostèrent après leur dernier voyage de la journée, Jórunn sortit récupérer le linge qui séchait sur les étendages. À leur passage dans le pré, elle leur fit un signe amical. Jón marchait en arrière et elle fixa son regard clair sur lui. Il sentit son cœur palpiter, lui rendit son sourire, mais encore une fois il battit en retraite.

La jeune fille avait l'air presque fâchée quand elle vint servir le dîner. Comme toujours, elle avait agrémenté le repas de coquillages qu'elle ramassait sur l'estran, et l'on fit bonne chère. Cependant, Jón avait peu d'appétit ; il sortit pour marcher un peu. Le soleil éclairait encore le sommet des montagnes. Au loin, la glace du Snæfellsjökull rougeoyait, comme si le volcan était incandescent. Il entendit des pas et se retourna. Jórunn s'approcha, le fixa de ses yeux pers et lui signifia hardiment :

– On raconte qu'il y a dans la région un jeune homme qui a traversé bien des mers, et qui est le meilleur navigateur du Breidafjord. Cet homme serait-il plus courageux pour affronter la mer que pour faire la conversation aux jeunes filles ?

Jón en fut éberlué. Il se demanda qui avait bien pu parler ainsi de lui. Ce ne pouvait être qu'Egill ou Gísli. Il balbutia :

– Euh… Peut-être bien.

Ne sachant qu'ajouter, il la prit par la taille. Comme elle ne se dérobait pas, il posa ses lèvres sur les siennes. La langue de Jórunn pénétra dans sa bouche. Il fut empli de désir et porta la main sur son sein, qu'il sentit tressaillir dans sa paume à travers la tunique. Son autre main se perdit dans la longue chevelure noire. Jón aurait voulu qu'elle s'y égarât pour toujours.

La jeune femme dégagea délicatement son corps de l'étreinte. Elle lui dit doucement :

– Il fait encore clair et on pourrait être vus par tes camarades.

– Et toi, tu n'as pas peur d'être vue par les gens d'ici ? objecta Jón.

– À Flatey, on ferme les yeux sur les affaires privées, et on ne va pas les raconter en dehors de l'île. Tu sais, ici, on est bien isolés, et notre caillou est tellement petit qu'il est pas facile de se cacher, comme on peut le faire sur la grande terre. Alors, on tolère les petites fantaisies, et on détourne le regard.

– Il y a dans ce fjord plein de caches que je connais bien, et où personne n'aura besoin de détourner le regard, dit Jón. Je t'y emmènerai.

Ils s'échangèrent des regards pleins de promesses.

– J'y compte bien, Jón Thorsteinsson !

Elle plaqua sa bouche contre la sienne puis s'éloigna d'un pas léger.

Depuis quelque temps, Jón faisait part de son désir de se rendre à Vatnsfjord, afin d'y rencontrer les réfugiés qui avaient accompagné sa mère lors de leur voyage en provenance du Groenland. Halldóra et Gísli avaient transmis la requête à Einar Björnsson, mais jusqu'alors ce dernier n'avait pas donné suite. Cependant, quelques jours après l'Althing de cette année 1487, Jón vit venir son maître depuis le hangar à bateaux où il vérifiait l'état des voiles. L'alezan d'Einar allait l'amble sur le chemin et stoppa sa course à deux pas du garçon.

– On raconte que tu es le meilleur marin du Breidafjord. Est-ce vrai ?

– Je ne sais pas, dit Jón. Je connais quelques endroits où personne ne va jamais. Et comme tu as pu le voir, je sais où trouver du bois flotté et des œufs d'oiseaux de mer.

– On dit aussi que tu es ami avec la populace des îles.

– Il y a Egill Egilsson, des îles Bjarneyjar, qui m'aide souvent pendant mes campagnes de pêche.

– Certains prétendent que tu donnes une partie du produit de ta pêche aux gens des îles. Est-ce vrai ?

– Quand Egill m'aide, je lui laisse la part qu'il mérite, comme c'est l'usage.

– C'est peut-être l'usage à l'étranger, coupa Einar. Ici, la règle est que ce qui est pêché avec les bateaux de Skard doit revenir à Skard. Mais ce n'est pas mon affaire, tant que tu n'abuses pas de la bienveillance de Gísli. Cependant, veille à ne pas profiter de mon indulgence ou il pourrait t'en coûter. Passons. J'ai une mission à te proposer qui devrait te satisfaire. Deux barques de ma ferme de Vatnsfjord ont fait naufrage cet hiver dans un coup de noroît. Les bateaux ont été perdus et trois hommes se sont noyés. Tu vas y amener l'un de nos dix-rames. Choisis ton équipage comme bon te semble. Tu reviendras par la terre.

– Je ferai comme tu me le demandes, dit Jón. Je te remercie de ta confiance.

Il n'était pas fréquent d'envoyer un bateau au-delà du Breidafjord. Il l'était encore moins d'appareiller seul pour une telle navigation. Pourtant, les domestiques les plus matinaux n'apercevaient que la silhouette de Jón sur le dix-rames qui s'éloignait. Il se rendit aux îles Bjarneyjar et embarqua son ami Egill. Puis ils cinglèrent vers Flatey.

– Est-ce que c'est toi qui as parlé de moi à Jórunn, par hasard ? demanda Jón d'un air chiffonné.

– Hum… Si tu veux mon avis, je crois qu'on a bien fait de te donner un petit coup de pouce, vu le peu d'empressement que t'as mis dans cette affaire. Si ça avait été moi, tu pourrais me remercier. Au fait, qu'est-ce que t'as trouvé comme prétexte pour faire escale à Flatey, avant de sortir du fjord ?

– On va y attendre un bon vent pour notre voyage.

Les deux jeunes accostèrent et allèrent voir l'intendant qui les accueillit bien. Il leur fit remarquer que le vent n'était pas si mauvais. De fait, Jón et Egill réembarquèrent le lendemain. Jórunn était absente, car elle avait profité d'un voyage du bateau de Flatey vers Reykhólar pour aller y voir son père.

Jón était d'humeur maussade lorsqu'ils reprirent la mer dès le matin. Par bon vent, le canot approcha en soirée la pointe qui marquait la sortie nord du Breidafjord. La mer se fit plus dure. Ils décidèrent néanmoins de continuer à faire voile car le vent était favorable. Une multitude d'oiseaux de mer nichait sur les hautes falaises : guillemots et petits pingouins, mouettes et fulmars tapissaient les parois en couches successives, alors que les macareux, comme à leur habitude, occupaient le plateau sommital. À un endroit, ils aperçurent deux hommes audacieux, suspendus à des cordes, qui s'employaient à récolter les œufs. Un peu plus loin, une colonie de grands pingouins occupait un escarpement rocheux. Ces gros oiseaux étaient les plus faciles à attraper car ils ne savaient pas voler. Les deux amis longèrent la série des fjords de l'Ouest sans y pénétrer, sauf dans le dernier, le plus au nord et le plus profond. Jón et Egill se relayaient. Quand l'un se voyait confier la bonne marche du bateau, l'autre pouvait se reposer et dormir.

Ils passèrent devant la baie où se trouvait la ferme de Hóll appartenant à Solveig Björnsdóttir, qui était en froid avec son frère Einar à cause des histoires d'héritage. Plus loin, toujours à tribord, ils aperçurent les terres d'Ögur, où s'était installée Solveig depuis son mariage avec Páll Jónsson. Puis ils s'enfoncèrent vers le fond du fjord. À leur gauche, le glacier Drangajökull dominait des montagnes striées de névés. De l'autre côté apparut le petit Vatnsfjord, où s'étendait l'une des fermes les plus opulentes de l'héritage de Björn Thorleifsson le Riche.

L'intendant leur fit bon accueil, les félicita pour leur traversée rapide, mais grimaça en inspectant la barque. Il laissa entendre qu'Einar Björnsson était plus empressé à récupérer le loyer de ses propriétés qu'à fournir du bon matériel. Puis il les fit entrer dans la grande salle. On leur servit à manger. Jón remarqua, accrochée au mur, une sorte de longue dent de plus d'une aune, légèrement incurvée.

– C'est une défense de morse, dit l'intendant. Un animal du Groenland, cinq fois plus gros qu'un phoque !

Jón observa, songeur, la défense qui venait du pays de son père, et qui faisait office de décoration.

Les nouveaux arrivants avaient besoin de repos après leur traversée. Ils dormirent de longues heures.

Jón demanda à parler aux Groenlandais. On lui apprit que parmi les gens du bateau arrivé dix-huit hivers auparavant, il ne restait plus qu'une survivante. Au début, on avait craint que leur tempérament querelleur ne perturbât l'équilibre de la ferme, mais les Groenlandais avaient débarqué fort affaiblis, perclus de rhumatismes, et comptaient peu de jeunes dans leurs rangs. Ils étaient morts de maladie ou de vieillesse.

– Je vous préviens, elle est un peu folle, dit l'intendant. Il y en a qui disent qu'elle est voyante, et qu'elle a beaucoup de savoir. Ça pourrait expliquer qu'elle ait survécu à ses compagnons. Mais d'après moi, il y a des magiciennes autrement plus redoutables dans les fjords de l'Ouest. Regardez, la voilà, c'est elle qui sort du hangar à traite. Je vous laisse aller lui parler.

Jón et Egill s'approchèrent. La femme paraissait sans âge. Elle avait le corps décharné, les cheveux gris et le regard vif. Soudain, elle fut prise d'une grande agitation et laissa tomber son seau. Le lait se répandit dans l'herbe. Elle affirma :

– Tu es Jón, fils de Thorsteinn, fils d'Ólafur. Ta mère est Gudrún, fille de Jón. On n'avait jamais vu de bébé si sombre au Groenland.

– Je suis le descendant de Geimundur Peau-d'Enfer, le colonisateur de Skard, répondit Jón.

– Qu'est-ce que tu veux ? demanda-t-elle sèchement.

– Je voudrais que tu me dises ce que tu sais de mon père, répondit Jón.

– Maudit soit ton père, ce mécréant ! glapit-elle en levant les bras au ciel. Puisse la colère divine, qu'il a fait s'abattre sur notre pauvre pays, le poursuivre à jamais !

Jón était abasourdi. Il sentit la colère monter en lui.

– Attention, femme, de ne pas outrager mon père !

– Ton père a pactisé avec les Skrælings, les païens ! Il a attiré la colère de Dieu sur les Groenlandais ! Au diable, Thorsteinn Ólafsson ! Et toi, son fils, il ne te sera pas donné de trouver ta place en cette terre d'Islande !

– Ça suffit, pauvre folle ! coupa Jón.

La femme s'enfuit en proférant des flots d'imprécations.

Les deux garçons firent le tour du domaine. Jón était furieux. Des souvenirs confus de son enfance lui revenaient à l'esprit. Les propos de cette femme démente se recoupaient avec des mots déjà entendus.

Le soir, les deux hôtes furent assis à côté de l'intendant, qui leur demanda des nouvelles de leur entretien. Jón éluda :

– Bah, elle n'a rien dit de bien intéressant. Est-ce que les Groenlandais ont parlé de leur pays quand ils sont arrivés ici ?

– Ils étaient plutôt discrets, comme des gens qui n'ont pas eu une vie facile. Mais les gens disaient que leur silence était plutôt causé par la honte, parce qu'ils auraient tourné le dos à la religion, et qu'ils se seraient un peu laissés aller, côté moralité. Faut dire qu'il n'y avait plus de prêtre avec eux. Mais on n'a pas eu à s'en plaindre, et on les voyait régulièrement à la messe.

Jórunn Vigfúsdóttir regardait la mer. Le fjord était calme. Sa surface était seulement troublée par les coups réguliers des avirons et le sillage du bateau. Comme tous les étés, la jeune fille se rendait à Reykhólar pour y voir son père. Cinq hommes se relayaient aux rames, deux servantes conversaient à l'arrière. Jórunn aimait prendre le bateau et traverser le fjord. Pas un voyage ne ressemblait à un autre. Cette fois-ci, la mer était lisse. Aucune houle pour onduler ses eaux, aucun souffle d'air pour y creuser des rides. Seule la marée, dépêchant ses courants entre les îles, avait pour un temps agité les chenaux. Parvenue à l'étale, elle avait finalement adhéré à la trêve. Les reflets du soleil, qui d'ordinaire se propageaient dans le relief mouvant des vagues, ne parvenaient à s'immiscer que dans les filets du sillage ou les éclaboussures provoquées par les rames.

Jórunn n'entendait plus le bavardage des femmes ni les halètements rauques des hommes. Elle observait un vol d'eiders, ces canards marins dont le duvet faisait les meilleurs lits. Elle pensait à Jón, si épris de liberté, attiré par l'horizon. C'était probablement ce qui la séduisait, mais aussi ce qui l'inquiétait. Une femme, fût-elle indépendante, aurait-elle sa place dans la vie d'un tel homme ? Elle se surprenait à envisager cette éventualité. Après tout, ils se connaissaient à peine. Le crissement du bateau sur les galets la fit sortir de ses pensées.

Elle se jeta dans les bras de son père. Comme d'habitude, ils partirent marcher sur le chemin côtier. Avec légèreté, Jórunn lui dit avoir un prétendant qu'elle n'éconduirait peut-être pas. Cependant, Vigfús grimaça quand elle précisa qu'il était marin :

– Jóra, la mer a déjà pris ton frère.

– Je sais, père. Mais elle m'a apporté cet homme. Puisse-t-elle me laisser le garder.

Les deux amis allaient à pied car on ne leur avait pas fourni de chevaux. Jón ressassait les paroles de la vieille femme du Groenland, ce qui entretenait sa mauvaise humeur.

– On semble accuser mon père d'être retourné au paganisme.

– Je ne sais pas si on peut croire aux paroles de cette folle du Vatnsfjord, répondit Egill.

– C'est pas la première fois que j'entends des allusions de ce genre, insista Jón. Mais c'est la première fois qu'on les dit aussi clairement. Et j'aimerais bien aller un jour au Groenland, pour voir à quoi ils ressemblent, ces fameux Skrælings.

– Tu sais bien que c'est pas possible. Il n'y a plus de liaison depuis longtemps, et tu trouveras aucun capitaine intéressé pour aller là-bas.

Jón s'assombrit de nouveau. Egill suggéra d'un air goguenard :

– Nous devrions faire une petite halte à Reykhólar. C'est pas un gros détour, et peut-être qu'on y croiserait quelqu'un qui pourrait améliorer ton humeur…

– Justement, je suis pas trop d'humeur à apprécier tes petites railleries, coupa Jón. D'ailleurs, on risquerait d'y rencontrer son père, et c'est bien trop tôt pour ça. Pourquoi pas la demander en mariage, Jórunn, tant que tu y es ?

Egill haussa ses larges épaules.

Un peu plus loin, ils croisèrent deux cavaliers qui transportaient du *skyr* dans des outres, puis une vagabonde à laquelle ils donnèrent du poisson séché. Ils s'approvisionnaient dans les fermes et dormaient dans des granges ou à la belle étoile.

16

L'évêque Magnús de Skálholt se rendit à Skard vers la fin de l'été. Il venait confirmer la levée de l'excommunication d'Einar Björnsson. En échange, celui-ci avait enfin accepté de payer cent *hundrads*[1] en compensation du meurtre qu'il avait commis six hivers plus tôt, et cent autres *hundrads* pour effacer la vieille dette qu'il avait envers l'évêché. Pour l'occasion, Einar avait convié de nombreux amis et gens renommés. Il fit donner un banquet dans la salle commune, où l'on servit de la viande de bœuf, de l'hydromel et de la bière à volonté. Comme il se doit, chacun s'enivra sans retenue. L'évêque lui-même, pourtant un homme droit et respectueux des lois de l'Église, en égara sa mitre et sa crosse. On fit des louanges à Einar pour sa capacité à boire de grandes quantités de bière.

Les invités quittèrent Skard après deux nuits de ripailles – comme il était d'usage afin de ne pas abuser des règles de l'hospitalité –, chargés de beaux présents offerts par leur hôte. Dès le lendemain, Einar ordonna

1. *Hundrad* : grande centaine germanique, qui était en fait égale au nombre 120. Employé comme unité d'échange, le *hundrad* correspondait à la valeur de 120 aunes de *vadmál*. On considérait qu'une grande ferme valait au moins soixante *hundrads*.

à Jón et Erlendur la Quille de porter une lettre pour le roi au bailli à Bessastadir, la résidence principale des fonctionnaires danois. Il laissa entendre qu'il confiait la mission à ses deux meilleurs marins afin que le courrier arrivât à bon port. Il espérait que cette missive pourrait prendre le dernier bateau de la saison. Pour ne pas nuire aux travaux des champs, les équipages furent réduits à deux personnes par canot. Jón obtint d'embarquer Egill Demi-Troll aux îles Bjarneyjar. Finnbogi d'Arnarstapi ferait le voyage avec Erlendur. Il était surprenant de mobiliser deux barques pour cette mission ; Jón se dit qu'elle devait donc être d'importance. Peut-être Einar voulait-il rapporter au roi Hans Ier la nouvelle de la grâce épiscopale. Il n'y avait plus vraiment de gouverneur en Islande, car Thorleifur Björnsson était mort, et l'on n'avait pas vu Didrik Pining au pays depuis quatre hivers. Le bailli était donc le plus haut représentant du roi.

Les bateaux durent attendre un vent favorable pendant plusieurs nuits. Einar allait se résoudre à faire porter la lettre par voie de terre, quand un vent de nord-est se leva et provoqua l'appareillage des dix-rames. Après avoir récupéré Egill aux Bjarneyjar, les bateaux mirent le cap vers le grand volcan du Snæfellsjökull. Alors qu'ils approchaient, le soleil couchant enflamma son dôme englacé. Dans la pénombre, l'oreille et l'œil des marins distinguaient le souffle humide des baleines, qui restait comme suspendu, l'espace d'un instant, à plusieurs aunes de hauteur. Le sommet blanc du volcan, éclairé par la lune, resta bien visible durant la nuit.

Ils le contournèrent, firent bon voyage et atteignirent la ferme de Bessastadir dès le lendemain. Erlendur, qui était le chef de l'expédition, se rendit immédiatement chez le bailli du roi. Un domestique obséquieux le fit entrer dans le salon ; le bailli, un homme rougeaud et bedonnant, y était en grande conversation avec un prêtre. Vautrés sur des coussins, les deux personnages ne paraissaient guère prêter attention au nouvel arrivant. Visiblement ivres, ils entrecoupaient leur discussion de ricanements sonores. Erlendur se sentit humilié et offensé par l'attitude de ces étrangers dont il ne comprenait pas les paroles. Enfin, le bailli leva les yeux sur lui, l'air narquois. Son regard inspecta l'Islandais de la tête aux pieds, puis le dévisagea. Il lui fit signe d'approcher et lui tendit un godet de vin. Il parlait dans un mélange de danois et d'islandais qu'Erlendur peinait à comprendre.

– C'est du vin de France. J'espère que tu es en mesure d'apprécier. Que veux-tu ?

Erlendur lui tendit la missive destinée au roi. Le bailli examina le courrier avec sérieux et semblait remiser un peu de son arrogance.

– Un bateau est encore à Hafnarfjord, annonça-t-il. Tu pourras aviser ton maître Einar Björnsson que sa lettre partira bien cette année.

Il remplit de nouveau les godets, plaisanta avec le prêtre. Enfin, il entraîna son hôte à l'extérieur. La nuit tombait. Erlendur aperçut ses marins avec les hommes du bailli. Les Danois invitèrent les Islandais dans une dépendance où les attendaient une table et des bancs de bois. Le bailli leur souhaita une bonne soirée et sortit en riant. Il titubait.

Un Danois qui parlait bien l'islandais fournit quelques explications à Jón :

– Je m'appelle Eggert et je suis un scribe du bailli. À Bessastadir, nous sommes plusieurs fonctionnaires envoyés par la couronne pour surveiller ce pays. Pas un d'entre nous n'a demandé à venir dans ce trou, sauf le bailli parce qu'il recherche une promotion, et certains paysans de la ferme, condamnés pour vol au

Danemark, pour qui c'était ça ou la prison. On n'a pas grand-chose à faire ici, à part compter les marchandises déchargées à Hafnarfjord, recevoir les équipages, et nous rendre à l'Althing au début de l'été.

Plusieurs servantes entrèrent en minaudant, les bras chargés de victuailles. Elles servirent de la bière à tout le monde. Les Danois ricanaient et les femmes gloussaient. Une jeune fille grande et plantureuse vint parler à Eggert. Elle l'interrogea sur les hommes qu'elle ne connaissait pas. Erlendur, qui avait déjà bu du vin chez le bailli, lançait des regards brillants. Eggert dit à Jón :

– Comme tu peux le voir, nous faisons bel accueil aux marins, même aux Islandais. Ces servantes sont des filles de ferme de chez nous, robustes et de caractère facile. Ce n'est pas pécher que de leur conter fleurette.

Il ajouta, un ton plus bas :

– Notre prêtre lui-même, ce brave Séra Gottskálk, leur fait parfois la conversation. Il semble que Dieu soit indulgent envers ses ministres, dans ce pays. L'Islande n'est-elle pas aux marges de la chrétienté ?

Jón put mesurer la condescendance des Danois. Eggert crut bon d'argumenter :

– Séra Gottskálk ne paraît pas craindre la colère divine, puisqu'elle ne l'empêche pas d'arriver en retard à l'office, ou mal dégrisé. Depuis deux hivers que je suis là, je ne l'ai pas entendu réciter à ses ouailles plus de trois sermons différents ! Mais notre Créateur ne peut que tolérer ces égarements, inévitables dans un pays invivable.

Le Danois, visiblement satisfait de sa petite saillie, tapa sur l'épaule de son convive.

Jón savait que des comportements analogues se rencontraient parmi le clergé islandais. Cependant, tous n'agissaient pas de la sorte. Il s'apprêtait à citer l'exemplaire Séra Benedikt de Skard, qui certes entretenait une relation charnelle avec sa bonne et péchait par gourmandise, mais était par ailleurs irréprochable. Il se ravisa et renonça à polémiquer.

Les godets ne restaient jamais vides, les femmes avaient apporté des pichets d'hydromel et, peu à peu, elles vinrent s'asseoir entre les hommes. En face de Jón, Erlendur était entouré par deux d'entre elles et buvait à un rythme effréné. Il semblait plus excité que jamais. Jón se sentait envahir par l'ivresse. Il examina la compagne d'Eggert et la trouva plus jolie qu'il ne lui avait paru initialement. Le scribe du bailli fit un signe à la jeune fille. Elle s'approcha de Jón, sourit et lui parla dans un islandais approximatif, avec l'accent guttural des Danois :

– Je suis Vilborg et on m'appelle Vilborg Poitrine-de-Bateau, parce qu'on dit que ma gorge est bien pleine et de bonne tenue, comme la proue de nos navires.

Elle pressa ses mains sur ses seins en riant.

L'un des fonctionnaires du roi entraîna une servante hors de la dépendance. Egill et Finnbogi commençaient à trouver le climat délétère. Ils se tenaient à l'écart, autour d'un angle de la table, méfiants : on était tout de même là chez les Danois. Jón, qui ne connaissait guère les femmes mais avait fréquenté les tavernes de Bristol, finit son godet d'un trait. Vilborg s'assit auprès de lui et il sentit la chaleur de sa cuisse. Il remplit de nouveau son godet. Elle se pencha vers son cou et lui susurra malicieusement à l'oreille :

– Ça fait trop longtemps que je me demande si les Islandais sont plus vigoureux que les Danois.

Jón, embarrassé, but nerveusement de grandes gorgées de bière. Elle ajouta d'un air impatient :

– On dit que vous êtes pas bien rapides, dans ce pays. Combien de temps vas-tu encore me faire languir ?

Erlendur se penchait de droite et de gauche sur ses voisines, à la manière d'un bateau soumis au roulis. Il ne respectait plus guère les convenances et les femmes s'écartaient de lui. Les Danois commençaient à donner des signes de nervosité. Jón, grisé par la bière et par le contact de Vilborg, se décida à lui caresser la hanche. Aussitôt, elle lui décocha un baiser puis l'entraîna au-dehors. Elle s'adossa au mur d'une grange, l'attira contre elle et l'embrassa. Il lui sembla se noyer dans les ondulations charnues de son corps.

Au moment où Vilborg emmenait vivement Jón à l'intérieur de la grange, ils entendirent un cri de femme :

– Bas les pattes, pouilleux d'Islandais !

Jón n'avait pas besoin de comprendre le danois pour saisir la gravité de la situation. Il courut vers l'entrée de la dépendance.

Tous les hommes s'étaient levés et le silence régnait. Eggert s'approcha d'Erlendur et lui ordonna :

– Foutez le camp d'ici, toi et tes hommes ! C'est toujours pareil avec vous, bougres de culs-terreux !

Le visage d'Erlendur la Quille était rouge. Il répondit :

– Retire tes paroles, diable d'étranger !

Eggert mit la main à son couteau. Egill Demi-Troll et Finnbogi d'Arnarstapi jugèrent la partie inégale car les Danois étaient supérieurs en nombre, et surtout il leur paraissait fort hasardeux de se battre contre des fonctionnaires du roi. Ils prirent fermement Erlendur par les bras et le firent sortir. Jón leur emboîta le pas. Au passage, il fit un signe à Vilborg, mais la Danoise détourna les yeux. Les quatre Islandais descendirent piteusement vers la grève où ils montèrent un campement grossier.

Ils décidèrent de précipiter leur départ sans attendre un bon vent, après les incidents de la veille. À bord de chacune des barques, Egill et Finnbogi prirent le premier quart. Leurs compagnons respectifs somnolaient à fond de cale, conséquence de leurs excès de bière. Les vagues commençaient à frapper les coques alors que la mer grossissait. Jón fut réveillé par les embruns frais et salés. Il dit à Egill :

– Notre ami Erlendur ne s'est pas très bien comporté avec les femmes, mais il a pas manqué de panache dans sa réponse à Eggert. Les paroles de ce Danois étaient pleines de mépris pour nous, les Islandais.

– Y a rien de bon à attendre des Danois, dit Egill. Mais… j'ai cru voir que tu avais pris un certain plaisir à entrer en relation avec eux, et même que tu avais eu des contacts plutôt rapprochés…

– Hum… À vrai dire, il ne m'a pas été donné de découvrir le corps de Vilborg Poitrine-de-Bateau, à cause de cet excité d'Erlendur. D'ailleurs, je lui en veux pas, au contraire. Puisque tu m'as si bien surveillé, ça n'a pas dû t'échapper que j'avais bu un coup de trop. Et maintenant que je suis à peu près dégrisé, j'ai hâte de retrouver les bras de Jórunn.

– Eh bien j'espère que t'as retrouvé tous tes moyens, dit Egill. Je crois bien qu'un coup de vent se prépare.

– Ah, je suis plutôt content de l'arrivée du mauvais temps. Ça annonce la fin des travaux des champs, et le début de la saison de pêche. On va pouvoir reprendre les navigations entre les îles et retourner enfin à Flatey.

Le vent du nord-ouest forcissait. Jón jugea qu'il serait raisonnable d'aller s'abriter dans quelque fjord, et ils se rapprochèrent de l'autre canot pour faire part de leurs intentions. Erlendur répondit qu'il avait déjà prévu de faire de même. Les bateaux s'écartèrent du vent et cinglèrent vers la côte. Mais dans une rafale, la voile d'Erlendur et Finnbogi se déchira sur trois aunes de longueur. La mer était désormais bien formée, les vagues dressaient leurs crêtes d'écume blanche. Jón et Egill durent faire de périlleuses manœuvres afin de prendre en remorque leurs infortunés compagnons. Enfin, ils s'engagèrent dans un fjord, accostèrent sur une grève déserte et montèrent le camp. Erlendur savait s'y prendre pour rafistoler une voile avec des bouts de toile et il répara promptement la sienne. Les hommes étaient d'accord pour penser que les Danois ne feraient pas de problèmes suite à l'incident de Bessastadir. On avait certes frôlé la rixe mais il n'y avait pas eu de coups échangés. Il était difficile d'imaginer les fonctionnaires du roi donner les détails de cette soirée où régnait un certain dévergondage. D'un commun accord, les quatre marins se promirent de ne pas ébruiter ces péripéties.

Après trois nuits de mauvais temps, les bateaux repartirent et eurent bon vent jusqu'à Skard. Sur la grève, Egill raconta l'épisode du remorquage à ceux qui étaient venus aux nouvelles. Erlendur rentra la tête dans les épaules, encore plus que de coutume, ce qui n'était jamais bon signe.

Le Breidafjord était toujours en mouvement. Sa respiration était rythmée par les pulsations des plus fortes marées d'Islande. Lorsque la mer montait, le flot s'engouffrait dans ses innombrables chenaux et submergeait les grèves. Courants et contre-courants s'infiltraient partout et venaient rogner les caps et les pointes. Les îlots les plus bas disparaissaient. Peu à peu, le bruissement du clapot s'estompait et la surface du fjord se lissait, tendue : c'était la pleine mer. Néanmoins, le calme n'était qu'apparent. Imperceptible mais irrésistible, l'ondulation perpétuelle remettait les eaux en mouvement et la mer se retirait. Le jusant dévoilait une myriade de roches aux silhouettes échevelées et ruisselantes, couvertes d'algues pantelantes. Mises à nu, les plages dorées exhibaient leurs plis et replis suintants. Partout, la vie grouillait. Dans les mares, sous les pierres, dans les recoins, une multitude d'êtres vivants s'activait. Crustacés et mollusques se nourrissaient, se reproduisaient, perpétuaient les comportements vitaux.

Déjà, l'eau recommençait à monter, s'apprêtant à engloutir de nouveau l'estran. Jórunn s'était adossée au muret et observait le fjord. La marée était encore basse, de nombreux rochers affleuraient. Les varechs luisaient sur la grève et répandaient une odeur entêtante. La jeune femme restait parfois durant des heures assise là, à regarder la mer. La forme et la direction des vagues, la marée, les nuages, la course du soleil en faisaient un spectacle sans cesse renouvelé.

La ligne d'horizon peinait à s'affirmer tant les gris du ciel et de la mer s'y confondaient. Au loin, on pouvait distinguer deux barques, dont les voiles n'avaient pas été établies. C'étaient peut-être les bateaux des îles Bjarneyjar, ou bien ceux de Skard qui faisaient leurs premières sorties en mer après la fin des travaux des champs. Les deux canots approchaient à la rame. Jórunn distingua bientôt les silhouettes. Non, aucune ne ressemblait à celle de Jón. Il paraissait y avoir là l'ombre trapue de cet Erlendur la Quille, qu'on voyait épisodiquement dans le secteur. Un bon pêcheur, disait-on, fier et orgueilleux.

Halldóra et Gísli étaient les seules personnes à Skard auxquelles Jón avait parlé de Jórunn. Un jour, il dit à Gísli :

– Depuis la fin de l'été, je n'ai pas eu l'occasion d'aller du côté de Flatey, pour voir s'il y aurait par là un de ces bancs de flétans qu'on peut trouver à l'automne…

– Fort bien, mon garçon, dit Gísli. Mais ne vas-tu pas plutôt pêcher la sirène ?

– À ce propos, je ne suis pas très content de tes indiscrétions, vieux troll, fit Jón en mimant la colère.

– Tiens donc ! Pourtant, j'ai cru comprendre que ça ne t'avait peut-être pas été inutile, fit Gísli en ajustant son bonnet de *vadmál*.

Ce soir-là, Halldóra lui avait donné un texte à lire mais Jón était particulièrement distrait. Bien que la gouvernante ne fût pas très grande, elle savait durcir son regard bleu suffisamment pour faire preuve d'autorité. Comme elle reprenait son élève, il tenta de l'amadouer en abordant un sujet plus léger :

– J'ai déjà ramené pas mal de poisson à Skard, assez pour que notre intendant Grímur soit content. Le vent a tourné au sud-est, et il se pourrait bien que j'aille faire un peu de conversation à Jórunn.

– Eh bien, je m'en réjouis, dit la gouvernante, quoique ça t'empêche de suivre correctement ce texte, qui n'est pourtant pas d'une difficulté redoutable.

Le vent était favorable et Jón atteignit rapidement l'île de Flatey. L'intendant fut surpris de le voir arriver seul, lui demanda des nouvelles et lui offrit l'hospitalité. Jón prétexta une avarie de barre. Une servante lui apporta un bouillon à base de poisson. Lorsqu'il demanda où était Jórunn, la femme répondit qu'elle n'en savait rien.

Il allait rejoindre sa paillasse quand il la vit. Elle le fixait d'un regard aussi noir que le lui permettaient ses yeux pers. Il s'approcha.

– Qu'est-ce que tu as, Jórunn, à me regarder comme ça ? Qu'est-ce que j'ai fait pour provoquer ta colère ?

– On raconte que tu as du goût pour les Danoises, au moins celles qui ont le poitrail généreux et la cuisse accueillante. Je dois être trop maigre pour toi, puisque tu préfères flatter des croupes épaisses, ou des mamelles de vache laitière. Ou peut-être que tu m'as embrassée par amusement. D'ailleurs, tout le monde sait que pour leur plaisir, les marins aiment disposer d'une fille dans chaque port. Mais je ne veux pas t'importuner plus longtemps, et je n'ai pas à me mêler de tes affaires. Après tout, nous ne sommes liés que par un baiser de rien du tout, que je regrette bien de t'avoir accordé, et que tu as peut-être déjà oublié.

Jón était décomposé. Il ne lui semblait pas que son petit écart avec Vilborg méritait une telle punition. Que cela pût briser sa relation avec Jórunn, quel châtiment démesuré ! Jórunn le fixa dans les yeux, fondit en larmes et se précipita dans ses bras. Ils restèrent ainsi sans bouger et sans parler. Elle se redressa et sourit. Jón l'embrassa sur la joue et ses lèvres essuyèrent les larmes. Il posa sa bouche sur la sienne.

Sa main s'engagea sous la tunique, s'attarda sur le ventre chaud et trouva un sein frémissant dont la fermeté l'enhardit à plus de vigueur dans la caresse. Il resserra son étreinte, stimulé par la respiration de Jórunn qui s'amplifiait à l'unisson. Émergeant de la chevelure noire, son autre main glissa sur la taille, enroba la hanche puis serra le haut de la cuisse qu'il fit rouler contre la sienne. Leurs jambes s'entrelacèrent et leurs corps s'embrasèrent. Il défit la broche en coquillage qui fermait les pans de sa tunique. Il lui troussa la jupe et elle plongea la main dans ses braies.

17

Le vieux Gísli décida de passer le relais. À la veillée, Einar Björnsson prononça un vibrant hommage en son honneur. On ne lui connaissait que des amis, et cela avait parfois été perçu comme de la faiblesse ; mais ce jour-là, tout le monde louait les qualités du maître-pêcheur, que l'on considérait un peu comme la mémoire de la ferme.

La question de sa succession était posée, bien qu'Erlendur la Quille fût son remplaçant logique. Si l'on estimait que ce dernier était le meilleur pêcheur, certains disaient que le jeune Jón Thorsteinsson était plus habile dans l'art de la navigation : il pourrait éviter des pertes en hommes et en bateaux, qu'on déplorait chaque hiver sur les côtes d'Islande. Le vieux Gísli prônait un partage des responsabilités, mais Erlendur s'y refusait. Il n'oubliait pas les affronts que Jón lui avait fait subir, et mettait un point d'honneur à garder l'ascendant. Quand Einar sollicita son avis, Finnbogi d'Arnarstapi dit qu'Erlendur n'avait pas son pareil pour détecter les bancs de poissons, tandis que Jón savait mieux que quiconque récolter les autres richesses du fjord.

Les deux marins se respectaient, car ils avaient en commun leur attachement à la mer, mais entre eux subsistait beaucoup de rancœurs. Le dernier épisode avait été la trahison d'Erlendur concernant la fameuse soirée de Bessastadir. Jón se demandait comment il était au courant de sa relation avec Jórunn. Probablement avait-il bénéficié d'une indiscrétion de quelque commis de ferme de Flatey. Erlendur connaissait beaucoup de monde dans le fjord et il faudrait s'en méfier.

Mais Jón déclara ne pas être intéressé par le titre de maître-pêcheur. Il réclamait simplement qu'on le laissât aller à son gré dans le fjord, arguant qu'il y avait trouvé beaucoup de richesses dont la ferme avait profité. Einar approuva mais il ajouta que Jón devrait cependant obéir à Erlendur en cas de nécessité. Il trancherait lui-même au besoin.

L'accord fut scellé par une poignée de mains entre les deux marins. Erlendur respecta l'autonomie de Jón et la tension entre eux s'apaisa.

Il devenait notoire que le jeune Jón Thorsteinsson fréquentait une fille de Flatey, la servante du nom de Jórunn Vigfúsdóttir. Sur l'île, on avait pris l'habitude de ses visites. Il y était apprécié car il ne venait jamais les mains vides et fournissait du bois ou du poisson. Sa relation avec Jórunn était tolérée ; on le considérait comme son concubin. On fermait les yeux sur leurs escapades en bateau car la maisonnée bénéficiait des produits de leur pêche. Le jeune couple connaissait les coins à moules et autres coquillages. Jórunn n'avait pas peur de l'eau froide du fjord ; elle pouvait rester longtemps dans les flaques laissées par la marée, avec de l'eau jusqu'aux genoux. Elle y trouvait parfois de gros crabes.

Leurs séparations rendaient leurs retrouvailles chaque fois plus passionnées. Lorsque Jórunn voyait venir le canot de son compagnon, elle s'éloignait des bâtiments de la ferme pour attendre son amant à l'écart, du côté de l'étendage à linge. Jón s'avançait derrière elle, feignant la discrétion. Il ne manquait pas d'envoyer quelques signaux, afin qu'elle apprêtât son corps à l'accueillir : un pas froissant l'herbe, un bras frôlant le linge, un souffle dans son cou. Il faufilait ses mains sous les bras de sa maîtresse, l'étreignait et lui baisait la nuque. Jórunn se cambrait, rejetait la tête en arrière, offrait ses lèvres ; sa croupe onduleuse éprouvait le désir de l'homme, ses mains lui enserraient les hanches.

Jón goûtait fort à ce petit rituel, qui les entraînait invariablement vers la grange.

On disait que les milliers d'îles et îlots du Breidafjord y avaient été disséminés par un troll, sans que l'on sût bien si c'était pour le bonheur ou le malheur des hommes. Selon la force du courant, la présence de la houle, les caprices du vent ou l'épaisseur de la brume, chacune de ces îles pouvait devenir abri ou danger. Des changements de temps subits transformaient quelquefois un engageant détroit en un goulet menaçant. Pourtant, les hommes s'aventuraient dans le labyrinthe des chenaux et s'accommodaient du caractère versatile du fjord. Ils puisaient dans ses eaux fécondes les ressources pourvoyant à leur subsistance. Les hameçons des pêcheurs prélevaient le poisson dans les bancs foisonnants qui fréquentaient régulièrement les hauts-fonds.

Le fjord était prodigue, mais il réclamait parfois son tribut. Une barque s'attardait ; sur la côte, l'attente commençait. Les heures, les jours passaient, l'espoir s'amenuisait. Alors, le fjord dévoilait sa face hideuse et pouvait s'abreuver aux larmes des veuves. La mer nourricière se faisait mangeuse d'hommes. Pourtant, les marins remettaient inlassablement les barques à l'eau. Au-delà des ressources qu'elle leur accordait, la mer suscitait une attraction irraisonnée, comme une maîtresse ambiguë et exigeante, qui daignait offrir son opulence et dont ils ne savaient se passer.

Néanmoins, ce jour-là, personne n'osa la défier, tant sa colère paraissait indomptable. Alors que l'hiver semblait desserrer son étreinte, une tempête tardive s'était abattue sur le fjord. Les vagues chargées d'écume prenaient d'assaut les rochers et les plages. De temps à autre, le ciel déversait un torrent de grêlons. Les hommes avaient mis à couvert leurs barques, du moins ceux qui disposaient d'un abri en dur.

Jórunn profitait des accalmies pour sortir de la maison et contempler les eaux tumultueuses du fjord. Le courant de jusant faisait se dresser les vagues, qui semblaient exécuter une danse joyeuse et sauvage. Il pleuvait encore et la jeune femme s'était mise à l'abri du muret. Ses longs cheveux noirs lui collaient aux joues. Elle observait les brisants, effrayée et fascinée. La tempête, si elle noyait parfois des marins, avait cette fois-ci l'avantage de retenir son amant sur l'île.

Jón, bloqué par le mauvais temps, se rendait utile à l'entretien du huit-rames de la ferme. Dans l'abri de la resserre, il s'appliquait à imperméabiliser avec de la graisse de phoque le *vadmál* servant à la confection des voiles. Après trois nuits, le ciel se dégagea enfin. Il allait pouvoir rentrer à Skard où on devait s'inquiéter de lui.

Jórunn se décida à lui parler. Elle choisit de le faire lors d'une promenade sur le rivage. Le soleil faisait luire les grèves encore moites.

– Je suis lasse de te voir partir une fois de plus,

sans savoir quand tu reviendras. Je suis lasse d'user de manières pour ne pas faire d'enfant. Qu'est-ce que tu attends pour aller voir mon père, et lui demander de concrétiser notre union ?

Jón n'eut pas besoin de réfléchir.

– Nous sommes des serviteurs sous les ordres d'un maître, et je ne veux pas me marier tant que je ne pourrai pas t'offrir une vie libre. Ça viendra, mais chaque chose en son temps.

– Je me demande bien comment tu comptes t'y prendre pour t'affranchir de la ferme de Skard, dit Jórunn en fronçant les sourcils.

Jón avait déjà tout prévu.

– Il faut organiser la pêcherie des îles Bjarneyjar, pour en faire un vrai village. Alors, on pourra s'y installer. J'ai des idées. Il ne faudra plus dépendre de la grande terre, et on devra faire notre propre artisanat. Bien sûr, il faudra ménager les *bóndis* et, au moins au début, participer encore à la fenaison. Je compte bien expliquer tout ça aux pêcheurs pendant l'hiver. Egill pourrait prendre la tête du mouvement. Il lui arrive déjà de vendre du poisson à des petits fermiers, au fond du fjord. Il faudrait augmenter ce commerce. Tu verras, le moment venu, j'utiliserai un canot des Bjarneyjar pour récolter le bois flotté, et je le revendrai à Skard et aux autres fermes. Nous n'aurons alors plus de compte à rendre à personne.

Le regard de Jórunn demeurait soucieux. Elle tourna les yeux vers la mer.

Les gens des îles Bjarneyjar subvenaient tant bien que mal à leurs besoins. On n'avait jamais manqué de nourriture, même si l'on mangeait essentiellement du poisson. Quelques brebis donnaient du lait qu'on réservait aux jeunes enfants, et on se débrouillait pour se procurer du *skyr* sur la grande terre. Egill avait compté : cet hiver, environ deux cents personnes habitaient dans l'archipel, dont plus de la moitié sur l'île principale. Il y avait autant de femmes que d'hommes, parmi lesquelles on dénombrait plusieurs veuves de pêcheurs, parfois encore jeunes. L'une d'entre elles, Sesselja, était souvent en conversation avec Egill. Les marins disposaient d'une vingtaine de barques en état de naviguer, mais certaines étaient si délabrées qu'on ne les sortait que par beau temps. La plupart des couples n'étaient pas mariés, car on n'avait pas de prêtre sous la main, et ceux de la grande terre rechignaient à bénir des unions où il n'y avait ni dot ni douaire.

Les îliens vivaient dans des cabanes et s'habillaient de nippes en *vadmál* grossier, qu'ils avaient du mal à remplacer lorsqu'elles devenaient trop usées. Tout était précieux : les bouts de corde, les chiffons, les morceaux de bois. Malgré tout, on tombait rarement malade, et l'on disait que l'air du Breidafjord était sain.

Jón avait demandé à voir l'intendant Grímur.

– Tu te souviens peut-être que c'est moi qui ai amené le cheval qu'on a installé dans la dernière stalle, au fond de l'écurie.

– On s'en sert comme cheval de bât, dit Grímur. Ce canasson n'a pas d'allure, et il y a pas grand monde qui veut monter un cheval gris.

– J'estime qu'il est à moi, et j'aimerais bien en récupérer le prix, dit Jón.

– Je sais pas si on peut dire que ce cheval est à toi, puisque t'as jamais donné beaucoup de détails sur la façon dont tu te l'es procuré.

– Je l'ai échangé contre l'épave du bateau qui m'a amené en Islande, mentit Jón.

– Einar Björnsson dirait que ce bateau ne t'appartenait pas, et donc que ce cheval ne t'appartient pas non plus. Mais où est-ce que tu veux en venir ?

– Il y a dans les îles des femmes et des enfants qui sont habillés de pauvres défroques, et des hommes qui naviguent sur des rafiots délabrés, et dangereux. J'ai vu qu'il y avait à la ferme des vieux outils dont on ne se sert plus, et qui seraient bien utiles aux îliens. J'aimerais échanger le cheval contre du matériel de forgeron, un métier à tisser, de la laine, des clous et de l'hématite.

Grímur hésita.

– Bon, je vais voir ce que je peux faire. Mais t'attends pas à récupérer des merveilles. Einar accepterait pas qu'on gaspille des fournitures pour les gens des îles.

Jón et Egill commencèrent à distiller leurs idées pour le développement de la station de pêche aux Bjarneyjar. Ils avaient débarqué le nouveau matériel en provenance de Skard et encouragé les îliens à s'en servir, pour poser les fondations du bâtiment appelé à devenir l'atelier commun. Mais peu d'entre eux avaient pris les outils en main. Les hommes préféraient profiter des jours de beau temps pour aller pêcher. Quand le mauvais temps les empêchait de mettre les barques à l'eau, ils ne montraient guère d'entrain à travailler sous la pluie et dans le vent, pour ériger une bâtisse qui ne leur appartiendrait pas en propre.

Une fois qu'Egill eut remis en état le métier à tisser, il le porta dans la cahute de Sesselja qui se mit au travail. Malgré son veuvage prématuré, elle était une jeune femme dynamique et enjouée, plutôt ronde quoique bien proportionnée. Elle portait toujours un petit foulard sur la tête, duquel s'échappait une courte couette de cheveux hésitant entre blond et roux.

Sesselja défit un ballot de laine, qu'elle carda puis fila. Elle se mit ensuite au métier, afin d'y tisser du *vadmál*. Enfin, elle confectionna une chemise pour Egill, ce qui lui demanda beaucoup de laine et qui ne trompait plus personne sur la nature de leur relation. Un beau matin, quand elle eut fini, la jeune tisserande ne se gêna pas pour ameuter ses voisines afin de présenter son ouvrage. De nombreuses femmes vinrent admirer la vaste chemise. Sesselja leur confirma que Jón avait apporté le métier à tisser pour la communauté, et elle les incita à venir s'en servir. Il fut convenu que le métier resterait là tant que l'atelier ne serait pas terminé. Dès lors, les femmes encouragèrent les hommes à mettre plus d'ardeur à sa construction, et il fut rapidement achevé.

Egill décida de montrer l'exemple et fit l'inventaire des outils de la forge, bien qu'il ne connût guère le métier de forgeron. Il avisa les marteaux rouillés, les tenailles disjointes, un soufflet percé. Il se mit au travail, répara les outils, aménagea un fourneau. Quelques robustes pêcheurs l'aidèrent à transporter une grosse pierre, dure et plate, qu'il avait repérée sur le rivage et qui pourrait servir d'enclume. Un beau jour, il se décida à mettre de l'hématite dans le feu. C'était un matériau fort précieux : quand on n'en trouvait pas suffisamment dans les marécages, il fallait en importer de l'étranger. Egill activa le soufflet pour favoriser la chauffe du minerai. Ça marchait ! Il récupéra le métal encore brûlant, sous la forme d'une masse spongieuse qu'il martela pour la débarrasser de ses impuretés. Puis il chauffa de nouveau le fer, jusqu'à le rendre bien malléable. Enfin, il prit le métal dans la tenaille et fit ses premiers essais de forgeage, entre marteau et enclume. Ce fut un désastre : les formes obtenues ne ressemblaient à rien de connu ou qui pût servir à quelque chose.

Les premiers objets qu'il osa montrer étaient des clous grossiers, mais qui furent bienvenus dans la communauté, car on en manquait pour les habitations et les bateaux. Dès lors, Egill vit passer plus de monde à l'atelier. La plupart étaient des curieux, mais certains s'intéressaient au savoir naissant de l'apprenti forgeron. Un îlien, peu doué pour la pêche et sujet au mal de mer, fit preuve d'une habileté et d'un enthousiasme particuliers dans le maniement du marteau et de l'enclume, à la satisfaction d'Egill qui put revenir à sa barque et à ses hameçons. Bientôt sortirent de la forge des couteaux, des briquets, des haches.

La saison de pêche touchait à sa fin. De plus en plus, les îliens reconnaissaient la pertinence des idées de Jón et Egill. Avec le métier à tisser, on transformait la laine en manteaux, chemises ou braies. On utilisait les outils sortis de la forge pour retaper, renforcer et enjoliver les baraques. On était mieux vêtu, mieux logé.

Jón et Egill avaient apporté du poisson à Flatey, puis embarqué Jórunn. Ils firent voile jusqu'aux îles Bjarneyjar et se rendirent chez Sesselja qui les attendait. Les jeunes gens étaient heureux de se retrouver tous les quatre, ce qui n'arrivait pas souvent. Jón avait provoqué cette rencontre mais était resté évasif sur ses raisons. Chacun sentait qu'il avait des choses à dire. Sesselja servit un bouillon épais à base de morue. Jón déclara :

– Ce bouillon est excellent, et je ne suis pas encore

fatigué du poisson. C'est vrai que quand je suis à Skard, j'ai la chance de manger de la viande.

– Moi, j'échangerais pas cet avantage contre ma liberté, affirma Egill.

– Aux Bjarneyjar, vous mangez jamais de viande, et vous avez même du mal à avoir du lait. Il faudrait ici, dans les pâtures des îles, des moutons qui ne soient pas ceux de la ferme de Skard.

– Et qu'est-ce que t'as comme idée pour avoir ces moutons ? interrogea Egill. Et comment on s'y prend pour que ceux de Skard, et leurs maîtres, acceptent gentiment de les laisser manger leur herbe ?

– Ça sera possible que quand ces îles ne seront plus dépendantes des fermes. Ça doit passer par un symbole fort, quelque chose qui fasse que sur les rives du fjord, on sentira qu'il y a du changement aux Bjarneyjar.

– On attend tous ton idée lumineuse, s'impatienta Jórunn.

– Nous allons bâtir une église, dit Jón.

Les trois autres échangèrent des regards.

– Et pourquoi pas une cathédrale ? suggéra Egill.

– Disons une chapelle, tempéra Jón, et on demandera à l'évêque Magnús de la consacrer. Comme ça, on mettra l'Église de notre côté. On aura ensuite les coudées plus franches en face d'Einar Björnsson, en cas de problème. J'ai dans l'idée que ça déplairait pas à l'évêque de contrarier Einar, même s'ils ont réglé leurs vieux contentieux devant la loi.

– Mais est-ce qu'on a les moyens de construire une chapelle ? demanda Sesselja, dubitative, en réajustant sa couette blonde.

– On aura besoin de toutes les bonnes volontés, dit Jón. Il faut garder l'hématite qu'il nous reste pour la chapelle, et utiliser notre meilleur bois. Si possible, ce projet ne doit pas être connu sur la grande terre, pour qu'on puisse mettre Einar Björnsson devant le fait accompli. Il n'y a pas de village sans église. Quand la cloche aura sonné pour la première fois, il sera plus difficile de nous déloger des Bjarneyjar. Et j'aimerais bien m'installer ici avant l'été.

Jón regarda Jórunn pour mesurer son effet. Elle souriait.

Egill objecta encore :

– Et la cloche, tu comptes peut-être la sortir de notre forge ? À supposer qu'on se procure assez de fer, personne ici n'est capable d'en fabriquer une, à moins d'accepter qu'elle ressemble à une marmite bosselée, et qu'elle produise le son qui va avec. Ça suffirait à faire fuir le prêtre, s'il en existe un seul qui soit d'accord pour venir dire la messe dans une pêcherie ! Tout ça est insensé, mais chiche ! Tu peux compter sur moi.

Jón sourit à son tour. Le feu crépitait. Les quatre amis se mirent à rêver d'une vie meilleure, là, dans les îles.

18

Egill Demi-Troll sortit de sa baraque en baissant la tête sous le linteau de bois. Il réajusta son manteau usé en maugréant. On n'avait plus de laine pour rapiécer les vêtements ; il n'avait pas pu en échanger contre du poisson séché aux petits *bóndis* de la côte du fjord, puisqu'on devait faire attention aux stocks de nourriture. Son regard se tourna vers le ciel, couvert de nuages élevés, figés. Il pesta de nouveau. L'air était toujours aussi glacial, et on commençait à manquer de combustible. Les gens s'étaient regroupés dans les cabanes les mieux isolées du froid. On vivait souvent à plusieurs familles dans une seule pièce, car la chaleur était précieuse : celle de la tourbe se consumant, celle des corps se rapprochant. Le peu de bois qu'on trouvait n'était plus employé qu'à se chauffer.

Egill marcha dans la neige en direction du chantier de la chapelle. Les échafaudages étaient toujours en place le long des murs. Quand le temps serait meilleur et qu'on ramènerait du bois, on pourrait poser la charpente du toit. Certes, ce ne serait qu'une toute petite bâtisse, mais on tentait de la rendre belle avec les moyens du bord. Un homme habile de ses mains avait sculpté les montants de la future porte : d'un côté saint Ólafur terrassant un dragon, et de l'autre saint Nikulás, le patron des gens de mer, à qui on voulait dédier l'église. Egill cracha par terre. Cette construction était bien laborieuse. On était déjà dans le deuxième hiver après qu'on eut décidé de bâtir la chapelle. Le manque récurrent de bois avait freiné le chantier.

Son ami Jón n'en fournissait plus guère. Einar Björnsson lui avait reproché de ramener moins de poisson et de bois à Skard, et d'approvisionner les îles. Jón avait été contraint d'espacer ses visites car on le retenait davantage à la ferme, et quand on le laissait partir seul sur le fjord, il en profitait surtout pour retrouver Jórunn à Flatey.

Pendant les étés, le chantier s'arrêtait par manque de bras. C'était la saison où les Bjarneyjar se dépeuplaient. Certains îliens s'en allaient vers les hautes terres de l'intérieur, à l'écart des fermes, vivant de la chasse et, disait-on, de larcins et de mendicité. D'autres cédaient aux pressions des *bóndis* qui avaient besoin de main-d'œuvre. Egill lui-même et quelques irréductibles préféraient demeurer dans le fjord où ils menaient une existence nomade, se déplaçant vers des repaires de fortune disséminés dans les îles et archipels.

Une partie du dernier foin s'était gâtée sous des pluies inhabituelles. L'automne avait été maussade et les barques n'étaient pas beaucoup sorties en mer. Aux Bjarneyjar, les îliens étaient davantage préoccupés par leur survie immédiate que par l'édification du lieu de culte. On avait pourtant commencé le toit de la chapelle, mais il s'était envolé dans une rafale.

Et l'hiver était rude. Les bancs de poissons étaient revenus clairsemés de leur migration saisonnière. Les anses protégées des vagues, où l'on abritait les barques, avaient gelé. Quelques pêcheurs s'étaient résolus à transporter leurs canots vers des baies plus ouvertes, où la houle empêchait la glace de se former, mais rendait périlleux l'embarquement et le débarquement. Le spectre de la faim commençait à s'immiscer dans les esprits.

Egill entra dans la remise commune pour faire l'inventaire du peu de bois encore disponible. Quand il en ressortit, son regard se posa sur le fjord. Il mit la main à son front pour protéger ses yeux de la lumière pâle. Pas de doute, c'étaient bien les barques de Skard. Les bateaux allaient à la rame car le vent manquait. Ils approchaient. Egill commençait à distinguer des silhouettes à l'allure inquiétante. La partie serait inégale, car la plupart des îliens étaient sortis en mer. Cependant, la nouvelle fit rapidement le tour de l'île et un attroupement se forma sur le terrain devant la chapelle. Il y avait beaucoup de nervosité. On renvoya les femmes à la maison, il ne restait qu'une dizaine d'hommes et quelques vieillards.

On entendait approcher les gens de Skard, qui parlaient haut et fort. Ils apparurent au bas du chemin, menés par Erlendur la Quille :

– Écartez-vous, traîne-misère, chiens du diable !

Ils contournèrent le groupe d'îliens et se dirigèrent vers la chapelle.

Egill et quelques jeunes des Bjarneyjar maudirent les mécréants qui osaient s'en prendre à la maison de Dieu. Certains levèrent leurs poings, ou leur hache pour ceux qui en avaient. Les malédictions qu'ils proféraient semblaient avoir quelque effet : les assaillants les plus craintifs de la colère divine cessèrent d'avancer et se consultèrent du regard. Mais Erlendur se retourna vers eux et tonna :

– Misérables épaves ! Vous n'avez rien dans vos braies ? Cette baraque n'est même pas consacrée !

Il étaya son argument en menaçant de son épée les plus hésitants.

Egill, furieux, n'y tint plus. Entraînant quelques îliens avec lui, il s'approcha des gens de Skard et bouscula sans ménagement les indécis qui étaient restés à l'arrière de la troupe. Erlendur maudit ceux de ses hommes qui se défendaient trop mollement à son goût. La tension monta d'un cran, les armes se levèrent. Erlendur hurla aux îliens que c'était son dernier avertissement. Un jeune berger de Skard, affolé, frappa de sa hache le genou d'Egill. Le sang gicla sur l'agresseur, Egill gémit, s'écroula lourdement dans la neige. Le berger semblait pétrifié par l'effroi, seule sa lèvre inférieure tremblait.

On entendit un hurlement de femme. Elle se précipita vers le blessé, elle maintenait sa robe d'une main, sa couette tressautait sur sa nuque, elle tendit l'autre main vers lui.

Egill avait été attaqué par-derrière. Erlendur grogna aux îliens atterrés de s'occuper de lui. Il n'était pas fier de la tournure qu'avait pris l'affrontement et ne cessait de jurer. Il lança ses hommes les plus sûrs à l'assaut de la chapelle, dont ils firent tomber les murs. Mais cela ne suffit pas à Erlendur qui avait encore besoin de se défouler. Les assaillants s'engouffrèrent dans l'atelier, le saccagèrent. Enfin, la troupe redescendit vers la grève.

Sesselja avait pris la tête d'Egill sur sa cuisse. Ses genoux enfonçaient dans la neige souillée de sang. Elle lui caressait le front. Déjà, la vieille qui avait le plus de savoir était venue avec ses herbes et ses morceaux de cuir griffonnés de runes magiques.

Erlendur était rentré à Skard de fort mauvaise humeur. Il rudoya le jeune berger qui avait perdu son sang-froid lors de l'accrochage avec les îliens. Cependant, son maître Einar Björnsson était content de la réussite de sa mission.

Erlendur la Quille n'aurait pas eu de scrupule à frapper Egill de face. Il n'aurait pas hésité non plus à attaquer un adversaire par-derrière, s'il n'y avait pas d'autre moyen de vaincre. Mais aux Bjarneyjar, lui et ses hommes étaient les plus nombreux et les mieux armés.

Il demanda au guérisseur de remettre à Jón des simples qui soignaient les blessures. Il le fit discrètement, car cela pouvait apparaître comme un signe de faiblesse.

Jón était rongé par l'inquiétude depuis qu'il avait assisté, impuissant, au départ de l'escadre sur le fjord. Il savait seulement que le but de l'expédition était de faire une démonstration de force dans les îles, mais il ignorait s'il y avait des objectifs précis.

Au retour des barques, il apprit avec consternation qu'Egill avait été frappé à la jambe, sans qu'on pût lui préciser la gravité des blessures. Il avait déjà préparé son canot quand le guérisseur de la ferme lui apporta des herbes. Mais l'arrivée du mauvais temps l'empêcha de prendre la mer.

Tourmenté par l'attente, Jón surveillait sans cesse le ciel, à l'affût de la moindre amélioration.

Aux îles Bjarneyjar, on ne put que constater les dégâts. Le four avait été renversé, le métier à tisser était disloqué, et surtout la future chapelle n'était plus qu'un tas de planches.

Cependant, on avait sauvegardé le plus précieux : la matière. Les hommes de main d'Einar Björnsson n'avaient pas trop abîmé les planches de bois, qu'on pourrait réutiliser. Par bonheur, le forgeron avait entreposé ses outils chez lui, car ils étaient devenus inutiles faute de minerai. Dorénavant, il faudrait bien les cacher.

Egill restait allongé sur sa paillasse. Le jour où il vit Jón entrer dans sa baraque, la plaie s'était déjà refermée, mais son genou le faisait encore souffrir.

19

Jón avait reporté plusieurs fois la tournée des grèves qu'il avait prévu de faire. Il voulait aller ramasser le bois déposé durant l'hiver par les vents et les courants, mais le mauvais temps persistait. Des giboulées chargées de neige lourde défilaient sans cesse, accompagnées de rafales qui transformaient toute tentative de navigation en entreprise périlleuse.

Le vieux Gísli fit un songe… Une nuée de corbeaux alignés sur un séchoir à poisson, face au fjord. L'un d'entre eux prend son envol. Au moment où il parvient au-dessus de la mer, il descend brusquement en piqué et se précipite dans les flots. Le corbeau revient à la surface, mais les orbites de ses yeux sont vides. Il s'envole, tourne en rond, s'éloigne peu à peu vers le large.

Chacun y vit un augure funeste, dissuadant les marins de toute navigation. Néanmoins, une accalmie prolongée décida Jón à se rendre aux îles Bjarneyjar. Il fit une bonne traversée, de quelques heures. Egill Demi-Troll vint l'accueillir. Décidément, l'homme était robuste : il avait retrouvé l'usage de sa jambe avant la fin de l'hiver, même s'il boitait. Comme le temps clément perdurait, les deux amis embarquèrent dès le lendemain. Ils ne visitèrent d'abord que les chenaux abrités, afin de ne pas se faire surprendre par une éventuelle aggravation du temps. Mais le bois flotté y était rare. On ne pourrait guère avancer la reconstruction de la chapelle, d'autant qu'il fallait aussi ramener une bonne quantité de bois à Skard pour ne pas s'attirer le courroux du maître de la ferme. Les deux hommes traversèrent un bras de mer en direction d'un groupe d'îles que Jón connaissait comme étant un bon gisement de bois.

Cependant, alors qu'ils étaient à mi-chemin, le ciel se fit menaçant. Le soleil se voila, et des nuages sombres et bas envahirent l'horizon ouest, sur toute la largeur du fjord. Jón décida de faire demi-tour alors que la mer s'agitait autour de la barque. À la suite du virement de bord, le vent venait davantage de l'arrière : l'allure du bateau était plus favorable mais la mer continuait à grossir. Il fallut manier l'écope lorsque les vagues déferlantes commencèrent à frapper régulièrement la coque, envoyant des paquets de mer dans la barque. Les hommes étaient déjà trempés par les embruns quand un renforcement du vent annonça l'arrivée de la pluie. La visibilité s'abaissa au point qu'on ne voyait plus le moindre îlot du fjord. Jón suivait son cap en gardant le bateau toujours dans le même angle par rapport aux vagues. La direction choisie devait en principe les amener dans des eaux plus abritées, sous le vent d'une petite île, où il y avait peu de fond et où l'on pourrait peut-être mouiller. Cependant, le bateau devenait incontrôlable dans les rafales et menaçait de chavirer. Il fallut carguer complètement la voile. Même à sec de toile, le canot gardait le cap voulu et filait à vive allure. Jón évaluait la direction du courant de marée, la vitesse du bateau, la fiabilité de son estime. S'il s'écartait trop à tribord, il se fracasserait sur des récifs. S'il partait plus à bâbord, il risquait de ne jamais atteindre la zone de protection de l'îlot. Dans ce cas, leur esquif serait poussé vers le fond du fjord, où il était hasardeux d'atteindre un abri sans visibilité : ce serait probablement le naufrage sur l'un des milliers de cailloux prêts à éventrer une coque et à la mettre en pièces.

Le rideau de pluie s'effaça et laissa apparaître la terre, à tribord. Jón se faufila dans une passe qu'il connaissait et les deux hommes manœuvrèrent, jusqu'à atteindre une échancrure où ils purent échouer le bateau sur les galets.

Le paysage semblait familier à Egill. En clopinant, il fit quelques pas sur le bout de lande qui couvrait le centre de l'îlot. Pas de doute : l'endroit était bien l'une de ses planques utilisées pendant l'été. Il n'y accédait jamais par ce côté-là, aussi ne l'avait-il pas reconnue tout de suite. On pouvait y aménager un abri de fortune dans une petite faille, en la recouvrant d'une toile.

Sesselja écoutait les craquements du toit sous les coups de boutoir du vent. Elle avait l'habitude d'attendre les marins, mais à chaque fois, l'inquiétude la rongeait. Elle se souvenait. Alors qu'elle venait de se marier, son homme n'était pas revenu d'une sortie en mer. L'attente, l'espoir, les doutes. Le regard des autres pêcheurs, dans lequel on pouvait lire que c'était fini. L'absence de sépulture. La vie qui devait continuer. Le vrai bonheur n'était revenu que bien plus tard, avec l'apparition d'Egill. Elle ne voulait pas perdre celui-là.

La troisième nuit commençait à obscurcir le ciel quand on vint la prévenir de l'arrivée d'une voile sur le fjord. Elle s'habilla et sortit, marcha jusqu'au rivage. Elle se retint de courir, comme elle l'avait fait un jour, peu de temps après la disparition de son mari. Cette fois, elle voulait rester digne, même si son cœur palpitait. Un attroupement s'était déjà formé sur la grève. La barque approchait : Egill et Jón étaient de retour.

Depuis le naufrage qui avait marqué son arrivée en Islande, c'était la première fois que Jón avait côtoyé le danger d'aussi près sur un bateau. Surtout, il s'était mis en danger lui-même. Son désir de bâtir la chapelle était si fort qu'il avait pris des risques inhabituels, car il savait que le temps était instable et pouvait se dégrader rapidement. Sesselja lui en voulait.

– C'est ridicule de risquer sa vie et celle de son meilleur ami, juste pour des morceaux de bois, lui avait-elle lancé.

Pourtant, elle savait que l'enjeu allait au-delà de quelques troncs ou branches apportés par le courant. La construction de la chapelle, et à travers elle la liberté et le bien-être des îliens, passait par une détermination sans faille. Mais à quoi servirait la détermination d'un noyé ?

De retour à Skard, Jón déchargea sur la grève les quelques morues qu'il avait pu pêcher. Il entendit un galop de cheval et redressa la tête : c'était Einar Björnsson qui chevauchait dans sa direction. Les deux hommes se saluèrent. Du haut de sa monture, le maître des lieux désigna le canot de Jón et dit :

– On m'a signalé que l'une de mes barques rapporte moins qu'auparavant, et moins que les autres barques. C'est fort étrange, car on dit que celui qui la dirige est l'un des meilleurs marins du pays. Peut-être devrais-je affecter ce grand navigateur à d'autres tâches.

– Je me suis mis à la recherche de nouveaux lieux de pêche, répondit Jón. Mais sans grand succès jusqu'à maintenant.

– À quoi bon chercher de nouveaux lieux de pêche,

alors que nous connaissons déjà des coins fort poissonneux, dit Einar d'une voix forte. Le problème n'est pas là. Il est notoire que tu as de nombreuses relations dans les îles. Je sais que tu rends des services à la ferme de Flatey, ce dont je ne me plains pas puisque ma belle-sœur en bénéficie. Et que tu en profites pour honorer tes rendez-vous galants, c'est bien naturel pour un homme. Mais n'abuse pas de ma confiance. Tu utilises ma barque pour fournir du bois destiné à la chapelle de ces vagabonds des Bjarneyjar. Comme tu le sais, je ne soutiens pas ce projet, et mes barques n'ont pas à y contribuer. À l'avenir, tâche de nous ramener plus de morues !

Einar tourna la bride de l'alezan et repartit au galop.

Après la messe, Jón sollicita un entretien auprès de Séra Benedikt.

– Je me réjouis de voir que tu viens enfin te confesser, ironisa le prêtre. À vrai dire, je ne me souviens même pas du temps où tu l'as fait la dernière fois. Je te rappelle que la pénitence est un sacrement. Bon, de quoi tu veux parler ?

– Je suis venu demander de l'aide, dit Jón. Les habitants des îles Bjarneyjar mettent le peu de moyens qu'ils ont à construire une chapelle, pour pouvoir prier dans un vrai lieu de culte. Mais ils manquent de tout. Ils n'arrivent pas à trouver assez de bois, et ils n'ont pas d'hématite pour forger des outils et des clous.

– Sache que je suis renseigné sur les efforts des îliens pour bâtir cette chapelle. Même si Einar Björnsson voit ça d'un mauvais œil, je ne peux qu'y être favorable. Comme tu le sais, un navire de la Hanse nous a fourni un bon stock d'hématite, cet été. Je vais essayer de convaincre l'intendant Grímur, qui est un homme pieux, d'en prélever une partie pour la gloire de Notre-Seigneur. Pour ne rien te cacher, il a l'habitude : il m'a encore mis ce matin de côté, en plus du vin de messe, un bon morceau de bœuf, un fromage blanc, et même un peu de miel. Bien entendu, on n'est pas obligés d'étaler ce petit don au grand jour. Quant au bois, il me paraît plus difficile d'en prendre sur les réserves de la ferme.

Le prêtre réfléchit un moment et ajouta :

– Je dois aller bientôt à Skálholt, j'en parlerai à l'évêque. Je pense que Magnús sera sensible aux efforts des pêcheurs des îles. Je te tiendrai au courant.

Aux Bjarneyjar, Egill avait commencé à démolir sa baraque. Sous le regard perplexe des curieux, il démonta méthodiquement les planches du toit, puis abattit la tourbe des murs. Dans le même temps, il s'installa définitivement chez Sesselja, sans qu'elle comprît bien si c'était pour elle ou pour la chapelle qu'il faisait cela. Il y rapporta la tourbe qui allait servir à se chauffer, mais affecta la totalité du bois récupéré à la construction de l'église. Les îliens furent impressionnés par son geste et l'on s'activa de nouveau sur le chantier. D'autres planches apparurent alors, comme surgies miraculeusement des logis. On put terminer le toit, qu'on recouvrit ensuite de mottes de gazon. Un charpentier habile érigea le petit clocher de bois.

Le bâtiment était achevé !

Achevé, mais nu. Il n'y avait ni autel, ni bancs, ni le moindre mobilier. Surtout, il n'y avait pas de cloche. Néanmoins, on organisa une petite fête lors d'un passage de Jón, où peu d'îliens manquèrent à l'appel. Bien qu'on ne disposât guère de bière pour s'enivrer, chacun était fort joyeux et fier du nouveau bâtiment.

On avait enfilé ses plus beaux habits, comme si l'on se rendait à une vraie messe. Mais la chapelle n'était pas consacrée, et Jón garda secrètes ses démarches auprès de Séra Benedikt.

À Skálholt, l'évêque Magnús sentait venir sa fin. Aucune médecine ne parvenait à apaiser ses fièvres, ni à résoudre ses problèmes digestifs. Les guérisseurs islandais lui avaient fait ingurgiter des décoctions à base d'angélique et de lait. Le chirurgien-barbier envoyé par le bailli, qui prétendait avoir étudié en Italie, prescrivit successivement de la belladone – mais on n'en disposait pas à l'évêché –, de l'ail, de l'aneth et d'autres simples encore, qu'il faisait parfois bouillir avec du miel et du sucre, ou qu'il infusait dans du vin. Rien n'y fit.

L'évêque écouta la requête de Séra Benedikt avec intérêt. Ce prêtre de Skard lui donnait une occasion inattendue de jouer un dernier tour à son vieil opposant Einar Björnsson, dont la richesse prétendait rivaliser avec celle de l'Église. Cependant, il ne pourrait pas se rendre lui-même à la nouvelle chapelle, étant trop souffrant pour voyager. De toute façon, il évitait les navigations à cause du mal de mer, fussent-elles de courte durée. Il fit rédiger par son scribe un document attestant qu'il donnait tout pouvoir à Séra Benedikt de Skard pour consacrer la chapelle des îles Bjarneyjar, et y donner des messes quand le temps autorisait la traversée. Le prêtre, comblé, osa une dernière requête :

– Monseigneur, les insulaires sont de bons chrétiens, mais ils n'ont pas beaucoup de moyens. Ils seraient désolés de ne pas disposer d'une cloche pour leur église.

Malgré la pluie, les îliens enthousiastes étaient venus assister à la messe de consécration. La plupart étaient restés dehors par manque de place, trempés et radieux. Faute de bancs, on avait réquisitionné ceux dont disposaient les fidèles dans leurs logis. Un jeune garçon, appelé à être le sacristain de la chapelle, fit sonner la cloche avec ferveur. On dut lui affirmer qu'il n'était pas nécessaire de tirer aussi fort sur la corde, pour une cloche d'un poids somme toute assez modeste. La nouvelle de la consécration de l'église Saint-Nikulás des Bjarneyjar avait fait rapidement le tour du Breidafjord. Cependant, Einar Björnsson avait usé de son pouvoir de dissuasion afin que personne ne fît la traversée pour se rendre à la cérémonie. Il n'y eut que trois habitants de la grande terre à braver l'interdiction implicite : Séra Benedikt, muni d'un ordre de mission de l'évêque, le vieux Gísli, trop âgé pour se laisser dicter sa conduite, et Jón qui ne voulait en aucun cas manquer ce qu'il considérait comme l'acte de naissance du village. Enthousiaste, il lança à Egill :

– Que le vent d'ouest, et l'ardeur de notre sonneur, fassent entendre les tintements de notre cloche jusqu'à la ferme de Skard, et aux oreilles d'Einar Björnsson !

Quelques nuits après la messe, on apprit le décès de l'évêque Magnús. Dans le même temps, Jón et Jórunn annoncèrent leur intention de s'installer dans le village des Bjarneyjar aux prochains jours de déménagement, rituellement fixés à la fin du mois de mai, c'est-à-dire seulement une semaine plus tard. Le vieux Gísli surprit tout le monde en révélant lui aussi sa décision d'habiter dans les îles. À Flatey, Ingveldur Helgadóttir ne fit pas d'objection au départ de sa servante et lui souhaita bonne chance. À Skard, l'intendant Grímur prit acte du départ de Jón et de Gísli. Tout s'enchaînait parfaitement.

Jón rassembla ses effets et se dirigea vers la grève de Skard, où l'attendaient Egill et sa barque. Le vieux Gísli y avait déjà pris place et faisait rouler son amulette entre ses doigts, comme à chaque fois qu'il prenait la mer. Seule Halldóra vint assister à leur départ. Un sourire tendre se dessinait sur son visage. Les mèches blanchies qui dépassaient de son foulard semblaient jouer avec le vent. Elle fixa Jón de son regard bleu.

– J'espère que tu trouveras ton chemin, parmi tous ceux que la vie te proposera ! Ta mère serait fière de toi.

Il tressaillit. Sa mère… Depuis sa rencontre avec Jórunn, il n'y pensait plus guère. Pourtant, il revoyait parfois son image lors de ses déplacements sur le domaine, à l'embrasure d'une porte, dans un coin du pré-clos, au creux d'un vallon. Il se souvint du serment qu'il lui avait fait dans son réduit de Bristol, chez les Barstaple. Il murmura :

– Ma mère… Je la retrouverai.

Mais il avait d'abord à construire sa vie.

Dans un premier temps, Jón et Jórunn s'installèrent chez Egill et Sesselja. Il régnait dans la maison une douce euphorie. Les deux jeunes femmes, qui se connaissaient peu, développèrent une belle amitié. Certes, la maison était petite, mais chacun veillait à laisser des moments d'intimité aux autres occupants, afin d'éviter que la promiscuité ne devînt pesante. La vie était belle ! Jón pouvait utiliser la barque d'Egill et naviguer sur le fjord, seul, avec sa femme, avec son meilleur ami ou avec qui bon lui semblait. Il avait entamé la construction de son propre canot, un petit quatre-rames, et bâtissait sans hâte un logis pour recevoir son ménage.

Surtout, Jórunn était là, son sourire, son regard couleur de mer, sa longue chevelure noire, luisant sous la bruine ou sous le soleil, roulant sur son corps et en épousant le galbe. Il aimait la voir marcher sur les grèves, ramasser des coquillages, méditer devant la mer. Il aimait voir le vent faire ondoyer ses cheveux, comme il faisait ondoyer les eaux du fjord, et plaquer sa tunique sur son corps, pour mieux le dessiner. Il aimait sa façon de se mouvoir, sa présence discrète mais dont il se sentait empli, ses moues enjouées ou contrariées. Il l'aimait !

Il ne voulait plus penser à la fragilité de la situation, même si Einar Björnsson n'était pas du genre à rester sans réagir quand il estimait qu'on s'appropriait des terres sous son contrôle.

Le vieux Gísli fit un songe… Un corbeau au plumage blanc. L'oiseau vole sur les eaux du fjord. Il vient tournoyer au-dessus de l'île, se pose sur le toit de la chapelle. Il ne bouge plus, observe les gens d'un regard blême.

Le lendemain soir, les lumières du Nord illuminaient le ciel de voiles rouges et verts. Les îliens étaient sortis pour admirer le firmament. Personne ne prêta attention aux dires de Jórunn, qui avait cru apercevoir des taches blanches à l'horizon, vers le couchant.

Au lever du jour, la glace paraissait couvrir toute la surface du fjord. L'étendue immaculée brillait au soleil. À certains endroits, elle s'ouvrait et se reflétait sur les eaux qui la soutenaient. Ailleurs, elle se contractait et se modelait en reliefs éphémères.

Les gens du fjord avaient l'habitude de la glace qui, l'hiver, se formait dans les bras de mer les moins exposés à la houle, et enserrait certains îlots parmi les plus proches de la grande terre. Parfois, on y faisait même passer le bétail.

Mais cette fois, c'était la glace du large.

Jórunn ne manquait rien du spectacle. Depuis le matin, elle ne cessait d'arpenter les rivages de l'île, éblouie, envoûtée. Mais derrière l'émerveillement sourdait l'inquiétude. La nature était capable du meilleur comme du pire. Combien de temps la glace allait-elle empêcher les barques de sortir ? Jórunn jeta un dernier regard sur la surface blanche du fjord, puis se décida à rentrer. Elle frissonnait. En chemin, elle rencontra le vieux Gísli. Ils se croisaient souvent dans les mêmes recoins de l'île, ceux où l'on pouvait s'installer à l'écart et admirer la mer. Tous deux paraissaient avoir tissé un lien invisible avec le fjord, dont ils étaient toujours les premiers à percevoir les moindres humeurs.

– Le vent de noroît, dit Gísli en montrant la glace. C'est lui qui nous a amené tout ça.

Au village, les gens étaient plus loquaces. Chacun donnait son avis, il y avait ceux qui disaient que ça n'allait pas durer, et d'autres qui redoutaient le contraire. Comme on n'arrivait pas à trancher, on tendit l'oreille aux propos des anciens. Certains d'entre eux avaient conservé la mémoire des récits de leurs grands-parents. Des récits évoquant les années de disette qui suivaient l'envahissement du fjord par la banquise.

Le lendemain, les îles furent enveloppées d'une gangue de brume, qui dura plusieurs jours. Les gens du fjord étaient habitués au brouillard, mais sa présence associée à celle de la glace avait quelque chose de sinistre. Comme il était hors de question de sortir en mer, on vivait de ce qu'on trouvait sur l'estran et des stocks de poisson séché. Par bonheur on avait pu, durant les dernières semaines, constituer des réserves suffisantes pour éloigner le spectre de la famine.

La brume se dissipa finalement mais la glace semblait s'être installée durablement sur le fjord. De temps à autre, elle ouvrait des espaces navigables fluctuants où l'on pouvait engager des canots. Cependant, on ne s'éloignait jamais des îles, car la banquise avait des mouvements imprévisibles, et l'on risquait de rester prisonnier des glaces.

Un soir, les gens du village furent alertés par les cris de trois hommes qui rentraient de la pêche.

– Un ours ! Un ours !

Ils avaient vu l'animal rôder sur la glace, vers le couchant. On ordonna aux enfants de ne pas s'éloigner des maisons. Les pêcheurs étaient sur leurs gardes : quelques hivers auparavant, l'une de ces bêtes avait dévoré trois personnes dans les fjords du Nord.

Les jours suivants, d'autres témoignages vinrent confirmer la présence d'un ou plusieurs ours blancs dans les parages. On l'avait même aperçu, juché sur un îlot, non loin des habitations d'une petite île de l'archipel. La brume refit son apparition. Le manque de perspective qu'elle induisait, le froid généré par la présence de la glace, la proximité d'un animal dangereux, tout contribuait à alimenter l'appréhension et l'abattement. Le matin, la gelée blanche recouvrait les prairies. Par temps de brume, elle y persistait toute la journée. Cette année, les gens de Skard n'avaient pas encore amené leurs moutons pour les y faire paître.

Les anciens disaient que l'ours était venu du Groenland en dérivant sur la banquise. Jón retrouva dans son coffre la dent que lui avait offerte son ami Thorkell, jadis, à Bristol. Il la fit rouler entre ses doigts, songeur. Il imaginait que l'ours blanc avait pu voir son père, avant de venir rôder dans le Breidafjord. C'était hautement improbable, mais pas impensable. C'était surtout rageant. L'animal avait emprunté la route ancestrale des *knörrs*, le bateau de haute mer des Vikings, alors que les Islandais ne le pouvaient plus.

Sur la grande terre, les fermiers étaient inquiets pour l'avenir. À cause du froid, il mourait plus de vagabonds que d'habitude. Et surtout, la quantité de foin allait être bien inférieure à la normale. Aux îles Bjarneyjar, on avait fini par s'accommoder tant bien que mal de la situation. L'ours n'avait pas réapparu. On parvenait à se nourrir des produits de la mer, comme les phoques, de plus en plus nombreux à fréquenter les rochers de l'archipel. Néanmoins, les îliens se levaient chaque matin avec l'espoir que la banquise aurait disparu. Déçus, ils reprenaient leurs occupations d'un air maussade, en pestant contre le froid, la brume récurrente, les craquements lugubres des morceaux de glace.

Les rigueurs du climat ne semblaient pas avoir de prise sur l'humeur de Jórunn. Elle entraînait souvent Jón sur le rivage, où ils s'amusaient à sauter d'un glaçon à l'autre, comme le faisaient les plus délurés des enfants du village quand leurs parents avaient le dos tourné.

20

Ce fut à la période de l'Althing que la glace relâcha enfin son étreinte sur le fjord. Les gens des îles Bjarneyjar, soulagés, sortirent de leurs maisons. Sur la grève, les femmes bavardaient pendant que les pêcheurs remettaient leurs barques à l'eau. Seule Jórunn restait silencieuse, alors que Jón et Egill s'éloignaient vers le large, maniant l'aviron avec entrain. Sesselja, voyant l'humeur mélancolique de son amie, lui souffla :

– Il nous faut de nouveau partager nos compagnons avec la mer.

Jórunn lui sourit. Puis son regard se posa sur l'horizon. Elle murmura :

– Le fjord gelé était peut-être oppressant, mais il était protecteur.

Il se passa peu de nuits avant que l'on ne vît s'approcher deux barques de Skard emplies d'hommes. Lorsqu'ils furent bien visibles, les îliens distinguèrent leur allure décidée et leurs armes. Les coques des barques crissèrent sur les galets du rivage. La présence de Séra Benedikt rassura les villageois, bien qu'un prêtre n'eût jamais été en Islande d'une grande protection contre les méfaits des hommes. Erlendur la Quille semblait être le chef. En plus du clerc, douze autres hommes l'accompagnaient. Il fit réunir tout le monde sur le petit terrain qui servait de place, devant la chapelle. Il leva la tête afin de donner plus de stature à son corps massif, et prit un ton solennel.

– Des décisions importantes ont été prises à l'Althing. Le gouverneur Didrik Pining est de retour en Islande, et il a annoncé des nouvelles lois au nom du roi, avec l'accord des principaux *bóndis*. À partir de maintenant, tout homme ou toute femme qui n'a pas de bétail pour sa subsistance, ou qui ne peut pas justifier d'au moins trois *hundrads* de biens, doit travailler pour un fermier. Ceux qui refuseront seront condamnés à payer une amende.

Malgré les murmures, Erlendur poursuivit :

– Par ailleurs, je vous informe que le *thing* d'automne du district se tiendra au début de septembre à Thórsnes, où les nouvelles lois seront détaillées aux habitants. Au nom d'Einar Björnsson et devant les douze témoins présents ici, j'assigne Jón Thorsteinsson et Egill Egilsson, dit Demi-Troll, à comparaître devant ce *thing*, pour avoir incité des Islandais à s'installer sur des terres sans en avoir le droit. Concernant les autres, ils devront trouver une ferme d'accueil avant l'hiver. Einar Björnsson fait dire qu'ils sont les bienvenus à Skard, Reykhólar, Vatnsfjord, Flatey et dans les autres fermes qui lui appartiennent, pour travailler à faire des réserves de poisson séché pendant l'hiver. Enfin, vous serez sûrement heureux d'apprendre que notre prêtre Séra Benedikt est venu vous dire une dernière messe. On repartira sitôt après, à la renverse du courant.

Erlendur mettait d'autant plus de zèle à sa mission qu'il avait reçu de sévères remontrances de la part d'Einar Björnsson, pour avoir laissé une barque de

Skard emmener le prêtre le jour de la consécration de l'église. Séra Benedikt intervint et s'adressa aux îliens :

– Magnús, notre regretté évêque, m'avait donné pour mission de célébrer la messe dans cette chapelle. Le rude climat que nous avons subi m'a empêché d'assurer ma charge. J'ai donc décidé de rester quelques nuits parmi vous pour rattraper le retard pris dans les offices et recueillir vos confessions. L'un de vos canots devra me ramener à Skard avant dimanche.

– Bon, bon, très bien, fit Erlendur, visiblement agacé. Mais dépêchons-nous pour la messe. La marée n'attend pas.

Suivi par ses hommes, il entra dans la chapelle, signifiant que l'office devait débuter. Dehors, les gens hésitèrent. On maugréait contre la nouvelle loi. Certains pêcheurs parmi les plus jeunes commencèrent à gronder plus fort, mais Jón et Egill les dissuadèrent de se battre. Séra Benedikt encouragea les villageois à se rendre à la messe. Jón et quelques autres le suivirent, ce qui suffit à remplir la chapelle. Les indécis restèrent un moment devant l'embrasure de la porte, puis finirent par rentrer chez eux, imitant ainsi la plus grande partie de la population.

Il n'y eut guère de ferveur durant la célébration. Les fidèles s'éparpillèrent sitôt après. Les hommes de Skard sortirent à leur tour de la chapelle, traversèrent l'île qui semblait désertée, montèrent dans leurs barques et disparurent.

Jón était abattu. Les nouvelles apportées par cet oiseau de malheur d'Erlendur détruisaient ses illusions, alors qu'il croyait avoir enfin réalisé ses projets. Jórunn était mieux préparée. Même si elle avait voulu croire aux rêves de Jón, elle avait toujours douté de la pérennité du village, car les gueux ne l'emportaient jamais face aux puissants. Dorénavant, son compagnon était soumis au bon vouloir d'Einar Björnsson et devrait probablement travailler pour lui. Elle pourrait peut-être l'accompagner à Skard, ou mieux, ils pourraient obtenir de rejoindre la ferme de Flatey, où ils étaient tous deux fort appréciés. Mais Jón avait toujours refusé l'image du couple de domestiques aux ordres d'un maître, fût-il juste comme à Flatey, ou garant d'un certain confort, comme à Skard. Et c'était comme ça qu'elle l'aimait.

Séra Benedikt avait demandé à Jón et Egill de venir à la chapelle. Il leur donna des nouvelles de la situation à Skard, où Erlendur avait pris de l'importance, car Einar lui déléguait toujours plus de responsabilités. L'ambitieux maître-pêcheur secondait son chef lorsqu'il fallait faire une démonstration de force chez quelque métayer réticent à payer son loyer, ou chez un fermier voisin qui contestait les limites d'un terrain.

– Qu'est-ce que nous risquons au *thing* ? demanda Egill.

– Une amende que vous ne pourrez payer qu'en travaillant pour Einar, sans doute à Skard où il pourra vous tenir à l'œil. Vous n'avez aucune chance d'être acquittés, parce que les hommes qui contrôlent le *thing* sont d'accord avec les nouvelles lois.

– Et nos compagnes, qu'est-ce qu'elles vont devenir ? insista Egill. Et les gens du village ?

– Ceux qui ne voudront pas retourner au vagabondage devront se mettre au service des fermes, dit Séra Benedikt. C'est la même chose pour vos compagnes.

– Elles pourraient donc demander à rejoindre la ferme de Skard pour rester avec nous, ajouta Egill.

– Je crois qu'en ce qui concerne Jón, Erlendur veut lui mener la vie dure. Il pourrait s'opposer à l'installation de Jórunn à Skard, d'autant qu'elle vient de Flatey. Pour Sesselja, ça devrait être plus facile. En tout cas, elles ne peuvent pas prétendre à un rapprochement de droit avec vous. Tu sais bien que le concubinage n'a aucune valeur devant la loi, encore moins devant l'Église.

– Et si on se mariait ? suggéra Egill.

– Ce désir soudain de concrétiser votre union devant Dieu me touche, répondit le prêtre en ébauchant un sourire. Mais tu sais aussi qu'en Islande, l'usage veut qu'un couple qui veut se marier doive prouver qu'il aura les moyens de nourrir ses enfants. En plus, personne ne comprendrait qu'un prêtre accepte d'unir un couple dont un des membres n'est pas en conformité avec la loi.

Jón prit la parole et dit avec colère :

– Je ne fonderai un foyer devant Dieu que quand je deviendrai un homme libre ! De toute façon, Jórunn ne serait pas heureuse dans une grande ferme comme Skard, où tout le monde doit s'en tenir aux tâches qui lui sont données. Puisque la loi a changé, eh bien je m'adapterai à la loi. Quand j'aurai remboursé cette amende, je prendrai le temps qu'il faudra pour gagner ces trois *kúgildis*[1], et même plus. Et alors, j'achèterai un bout de terre au bord d'un fjord où il y a du poisson, et on aura de quoi se nourrir. Sans avoir de terre, on peut rien faire, dans ce foutu pays de paysans indécrottables !

Jón se tut enfin. Séra Benedikt lui soumit alors ce qu'il avait imaginé pour lui éviter trop d'ennuis. Il avait parlé à l'abbé du monastère de Helgafell, Halldór, qui était à l'Althing et y avait approuvé les nouvelles lois,

1. *Kúgildi* : unité d'échange qui correspondait à la valeur d'une vache, soit une valeur similaire à celle du *hundrad*.

comme tous les notables présents. Il lui avait dit les avantages de prendre le jeune homme à son service. Il avait fait éloge de ses talents de navigateur, vanté ses connaissances en matière de tannage des peaux, dont l'abbaye se servait pour la production de parchemins.

L'abbé s'était montré sensible aux arguments de Séra Benedikt. Il paraissait disposé à avancer le montant de l'amende, si le garçon acceptait de travailler pour le monastère au moins jusqu'au remboursement de sa dette. Ainsi, Jón pourrait continuer à pêcher, parcourir le fjord et voir Jórunn. À terme, il pourrait même se constituer un petit pécule, car l'abbé avait la réputation de récompenser le travail bien fait à sa juste valeur.

Jón était décidé à accepter la proposition de l'abbé.

Egill hésitait. Son tempérament farouche l'incitait à fuir vers les hautes terres de l'intérieur, mais il se demandait si Sesselja le suivrait dans ses vagabondages.

Bientôt, sa compagne lui apprit une nouvelle qui bouscula ses réflexions. Elle attendait un enfant. Ça n'était guère surprenant, car ils y avaient mis de l'ardeur, mais cela arrivait à un moment difficile. Peut-être pas au bon moment, ne put-il s'empêcher de penser. Durant les jours suivants, Egill choya sa femme comme jamais, attentif, protecteur. Tous deux songeaient à l'avenir incertain.

Un matin, il partit seul pour la pêche. Après avoir contourné quelques îlots, il mit le canot en panne et observa les monts qui entouraient le fjord. L'idée de courber l'échine à la ferme de Skard le révulsait. Pourquoi ne pas mettre le cap, là, tout de suite, vers la grande terre ? Sesselja… Son rire, ses rondeurs si pleines et si douces… Un enfant dans ses bras… Egill s'engagea dans les passes qu'il connaissait bien, pour y avoir tracé tant de fois son sillage, seul ou avec Jón. Il rentra juste avant la nuit sans le moindre poisson, mais avec la certitude que le temps était venu de faire quelques arrangements avec son besoin effréné de liberté. Même s'il faudrait prendre sur soi en attendant des jours meilleurs.

Malgré les menaces qui pesaient sur lui, Jón avait poursuivi la construction de sa maison. Elle était sise un peu à l'écart des autres, dans un creux à l'abri des vents dominants, mais d'où on pouvait voir la mer. Le jeune couple s'y installa un jour de brouillard épais. Jórunn avait l'impression de voler du bon temps, à l'abri derrière le voile de la brume. Son amant venait à peine d'allumer le feu qu'elle l'entraîna vers leur couche. Elle conduisit les ébats avec une ardeur singulière. Jón sentait ses longs cheveux balayer son torse, et quand il ouvrait les yeux, il voyait son corps souple et flamboyant, il voyait sa peau luisante, les perles de sueur s'engager dans les courbes de sa chair, il voyait l'expression d'abandon qui sublimait ses traits. Lorsqu'enfin elle s'effondra sur lui et que leurs corps se furent relâchés, elle pleura.

Le colonisateur de la presqu'île de Thórsnes, Thórólfur Barbu-de-Móstr, fils d'Örnólfur Chasse-Poisson, s'y était installé six siècles auparavant, et l'avait appelée ainsi en l'honneur du dieu Thór. Il avait aussi baptisé le mont dominant la presqu'île du nom de Helgafell – la Montagne Sainte – car il lui vouait une grande vénération : il était interdit de le regarder sans s'être lavé auparavant, d'y tuer un homme ou une vache, d'y faire ses besoins. Le site du *thing* de Thórsnes, comme c'était l'usage, avait été choisi au bord d'une petite faille dont les parois renvoyaient le son de la voix des intervenants. L'orateur prenait place au sommet d'une éminence rocheuse, afin d'être vu par tous. Thórsnes était l'un des plus anciens *things* d'Islande.

Aux alentours, on installait les baraquements provisoires, souvent de simples toiles tendues entre quelques piquets, parfois sur des assises de tourbe. Les gens de Skard et ceux de Helgafell montaient leurs tentes sur de solides fondations de pierre qu'ils retrouvaient à chaque *thing*, au printemps et à l'automne.

Il y eut beaucoup de monde pour le *thing* de l'automne 1490. On avait entendu parler des nouvelles lois promulguées par le gouverneur Didrik Pining à l'Althing, et nombreux étaient ceux qui voulaient écouter de vive voix le détail de leurs dispositions. Il y avait aussi ceux qui venaient pour les procès en cours. De la ferme de Skard ne vint cependant que le nombre d'hommes juste nécessaire pour servir de témoins. Leur chef n'était autre qu'Erlendur la Quille. Einar Björnsson n'avait pas fait le déplacement, car il était déjà bien au fait des nouvelles lois, et il savait pouvoir s'appuyer sur l'homme qui menait les débats, son vieux complice Gudni Jónsson d'Ögur. Ce dernier était lié depuis longtemps à la famille d'Einar. Il avait servi son père, le gouverneur Björn Thorleifsson le Riche, dont il était devenu le gendre en se mariant à l'une de ses filles illégitimes. Il était aussi le frère de Páll Jónsson, qui avait épousé Solveig, la sœur d'Einar. Gudni était un homme intelligent et versé dans la connaissance des lois.

Jón et Egill avaient été placés sous une toile non loin du baraquement des hommes de Skard, qui pouvaient ainsi les tenir à l'œil. Ils observaient les allées et venues autour des tentes. Un clerc bien habillé, qui semblait être un personnage important, jeta un coup d'œil de leur côté. On leur dit qu'il s'agissait de Halldór, l'abbé du monastère de Helgafell.

Le *thing* était aussi l'occasion de retrouver des amis ou parents éloignés, d'avoir des nouvelles de la famille ou du déroulement de la fenaison, d'arranger des mariages. Cette fois-ci, l'ambiance n'était pas aux démonstrations de joie, mais plutôt à des discussions inquiètes. La saison estivale avait été rude pour tout le monde. Les petits *bóndis* du district étaient particulièrement soucieux, car leurs réserves de foin seraient insuffisantes pour passer le prochain hiver s'il devait durer aussi longtemps que le précédent.

Le silence se fit lorsque l'orateur prit la parole et détailla les nouvelles lois. Il confirma la disposition suivant laquelle ceux qui n'avaient pas suffisamment de bétail pour subvenir durablement à leurs besoins, ou dont la valeur des biens ne dépassait pas trois *hundrads*, devaient travailler pour les *bóndis*.

Dans l'assemblée, les réactions étaient mitigées. Les plus riches se félicitaient de mesures favorisant la pérennité de leurs fermes, qui selon eux avaient toujours été à la base de la stabilité du pays, et sans lesquelles aucune prospérité n'était possible. Ainsi, ils continueraient de pouvoir profiter d'une main-d'œuvre qui leur assurerait l'approvisionnement en fourrage l'été et en poisson l'hiver. Mais les plus pauvres, pêcheurs ou paysans, se voyaient directement menacés dans leur indépendance. C'en était fini des pêcheries. C'en était fini du village des îles Bjarneyjar.

Les procédures commencèrent dès le lendemain. Les habituelles contestations sur les limites de propriété ou les vols de moutons furent rapidement réglées. Une affaire de blessures, infligées par quatre hommes sur un parent éloigné, fut résolue en marge du *thing* par des hommes de bonne volonté, qui trouvèrent des conciliations acceptables par toutes les parties et leur évitèrent d'ester en justice. En revanche, les histoires de mœurs étaient plus difficiles à démêler. En ce domaine, le droit canon devait primer sur les lois civiles, moins strictes. Enfin, les problèmes d'héritage étaient généralement fort complexes, les plus délicats étant renvoyés devant l'Althing.

Deux nuits s'étaient écoulées avant que Jón et Egill ne fussent convoqués devant le *thing*. Gudni Jónsson allait porter le jugement. Les deux amis assistèrent à une procédure complexe censée décider de leur sort, où se succédèrent déclarations, accusations, proclamations de textes de lois. Des employés de la ferme de Skard, que Jón n'avait guère fréquentés, témoignèrent contre eux ; les accusés mesuraient combien il était préférable d'être riche et influent pour mieux peser lors des procès.

Quand on leur demanda enfin s'ils avaient quelque chose à dire, Jón prit la parole, bien que Séra Benedikt lui eût conseillé de faire profil bas et d'attendre l'intervention de l'abbé de Helgafell. Il ne put s'empêcher de demander :

– Est-ce qu'il n'est pas étrange que le métier de pêcheur soit reconnu dans tous les pays, sauf dans un seul ?

Gudni Jónsson, juché sur le rocher réservé aux orateurs, répondit avec condescendance :

– Jón Thorsteinsson, tu dois avoir passé trop de temps à l'étranger, car tu ne comprends pas la spécificité de l'Islande. Notre beau pays est une terre exigeante. Le climat y est rude, comme nous l'avons éprouvé cet été. Nous devons composer sans cesse avec la nature. Quand on néglige la terre s'ensuivent de terribles famines.

N'as-tu pas entendu parler de l'histoire de Flóki aux Corbeaux ? On l'appelait ainsi car c'est l'un de ces oiseaux qui lui a indiqué la direction de l'Islande. Il aurait pu en être le premier colonisateur, s'il n'avait pas fait preuve de négligence coupable. Il avait trouvé, au nord du Breidafjord, un endroit si poissonneux qu'il a dédaigné la récolte du fourrage. Alors, tout le bétail amené de Norvège et des Hébrides a péri durant l'hiver. Et Flóki a dû abandonner ses terres. Il n'a laissé à notre pays que son nom, l'Islande. Des générations de bons Islandais ont médité et compris la leçon. Tu ferais bien d'abandonner ces élucubrations dangereuses pour le pays. C'est dans ton intérêt.

Les deux amis furent condamnés à verser chacun un *kúgildi* de compensation au plaignant Einar Björnsson. L'abbé Halldór paya comptant l'amende de Jón. Erlendur la Quille, surpris par ce geste, ne put s'empêcher de penser que la ferme de Skard avait perdu là un bon élément.

Egill se résolut à accompagner Erlendur à Skard. Jón promit de lui donner signe de vie le plus rapidement possible. Il regarda tristement son compagnon s'éloigner en boitillant, puis rejoignit la suite de l'abbé. Le monastère de Helgafell se trouvait non loin de là, au sud de Thórsnes.

21

Les hommes n'eurent pas besoin de chevaucher longtemps pour apercevoir les bâtiments du monastère, au flanc de la montagne de Helgafell. Il y avait de nombreuses maisons alentour, et l'on dit à Jón que vivaient là des personnes en contrat de prébende. Par ce contrat, des hommes ou des femmes souvent âgés donnaient une partie de leurs biens à l'abbaye, en échange de quoi ils y étaient logés jusqu'à leur mort. Les plus riches pouvaient se faire bâtir une maison individuelle, qui revenait au monastère après leur décès. Les autres étaient hébergés dans l'une des bâtisses de l'abbaye, où ils cohabitaient avec les étudiants, ce qui occasionnait parfois des réclamations quand les jeunes garçons étaient trop turbulents.

Les moines, qui étaient une douzaine, demeuraient dans le bâtiment principal, à côté des salles de travail et du réfectoire. La maison de l'abbé se trouvait à proximité, juste devant l'église à laquelle il pouvait se rendre en restant à l'abri d'une galerie. Plus loin s'étendait un lac. Les cavaliers se dirigèrent en contrebas, vers une grande ferme. C'était là que Jón allait être logé. Ils mirent pied à terre et amenèrent les chevaux à l'écurie. Encore plus bas, on voyait les eaux de la baie, jonchée d'îlots, où était basée la flottille de pêche du monastère.

Les moines étaient soumis à la règle de saint Augustin. Ils ne devaient jamais rester oisifs et s'adonnaient sans cesse à quelque occupation. Aux différentes prières de la journée succédaient les travaux de la ferme, le brassage de la bière, l'enseignement aux étudiants, l'aide aux personnes âgées.

Helgi Pétursson était le moine responsable de la production des livres, depuis la fabrication du parchemin jusqu'à la reliure des œuvres, en passant par l'écriture et l'enluminure. Son embonpoint trahissait un manque d'activité physique. Son domaine était le scriptorium, où l'on entreposait la plupart des manuscrits du monastère. Il y avait là, sans compter les bréviaires et les livres de messe, une centaine d'ouvrages en latin et environ moitié moins en islandais, plus quelques textes récents écrits en norvégien ou en danois. Helgi lui-même en avait lu une bonne partie et recopié certains. Cela faisait près de trente hivers qu'il s'occupait des livres du monastère et il était considéré comme un érudit, l'un des gardiens de la culture et de la langue islandaises. Les évêques de Skálholt eux-mêmes le consultaient lors de leurs passages à Helgafell, bien qu'ils eussent une bibliothèque encore plus fournie.

Dès le lendemain de son arrivée, Jón eut avec Helgi une longue discussion sur la façon de préparer les peaux. À Bristol, on employait la chaux pour enlever les poils. Comme on manquait de craie en Islande, on recourait à une autre technique. Les peaux n'étaient pas chaulées, mais baignées dans l'urine. Ensuite, on les empilait et on les laissait pourrir afin de leur faire perdre leurs poils. Helgi expliqua au nouveau venu qu'on ne travaillait pas les peaux pour en faire du parchemin de la même manière que si on voulait en faire du cuir. Il fallait tendre la peau nettoyée sur une armature en bois, puis on la raclait encore et on la laissait sécher sous tension, ce qui était essentiel pour faire du bon vélin. Celui-ci devait être souple et lisse, fin mais résistant.

Helgi fit entrer son apprenti dans le scriptorium. Plusieurs fenêtres éclairaient la pièce. Elles étaient fermées par des carreaux en vessie de porc, qui laissaient filtrer une lumière régulière. Le foyer semblait ne pas avoir été utilisé depuis un moment. Le moine précisa que le scriptorium devait être chauffé juste de manière à éviter le gel de l'encre et l'engourdissement des doigts. En effet, trop de chaleur risquait d'endommager les manuscrits, tout comme l'apport de lumière autre que celle du jour. C'était pourquoi on écrivait peu en hiver. Jón buvait les paroles du moine. Il avait l'impression de découvrir un sanctuaire, le lieu sacré où naissaient les livres ! Il examinait avec vénération les objets éparpillés dans la pièce. Sur une longue table étaient répandus des morceaux de vélin rectangulaires. Sur une autre, plus petite, se trouvaient de nombreux pots contenant des encres, des colorants de toutes les teintes, des plumes de cygne. Enfin, deux pupitres étaient disposés de chaque côté du foyer. Chacun supportait un livre en cours d'écriture. Helgi expliqua qu'il passait de l'un à l'autre afin d'éviter la monotonie. D'un côté, il recopiait un bréviaire, comme le lui avait demandé l'abbé. Ces livres devaient être produits régulièrement, pour le monastère ou à destination des paroisses. Sur l'autre chevalet, il recopiait un livre d'un tout autre genre, un texte datant de près de trois siècles : la *Saga des Groenlandais* ! Jón resta bouche bée devant le manuscrit, comme s'il découvrait un parchemin renfermant des mystères auxquels il serait bientôt initié.

Le moine s'amusa de l'attitude du jeune homme. Il précisa que le travail d'écriture était plutôt ennuyeux et rébarbatif. Jón sourit au souvenir des annotations plaintives des copistes qu'on pouvait lire en marge de certains missels, à Skard : *Je suis seul depuis bien longtemps dans le scriptorium*, *Jésus fils de Marie, aie pitié de mes pauvres yeux*, *L'écriture est médiocre quand l'encre est mauvaise*, ou même *Écrire me rase*. Cependant, Helgi aimait évoluer au milieu des parchemins, lire un nouvel ouvrage prêté par l'évêque ou acheté à un *bóndi*. Avec un peu de chance, on pouvait dénicher un manuscrit rare parmi les richesses récupérées grâce aux contrats de prébende.

Dans un coin de la pièce, une étagère supportait le poids de nombreux livres, et Helgi en fit l'inventaire pour Jón. Il y avait là deux bibles, des récits de miracles, des vies de saints, des sermons. On y trouvait également un *Traité Grammatical*, un *Livre des Lois*, des livres de théologie, de médecine, de droit ecclésiastique. Jón remarqua aussi des genres plus légers, des recueils de ballades et de comptines. Dans l'un des deux coffres au-dessous étaient entreposés des bréviaires, antiphonaires, graduels et autres livres de séquences, utilisés par les frères lors de leurs nombreux temps de prière. Les ouvrages plus anciens étaient stockés dans le second coffre : de la poésie scaldique, l'*Edda* de Snorri Sturluson, la *Völuspá*, le *Hávamál*, et la plupart des grandes sagas islandaises.

Jón se mit immédiatement au travail. Pour faire un livre, on utilisait exclusivement la peau des veaux, qu'il fallait écorcher en nombre suffisant. L'abbaye possédait l'un des plus importants cheptels bovins de la région, ce qui était fort utile pour la production des livres : le plus gros manuscrit réalisé par le monastère avait nécessité pas moins de quatre-vingts peaux de veau pour sa fabrication ! Des peaux qu'il fallait racler, nettoyer, tremper dans l'urine. Cette étape rappelait au bon souvenir de Jón son ami Thorkell le Phoque, qui allait collecter le précieux liquide dans les tavernes de Bristol afin d'en remplir les bassins où il foulait ses tissus.

Durant l'automne, on commençait à inspecter les barques pour la saison hivernale. La réputation de Jón l'avait précédé : les hommes affectés à la pêche lui parlaient avec déférence et lui demandaient des conseils. Entre marins du fjord, on se connaissait. Jón avait déjà croisé leurs canots en mer, et l'on s'était parfois retrouvé sur quelque îlot pour y partager son casse-croûte. Le nouveau venu fut heureux de constater qu'il ne semblait pas y avoir de hiérarchie ou de concurrence parmi les pêcheurs. Il répondait volontiers aux questions, tout en s'informant sur les lieux de pêche fréquentés par les gens de Helgafell.

Jón passait tout son temps libre dans le scriptorium, où il pouvait consulter les documents qu'il voulait. Il avait dévoré la *Saga des Groenlandais* et la *Saga d'Eiríkur le Rouge*, des textes qui lui donnaient enfin accès à l'histoire détaillée de la colonisation du Groenland par les Vikings islandais. À l'époque, Eiríkur le Rouge, fils de Thorvaldur, avait été condamné au bannissement, pour une affaire de meurtres, lors du *thing* de Thórsnes – là même où Jón avait été jugé cinq siècles plus tard. Eiríkur, qui habitait sur l'île d'Öxney dans le Breidafjord, à la suite d'un premier bannissement, était alors parti vers un mystérieux pays du couchant, déjà aperçu par des marins égarés. Après trois hivers passés là-bas, il était revenu en Islande afin de convaincre les gens de venir coloniser cette terre, qu'il avait appelée « Groenland ». Pas moins de vingt-cinq bateaux étaient partis du Breidafjord et du Borgarfjord. Seulement quatorze avaient rejoint leur destination. Mais la colonie était lancée, répartie en deux habitats principaux : les Établissements de l'Est, où Eiríkur avait établi sa ferme, et les Établissements de l'Ouest, un peu plus loin sur la côte.

Jón regardait au-dehors par une fenêtre mal ajustée du scriptorium. La brume s'était posée sur le monastère. Il s'était imprégné de cette histoire, celle de sa terre natale. La suite, il en connaissait tous les détails. Les colons fraîchement établis s'étaient embarqués dans plusieurs voyages au-delà du Groenland, vers l'ouest et le sud, où ils avaient découvert de nouveaux pays : le Helluland, le Markland et le Vinland[1]. Ces terres avaient été approchées une première fois par un bateau islandais perdu dans le brouillard, mais c'était Leifur l'Heureux, fils d'Eiríkur le Rouge, qui en avait fait la véritable exploration. Lui et ses hommes avaient hiverné dans leurs baraquements nouvellement construits au Vinland. Dans la foulée, d'autres expéditions avaient suivi. Ainsi, le grand navigateur Thorfinnur Karlsefni, fils de Thórdur Tête-de-Cheval, s'était installé durant trois hivers dans les baraquements de Leifur au Vinland. Mais il avait pris le chemin du retour suite à des échauffourées avec des Skrælings, qui étaient bien plus nombreux là-bas qu'au Groenland. Par la suite, on avait abandonné ces tentatives de colonisation, même si l'on faisait parfois des voyages au Markland afin de s'y approvisionner en bois.

1. Helluland, Markland et Vinland : il pourrait s'agir respectivement de la Terre de Baffin, du Labrador et de Terre-Neuve.

Jón fit part à Helgi des échos qu'il avait entendus à Bristol, sur les quais ou dans les tavernes. Des Anglais, des Portugais prétendaient avoir vu des terres lointaincs, souvent brumeuses, de l'autre côté de la mer. Il déclara au moine :

– Ces terres du couchant ne sont peut-être pas très loin de celles qui ont été découvertes par nos ancêtres. Mais il y a d'autres pays qui vont sans doute bientôt mettre la main dessus. Si on avait gardé notre indépendance, on n'en serait peut-être pas là.

Helgi leva les yeux au ciel.

– Prions Notre-Seigneur pour qu'il empêche une telle injustice !

Puis il fixa Jón d'un regard curieux, dans lequel on pouvait lire une pointe d'admiration. Il se passa la main sur sa tonsure.

– Mon garçon, tes voyages et ta curiosité font que tu as acquis une compréhension du monde assez étonnante pour ton âge. Puisses-tu continuer dans cette voie !

– Qu'est-ce que tu sais des colonies du Groenland ? demanda Jón.

– Elles ont prospéré pendant des siècles. On dit qu'il y avait là-bas près de trois cents fermes. Mais depuis deux ou trois générations, nous n'avons presque plus de nouvelles. Il y a longtemps, j'ai consulté l'attestation d'un mariage célébré en 1408 dans une église groenlandaise, entre deux Islandais de passage. Ensuite, j'ai entendu parler d'un voyage effectué par Björn Thorleifsson le Riche et sa femme Ólöf, vers 1450 ou un peu avant. Je n'en connais pas les détails. Je sais seulement qu'ils ont rencontré des Groenlandais. Enfin ta mère a participé au dernier épisode, que tu connais. Un bateau chargé de réfugiés groenlandais est arrivé en Islande en 1469, il y a vingt et un hivers. C'est ton année de naissance. J'ai entendu parler de ton histoire, celle du dernier nouveau-né du Groenland.

– Est-ce que tu as recueilli le témoignage de réfugiés ? interrogea Jón.

– Ils ont dit qu'il n'était plus possible de vivre là-bas parce qu'ils avaient été abandonnés par le roi et par Sa Sainteté le pape. Ils ont parlé de manque de fourrage et de bois, et aussi de problèmes avec les Skrælings. Mais ils n'étaient pas très bavards, surtout en présence de clercs. L'absence de prêtre et la famine ont sans doute favorisé des comportements contraires à la foi. Ils ont quand même raconté que des gens étaient restés là-bas. C'est le cas de ton père, n'est-ce pas ?

– Oui, confirma Jón. Je ne sais pas ce qu'il est devenu.

– Personne ne sait ce que sont devenus les Groenlandais.

Jón se mordit la lèvre. Ainsi, on pouvait laisser se perdre la trace d'un peuple. Un peuple dont son père faisait partie. Le destin des Groenlandais était un mystère.

– Quatre hivers après le retour de ma mère, une expédition a été envoyée par le Danemark et le Portugal, vers le couchant, qui était commandée par Didrik Pining. Il paraît qu'ils auraient visité le Groenland.

– Ils n'y ont vu que des Skrælings hostiles, précisa Helgi. Ils n'ont pas dit avoir atteint les Établissements nordiques.

– Qu'est-ce que tu sais de cette expédition ? demanda Jón.

– Les rois des deux pays s'étaient mis d'accord pour explorer la mer à l'ouest de l'Islande. Le représentant du Portugal s'appelait João Vaz Corte-Real. Les équipages ont embarqué sur trois navires et mis à la voile au pied du Snæfellsjökull. Ils ont aperçu le Groenland, et d'autres terres plus éloignées, vers le sud, qu'ils n'ont pas identifiées. Didrik Pining lui-même n'a pas fourni beaucoup d'informations sur ce voyage ; il en a peut-être gardé les détails pour le roi. Mais parmi la poignée d'Islandais engagés dans l'expédition, certains ont assuré qu'ils avaient atteint le Vinland. Quelques-uns de ces Islandais sont partis aux Açores à la suite de Corte-Real.

– Mon oncle Sæmundur était de ceux-là, dit Jón.

– Il semble que l'expédition ait été gênée par la brume, ce qui a empêché de faire une bonne reconnaissance des pays visités. Au-delà du Groenland, aucune présence humaine n'a été signalée, mais plutôt celle d'énormes bancs de morues.

– Des bancs de morues ? s'écria Jón. D'énormes bancs de morues ?

– Oui, dit Helgi. Qu'est-ce qui te prend ?

– À Bristol, des pêcheurs anglais et portugais m'ont parlé de quantités incroyables de morues, près des terres du couchant ! L'expédition de Pining a sûrement atteint les mêmes terres ! Et tous ces navigateurs y ont rencontré de la brume ! Bjarni Herjólfsson lui-même, qui avait été le tout premier à apercevoir ces terres avant leur exploration par Leifur l'Heureux, s'y était perdu dans le brouillard. Tous ces marins ont dû croiser dans les parages du Vinland.

– Peut-être, mais les sagas ne parlent pas de grandes quantités de poisson au Vinland, si ce n'est dans les lacs et les rivières, objecta Helgi. Et les successeurs de Bjarni n'y ont pas rencontré de brume, en tout cas ils n'en ont pas parlé. D'ailleurs, de la brume, on peut en trouver partout. Il suffit de regarder dehors aujourd'hui.

Jón s'impatienta :

– Tous ceux qui parlent des bancs de morues des terres du couchant disent qu'ils ont jamais rien vu de pareil, et qu'ils ont eu de la brume. Je veux bien parier qu'ils se sont rendus au même endroit.

Les deux hommes marchaient de long en large dans la pièce. Helgi était troublé par les hypothèses hardies du jeune homme. Jón questionna de nouveau :

– Les rois qui ont lancé l'expédition de Pining, qu'est-ce qu'ils pouvaient savoir des pays du couchant ? Au Portugal, on a sûrement entendu parler de ces terres, où vont les pêcheurs des Açores. L'expédition cherchait peut-être à établir un lien entre le Groenland et les lieux de pêche à la morue.

– Le lointain Vinland n'a jamais intéressé personne. Il est sans doute complètement oublié par ceux qui n'ont pas lu nos sagas relatant les anciens voyages. Et ces foutus Danois, Dieu me pardonne, ne sont plus capables de les lire, parce que leur langue ne ressemble plus guère au norrois de l'époque. Heureusement, nous autres Islandais avons su garder la langue d'origine des peuples du Nord, et sauvegarder les vieilles connaissances.

– J'ai bien peur que le Groenland tombe dans le même oubli que le Vinland, dit Jón. Depuis l'expédition de Pining, il semble que plus personne n'ait fait la traversée. Pendant le massacre de Bergen, il y a maintenant six hivers, la plupart des marins qui avaient encore une idée de la route du Groenland ont été tués. Et ceux qui en gardent l'expérience, comme notre gouverneur Didrik Pining, ne s'y intéressent plus depuis longtemps. Ici, en Islande, on a conservé dans nos parchemins des informations utiles aux navigateurs. Mais comme tu dis, est-ce qu'il y a encore quelqu'un pour lire ces récits sur le continent ?

Le moine acquiesça. Il considérait l'Islande comme le pays ayant développé la littérature la plus évoluée. Il prétendait qu'aucun autre peuple n'avait écrit autant de chefs-d'œuvre, et que les sagas ou les textes eddiques n'avaient pas d'équivalent dans le monde. Malheureusement, l'asservissement aux puissances étrangères avait contribué à faire oublier l'Islande des lettrés du reste de la chrétienté.

Jón fit sa première sortie sur une barque du monastère. Il s'agissait simplement de vérifier les embarcations, et l'on avait formé trois équipages de trois hommes. Néanmoins, on ramena quelques poissons. Jón dit qu'il connaissait beaucoup d'endroits où on pourrait trouver du bois flotté. Il ajouta qu'il faudrait pour cela partir plusieurs nuits, mais qu'on pourrait probablement loger dans des conditions acceptables aux îles Bjarneyjar. Cependant, l'abbé estima que les journées d'automne étaient devenues trop courtes pour se lancer dans une telle expédition, inhabituelle pour les canots de Helgafell. Ceux-ci naviguaient généralement à la journée dans le petit Álftafjord ou dans les parages du Hvammsfjord, à l'abri des houles du large. Jón devrait donc patienter jusqu'au printemps avant de revoir Jórunn.

De nouveau, l'hiver fit précocement son apparition et le froid s'abattit sur l'Islande. La neige avait recouvert le pays, les lacs étaient pris par la glace.

Lors d'une journée de mauvais temps qui interdisait la pêche, Helgi détailla les étapes de son travail. Jón observait religieusement. Le moine prit une peau que le jeune homme avait préparée, et la tailla en feuilles rectangulaires, de format égal car elles étaient destinées au même livre. Il frotta les feuilles avec de la pierre ponce, afin d'obtenir une surface encore plus lisse et qui absorberait mieux l'encre. Helgi dit que la craie était considérée comme un meilleur matériau pour ce travail de finition, mais que c'était un produit rare en Islande, et que de toute façon il préférait utiliser la pierre des volcans islandais. Il précisa :

– Nos manuscrits sont plus foncés que ceux fabriqués ailleurs, ce qui est souvent considéré comme moins beau. C'est dû aux conditions de conservation des livres dans notre pays, où il fait froid et humide, mais aussi à la façon dont nous préparons les peaux. Tu es bien placé pour le savoir, toi qui dois utiliser l'urine plutôt que la chaux. Mais j'aime la couleur sombre de nos manuscrits, elle nous parle tout simplement de l'Islande !

Le moine prit une feuille et la plia en deux.

– Il faut plier la feuille un certain nombre de fois selon le nombre de pages qu'on veut en obtenir. Regarde : je plie deux fois et j'obtiens donc quatre feuillets.

L'étape suivante consista à tracer des lignes, en perçant des petits trous dans les marges à intervalles réguliers, et en les reliant par un trait léger à l'aide d'une règle. Puis le moine assembla les quatre feuillets en un cahier de huit pages, prêt à recevoir l'écriture du scribe.

Jón renouvela les opérations avec une deuxième peau.

22

Les jours s'allongeaient. Le froid semblait desserrer son étreinte, et chacun espérait un retour précoce du printemps. Jón avait convaincu l'abbé Halldór. Il pourrait partir plusieurs jours sur le fjord, pour une campagne de pêche et de récolte de bois flotté, mais l'abbé imposait qu'une telle expédition se fît en flottille. Il était donc exclu d'y aller à un seul bateau, encore moins à un seul homme.

Les pêcheurs attendirent quelques nuits un vent favorable, puis leurs canots s'éloignèrent sur le fjord. Les hommes étaient excités à l'idée de naviguer aussi loin en hiver, ce qu'ils ne faisaient jamais habituellement. Sans que cela eût été dit formellement, Jón était considéré comme le chef naturel de l'expédition. On laissa à tribord le groupe d'îles qui encombraient l'entrée du Hvammsfjord. Parmi elles, Brokey et Öxney, qu'Eiríkur le Rouge avait colonisées en son temps. Les Bjarneyjar furent atteintes en soirée.

Jón eut le cœur serré lorsqu'il fit ses premiers pas sur la grève de l'île principale. Il avait peut-être vécu les meilleurs moments de sa vie sur cette île, l'espace d'un été glacial. Suivi par ses camarades, il se dirigea vers le village. Tout semblait désert. Certaines habitations paraissaient plus endommagées que si elles ne l'avaient été sous la seule action du temps. Des murs étaient démolis. Jón entra dans l'atelier. Le four était renversé. Il reconnut un morceau de bois dans un coin de la pièce : un fragment de l'armature du métier à tisser.

Jón aperçut une silhouette sur l'îlot voisin, qui disparut immédiatement dans une baraque. Il se dirigea vers ce qui avait été sa maison. Sur le seuil, il hésita. Finalement, il poussa la porte et entra. La pièce était vide et propre : Jórunn avait probablement pu organiser convenablement son départ. Jón s'allongea sur le sol, face contre terre. Il ferma les yeux. Ses mains caressèrent la terre battue.

Les hommes de Helgafell étaient joyeux. Ils avaient trouvé de bons endroits où dormir, des réserves de tourbe pour faire du feu. Jón les laissa et partit marcher sur les grèves. À la nuit tombée, il se dirigea vers la chapelle Saint-Nikulás. Le bâtiment était intact : les murs de bois, le toit, la cloche. Il entra et se recueillit.

Le lendemain, Jón dit aux hommes qu'il allait se rendre sur l'îlot voisin, car il y avait peut-être là quelqu'un qui pourrait le renseigner à propos du départ des habitants. Il leur indiqua des rivages susceptibles de receler du bois échoué, et leur fit comprendre qu'ils ne devaient pas s'emparer du bois des maisons.

Jón prit plaisir à être de nouveau seul à bord d'un bateau, même si ce n'était que pour rejoindre l'île d'à côté. Bientôt, le canot atterrit sur une petite plage de galets.

Un vieil homme sortit d'une cabane et descendit vers le rivage. Il portait son éternel bonnet de *vadmál* brun.

– Nous arrivons de Helgafell, lui dit Jón. Je suis heureux de te revoir.

– Tout le monde est parti, dit le vieux Gísli. Presque

tous les îliens l'ont fait sans broncher, sauf quelques jeunes qui ont été emmenés de force par les gens de Skard. Quant à moi, sans doute qu'ils ont jugé que j'aurais été une bouche inutile à nourrir, vu mon âge, et ils m'ont laissé tranquille. D'ailleurs, j'ai pas l'intention de mourir ailleurs qu'ici. Je vais de temps en temps à Flatey, pour échanger du poisson contre des produits de la ferme. Jórunn va bien.

Les deux hommes marchèrent en silence sur la lande. Gísli invita Jón dans sa cabane et fit chauffer le gruau. Ils mangèrent lentement. Enfin, Jón se leva et dit :

– Je compte aller à Flatey demain. Merci pour le repas.

– Tu es le bienvenu chez moi, Jón Thorsteinsson.

Jón rejoignit ses compagnons avant la nuit. La récolte de bois avait été fructueuse.

Il connaissait les recoins de l'île où elle s'isolait habituellement. Il l'aperçut, de dos, assise face à la mer. Elle semblait faire partie du paysage, avec les rochers, les vagues, les mouettes, comme si elle était indissociable du fjord. Ses cheveux flottaient légèrement. Elle se retourna, lui sourit, et ils s'enlacèrent. Leurs mains transmettaient plus de tendresse que de fougue, comme s'ils avaient besoin de se redécouvrir lentement.

Cette expédition aux Bjarneyjar et à Flatey fut considérée par l'abbé comme un succès.

Jón reprit ses activités dans la fabrication des livres. Lorsqu'il entrait dans le scriptorium, il lui semblait pénétrer dans un temple où seraient préservés les trésors de l'Islande, une part importante de son identité. Il se plaisait à penser qu'un jour, le monde reconnaîtrait son pays à sa juste valeur. En ces temps où de nouvelles puissances maritimes émergeaient, les sagas conservaient la mémoire des découvertes des Islandais.

Non seulement Jón aimait lire, mais il était fasciné par les livres en tant qu'objets capables de renfermer de la culture, du savoir, de la mémoire. La production d'un ouvrage lui paraissait être comme une alchimie complexe, dont il voulait tout savoir. Pour faire un livre, il fallait des hommes capables d'écrire, des animaux – peaux de veau et plumes de cygne –, des plantes qui servaient à élaborer l'encre et les couleurs. Helgi poursuivit la leçon :

– Pour faire de l'encre en Islande, on utilise la busserole, qu'on fait bouillir avec des bâtonnets de saule et de l'humus noir. Il faut bien respecter les proportions, pour avoir une encre pas trop liquide, et qui sèche rapidement. Pour obtenir la brillance et le relief – incomparables ! – des lettres de nos manuscrits, on ajoute, quand on en a, un produit un peu spécial : il s'agit d'une sorte de gomme, qui vient du premier lait de brebis ou de génisses qui mettent bas pour la première fois. C'est une substance jaune, épaisse et collante. J'essaie d'en avoir auprès des paysans, surtout en hiver et au printemps. Je ne crois pas que cet ingrédient soit utilisé ailleurs, sauf peut-être en Norvège. C'est un secret de fabrication !

Jón était émerveillé par les trésors que pouvait offrir la nature. Un sentiment confirmé devant la variété des pigments utilisés pour les enluminures, la plupart importés et de grande valeur, comme le vermillon, l'orpiment, le réalgar, l'ocre, l'azur, le vert-de-gris. Jón pensa que son regretté ami Thorkell aurait été ébloui devant tous ces colorants.

Il se mit à recopier quelques textes, d'abord sur des chutes de peau, puis sur des feuillets. Le travail de scribe requérait beaucoup de patience et de minutie, depuis le traitement de la peau jusqu'à la reliure, sans oublier la confection de la plume : il fallait en retirer la moelle afin d'aménager le réservoir d'encre, durcir la pointe dans du sable chaud, et surtout la tailler soigneusement et régulièrement, une opération délicate dont dépendait la qualité des lettres. Helgi lui avait confié l'écriture d'un bréviaire, dont on avait toujours besoin.

Avec la réussite de son expédition vers les îles Bjarneyjar, et de chacune de ses sorties dans le fjord, Jón obtenait plus de latitude pour organiser les navigations comme il l'entendait, à condition de toujours rester en flottille. Il en profita pour se rendre à Flatey plus régulièrement.

Il apprit à Jórunn qu'il aurait bientôt remboursé sa dette auprès de l'abbé, à la suite de sa condamnation au dernier *thing*. Au monastère, on estimait que le travail des peaux et des livres nécessitait un certain savoir-faire et méritait d'être gratifié. Cela le changeait de Skard, où l'activité de pêche était mal considérée. Einar Björnsson décrétait que le lit, le couvert et la sécurité constituaient des récompenses suffisantes au labeur des pêcheurs. À Helgafell, Jón pensait gagner suffisamment pour envisager d'acquérir un lopin de terre dans un délai de trois hivers.

– Ça serait en bord de mer, pour qu'on puisse profiter de ce qu'elle peut nous offrir, dit Jórunn.

– Et pourquoi pas sur une île du fjord, dit Jón.

Les yeux de Jórunn brillaient.

– Il nous faudrait un petit cheptel de moutons, ajouta Jón.

– Comme ça, on ne dépendrait pas des autres fermes, dit Jórunn.

– Et on serait en conformité avec la loi, dit Jón.

– Et on aurait du lait et de la laine, dit Jórunn. Avec le poisson et le bois offerts par le fjord, on aurait toujours de quoi nourrir et chauffer notre foyer.

– On aura même de quoi vendre une partie du produit de nos pêches, dit Jón.

– Et nos enfants ne manqueront de rien, dit Jórunn.

23

L'année écoulée avait été rude. L'hiver s'était prolongé : à la fin mai, il y avait encore de la neige jusqu'au bas du ventre des chevaux. C'était souvent le mois le plus délicat, où il fallait faire la jonction entre les derniers foins de l'hiver et les premières pousses du printemps. Cette année, le manque de fourrage avait provoqué la perte de nombreuses têtes de bétail, celles qu'on ne s'était pas résolu à abattre l'automne précédent. Certes, cela avait provisoirement amélioré l'ordinaire car on en profitait pour manger de la viande – y compris celle de cheval malgré l'interdiction de l'Église –, mais chacun savait que le *skyr* allait manquer avant la fin du prochain hiver.

Lors de l'Althing de 1491, les Islandais avaient fait une demande au roi pour que l'on n'exportât pas plus de poisson que le pays ne pouvait en fournir sans réduire la population à la famine. Par ailleurs, vingt-cinq notables avaient rédigé une lettre au souverain pour qu'il nommât Einar Björnsson gouverneur de l'Islande, « à cause de ses origines, sa richesse, sa vaillance, sa sagesse et sa vertu ». Ils entendaient profiter du départ de Didrik Pining à l'automne précédent, annoncé comme définitif, pour réclamer un gouverneur autochtone. Einar était parti défendre sa cause en Norvège.

Durant l'été, médiocre, on avait engrangé moins de fourrage que lors d'une année normale.

Pour la troisième année de suite, les Islandais durent affronter un hiver rigoureux.

Il y avait dans le pays des calamités qui frappaient indifféremment les habitants : épidémies, éruptions volcaniques, crues glaciaires, avalanches. Mais la disette s'en prenait d'abord aux plus pauvres. On eut à ramasser leurs cadavres au bord des pistes, dans des cabanes isolées ou des petites fermes.

On apprit la mort d'Einar Björnsson par le premier bateau de printemps en provenance de Norvège. Aux dires des marins, il avait été emporté par une mauvaise fièvre. Il n'avait pas d'héritier légitime. Sa sœur Solveig Björnsdóttir en profita pour s'installer immédiatement à Skard avec son mari Páll Jónsson, sans demander l'avis de ses neveux et de sa belle-sœur Ingveldur Helgadóttir, veuve de Thorleifur Björnsson. Dès lors, Páll et Solveig s'employèrent à accaparer l'héritage d'Einar.

Dans les fermes, le nombre de têtes de bétail avait sensiblement diminué, les réserves de *skyr* et de laine étaient au plus bas, la mer ne rapportait que de médiocres prises. Les pêcheurs se risquaient à sortir par mauvais temps, disparaissaient quelquefois. On se mit à ramasser les algues pour nourrir bêtes et hommes. Néanmoins, ce qui contribua le plus à l'accablement des Islandais fut la disparition progressive des truites et des saumons dans les lacs et les rivières : on n'avait pas connu cela de mémoire d'homme, et ce fut considéré comme un grand malheur et un mauvais présage.

Le manque de chevaux se faisait sentir et pénalisait les voyages entre les différentes régions d'Islande.

Cependant, les plus riches s'en sortaient bien. Le nouvel évêque de Skálholt, Stefán, entreprit une large tournée des fjords de l'Ouest. Il entendait rappeler aux fermiers l'obligation de payer la dîme, même si l'on pouvait trouver des arrangements, en ces temps difficiles. Sur le chemin du retour, il fit une longue halte à Helgafell, pour s'entretenir des affaires de l'Église avec l'abbé. Le moine Helgi Pétursson eut le privilège d'une visite épiscopale dans le scriptorium.

Ce soir-là, quand Jón revint du local de traitement des peaux, il aperçut le moine trotter à sa rencontre, le ventre cahotant.

– Viens vite me rejoindre au scriptorium, ordonna Helgi, tout essoufflé. J'ai des choses passionnantes à te raconter.

– Pour être excité comme ça, tu dois au moins avoir compris le mystère de la Sainte-Trinité ! ironisa Jón.

– Encore mieux que ça, Dieu me pardonne. L'évêque m'a fait partager ses connaissances sur la représentation du monde.

Les deux hommes pénétrèrent dans leur sanctuaire, au milieu des livres et des parchemins. Helgi entama ses révélations :

– Notre nouvel évêque est un érudit, qui a fait ses études en France, à Paris. Il dit que c'est la plus grande ville de la chrétienté, et que bien plus de gens vivent là-bas que dans l'Islande tout entière. Il y a consulté de nombreux livres imprimés.

– Imprimés ? s'étonna Jón.

– L'imprimerie est un procédé qui se répand sur le continent, répondit Helgi. Je t'explique. On assemble des lettres de métal moulées, en relief, et surtout mobiles, de façon à former des lignes, et on inclut ces lignes dans des pages. Une fois l'assemblage réalisé, on y dépose de l'encre et on le presse sur le nombre qu'on veut de feuilles de vélin ou de papier. Puis on compose la page suivante, et ainsi de suite. Pas mal, non ? Cette invention serait due à un Allemand, un certain Gutenberg. Il paraît que la Bible a été imprimée à des milliers d'exemplaires, à une vitesse bien plus grande que pourrait le faire une armée de copistes !

– J'ai entendu parler de ça à Bristol, se souvint Jón. Je crois qu'on a aussi commencé à imprimer des livres en Angleterre.

– Évidemment, en Islande, nous serons les derniers à avoir une presse à imprimer, maugréa le moine. Mais revenons à ce que je voulais te dire : il se trouve qu'en France, l'évêque a consulté une carte du monde.

– Une carte du monde ? questionna Jón, de plus en plus intrigué. Comment ça ? Qui l'a dessinée ?

– Il m'a dit que c'était une copie d'une carte faite par un Grec du nom de Ptolémée, il y a très longtemps, un peu après l'époque de Notre-Seigneur Jésus-Christ.

– Mais en quoi est-ce qu'une aussi vieille carte peut nous intéresser ? insista Jón.

– Les anciens Grecs avaient beaucoup de connaissances sur le monde.

Helgi montra deux grandes tablettes de cire, qui semblaient avoir été gribouillées par un enfant. Jón fronça le sourcil. Il ne comprenait pas la signification de ces dessins.

Le moine précisa que l'auteur en était l'évêque lui-même, et qu'il avait passé beaucoup de temps à les reproduire. Sur la première tablette, il avait tracé la carte du monde selon Ptolémée, telle qu'il se souvenait l'avoir observée à Paris. Helgi indiqua où étaient le nord, le sud, l'est et l'ouest. Il montra l'Europe, l'Asie, l'Afrique. La mer Méditerranée, la mer des Indes.

Jón était émerveillé : il voyait pour la première fois une représentation du monde. Au début, il eut un peu de mal à concevoir qu'on pût placer des points cardinaux sur la surface plane de la tablette. Il eut encore plus de difficultés à comprendre comment on pouvait y représenter le globe terrestre.

– Mais ce vieux Ptolémée ne savait pas tout, dit le moine. Apparemment, il n'y connaissait pas grand-chose aux pays du Nord ! Alors, ceux qui ont imprimé sa carte en ont ajouté une autre, qui les représente. Regarde !

Helgi montra la seconde tablette. Il mit son doigt sur une terre isolée en haut à gauche de la carte.

– L'Islande. Nous sommes là, dans le coin nord-ouest. Ici, en bas, ce sont l'Irlande, l'Écosse, l'Angleterre. Puis le Danemark, la Suède, la Norvège.

Jón dévorait la tablette des yeux.

– Et qu'est-ce que c'est, tous ces petits points au-dessus de l'Écosse ? demanda-t-il.

– L'évêque m'a dit que beaucoup d'îles étaient dessinées dans ce secteur. Il doit y avoir les Orcades, les Shetland, les Féroé. Il m'a donné d'autres noms : Thulé, Hyperborée. Mais ce que je trouve le plus intéressant, c'est la grosse erreur qu'a commise celui qui a fait la carte : tu vois ce grand pays, au-dessus de la Norvège, et rattaché au continent par une bande de terre ? C'est comme ça qu'est représenté le Groenland !

– À l'est de l'Islande ! s'exclama Jón. Pourtant, tout le monde sait bien qu'il faut naviguer vers le couchant pour y aller !

Le Groenland n'était donc pas complètement oublié par les savants du continent, mais ils ne savaient plus où il se trouvait. Jón mesura combien l'Islande et le Groenland se situaient à la marge du monde et intéressaient bien peu le reste de la chrétienté. Quant au Vinland, il n'était même pas évoqué.

– Mais qui donc a dessiné cette carte des pays du Nord ? demanda Jón.

– Elle serait d'origine danoise, répondit Helgi.

– Ça nous confirme que les Danois ont perdu le Groenland, et oublié le Vinland, fit remarquer Jón.

Les deux hommes se penchèrent de nouveau sur les cartes. Ils critiquèrent le tracé de l'Islande, représentée comme un simple ovale entouré d'îlots, où il était impossible de situer le Breidafjord, pourtant le fjord le plus large du pays. Ils évaluèrent l'emplacement réel du Groenland, cherchèrent à situer les Açores ou le Vinland, au-delà de la frange ouest de la carte de Ptolémée.

La représentation du monde permettait de mieux fixer les routes maritimes, les distances. Jón songea que l'expédition de Pining et Corte-Real avait eu tous les atouts pour atteindre le Vinland. Pining n'avait peut-être pas lu les sagas, mais il détenait probablement des informations sur les routes ancestrales des Vikings. Quant à Corte-Real, il avait connaissance des sillages tracés par les pêcheurs açoriens fréquentant les bancs de morues.

Jón et Helgi passèrent une bonne partie de la nuit à commenter les traits griffonnés au stylet par l'évêque sur les deux tablettes de cire.

24

L'enseignement prodigué par les moines de Helgafell était l'un des plus réputés d'Islande, presque autant que celui donné à l'évêché. Les quelques étudiants de l'abbaye étaient des adolescents privilégiés ayant une famille assez riche pour les placer au monastère. Dans les contrats signés avec l'abbé, les parents donnaient de la terre, du bétail et des biens, en échange du logis, de l'habit, du couvert et de l'enseignement. Leurs garçons apprenaient essentiellement le latin, la grammaire, la dialectique et la rhétorique. Ils ambitionnaient tous d'être ordonnés diacres ou prêtres. En attendant, ils faisaient de leur mieux pour séduire les filles des fermes du monastère. Pendant leur temps libre, ils arpentaient le vaste domaine de l'abbaye. Au prétexte d'y échanger du *skyr*, du beurre suri ou du fromage, ils se rendaient dans les fermes alentour où ils s'appliquaient à consommer leur puberté auprès des servantes les plus légères.

L'abbé lui-même fermait les yeux sur les frasques de ses étudiants, même s'il rappelait mollement les règles de l'Église lors de sermons prêchés sans conviction. Le clergé islandais ne montrait guère l'exemple malgré les rappels à l'ordre du pape, et l'abbé en personne reconnaissait plusieurs enfants.

Les étudiants profitaient de ce bel hiver, plus clément que les précédents, pour partir en balade. Jón ressentit le besoin, entre deux parties de pêche, de parcourir la campagne immaculée, et il prit part à la joyeuse équipée des garçons. Ils chaussaient des raquettes ou des skis et tiraient un petit traîneau pour les provisions. Jón était peu habile à évoluer sur des skis et ses chutes occasionnèrent force plaisanteries. Ils atteignirent enfin un ensemble de bâtisses nichées au creux d'un vallon.

La gouvernante de la ferme, une femme aux cheveux roux et aux pommettes criblées de taches de rousseur, leur servit du *skyr* et fit préparer le repas. Même si elle sourit à Jón, elle ne paraissait guère enchantée de recevoir les étudiants turbulents du monastère, qui laissaient traîner leurs mains sur la croupe des servantes en riant grassement, et qui n'hésitaient pas à se vanter de leurs coucheries. Derrière leur besoin juvénile et maladroit de se distinguer transpirait l'arrogance des fils de riches. Jón percevait clairement que son statut parmi eux pouvait facilement basculer. Aux yeux des garçons, il compensait son lignage de basse extraction par son âge et surtout par le prestige que lui conférait le voyage de Bristol. Cependant, leurs interrogations ne portaient pas sur la magnificence des villes anglaises ou les étonnantes marées de l'Avon, mais plutôt sur la présumée beauté exotique des femmes étrangères. Jón mesurait encore la singularité de son cheminement. Pour garder l'ascendant, et sous la pression des questions, il inventa une aventure fabuleuse et grivoise avec une belle Anglaise qu'il n'eut aucun mal à décrire, s'inspirant des traits d'Alice Barstaple. Derrière les faciès égrillards des étudiants, il aperçut le visage de la gouvernante se fermer davantage, sans qu'il sût si elle le désapprouvait d'entrer dans le jeu des étudiants, ou si elle était irritée par ses révélations sentimentales.

Elle retourna au cellier puiser du *skyr* dans la grande cuve en bois.

L'abbé de Helgafell n'était guère inquiet pour son monastère. Le domaine était assez riche pour nourrir tous ses habitants malgré un dernier été calamiteux, si court et si frais que la récolte avait été la moins bonne depuis longtemps. Le niveau du foin accumulé tant bien que mal dans les granges de l'Islande laissait prévoir des lendemains terribles. La famine avait pris rendez-vous. Halldór prévoyait que de nombreux petits fermiers allaient être jetés sur les chemins par la misère, et qu'il faudrait les aider. Il avait donné aux pêcheurs la consigne de ramener le plus de prises possibles, car le poisson s'était fait rare. Il les encouragea même à pêcher du phoque.

À la fin de l'hiver, les premiers groupes de miséreux firent leur apparition sur les rives du Breidafjord. Ils étaient différents des habituels mendiants, demeurés, lépreux et autres vagabonds, dont on s'accommodait comme d'une plaie incurable. On devinait que ces nouveaux venus n'avaient pas l'habitude de demander la charité. Ils venaient des fjords du Nord.

Jón rentrait de la pêche lorsqu'il aperçut des silhouettes sur le rivage. Il amarra son canot et vint à leur rencontre : un homme, deux femmes et cinq enfants, dont un nourrisson. Leurs oripeaux gardaient les traces d'une certaine aisance. Le *vadmál* des moufles, des manteaux et des guêtres était décousu, le cuir des chaussures déchiré. Les visages émaciés n'exprimaient guère de sentiments, à moins que ceux-ci n'eussent été refoulés par la résignation qui se lisait dans les regards vides. Le bébé était blotti dans les bras d'une femme. Jón s'approcha de lui. La femme se détourna.

– Il est mort, dit l'homme. Où est-ce qu'on peut l'enterrer ?

Jón les conduisit au monastère, où ils furent reçus par l'abbé. L'homme expliqua les raisons de leur présence sur un ton monocorde :

– Je suis *bóndi* dans le Skagafjord. Et voici ma femme, et ma sœur. Mon beau-frère est mort cet hiver, alors qu'il essayait de faire glisser sa barque jusqu'à l'eau libre. La glace s'est cassée sous lui, et il a pas eu assez de force pour remonter dans le bateau. Deux de ses enfants sont morts de faim. Et nous, on en a perdu trois, en comptant le bébé qui est dans les bras de ma femme. Elle n'a plus de lait, et le petit est mort cette nuit.

– Bien sûr, nous allons lui donner une sépulture décente, dit Halldór. On l'inhumera au cimetière du monastère.

– Depuis quatre hivers, notre situation est allée de mal en pis, ajouta le fermier. Sur les rives du fjord, l'eau gèle sitôt la fin de l'automne. Et quand le dégel est enfin là, c'est la banquise qui arrive du nord : des gros paquets de glace viennent boucher les fjords, ça dure des fois jusqu'à la fin de l'été, et on ne peut plus pêcher. Les étés sont trop courts et trop froids pour qu'on ait du bon foin dans les champs. Le dernier a été le pire qu'on ait jamais connu.

– L'an passé, la glace du large a persisté même dans les fjords de l'Est, précisa l'abbé.

– Quand on a perdu nos dernières têtes de bétail, et mangé le dernier cheval – Dieu nous pardonne –, on s'est décidés à partir dans l'Ouest. Il y a bien quelques fermes qui nous ont offert l'hospitalité, mais elles ne pouvaient pas nous garder longtemps. Les fermiers disent que l'ouest de l'Islande n'a pas été épargné, et qu'ils n'ont pas assez de moyens pour accueillir tous les gens des fjords du Nord.

Halldór leur dit qu'ils pouvaient rester et qu'ils allaient participer aux travaux des champs. L'homme remercia sobrement. Aucun sourire ne vint éclairer le visage des réfugiés, comme si plus rien ne pouvait les soulager. On fit le nécessaire pour l'enterrement du nourrisson et pour leur faire une place à la ferme. Dans les dortoirs des ouvriers agricoles et des servantes, on rapprocha les lits afin d'installer de nouvelles paillasses.

Les jours suivants, deux autres groupes atteignirent Helgafell, toujours à pied. L'abbé accepta encore de les prendre au service du monastère, puis fit savoir que les ressources de l'abbaye ne pourraient subvenir à plus de personnes. Dorénavant, on offrirait le lit et le couvert pour trois nuits et l'on orienterait les gens vers les fermes du sud, moins touchées par la détérioration du climat.

Des histoires terribles étaient racontées par les réfugiés des fjords du Nord. Le manque de nourriture faisait perdre la raison. On volait son voisin, parfois on assassinait pour un sac de farine ou quelques poissons séchés. Un père avait tué son propre fils, au prétexte que le garçon avait dérobé des provisions dans le garde-manger. Certains fjords étaient ravagés par la famine : les habitants, las de compter leurs morts, avaient entièrement déserté les lieux.

Le Nord n'était pas la seule région à souffrir. Même à Hóll, dans les fjords de l'Ouest, la situation devenait difficile pour la ferme. Une dizaine de têtes de bétail avaient péri. L'intendant envoya les enfants illégitimes de Solveig Björnsdóttir à Skard, pour que son ex-maîtresse leur fît bénéficier de conditions de vie décentes, en attendant des temps meilleurs. Mais Páll Jónsson les renvoya chez leur père. Il tenta vainement de faire taire les protestations de sa femme en leur fournissant des sacs de nourriture, avec un peu d'argent.

Les premiers bateaux étrangers de la saison étaient attendus avec impatience. Les Islandais les plus riches allaient pouvoir acheter du grain et de la farine. Les plus pauvres espéraient, par répercussion, obtenir de meilleures aumônes.

Comme toujours depuis leur rencontre – il y avait déjà sept hivers –, le printemps annonçait la longue période estivale durant laquelle Jón et Jórunn ne se verraient plus, étant assignés aux travaux des champs. Pour la première fois depuis longtemps, l'été semblait vouloir s'installer prématurément. Ce serait donc peut-être leur dernière rencontre de la saison. Le rituel était habituel aux pêcheurs du monastère : lors d'une expédition de pêche plus longue que les autres, les marins utilisaient les îles Bjarneyjar comme camp de base, et Jón se rendait seul à Flatey à bord de l'un des canots. Auparavant, il allait parfois visiter Gísli sur l'îlot voisin.

Cette fois-là, Jón trouva le vieil homme allongé sur la grève, face contre terre. Son bonnet gisait sur le sol. Le corps amaigri n'avait pas résisté aux dernières morsures de l'hiver. La mort devait remonter à quelques nuits : les crabes et les mouettes avaient commencé leur festin. Jón récupéra sur le cou du cadavre l'amulette en bois gravée de runes magiques, puis, tristement, commença à creuser la fosse.

Il débarqua à Flatey sous une pluie fine. Deux garçons de ferme l'aidèrent à haler le canot sur la plage avec des rondins. Puis les hommes se rendirent à la salle commune afin de profiter du feu. Jórunn et les gens de la ferme lurent dans le regard tourmenté de Jón le signe d'une mauvaise nouvelle. Le dernier habitant des îles Bjarneyjar était mort.

Le vieux Gísli était populaire à Flatey et tout le monde fut attristé. Jórunn se murait dans un silence affligé. Au moment où l'été paraissait reprendre sa place, on avait encore à déplorer la perte d'un homme parmi les meilleurs.

Ce soir-là, Jón et Jórunn n'eurent pas le cœur à l'étreinte.

La jeune femme se décida à parler durant leur habituelle marche autour de l'île. Elle regardait vers la mer.

– Je ne suis pas triste seulement à cause de la mort du vieux Gísli. Il y a des jours où je doute de notre relation. Nos projets de foyer, qu'est-ce qu'ils deviennent ? Depuis quelques hivers, tu viens à Flatey comme si tu rendais une visite convenue à une vieille maîtresse éloignée. Et tu ne prends même plus la peine de cacher tes aventures avec des femmes d'âge mûr, et sûrement plus expérimentées que moi, puisque les échos de tes frasques arrivent jusqu'ici.

Jón, blessé, ne sut que répondre. Il se sentait à la fois coupable et victime. Il se souvint comment il en était venu à partager de temps à autre la couche de la gouvernante de la ferme du Vallon, rencontrée lors de son équipée hivernale avec les étudiants. Elle avait les cheveux de braise, la pommette saillante, le sein vaste et lourd, une insouciance qui donnait à Jón la sensation que coucher avec elle était un jeu innocent.

Cette histoire avait été en partie déclenchée par un besoin de sauvegarder son honneur, suite à une altercation avec un étudiant du monastère ayant sous-entendu que l'abstinence sexuelle de Jón cachait un caractère efféminé. L'insulte était grave. Le jeune provocateur s'en était sorti avec une dent cassée et Jón avec un sévère blâme de l'abbé. Mais il avait fini par répondre aux sourires de cette femme. Il fallait cependant reconnaître qu'il ne faisait pas ça que pour faire taire les médisances ; il avait pris goût à la chose et son corps y trouvait son compte.

Agacé, Jón lâcha :

– Tu préférerais peut-être la compagnie d'un homme qui n'aime pas les femmes ?

– Je sais que les hommes d'Islande sont tracassés par le membre qu'ils cachent dans leurs braies. Je sais qu'ils considèrent la chasteté comme de la faiblesse, et même comme un manque de virilité. Mais ceux qui gardent un peu de délicatesse s'arrangent pour ne pas étaler leurs infidélités sur la place publique.

Jón leva les bras au ciel. Il gémit :

– Hier, j'ai enterré un vieil homme à moitié dévoré par les crabes. Je suis pas en état de soutenir les hostilités. Si ça t'intéresse, sache que je n'ai pas pu économiser autant que je voulais, à cause de la famine. Même le monastère s'est appauvri, et l'abbé surveille de près ses dépenses. Mais si l'été permet des bonnes récoltes, il m'a promis de me prêter jusqu'à un *kúgildi*. En l'ajoutant à ce que j'ai pu mettre de côté, alors je serais en règle par rapport aux nouvelles lois. L'abbé m'a dit qu'il pourrait me vendre un lopin de terre dans le Snæfellsnes, où on devrait pouvoir s'installer au printemps prochain. En échange de son soutien, il faudrait simplement que je pêche encore trois saisons pour le monastère.

Jórunn gardait les yeux tournés vers la mer. Elle répondit :

– Comme toujours, tes calculs sont bien compliqués, et tes suppositions bien douteuses. Les bonnes récoltes, je n'y crois plus. Les hivers passent sans que notre situation change. Il y en a qui le sentent bien, et je dois éconduire des prétendants qui cherchent à me convaincre que tu n'es peut-être pas aussi attaché à moi que tu le dis. J'ai confiance en toi, mais dans mes moments de faiblesse, je doute de tout. Et puis je me dis que mes petits soucis sont bien peu de chose, en ces temps où les gens meurent de faim.

Elle se blottit dans ses bras et il sentit ses larmes lui mouiller le cou. Il la serra contre lui.

– Laisse-moi encore un hiver. Quoi qu'il arrive, nous arriverons bien à nous installer. Sinon, je me mettrai au service de la ferme de Flatey.

Jórunn mesurait la valeur du sacrifice que Jón était prêt à consentir. Bien sûr, elle se refuserait à l'enfermer dans une cage, fût-elle douce comme l'était l'île de Flatey. Jón n'y serait plus le Jón qu'elle aimait, farouchement avide d'une liberté qu'elle ressentait parfois comme une concurrente trop exigeante. Cependant, Jórunn ne protesta pas. Elle décida d'éprouver encore quelque temps son compagnon pour s'assurer qu'il n'avait pas parlé sous l'effet de la compassion.

Les trois barques de Helgafell voguaient sur le chemin du retour. Le soleil rayonnait et certains hommes s'étaient mis torse nu. Jón maugréait contre le vent et les vagues, prenait le gouvernail des mains de ses compagnons, réglait sans cesse la voile, jamais satisfait de l'allure du bateau. En lui-même, il maudissait pêle-mêle les années de disette, l'humeur des femmes, la cupidité des fermiers. Il réalisa qu'il n'avait pas fait l'amour avec Jórunn lors de ce séjour à Flatey. Il arrêta enfin de s'agiter et s'assit au fond de la barque, où il se tint muet et immobile. Ses compagnons préféraient encore son mutisme à ses gesticulations. Ils purent faire des réglages plus raisonnés et rattrapèrent les deux autres canots juste avant l'arrivée à Helgafell.

Les pâturages étaient d'un vert que l'on n'avait pas vu depuis longtemps. L'Islande paraissait renaître sous les effets d'un bel été. Au début, on n'y avait pas cru. Puis les premiers jours de beau temps avaient été suivis par d'autres. Peu à peu, l'espoir d'une bonne récolte ramenait la joie de vivre dans les foyers. Les sourires des paysans et des mères de famille en disaient long sur leur soulagement. Les jours meilleurs, tant attendus, semblaient être revenus durablement. On allait pouvoir emplir les granges et nourrir correctement les bêtes. Certes, il faudrait du temps pour reconstituer les cheptels, surtout dans le Nord. Il faudrait plus d'une bonne saison pour oublier les années de famine.

Helgi trouva Jón dans le scriptorium, appliqué à relier un bréviaire. Il fut contrarié de voir son protégé s'adonner à une tâche pour laquelle il jugeait sa présence indispensable. La reliure d'un manuscrit était toujours un petit événement. Ce travail de finition symbolisait la naissance du livre, après une longue et difficile gestation. Le moine observa Jón. Après tout, le jeune homme avait acquis suffisamment d'expérience pour travailler seul à la fabrication des livres. Il avait soigneusement percé les petits trous rectangulaires sur les bordures des cahiers à assembler et des deux cadres de bois qui allaient constituer la couverture. Il y fit passer un lacet de cuir, puis en fixa les extrémités à l'aide de petites chevilles de bois, à l'intérieur de la couverture. Un nouveau livre était né ! Un large sourire illuminait le visage des deux hommes.

Helgi soupesa l'ouvrage, le caressa, l'ouvrit, le referma, le tripota encore. Enfin, il le rendit à Jón.

– J'ai appris quelque chose qui devrait t'intéresser, dit-il. Une flottille armée par l'Espagne a atteint les Indes, en naviguant vers l'ouest.

Jón ouvrit grand les yeux. Le bréviaire faillit lui échapper des mains.

– Comment tu le sais ?

– La nouvelle a été rapportée il y a quelque temps par des cavaliers de Skard, qui revenaient du comptoir de Hafnarfjord. Je n'y avais pas tellement prêté attention, mais l'abbé m'a dit que l'évêque avait confirmé cette histoire, qu'on tient des équipages de plusieurs navires. Le chef de l'expédition était un certain Kristófer Kólumbus, un Génois.

Cette fois, le livre fraîchement relié tomba sur le sol.

– C'est incroyable ! s'exclama Jón. Cet homme est venu en Islande, il y a à peu près une quinzaine d'hivers. Pas loin d'ici, du côté de Rif. T'en as pas entendu parler ?

– Non. Comment tu le sais ? s'étonna à son tour Helgi.

– Quand j'étais à Bristol, un marin portugais m'a raconté qu'il avait navigué vers l'Islande, sur un bateau où ce Génois avait embarqué. Gísli, le vieux maître-pêcheur de Skard, m'a confirmé ensuite que cet Italien était passé à Rif. Apparemment, il questionnait les Islandais sur les terres du couchant. Ça alors ! Je me demande bien quelle route il a suivie.

– Je sais qu'il a fait escale aux îles Canaries.

Helgi ressortit la grande tablette de cire où le monde était représenté.

– Regarde, l'évêque n'a pas oublié de les dessiner. Ce doit être ces îles, là, au large de la côte africaine.

Après, les Espagnols ont mis le cap à l'ouest. Ils auraient navigué pendant un bon mois avant de toucher une côte.

– Est-ce que tu as des détails sur les terres qu'ils ont vues ? questionna encore Jón.

– Elles seraient très riches, d'après ce qu'on m'en a dit.

– Tu sais comme moi que les marins ont tendance à exagérer les choses dans leurs récits, fit remarquer Jón.

– Les navires auraient ramené de l'or et quelques habitants des Indes. Ces terres seraient situées dans les parages de Cipango et du Cathay.

– J'ai jamais entendu parler de ces pays, dit Jón.

– Ils sont décrits par Marco Polo, un Vénitien qui a voyagé aux Indes, dans un livre passionnant que j'ai consulté il y a bien longtemps, à l'évêché. Il y raconte ses aventures à la cour du grand khan, c'est-à-dire l'empereur du Cathay, qui voulait s'emparer des richesses fabuleuses du Seigneur de Cipango, une grande île voisine. Ces pays seraient situés aux confins des Indes.

Les deux hommes tentèrent de les positionner vers le bord droit de la carte de Ptolémée, sur laquelle ils n'étaient pas indiqués.

– Est-ce que Kólumbus a rencontré ces grands rois ? insista Jón.

– Pas que je sache, dit Helgi. Mais cette histoire est arrivée en Islande en passant par bien des intermédiaires. Il y a sûrement des détails qui se sont perdus en route, ou qui ont été déformés.

– Si une pareille rencontre avait eu lieu, on peut penser qu'il s'en serait vanté, et que la nouvelle de cet événement serait arrivée jusqu'ici, dit Jón.

– Où est-ce que tu veux en venir ? demanda Helgi.

– Si les Espagnols avaient approché des royaumes aussi puissants, ils auraient entendu parler de leurs rois, et de leurs capitales. Ils auraient répété leurs noms, comme une preuve de leur découverte. Ça serait la première chose qu'on apprendrait de leur voyage. Moi, ça m'étonnerait qu'ils aient atteint les Indes. Peut-être que les terres qu'ils ont touchées sont situées bien avant. Et peut-être même qu'elles ne sont pas loin du Vinland. Tout ça est quand même troublant. Ce Génois aurait pu profiter de nos vieilles connaissances des routes de l'ouest, pour s'y engager à son tour. Et ces soi-disant Indiens qu'il a ramenés pourraient bien être des sortes de Skrælings.

– Mais peut-être que notre Vinland n'est pas aussi loin des Indes que tu le penses, répliqua Helgi.

– D'après ce que tu m'as dit, les Indes sont des pays très riches. Si le Vinland en était proche, les Skrælings seraient tombés depuis longtemps au pouvoir d'un grand roi. Mais les Vikings qui ont exploré les terres du couchant n'ont pas remarqué la moindre trace de ce qui pourrait ressembler à un roi, à un gouverneur ou à un bailli. Ils ont seulement rencontré ces sauvages.

– Je te rappelle que Kólumbus a suivi une route totalement différente de celle des Vikings, objecta encore Helgi. Il est allé beaucoup plus au sud. Il faut bien avouer que les Skrælings de nos parchemins sont moins attirants que les riches seigneurs du Cathay de Marco Polo ! Si Kólumbus a vraiment eu connaissance des sagas des Groenlandais, il n'a pas dû assimiler le Vinland aux Indes.

– Tu as raison, admit Jón. Au mieux, il aurait pu trouver dans nos sagas la confirmation qu'il y avait moyen de rejoindre des terres en naviguant vers l'ouest.

Jón marchait de long en large. Il ajouta :

– Il y a beaucoup de pays, à l'ouest. Mais à mon avis, ils ont rien à voir avec les Indes : les Vikings du Groenland en ont exploré une partie, d'autres ont atteint des terres où il y a beaucoup de brume et de morues, et Kólumbus en a simplement découvert de nouvelles. Un jour, peut-être qu'on établira une liaison entre ces différents pays du couchant. Par la mer ou, pourquoi pas, par la terre.

– Tu suggères donc que l'Espagne pourrait s'emparer du Vinland ? dit Helgi.

– L'Islande, la Norvège et le Danemark ont abandonné ces pays, dit Jón. Les Portugais, les Anglais, et maintenant les Espagnols naviguent vers le couchant. Ce que nos ancêtres ont pu découvrir, ils vont sans doute le découvrir à leur tour.

Le moine se passa la main sur le crâne. Il s'interrogeait. Ce garçon avait acquis une singulière expérience, au fil des péripéties de son existence. Son séjour à Bristol lui avait permis de récolter les témoignages de marins de plusieurs pays. En outre, il connaissait les sagas concernant les Groenlandais, dédaignées ou ignorées hors d'Islande. Ça lui conférait une vision élargie que n'avaient pas la plupart de ses contemporains. Malgré son jeune âge, la vie de Jón était déjà bien remplie. Il avait aussi une étonnante capacité à se représenter les espaces terrestre et maritime. On pouvait le constater à l'échelle du Breidafjord : quand il évoquait ses innombrables îles et îlots, il les situait toujours avec des repères appropriés, un point cardinal, un bras de mer, une éminence, un cap, un amer remarquable. Et lorsqu'il était arrivé au monastère, il n'avait pas mis longtemps à intégrer la disposition des côtes autour de Helgafell. En mer, on disait qu'il savait toujours exactement où il était, et dans quelle direction se trouvaient les terres émergées, même par temps bouché. On connaissait son intuition pour tout ce qui concernait la navigation. Jón était-il un visionnaire ? Pouvait-il avoir raison contre ce Kristófer Kólumbus, un marin pourtant dans le secret des grands rois de la chrétienté ?

Les deux hommes se plurent à prolonger la discussion et à échafauder des hypothèses. Si bien qu'à none, le moine Helgi faillit rater la prière.

25

Les températures étaient si douces que la neige reculait rapidement vers les hauteurs, alors que le niveau de fourrage était encore bien au-dessus du plancher des granges. L'hiver était passé, court et clément.

À Skard, Solveig Björnsdóttir se félicitait certes de la prospérité retrouvée de ses fermes, mais son humeur était assombrie. Elle ne décolérait pas contre son mari, qui venait de partir à Hafnarfjord afin de prendre un bateau pour le continent. Páll Jónsson était un homme dur, ambitieux, maîtrisant bien ses armes. Lors d'une journée d'hiver, il avait battu un homme à mort, pour des raisons qu'il n'avait jamais clairement expliquées. Même s'il défendait la thèse de l'accident, et bien que son frère Gudni, l'homme de loi, eût payé force compensations, le mari de Solveig était menacé d'une sanction sévère à l'Althing. Il avait donc pris les devants et décidé d'aller plaider sa cause auprès du roi. Solveig se lamentait car cette affaire tombait mal, au moment où le couple avait réuni suffisamment d'éléments pour faire main basse sur la totalité de l'héritage familial.

Depuis toujours, elle avait accumulé du ressentiment contre feu ses deux frères. Déjà, dans sa jeunesse, elle avait dû s'abstenir d'avoir des relations charnelles pour garder son droit à l'héritage, pendant que Thorleifur et Einar pouvaient s'amuser avec des jeunes filles, et même avec des femmes mariées.

À la mort de son père, vingt-sept hivers auparavant, ils l'avaient reléguée dans la ferme de Hóll, au fin fond des fjords de l'Ouest, soi-disant pour la tenir à l'écart des conflits. Solveig avait pourtant retrouvé depuis plusieurs témoignages écrits attestant qu'à sa naissance, son père avait déclaré que la riche ferme de Vatnsfjord devait revenir à sa fille, son premier enfant.

Elle était donc partie habiter à Hóll. Femme sensuelle, Solveig avait décidé de rattraper le temps perdu et choisi son intendant à la fois pour ses qualités de gestionnaire et d'amant. Ses frères Thorleifur et Einar s'étaient ensuite servis du fait qu'elle avait quitté le foyer de ses parents et vivait une relation extraconjugale pour l'écarter de l'héritage de leur mère Ólöf. À ce moment-là, Solveig s'était déjà rapprochée de Páll Jónsson d'Ögur, qui allait devenir son mari.

À la mort d'Einar, elle s'était emparée de ses biens, mais cela ne suffisait pas à compenser des années de rancœur. Encouragée par sa belle-famille, elle voulait de surcroît s'accaparer la succession de Thorleifur. Cependant, c'était une tâche plus compliquée car ce frère-là avait engendré des héritiers. Pour arriver à leurs fins, Solveig et Páll avaient secrètement recueilli le témoignage d'un ancien employé de Thorleifur, d'après lequel ce dernier aurait eu des rapports charnels avec la propre cousine d'Ingveldur Helgadóttir – la mère de ses enfants –, ce qui pourrait invalider leur mariage tardif et déshériter leur descendance.

Solveig tenait sa revanche. À la première occasion, elle était prête à utiliser les témoignages qu'elle avait réunis avec l'aide des hommes d'Ögur. Mais son impulsif mari avait commis une bourde qui retardait l'accomplissement de ses plans.

Nul ne savait comment le fléau était arrivé en Islande. Certains supposaient qu'il avait été amené par des marchands anglais, l'été précédent, au comptoir de Hafnarfjord. Lorsque les négociants avaient défait un ballot de tissu bleu, il s'en serait échappé une étrange vapeur, « comme si un oiseau bleu sortait du tissu, puis se transformait en fumée », affirmaient des témoins. D'autres racontaient qu'il aurait pu apparaître aux îles Vestmannaeyjar, ou encore à Seltjarnarnes. On disait que Dieu avait décidé de punir la violence et la cupidité des chefs de l'Islande, ou de châtier le peuple à cause de la décadence des mœurs. On évoquait aussi l'influence néfaste des étoiles, l'intervention d'esprits malveillants. Quelques-uns accusaient à demi-mot le clergé, qui s'enrichissait en exploitant le labeur des paysans et s'adonnait de façon trop ostensible à la luxure. Néanmoins, la plupart des gens firent de grands cadeaux à l'Église, escomptant ainsi plaire à Dieu.

On avait d'abord espéré que cela allait se cantonner dans le Faxaflói et dans le Sud, mais peu après le départ de Páll Jónsson pour la Norvège, des émissaires de l'évêque rapportèrent à Helgafell des nouvelles alarmantes : on déplorait déjà trois décès à Skálholt, et un cas avait été recensé au sud du Snæfellsnes. Deux nuits après leur passage, le palefrenier fut pris de fièvre, de frissons et de douleurs. Chacun observait avec anxiété le jeune homme alité et prostré, espérant déceler une amélioration. Il pouvait encore ne s'agir que d'une simple grippe. Cependant, l'espoir fut vite déçu. Le mal débordait du corps malade, par tous ses pores, par le moindre orifice, charrié par la sueur, les vomissures, les déjections. Parfois, le malheureux proférait des propos incohérents, dont le sens échappait à ceux qui osaient encore tendre l'oreille malgré l'haleine pestilentielle qui accompagnait ces divagations. Puis le malade se mit à tousser, une toux profonde et caverneuse. Il peinait à reprendre son souffle, entre deux quintes exhalant un sang noirâtre. Ses lèvres et ses ongles étaient devenus bleus. On se résolut à le confiner dans un cabanon à l'écart, que l'on dut faire garder afin d'empêcher la mère du jeune homme d'approcher. On déposait furtivement un peu d'eau et de nourriture au pied de la paillasse, à l'aide d'une pelle à long manche. Mais le palefrenier ne mangeait plus : il était mort.

La peste n'avait mis que deux jours et deux nuits pour s'emparer de sa victime, la première sur les rives du Breidafjord. D'abord, on maudit les émissaires du diocèse, jugés responsables de l'arrivée de l'épidémie. Puis à la colère succéda la peur. On se tourna vers les anciens. On leur demanda de fouiller leurs souvenirs pour y retrouver les récits de leurs parents ou grands-parents ayant connu la Grande Peste du début du siècle. Les témoignages recueillis confirmèrent une vérité effrayante : à l'époque, la Mort Noire avait duré deux hivers et décimé peut-être la moitié de la population. La maladie, une fois contractée, ne laissait aucune chance à sa victime.

Dans les fermes, on suspendit les déplacements qui n'étaient pas absolument nécessaires. Pour Jón, c'était une calamité d'autant plus grande qu'elle contrariait ce qui devait être l'aboutissement de ses efforts : il comptait enfin se mettre en ménage avec Jórunn. Il avait même prévu un mariage en la chapelle Saint-Nikulás des îles Bjarneyjar, avec l'accord de Séra Benedikt. La peste remettait tout en cause. Il n'était plus question de naviguer au-delà des eaux côtières du monastère, encore moins d'accoster dans les îles du fjord. L'abbé était revenu, provisoirement disait-il, sur sa décision de céder un lopin de terre à Jón. Si l'épidémie s'étendait, on allait manquer de bras dans les fermes de l'abbaye, d'autant que son domaine s'agrandissait encore : les dons de terres et de bétail se faisaient plus fréquents, en ces temps où l'on était prêt à tout pour le salut de son âme.

Depuis longtemps, on n'avait vu pousser une herbe aussi haute, grasse et verte. Mais à l'automne, les granges n'avaient pas fait le plein de fourrage. Certaines restèrent désespérément vides. Des champs n'avaient pas été fauchés. De nombreux moutons erraient encore dans les hauteurs, alors que les premiers frimas blanchissaient les sols du matin. La peste ravageait le pays.

Les sièges des deux évêchés, Skálholt et Hólar, étaient désertés. Les prélats terrifiés s'étaient réfugiés dans quelque dépendance isolée. Les clercs, chargés de donner l'absolution aux mourants, payaient un lourd tribut à l'épidémie. On commençait à manquer de prêtres au moment où, plus que jamais, on avait besoin d'eux pour officier lors des obsèques, dont le nombre ne cessait d'augmenter. Dans certaines paroisses, on inhumait plusieurs morts par jour. On racontait que parfois, sur dix fidèles assistant à un enterrement, deux ou trois mouraient durant la cérémonie, et tombaient dans la fosse même qu'ils venaient de creuser. Faute de main-d'œuvre, les nonnes des couvents étaient obligées de traire elles-mêmes leurs bêtes. Les femmes tombaient mortes sous leur vache, à côté de leur seau.

On ne comptait plus les fermes laissées à l'abandon. On retrouvait dans des bâtiments, parmi les cadavres, des nourrissons qui tétaient encore le sein de leur mère morte. Les survivants qui prenaient la fuite contribuaient à propager l'épidémie. Partout, les vagabonds étaient craints et chassés.

Les Islandais adoptèrent différentes stratégies pour ne pas sombrer dans le désespoir. Ceux que la colère divine effrayait multipliaient les prières, brûlaient des cierges s'ils en disposaient, enchaînaient les *Pater noster*, recommandaient sans cesse leur âme à Dieu. Les plus riches et les plus terrifiés faisaient don de leurs biens à l'Église, au grand dam de leurs héritiers.

D'autres, qui avaient moins confiance en Dieu, se tournaient vers la magie. On ressortit les grimoires de leurs caches. Les mieux pourvus portaient sur eux un sachet de toile contenant du sel, du froment et du fer, en petites quantités car c'étaient des denrées fort précieuses. On exhumait certains os des morts. Surtout, on récitait des strophes scaldiques, on gravait des runes, on dessinait des signes cabalistiques sur sa peau. On consultait ceux qui avaient beaucoup de savoir. La Mort Noire n'épargnait-elle pas la péninsule des fjords de l'Ouest, où les gens versés dans la magie étaient plus nombreux que partout ailleurs en Islande ?

Enfin, certains étaient davantage préoccupés par les plaisirs terrestres que par un improbable au-delà ou par des pratiques magiques à l'efficacité hypothétique. Ils sombraient dans une sorte de frénésie irraisonnée, et s'abandonnaient à corps perdu aux péchés d'avarice et de luxure. Plus encore que de coutume, l'argent et le sexe guidaient les comportements humains. On s'appropriait les richesses des morts à peine enterrés, prétextant un lointain cousinage. On profitait de la vulnérabilité des jeunes orphelines pour s'emparer de leurs biens et de leur virginité. Dans les familles, les liens de parentèle étaient moins respectés que jamais, et les accouplements incestueux se multipliaient. Des *bóndis* aux garçons d'écurie, des maîtresses de maison aux vagabondes, les mœurs se relâchaient. On copulait fièvreusement, comme si c'était la dernière fois. On expérimentait des pratiques jugées contre nature. Des clercs, dont la foi chancelait devant tant de malheurs, octroyaient de simoniaques indulgences contre les faveurs des paroissiennes les plus naïves ou les plus dévergondées. Certains trahirent pour la première fois, dans ces fornications éhontées, un vœu de chasteté jusque-là respecté.

Les fermes qui avaient perdu leurs hommes valides étaient à la merci des voleurs. On racontait des histoires effroyables. Dans le Sud, des pillards sans plus d'illusion sur leurs chances d'accéder au paradis avaient attaqué une ferme affaiblie par l'épidémie. Dans leur folie meurtrière, ils avaient achevé les moribonds et possédé les femmes – ne se souciant guère de savoir si elles étaient déjà passées de vie à trépas –, puis incendié les bâtiments.

La maladie n'avait que faire de toute cette agitation. Elle frappait indistinctement ceux qui pratiquaient la piété, la magie, la luxure ou le vol, ou bien ceux qui ne se livraient à rien de tel, ou encore ceux qui s'adonnaient à tout cela à la fois. Dévots et profiteurs, honnêtes gens et brigands remplissaient les mêmes fosses.

À Helgafell, on dut faire face au début de l'hiver à une série alarmante de décès. La Mort Noire ponctionna indifféremment ses victimes, chez les moines, chez les étudiants, chez les ouvriers agricoles et les servantes, chez ceux qui étaient en contrat de prébende. Toutefois, les mesures prises par l'abbé semblaient limiter les dégâts. Chacune des fermes du monastère avait pour consigne d'être la plus autosuffisante possible, afin d'éviter les échanges. Les gens de passage étaient reçus dans une dépendance à l'écart des bâtiments principaux, sur le chemin du fjord, et on leur déposait de la nourriture en évitant de les côtoyer. Toutefois, on avait dû mettre en terre une famille entière qui avait fini ses jours dans la dépendance avant qu'on ait pu leur donner l'absolution.

Sur les rives du Breidafjord, des anciens de la pêcherie des îles Bjarneyjar disaient avoir reçu la visite d'un revenant, qui ressemblait au vieux Gísli. Le fantôme les tourmentait en prétendant que la peste était un juste châtiment pour les riches et les pauvres d'Islande. On attribuait la mauvaise humeur du défunt à l'abandon de l'archipel, dont il avait été le dernier habitant.

Néanmoins, la nouvelle année semblait annoncer un reflux de l'épidémie. Depuis quinze nuits, plus personne n'avait contracté la terrible maladie.

Jón n'y tint plus. L'aurore n'avait pas encore éclairci l'horizon quand il se leva et rassembla discrètement quelques affaires. Il prit le chemin du fjord. La nuit sans lune favorisait son escapade, même si les étoiles illuminaient un ciel sans nuage. Leur clarté diffuse guidait ses pas. La mer était basse et il dut se démener seul pour descendre une barque jusqu'à l'eau, en ces temps de grandes marées. Bravant les consignes de l'abbé, il embarqua sur le canot et mit le cap vers le nord.

Au moment où apparaissait l'île de Flatey, le vent vira au nord, obligeant Jón à louvoyer. En approchant, il aperçut un groupe de silhouettes réunies sur la plage. Une clameur indistincte s'en échappait, des bras s'agitaient. Inquiet, Jón se prépara à la manœuvre d'accostage, cargua la voile. Alors qu'il installait les rames, il comprit la signification des cris : on le sommait de prendre le large ! Son anxiété redoubla, mais il continua son approche. Bientôt, une volée de pierres le dissuada d'aller plus avant. Il se mit à crier :

– Pourquoi ? Pourquoi ?

Sur le rivage, la clameur s'éleva de plus belle. Jón y distingua les raisons de cet accueil :

– La peste ! On veut pas de la peste ici ! Retourne d'où tu viens !

Il reconnut l'intendant, qui ramena un peu de calme et mit ses mains en porte-voix :

– Jón, écoute-moi bien. La Mort Noire n'a pas encore frappé notre île, et on compte bien s'en préserver par tous les moyens. On te laissera pas mettre les pieds ici.

– Je veux voir Jórunn ! cria Jón.

– Si tu veux le bien de Jórunn, reprends tout de suite le large, répondit l'intendant. Tu la mets en danger par ta seule présence, elle comme nous tous.

– Où est-elle ? insista Jón. Je veux lui parler ! Je ne suis pas malade !

– Elle viendra pas. Elle…

À ce moment, on entendit des cris sur la hauteur. Jón sentit son cœur tambouriner dans sa poitrine.

– Jón !

Il reconnut sa voix, ses cheveux.

– Jón !

Deux autres femmes l'avaient ceinturée et l'empêchaient d'aller plus loin. Alors qu'il mettait résolument le cap sur la rive, Jón reçut un caillou sur la tempe. La tête lui tourna, son corps s'effondra au fond du canot. Lorsqu'il reprit conscience, il vit que la barque s'était éloignée du rivage sous l'action du vent. À terre, Jórunn avait disparu, mais les hommes étaient toujours là. Il remit à la rame malgré les hurlements hostiles. Puis le brouhaha s'estompa et la voix forte de l'intendant s'éleva :

– Jón Thorsteinsson, pauvre fou ! Tu ne vois pas que tu mets la vie de Jórunn en danger ? Comment oses-tu prendre le risque de propager ici l'épidémie ? Tu as perdu la raison ? Si tu veux la protéger de la Mort Noire, fais demi-tour et rentre sur la grande terre.

Jón ramait moins fort. Il se sentait désespéré. L'intendant avait probablement raison. Mais au moins, qu'on le laisse lui parler ! Peu à peu, la barque se rapprochait.

La voix de l'intendant s'éleva de nouveau. Le ton se fit menaçant :

– Par le diable, si tu veux risquer la mort de Jórunn et la nôtre, tu mourras le premier. On n'aura pas le choix.

Des voix hurlèrent :

– Assassin ! Que le troll te prenne ! Au large !

Jón cessa de ramer.

Il lui revint l'image de leur dernière étreinte, à la fin de l'hiver précédent. Une rencontre chargée de promesses, le lopin de terre, la maison, les moutons, la barque.

Ses yeux s'embuèrent. Il se laissa dériver vers le large.

C'était une belle journée d'hiver. Un soleil généreux faisait étinceler la neige légère tombée durant la nuit. Solveig Björnsdóttir terminait la rédaction de son testament, qu'elle avait enfin résolu de coucher sur parchemin, devant la menace de l'épidémie. Il ne s'agissait plus que d'y apporter la touche finale : léguer quelques *kúgildis* à ses enfants illégitimes, pourvoir, tant qu'elles vivraient, à la nourriture des pauvres femmes chargées de dire quotidiennement des prières pour le salut de son âme, et donner cinq onces pour les plus nécessiteux lors des anniversaires de sa mort. Elle remercia son beau-frère, Gudni Jónsson, dont la connaissance des lois avait été fort précieuse, surtout en l'absence de son mari Páll, toujours à l'étranger. Elle écrivit : « Fait à Skard, le 17 janvier 1495. » Décidément, c'était une belle journée. Solveig Björnsdóttir venait de léguer la quasi-totalité de l'héritage familial à ses deux enfants légitimes, deux fils encore jeunes pour défendre leurs intérêts. Ainsi, elle s'appropriait implicitement la succession de ses frères, y compris celle de Thorleifur Björnsson.

Solveig était satisfaite et pouvait désormais préparer son départ. Elle comptait fuir l'épidémie en se réfugiant dans les fjords du Nord où, à ce qu'on disait, la peste n'avait pas encore frappé. Elle craignait plus la Mort Noire que d'entreprendre ce voyage au cœur même de l'hiver.

L'abbé Halldór était furieux. Alors que l'épidémie semblait s'essouffler, Jón avait pris un risque grave pour la communauté, car les déplacements étaient considérés comme les vecteurs principaux du fléau. L'abbé lui signifia qu'il n'avait plus besoin de lui pour la saison de pêche et le consigna dans le scriptorium, où l'on avait toujours quelque bréviaire à copier.

Jón était affligé à la fois par son attitude qui aurait pu faire courir un risque à Jórunn, et par le fait de n'avoir pas pu lui parler, la toucher. Il s'en voulut de son comportement, provoqué par un besoin irraisonné. Il pria pour que la peste n'atteignît jamais Flatey.

L'épidémie avait rattrapé Solveig Björnsdóttir à Húnavatnsthing sur les bords du Húnaflói, avant l'arrivée du printemps. La maladie abrégea brutalement son dernier voyage en ce bas monde. Son corps déjà vieux de soixante hivers ne résista pas longtemps.

Sitôt qu'il apprit la nouvelle du décès de Solveig, Björn Gudnason, le fils de Gudni Jónsson, s'installa à Vatnsfjord. Il affirma que le mariage de Solveig avec son oncle Páll n'avait pas été formellement reconnu par l'évêque de Skálholt, pour cause de consanguinité, et donc que leurs deux jeunes enfants n'avaient aucun droit sur la succession. Il proclama devant témoins être l'héritier de Solveig, de toutes les terres et du bétail qu'elle possédait dans l'ouest, l'est, le nord et le sud de l'Islande.

Au début de l'été, Páll Jónsson revint de l'étranger, blanchi par le roi de l'accusation de meurtre portée contre lui. De retour à Skard, il prit connaissance des événements inquiétants qui s'étaient produits durant son absence. Tout d'abord, il se rendit à l'église afin de prier pour son épouse défunte. Même s'il s'était marié surtout par intérêt avec cette femme plus âgée que lui, il la regrettait sincèrement. Il l'avait appréciée pour ses qualités de gestionnaire opportuniste, mais aussi d'amante, et il n'avait finalement pris que peu de maîtresses. Ayant satisfait aux obligations de son veuvage, Páll se pencha sur les affaires d'héritage. Il était contrarié par l'attitude de son frère Gudni, qui avait successivement aidé Solveig à rédiger sa succession en faveur de ses deux fils, puis laissé son propre fils Björn écarter ses jeunes cousins de l'héritage.

Cependant, Páll pressentait des conflits plus graves avec les gens de Reykhólar, fief de la famille de feu Thorleifur Björnsson, dont la veuve Ingveldur Helgadóttir venait enfin d'obtenir de Stefán, l'évêque de

Skálholt, la reconnaissance de ses enfants à l'héritage. Elle avait eu pour cela le soutien efficace de son fils, l'ambitieux Björn Thorleifsson le Jeune, de son gendre Eiríkur Halldórsson, et du père de ce dernier, l'abbé de Helgafell en personne.

Páll avait prévu de passer quelque temps à Ögur, dans les fjords de l'Ouest, afin de réfléchir aux meilleures stratégies à adopter dans les affaires en cours, et de se mettre à l'écart de l'épidémie qui faisait encore des dégâts. Mais son fils aîné contracta la maladie. Cette maudite maladie dont personne ne guérissait.

Si les gens de Flatey limitaient leurs communications avec le sud du Breidafjord, ils continuaient à échanger avec Reykhólar, que l'épidémie épargnait toujours. Jórunn profita du voyage d'un canot pour y rendre visite à son père. Elle embrassa le vieux Vigfús, puis salua Ingveldur Helgadóttir, qui avait longtemps été sa maîtresse à Flatey avant son établissement à Reykhólar.

C'était une de ces nuits d'été où la pénombre peinait à s'établir et où rougeoyaient les montagnes du Snæfellsnes, de l'autre côté du Breidafjord. Jórunn soutenait son père lors des passages difficiles sur les rochers de la côte.

– Bientôt, je ne pourrai plus faire notre promenade, grommela-t-il.

– Ne dis pas de bêtises, répondit-elle. Donne-moi plutôt les nouvelles de la grande terre.

– Ici, les gens sont nerveux, et ça ne présage rien de bon. Ingveldur et ses enfants sont remontés contre Páll Jónsson, et ils comptent bien faire valoir leurs droits. Ils n'ont pas digéré d'avoir été écartés de Skard et de Vatnsfjord. Ils préparent leur revanche, et on dirait qu'ils sont prêts à tout. Ils considèrent que Páll n'est qu'une pièce rapportée dans la famille, et ils étaient plutôt contents de la nouvelle du décès de son fils aîné.

– De quoi il est mort ? demanda Jórunn.

– Toujours la peste, dit Vigfús. On dit que des nouveaux foyers sont apparus.

Jórunn invita son père à s'asseoir près d'elle sur un talus.

– Ça n'en finira donc jamais, dit-elle simplement.

Vigfús observa sa fille, ce qu'il avait de plus cher au monde. Elle dégageait quelque chose d'étrange, comme si l'abattement et la détermination luttaient et se neutralisaient, dessinant ce visage faussement inexpressif. Il s'inquiéta.

– Les épidémies ont toujours une fin, dit-il. La Grande Peste au début du siècle, et plus tard celle de petite vérole, elles ont toutes laissé place à la vie. Encore un peu de patience. Je compte bien assister à ton mariage avant de mourir.

– Si Jón survit à ce fléau. Parce que personne ne pourrait le remplacer.

À l'aube, un cheval manquait à l'écurie. Jórunn avait disparu. On se doutait de la direction qu'elle avait pu suivre, mais personne ne se mit à sa poursuite. Il fallait de plus solides raisons pour se rendre au sud, là où rôdait la mort.

Au sud du Breidafjord, on dut faire face à une nouvelle attaque de l'épidémie, qu'on croyait moribonde. Les optimistes y voyaient un dernier sursaut avant sa disparition. Mais à chaque nouveau cadavre, l'espoir cédait un peu plus et le découragement gagnait les survivants. Le monastère de Helgafell ne fut pas épargné. À la consternation générale, on retrouva le corps de deux bergers dans les collines. De nouveau, l'accablement se lisait dans les regards. On courbait le dos avec fatalisme, on ne parlait plus guère. Cependant, le cycle de vie se perpétuait. Il y avait toujours de l'herbe à faucher ou des bêtes à nourrir, des poèmes à déclamer ou des enfants à mettre au monde. Jón avait enfin abandonné son travail rébarbatif de copie de manuscrits, afin de se consacrer aux travaux des champs.

Alors qu'il renforçait une clôture non loin du bord de mer, il l'aperçut. Sa chevelure noire flottait dans la brise de l'après-midi. Elle chevauchait lentement sur le chemin côtier. Jón courut à travers champs.

– Jórunn ! Jórunn !

Le cheval, sans changer d'allure, vint à sa rencontre. Elle souriait. À bout de forces, elle se laissa glisser de sa monture dans les bras de Jón.

La nouvelle se propagea rapidement dans tout le domaine du monastère. Une jeune femme était arrivée à Helgafell, après avoir fait le tour du Breidafjord afin de rejoindre son bien-aimé ! On avait tant besoin d'une si belle histoire ! Émus, les gens retrouvaient un peu de leur joie de vivre. L'abbé, pour le principe, avait désapprouvé la fuite et le vol du cheval – d'autant qu'il appartenait à sa vieille amie Ingveldur Helgadóttir –, mais il avait donné des consignes afin que cette fille si courageuse fût bien accueillie et pût récupérer de ses efforts le plus vite possible. Il se réjouit de voir ses gens, que le malheur avait rendus taciturnes, retrouver le plaisir des conversations légères !

Jórunn était parvenue au monastère amaigrie et affamée. On lui avait préparé un lit, qu'elle ne quittait guère depuis deux jours. Jón restait à son chevet, harcelait les cuisinières et les servantes pour qu'elle ne manquât de rien, une couverture, une tisane, et maudissait ceux qui faisaient du bruit quand elle dormait. Il l'aidait à se redresser, à faire quelques pas, lui appliquait un doigt sur les lèvres lorsqu'elle se fatiguait trop à parler. Jórunn évoquait les difficultés de son voyage. Le cheval qu'elle avait peiné à mener. Les fermiers terrorisés par l'épidémie, qui chassaient les étrangers de passage. Les coquillages récoltés sur l'estran. La longue recherche d'un abri sous une pluie battante. Jón lui parlait du terrain promis par l'abbé, des dimensions qu'il prévoyait de donner à leur maison, de la disposition des pièces. Pour la pêche, il leur faudrait une barque pas trop grande, maniable. Avec une petite voile, bien renforcée, pour les jours de vent. Jón posa sa main sur le front de Jórunn. Avec aussi une autre voile, plus grande, plus fine, pour profiter des airs légers. Son front était brûlant. Ni lui ni elle n'étaient dupes.

L'abbé avait reçu de bonnes nouvelles de Skálholt. À l'évêché et dans les environs, la vie reprenait un cours normal. Si l'on déplorait encore çà et là quelques soubresauts de l'épidémie, on estimait que sa fin n'était plus qu'une question de semaines. Lors d'un sermon enthousiaste, l'abbé avait prédit sa disparition totale avant l'hiver. La maladie, à bout de souffle, ne prélevait plus ses victimes que parmi les gens les plus affaiblis.

À Helgafell, Jórunn fut la dernière à être fauchée par la Mort Noire. Elle fut mise en terre non loin de la tombe séculaire de Gudrún Ósvífursdóttir, la « plus belle femme d'Islande » selon les sagas. Mais pour Jón, la plus belle femme d'Islande resterait à jamais celle que l'on enterrait en ce jour de pluie. Que la maladie et la souffrance l'eussent défigurée et enlaidie dans ses derniers instants n'y changeait rien. On ne vit plus Jón à l'abbaye jusqu'au lendemain. Il était parti crier sa douleur dans les collines et sur les grèves.

26

De nombreuses fermes avaient été entièrement sinistrées par l'épidémie. Des terres se trouvaient disponibles, sans que l'on sût toujours très bien à qui elles revenaient. Plus encore que de coutume, les Islandais se passionnèrent pour la généalogie, et découvrirent de lointaines parentés avec des défunts ayant laissé des biens derrière eux. Ceux qui avaient échappé à l'épidémie purent ainsi étendre leurs domaines. Les orphelins étaient volontiers recueillis, d'autant qu'on manquait de bras pour exploiter la terre. Des champs restaient en friche et des bâtiments se délabraient, à l'abandon.

L'Église avait payé un lourd tribut humain à la colère divine. Cependant, les survivants étaient plus riches que jamais. De nombreux laïcs avaient fait des dons exceptionnels pour le salut de leur âme. On disait que l'Église possédait désormais la moitié de l'Islande.

Très vite, les *bóndis* relancèrent l'activité. S'appuyant sur les lois de Pining, ils obligèrent des vagabonds, mendiants ou pêcheurs à s'enrôler dans leurs fermes, afin de pallier le manque de main-d'œuvre. Néanmoins, des pauvres qui n'avaient jamais possédé le moindre lopin s'installèrent sur les terres disponibles.

Jón était devenu taciturne et partait souvent marcher seul vers le sud, longeant la côte de l'Álftafjord.

En cette fin d'été, période où les cygnes muaient, il recherchait sans grande conviction des plumes pour le scriptorium. Il songeait que l'épidémie avait pour conséquence d'éloigner encore la perspective de mettre en place des pêcheries permanentes en Islande. Mais en réalité, ça lui était égal. D'ailleurs, tout lui était égal. Pourquoi avait-il été épargné ? Cette terre, après avoir enlevé son ami Thorkell le Phoque, lui avait pris sa femme. Qu'attendre encore de l'Islande, où il n'avait même pas un père ou une mère sur qui s'appuyer ? Certains jours, il en voulait à Jórunn, qui aurait vécu si elle était restée chez elle. Mais n'avait-elle pas été saisie par un besoin irraisonné, tout comme lui quand il s'était rendu à Flatey en pleine épidémie ?

Helgi ne put cacher sa surprise lorsque Jón sollicita une confession, ce qui n'arrivait jamais. Il était impatient de l'entendre et l'emmena aussitôt jusqu'au confessionnal. Le moine devait se contorsionner pour entrer dans sa loge. Lorsqu'il s'y asseyait à son aise, il faisait gémir le bois et trembler le confessionnal entier. Mais son pénitent n'avait pas le cœur à en sourire.

– Je voudrais partir, dit Jón. Pour chercher mes parents. Il y a longtemps, j'ai fait le serment de retrouver ma mère.

– Très bien, répondit Helgi. Cet attachement filial t'honore.

– C'est que… je ne suis pas sûr que mon vrai désir soit l'envie de les revoir, ou si c'est un prétexte pour vivre mes rêves de voyages.

– Si la recherche de tes parents peut aussi assouvir ton besoin de voyager, Dieu ne t'en voudra pas. Il est inutile de te torturer l'esprit avec ces questions.

– Il y a autre chose, insista Jón. Après la mort de

Jórunn, plus rien ne me retient ici. Je veux dire, sa mort me laisse libre pour réaliser des choses, comme si j'étais libéré d'une contrainte. J'ai l'impression de la trahir.

– Jórunn, paix à son âme, serait sûrement plus heureuse si elle voyait que ta vie rebondit après l'épreuve, plutôt qu'elle s'empêtre dans des états d'âme, à cause d'une culpabilité sans aucun fondement. Écoute-moi, et là c'est l'ami plus que le confesseur qui te parle, ce serait contraire à la sagesse de prendre trop vite des décisions importantes, sans la réflexion et le recul nécessaires.

– Je n'ai encore rien décidé, dit Jón.

– En tout cas, je n'ai pas à donner l'absolution pour des péchés qui n'en sont pas. Sortons d'ici, je voudrais te faire part des dernières nouvelles du continent !

Le moine voulait surtout lui changer les idées. Il se leva promptement et fit tanguer le confessionnal.

Les deux hommes se rendirent au scriptorium. Helgi avait eu connaissance d'une étonnante décision, prise l'été précédent par le nouveau pape Alexander VI Borgia. La nouvelle était passée inaperçue en Islande – qui avait eu bien d'autres soucis –, mais elle était finalement parvenue aux oreilles du moine, après avoir transité par l'évêque et l'abbé. Lors d'un accord conclu avec l'Espagne et le Portugal, le pape avait tout simplement partagé le monde, c'est-à-dire les terres déjà découvertes ou à découvrir, entre les deux grandes puissances maritimes. C'était le traité de Tordesillas.

– Tu avais vu juste, dit Helgi. Notre Vinland risque bien de tomber entre les mains des Espagnols ou des Portugais.

– Et même notre Groenland ! renchérit Jón. Il est tellement abandonné qu'il pourrait bien être concerné par ce traité, comme une terre qu'on découvrirait pour la première fois. Le roi du Danemark ferait bien d'en retrouver le chemin, sinon le Groenland pourrait lui aussi passer aux mains de ces pays.

– Dieu nous en préserve ! s'exclama Helgi. Puisse l'Histoire rétablir un jour les vrais mérites de chacun !

Le moine se réjouissait. Il avait atteint son but : sortir, au moins provisoirement, son jeune protégé de la torpeur dans laquelle il s'enfermait.

Au-delà de ces discussions, Jón voyait l'image de son père, parcourant des terres à la croisée de l'oubli et de la redécouverte, ayant choisi un pays relégué provisoirement hors de l'Histoire, durant la période – que Jón pressentait courte – où, aux yeux du monde, la route menant au Groenland ne figurait plus, ou pas encore, sur aucun traité de navigation, sur aucune carte. Elle n'existait plus que dans le souvenir, peut-être, de quelques étrangers, et d'Islandais éclairés qui pouvaient s'offrir le luxe d'en débattre en ces années difficiles.

Jón récapitulait dans sa tête les nations susceptibles de s'intéresser encore au Groenland. L'Angleterre ? L'Espagne ? Les marins du Portugal, concerné par le nouveau traité, paraissaient connaître les lieux de pêche proches du Vinland. Sa mère s'était installée aux Açores, ces îles portugaises situées loin vers l'ouest. Le chemin vers son père faisait-il un détour qui passait par sa mère ? Qui passait peut-être par l'exploration des mystérieuses terres du couchant ? Il se remémora les traversées du *Unicorn*, certes éprouvantes, mais tellement grisantes !

Il y eut beaucoup de nervosité en Islande. Les terres laissées vacantes par les ravages de l'épidémie attiraient les convoitises. Il y avait des *bóndis* en manque de bras, et des paysans esseulés. Dès lors, on regroupa des fermes, on reconstitua des maisonnées. Veufs et orphelins recomposèrent tant bien que mal des familles. Il fallut définir quels étaient les biens qui revenaient à chacun, et les *things* d'automne durent trancher beaucoup de cas compliqués. De nombreuses affaires, mises en suspens durant la peste, ressurgirent. Pendant l'hiver, chacun fourbissait des arguments ou préparait des armes pour les procès et conflits à venir.

Au printemps, la situation était plus tendue que jamais sur les rivages du Breidafjord. Les histoires de succession n'étaient pas résolues. Ingveldur Helgadóttir et les héritiers de feu son mari Thorleifur Björnsson avaient obtenu l'appui de l'évêque, mais Páll Jónsson avait reçu le soutien du roi.

À Skard, il y avait eu des changements depuis le départ de Jón six hivers auparavant. Après la mort d'Einar Björnsson, Erlendur la Quille avait perdu de son influence. Peu à peu, Egill Demi-Troll avait gagné la confiance de Páll Jónsson et obtenu la place de maître-pêcheur, avec le soutien de Finnbogi d'Arnarstapi, l'opportuniste, qui sentait toujours le vent tourner. Erlendur avait alors changé de camp et s'était mis au service de la ferme de Reykhólar. Quant à Halldóra, la vieille gouvernante, elle était décédée depuis peu.

Jón n'avait plus de projet de foyer, plus d'économies à faire. Il ressentait seulement le besoin de se rapprocher de son ami Egill.

Il revint s'installer à Skard lors des jours de déménagement. Personne n'y avait fait obstacle, car Egill et Helgi avaient intercédé en sa faveur.

Dès lors, le temps s'écoula paisiblement, sans passion. Les travaux des champs le distrayaient des sombres pensées qui l'accablaient encore. Il faisait des parties d'échecs avec Egill quand celui-ci le défiait, jouait avec les enfants de son ami quand ils le sollicitaient. Il restait mélancolique, docile.

À l'automne, Páll Jónsson réunit douze hommes afin d'aller récupérer les loyers de ses fermes du Snæfellsnes. Ils embarquèrent sur deux canots commandés par Egill et Jón. Après une navigation sans histoire, les hommes s'installèrent pour la nuit dans une maison que Páll avait louée à Öndverdareyri dans l'Eyrarsveit.

Alors qu'ils dormaient depuis peu, ils furent tirés de leur sommeil par l'irruption de silhouettes inquiétantes à l'intérieur de l'habitation. Dans l'obscurité, ils tentèrent de récupérer leurs armes éparpillées autour des grabats. Mais déjà, une trentaine d'hommes s'étaient engouffrés dans la grande pièce en criant des ordres et des menaces. Certains portaient des torches qui dessinaient des ombres fantomatiques sur les murs et le plafond. Jón comprit que l'affaire était grave lorsqu'il reconnut l'un des assaillants : Björn le Jeune, fils de feu Thorleifur Björnsson, avait fait lui-même le déplacement. C'étaient les hommes de Reykhólar.

Jón parvint à s'emparer d'une hache. Les corps s'agitaient dans la lueur des torches, grognaient, juraient, se battaient. Jón se retrouva brusquement face à Erlendur la Quille. Les deux hommes levèrent leurs armes. Erlendur reçut un coup au bras, le sang gicla, il rugit.

Mais son cri fut étouffé par des hurlements soudains, qui venaient de la porte principale. Elle avait cédé, laissant une nouvelle vague d'hommes se déverser à l'intérieur. Jón fut maîtrisé par le nombre, dépossédé de son arme, maintenu à terre. Ses compagnons se résignèrent à abandonner toute résistance. Cependant, on se battait encore dans la petite chambre attenante.

Erlendur était fou de rage, et sa colère surpassait sa douleur. Il s'approcha de Jón en vociférant. Sa blessure l'obligeait à tenir son épée de son mauvais bras, mais chacun vit dans son regard que ça ne l'empêcherait pas de s'en servir. Quelques hommes des deux camps tentèrent de le raisonner, mais il avait suffisamment d'ascendant sur sa troupe pour dissuader ceux qui voulaient le calmer.

Jón vit défiler les moments de sa vie où il avait pu être en danger de mort. Sur le *Unicorn*, puis dans les sables et la brume, lors de son arrivée en Islande. Sur son canot, avec Egill, surpris par une tempête dans le Breidafjord. La nature lui avait toujours permis de continuer son chemin.

Mais cette fois, c'était un homme qui voulait le tuer. Rien ne semblait pouvoir l'en empêcher.

De sa démarche claudicante mais déterminée, Egill Demi-Troll vint s'interposer. Il était sans arme. Il fixa Erlendur dans les yeux.

Et Erlendur se souvint. Les îles Bjarneyjar. Le coup de hache du jeune berger sur le genou d'Egill, par-derrière.

Il fut soulagé d'entendre l'ordre de repli hurlé par Björn le Jeune. Il n'aurait pas à renoncer devant tout le monde.

– Vous perdez rien pour attendre, chiens du diable !

Les agresseurs disparurent aussi vite qu'ils étaient venus, et l'on entendit leur cavalcade s'éloigner dans la nuit. Ils laissaient un cadavre derrière eux : Páll Jónsson gisait dans sa chambre, couvert de sang. Des témoins de la scène rapportèrent qu'il avait été réveillé puis menacé par ses agresseurs, et qu'il s'était débattu avec courage. Il avait été tué de la propre main d'Eiríkur Halldórsson, fils de l'abbé de Helgafell et gendre de Thorleifur Björnsson.

Le meurtre de Páll Jónsson avait replongé Jón dans l'abattement. Il avait blessé un homme, qu'il aurait aussi bien pu tuer, et s'en était fait un ennemi mortel.

Egill et Sesselja tentaient de le sortir de sa déprime. Ils étaient les heureux parents de trois beaux enfants, et la peste avait épargné leur petite famille. Egill y voyait la preuve qu'on pouvait bien vivre en Islande, mais Jón lui répliquait :

– À quoi bon faire des enfants ? Un jour, ils seront sans doute victimes d'une de ces calamités qui tombent sans arrêt sur le pays. D'ailleurs, est-ce que tu n'as pas dû toi-même sacrifier ta liberté, pour offrir la sécurité à tes enfants ?

Egill n'avait qu'un moyen de redresser l'humeur de son ami : l'embarquer pour une partie de pêche. C'était là, sur le fjord, que l'on pouvait encore voir Jón sourire, s'amuser d'une touche ratée ou d'un courant facétieux. Même s'il restait de longs moments silencieux, le regard perdu vers le large.

27

C'était la première fois que Jón se rendait à Thingvellir, où allait se tenir l'Althing de 1497. Il y était convoqué en tant que témoin du meurtre de Páll Jónsson, perpétré l'année précédente. Il faisait partie de la troupe de Skard et d'Ögur, menée par les frères de Páll et ne réunissant pas moins de soixante-dix hommes, car l'enjeu était de taille et justifiait une démonstration de force. Ils firent bon voyage, et bientôt ils parvinrent au sommet de la Gorge du Peuple. Du haut de la faille, Jón pouvait embrasser la totalité du site. En contrebas coulait l'Öxará, qui longeait l'église et la ferme avant de se jeter dans un grand lac aux eaux bleues. Entre la rivière et l'escarpement de la faille, une éminence rocheuse se dressait. C'était le Rocher de la Loi, où l'on récitait les lois du pays. Gudni Jónsson, qui connaissait bien Jón pour l'avoir fait condamner lors du *thing* de Thórsnes sept hivers auparavant, lui précisa que la voix de l'orateur rebondissait sur la paroi de la faille, vers le public installé autour du rocher. Jón était admiratif. Quel site magnifique, merveilleusement choisi pour y tenir un *thing*, celui de toute l'Islande ! Le lieu, chargé d'histoire, était emblématique du pays, depuis le temps des colonisateurs. Jón repassait dans sa tête les grandes dates qui jalonnaient un passé dont on pouvait être fier, même si aux événements prestigieux succédaient des périodes moins glorieuses. L'Althing, fondé en 930, avait été le poumon de l'Islande indépendante pendant plus de trois siècles. En l'an 999, l'Islande y avait adopté le christianisme, par consentement unanime des chefs et sans effusion de sang. En ce temps-là, les Islandais n'avaient pas de roi. Ils avaient bâti une société où des hommes libres décidaient des lois et veillaient à leur application. Certes, le code de l'honneur était exigeant et engendrait souvent la violence, mais on s'efforçait de ne pas laisser les crimes impunis. Malheureusement, les puissances étrangères avaient eu raison de la liberté de l'Islande.

Jón s'imprégnait du site, son regard ne cessait d'observer, la grande faille, le rocher, la rivière, le lac, les montagnes enneigées au loin. Il se sentait de nouveau fier d'être islandais. Quel pays que le sien !

Les hommes contournèrent la paroi et descendirent dans la plaine. Ils chevauchèrent le long de la rivière, où de nombreux baraquements avaient déjà été montés. Ils évitèrent celui des hommes de Reykhólar, franchirent le gué, dépassèrent les quartiers des fonctionnaires danois, et dressèrent leurs tentes à l'écart des brasseurs de bière et des marchands.

Le procès d'Eiríkur Halldórsson était le principal événement de cet Althing. Le frère de Páll, Gudni, porta plainte pour meurtre contre Eiríkur et ses complices. Celui-ci se défendit en prétendant que Páll voulait récupérer le loyer d'une ferme lui appartenant. Mais il n'avait aucune preuve, et ses droits de propriété n'étaient pas clairement établis. Il n'y avait pas d'argument pour le défendre. Les juges conclurent que l'accusé était un criminel, qu'il avait tué un innocent et qu'il s'était déshonoré. Tous ses biens, son argent, ses terres et son bétail lui étaient enlevés, la moitié revenant au roi, l'autre moitié à ses héritiers légitimes, après une ponction de soixante *hundrads* destinés à indemniser la famille de Páll Jónsson. Il fut enfin décidé que les soixante hommes qui avaient accompagné Eiríkur lors du meurtre seraient jugés au prochain *thing*. On établirait alors le montant des compensations qu'ils devraient verser aux frères du défunt, en fonction de leur degré d'implication dans le meurtre.

Eiríkur Halldórsson se soumit aux décisions de l'Althing, puis partit à l'étranger. Cependant, le procès du meurtre de Páll Jónsson n'avait rien résolu des problèmes de succession, et chacun savait que les querelles allaient se poursuivre. On en connaissait déjà les futurs protagonistes, les jeunes hommes les plus ambitieux de chacun des deux camps.

Björn, le fils de Gudni Jónsson d'Ögur, avait accueilli sans déplaisir le meurtre de son oncle Páll, dont le dernier enfant toujours en vie était trop jeune et réservé pour défendre ses droits. Il avait le champ plus libre pour renforcer ses prétentions sur la fortune de sa tante Solveig. Par précaution, il avait installé un autre oncle à Skard pour veiller sur l'orphelin.

L'autre Björn, dit le Jeune, fils de Thorleifur Björnsson, entendait bien ne pas se contenter de Reykhólar, où il dirigeait tout depuis que sa mère, Ingveldur Helgadóttir, avait signé un contrat de prébende avec l'abbaye de Helgafell, dans l'intention d'y finir ses jours.

Les deux cousins, petits-enfants de Björn Thorleifsson le Riche, portaient en eux les germes des futurs conflits, dans la lutte pour s'accaparer les héritages des fjords de l'Ouest et du Breidafjord.

Jón Thorsteinsson le savait autant que quiconque. Il était las des meurtres et des luttes de pouvoir. Le temps venait pour lui de partir à la recherche de ses parents.

Il se souvint d'une phrase que lui avait lancée une vieille Groenlandaise, à Vatnsfjord, dix hivers auparavant : « Il ne te sera pas donné de trouver ta place en cette terre d'Islande ! » Il ne croyait guère aux malédictions, mais ne put s'empêcher de penser que la vieille avait prédit son destin.

Jón fit ses adieux aux gens qu'il aimait, Egill, Sesselja, Séra Benedikt, le moine Helgi. Il se rendit au sud de l'Islande, jusqu'aux îles Vestmannaeyjar qui étaient aux mains des Anglais. Il n'eut pas de mal à montrer sa valeur sur les bateaux de pêche et trouva facilement un embarquement pour le sud.

Troisième partie

Terceira

28

La *Mary Bonaventure* était un dogre de Bristol, un peu plus grand que le *Unicorn*. L'équipage se composait de neuf hommes, en comptant le jeune Islandais qu'on avait embarqué aux îles Vestmannaeyjar.

Entre deux manœuvres, Jón observait l'Islande. On distinguait encore les montagnes et les glaciers qui, à mesure qu'on s'éloignait, se fondaient peu à peu en une ligne bleue incertaine. Quand reverrait-il son pays ? Y reviendrait-il seulement ? S'il éprouvait quelque mélancolie, elle s'effaçait derrière l'euphorie que lui procurait la marche d'un navire de haute mer. Il ressentait profondément chaque inclinaison du bateau comme un petit bonheur. Son corps tout entier s'accordait au tangage régulier imprimé par la houle, aux petits coups de roulis provoqués par une série de vagues. Ses déplacements se faisaient plus souples, ses appuis plus fermes. Sur le pont, sa démarche se chaloupait naturellement et son pas retrouvait la sûreté acquise sur le *Unicorn*.

Il était inutile de lutter contre les mouvements d'un bateau. Ceux qui résistaient se soumettaient irrémédiablement au mal de mer. Seuls ceux qui composaient parvenaient à percevoir, dans leur chair, les moindres humeurs de leur embarcation. Jón le savait bien et retrouvait avec ravissement la sensation évidente de faire corps avec le bateau.

L'Islande avait été avalée par l'horizon. Les marins échangeaient leurs impressions à propos des signes inquiétants qu'on pouvait lire dans le ciel. Derrière un voile nuageux transparent, un halo s'était dessiné autour du soleil, ce qui ne présageait rien de bon. Dans le passé, Jón avait enduré une sacrée tempête à bord du *Unicorn*, en équipage réduit et sur un piteux rafiot. Seule la terre avait eu raison du vieux dogre. Or, la *Mary Bonaventure* était menée par de rudes gaillards, un capitaine d'expérience, et surtout le bateau avait de l'eau à courir, sans risquer de se briser sur une côte. L'autre équipe de quart prit le relais et Jón rejoignit sa bannette.

C'était un sévère coup de sud-ouest. On dut faire route vent portant, vers l'est. La *Mary Bonaventure* n'avait plus comme garde-robe qu'un tout petit foc, dernier morceau de voile conservé à l'avant. Les quarts succédaient aux quarts. Jón s'habituait peu à peu à l'inconfort et la promiscuité de l'entrepont, où chacun défendait son territoire pour dormir, et où l'on ne pouvait pas se mettre debout faute d'une hauteur suffisante. L'équipage aguerri menait le bateau sans broncher. La *Mary Bonaventure* réagissait bien, même si elle ne pouvait plus tenir le cap sur l'Irlande. Deux nuits passèrent, sans qu'une amélioration se dessinât, et l'on se rapprochait des îles Féroé. L'archipel était connu pour ses courants terribles et les mers démontées qu'ils engendraient. La situation devenait délicate, mais le capitaine paraissait avoir le bateau bien en main.

Jón mesurait la différence entre ses cabotages dans le Breidafjord, où l'on n'était jamais très loin d'un abri, et la navigation hauturière. L'aplomb du capitaine de la *Mary Bonaventure* le rassurait, car il ne se sentait guère à l'aise d'être soumis, en pleine mer, au bon vouloir des éléments. La crainte qu'il éprouvait était d'une autre nature que celle qu'il avait pu ressentir, treize hivers auparavant, durant la traversée sur le *Unicorn*. À l'époque, la peur de l'inconnu s'était estompée derrière la griserie des premières navigations, l'excitation à l'approche de son pays, la croyance juvénile et irréfléchie que la seule volonté rendait tout possible. Avec le recul, il jugeait cette traversée totalement déraisonnable. Son inexpérience l'avait alors protégé des appréhensions que pouvaient ressentir ceux qui connaissaient les terribles dangers de la navigation. Si dans les fjords d'Islande, Jón se considérait comme un marin accompli, il n'était pas accoutumé à être à la merci des caprices de la haute mer, dont il avait néanmoins pleinement conscience ; celui qui partait au grand large devait composer comme il pouvait avec les colères de la nature.

Dans la grisaille, les sombres reliefs des îles Féroé apparurent. La *Mary Bonaventure* s'engagea entre deux îles, dans un clapot terrible qui secouait le voilier en tous sens. Les vagues, drues et courtes, frappaient les flancs du bateau comme une cognée sur un tronc. Cependant le capitaine restait serein. Il savait qu'au-delà du détroit, les eaux allaient s'apaiser.

Bientôt, les îles disparurent dans le sillage, sans qu'on en eût aperçu plus que des ombres tourmentées au travers du crachin.

Ils firent ensuite bon voyage, et entrèrent dans le canal de Bristol après dix-sept nuits de navigation. La marée montante leur permit d'embouquer la rivière Avon sans attendre.

Jón voyait défiler des paysages familiers, les fermes

et les cottages, les grands arbres qui lui avaient fait si peur quand il était encore un jeune enfant. Cette fois-ci, il n'y avait guère de place pour l'émotion dans ses pensées. Son but était de repartir au plus vite vers le Portugal, et si possible directement vers les îles Açores. Il lui faudrait observer une certaine discrétion : à Bristol, il avait participé naguère au vol d'un bateau. Sans doute avait-on fait le lien entre sa disparition et celle du *Unicorn*. Certes, de nombreux hivers étaient passés, il avait lui-même bien changé. Néanmoins, son physique pouvait attirer l'attention, car on ne croisait pas beaucoup d'individus aux cheveux clairs et à la peau sombre sur les quais de Bristol. Sa lointaine ascendance avec Geimundur Peau-d'Enfer pouvait lui jouer des tours.

La *Mary Bonaventure* remontait l'Avon, croisant de nombreuses embarcations légères. Après les gorges, on aperçut enfin les premières maisons de la ville. À l'approche du Marais, l'étrave fut pointée vers l'entrée de la rivière Frome. Le flanc du bateau vint côtoyer le Quai, sur lequel un attroupement se forma, comme de coutume lors de l'arrivée d'un navire de haute mer. Alors que l'équipage s'activait sur le pont, Jón restait dans la cale, où il se rendait utile en préparant le déchargement du poisson.

Il n'en sortit qu'à la tombée de la nuit, le sac sur l'épaule. Il mit pied à terre et fila discrètement en direction de Redcliffe. Un voile de brume s'élevait de la rivière. Il franchit le Pont sans être inquiété, traversa le quartier, s'engagea dans la ruelle au pied du rempart. Il prit soin de ne pas être vu par le garde qui surveillait la porte de Redcliffe. Brusquement, trois ombres surgirent d'une encoignure. Jón reçut un violent coup sur le crâne.

29

Lorsque Jón se réveilla, il porta la main à sa tête, qui lui faisait mal. Il regarda autour de lui. Une image lui revint à l'esprit : les trois ombres. Puis plus rien. Son sac avait disparu. Sa bourse aussi, avec ses économies. Des années de travail à Helgafell, une belle petite somme, qu'il avait réunie dans le but de s'installer avec Jórunn. Bienvenue à Bristol, pensa-t-il amèrement. Sa main sentit la dent d'ours blanc, la pierre d'aimant et l'aiguille, toujours dissimulées dans sa ceinture, ce qui le consola un peu.

Il se releva avec peine. Il suivit la ruelle en s'appuyant contre les murs, et s'approcha de la maison. Le cœur battant, il frappa à l'huis.

– Sacrebleu !

John Foxe avait la barbe singulièrement blanchie, mais encore plus fournie qu'à l'époque du départ vers l'Islande.

– T'as pas changé ! Raconte-nous ta traversée depuis ton pays.

On s'était installé confortablement autour du feu. John dévisagea son jeune ami, qui souriait sans répondre. Jón aussi arborait désormais une barbe, qu'il portait courte. Ses mâchoires anguleuses lui donnaient un air volontaire, malgré la fatigue qui se lisait dans ses yeux clairs. Sa peau semblait encore plus mate qu'autrefois.

– Tu ne vois pas qu'il tombe de sommeil, après son voyage ? protesta Katherine. Il est quand même blessé ! Heureusement, il y a eu plus de peur que de mal. Il doit se reposer, le pauvre garçon !

La disparition du *Unicorn* n'était certes pas passée inaperçue à Bristol. À l'époque, les autorités avaient engagé des recherches afin de déterminer quels étaient les habitants qui pouvaient avoir quitté la ville. Le principal suspect était un marin écossais confirmé. On avait noté que d'autres étrangers ne se trouvaient plus à Bristol, en particulier deux hommes qui travaillaient dans la même tannerie : encore un Écossais, et un jeune Islandais. Cependant, le bateau était sous le coup de procédures judiciaires complexes suite à des affaires douteuses, et sa disparition n'avait pas semblé déranger grand-monde. Une plainte avait été déposée, bien sûr, puis discrètement retirée. On avait classé l'affaire. À l'époque, John et Katherine Foxe avaient été mollement interrogés.

Treize ans après les faits, les Foxe étaient prêts à héberger leur complice. John pensait que personne à Bristol n'avait intérêt à faire ressurgir la vieille affaire du *Unicorn*, mais il valait mieux rester prudent. Jón pourrait se déplacer en ville, car Bristol était un port suffisamment cosmopolite pour qu'on ne s'étonnât pas d'y croiser un faciès d'étranger. Il devrait simplement éviter de se faire remarquer, surtout sur les quais et dans les quartiers qu'il fréquentait jadis, où il risquait davantage d'être reconnu.

Les récits détaillés des années écoulées furent reportés au lendemain.

John Foxe s'était passionné pour les aventures de Jón, quoiqu'il apprît avec tristesse la mort de Thorkell. Lui-même était sans nouvelles de Ruadh et Brian. Toujours marin, il avait acquis récemment un petit bateau de pêche, moitié avec ses économies, moitié par emprunt. Il comptait abandonner les navigations trop lointaines et pêcher pour son propre compte dans l'estuaire de la Severn. Quant à la ville de Bristol, elle n'avait guère changé, même si l'on avait refait le pavé. On se plaignait toujours des taxes excessives prélevées par la couronne. Le roi Henry VII et la reine étaient venus en visite l'année précédente, et au printemps, une armée de Cornouaillais révoltés avait inquiété la ville.

Jón posa enfin la question qui le tracassait depuis le début du récit de John :

– Que deviennent les Barstaple ?

– Tu te souviens que Thomas Barstaple avait été enlevé par ces maudits pirates bretons, et qu'il avait été libéré contre une rançon. Après, il a revendu ses deux navires de commerce, et il a placé son pognon dans des entrepôts et des habitations. On dit que depuis son enlèvement, il ne veut plus avoir affaire à des étrangers.

– Il s'en est toujours méfié, se souvint Jón en souriant. Son petit séjour sur le continent a dû lui faire un choc !

– On n'entend pas beaucoup parler de sa femme, Agnes. Leurs affaires marchent toujours bien. À la tannerie, ils ont pas eu de mal à vous remplacer par d'autres ouvriers.

John arrêta volontairement d'égrener les membres de la famille Barstaple. Il connaissait la question suivante et l'attendait avec amusement.

– Et leur fille, Alice ?

– Parbleu, nous y voilà ! s'exclama John en tapant dans le dos de Jón. Évidemment, y a de l'eau qui a coulé sous les ponts. Alice Barstaple s'appelle maintenant Mrs Lavyngton. Elle s'est mariée à un armateur, un jeune ami de son père. Je veux dire jeune pour être l'ami de son père, mais plutôt vieux pour être le mari d'Alice. Un type qui a bien réussi. C'est lui qui a racheté les deux navires de son beau-père. Ils habitent un petit manoir, à la campagne, et ils ont eu plusieurs enfants.

Malgré lui, Jón se sentit contrarié.

Après les dispositions immédiates concernant son séjour, et les récits des années passées, les deux hommes discutèrent des moyens pour Jón d'atteindre son but : les Açores.

– Je peux connaître facilement tous les mouvements de navires dans le port, dit John. Mais il est tard en saison pour trouver un embarquement. Les équipages de Bristol se recrutent surtout au printemps. Il faudrait qu'une place se libère juste avant un voyage vers le sud. Comme il y a pas beaucoup de bateaux qui vont directement aux Açores, tu devras sans doute passer par le Portugal. Ou par l'Espagne, faudra pas faire le difficile. Et les bateaux étrangers, ils ont toujours leur équipage au complet, à moins qu'un homme soit passé par-dessus bord.

Il la reconnut immédiatement. Ses cheveux blonds, son regard clair. Sa silhouette avait pris l'épaisseur des femmes accomplies, mais son visage était resté juvénile, rehaussé par les pommettes saillantes et les yeux profonds.

Trois enfants gambadaient autour des pans de sa robe. À son bras se tenait un homme au cheveu noir et au teint pâle, arborant l'allure blasée de ceux qui ont suffisamment réussi dans la vie pour ne plus éprouver le besoin de l'afficher. Le couple était régulièrement salué par d'autres passants. La famille d'Alice Lavyngton flânait sur Corn Street, en ce dimanche ensoleillé.

Jón la suivit, sans trop savoir pourquoi. Il dut admettre que la belle Anglaise exerçait encore sur lui une attraction irrépressible. Comment était-ce possible, après tout ce temps ? Oubliant les règles de discrétion auxquelles il s'était lui-même soumis, il décrivit un large cercle parmi les promeneurs, fit demi-tour et se porta à sa rencontre. Il lui fallait absolument croiser son regard. Hélas, au moment où il arrivait à sa hauteur, elle se pencha et réprimanda l'une des trois petites têtes qui tournoyaient sans cesse autour de ses hanches. Jón en était quitte pour un deuxième passage. Alors qu'il amorçait un nouveau virage en la surveillant du coin de l'œil, elle l'aperçut. La bouche d'Alice resta un moment entrouverte, se referma, esquissa un sourire, discernable seulement à la commissure des lèvres. Dans le même temps, ses yeux arrondis par la surprise s'alourdirent en un regard pressant. Puis le sourire disparut, les yeux se détournèrent, comme résignés. Elle prit son enfant par la main, lança un dernier coup d'œil à l'Islandais, et rejoignit son mari.

Tout s'était passé très vite, mais Jón avait eu l'impression qu'Alice n'était pas entièrement satisfaite de la vie qu'elle menait. Depuis qu'il avait fui Bristol treize hivers auparavant, il avait connu des femmes et démêlé certains fils de leur intimité. Ce regard lourd, qui n'avait duré qu'un instant, était comme un regard impatient et ardent, un regard de braise ! Jón en frissonna.

Dès lors, il imagina force stratagèmes censés lui permettre de se retrouver seul avec elle, mais il fallait bien se rendre à l'évidence. Alice était mère de famille, s'occupait de ses enfants, fréquentait des soirées mondaines, participait aux affaires de son mari, ne sortait jamais seule. Elle habitait un manoir où devaient fourmiller les domestiques. Il n'y avait ni moment ni lieu pour un rendez-vous secret. Néanmoins, le regard d'Alice hantait son esprit.

Jón était lui-même inquiet d'être soumis à une telle obsession, qui le détournait de son but : rejoindre le Portugal au plus vite. Il fit part de ses états d'âme à John Foxe. Son hôte le sermonna :

– À supposer que t'arrives à l'approcher, comment tu peux être si sûr qu'elle te tombera dans les bras ? Tu sais bien comme moi que vous êtes pas du même monde. Cette histoire est trop risquée, surtout vu ta situation. Oublie cette bourgeoise, et va plutôt te divertir à la taverne des Gallois, il paraît qu'y en a de nouvelles, à ce qu'on m'a dit. Si tu veux, je t'accompagne. Pour prendre une cruche, mais rien d'autre : je ne recours jamais aux amours tarifées.

Le marin ajouta, plus bas :

– En tout cas pas à Bristol.

– J'ai pas envie de fréquenter la garçaille des cabarets, protesta Jón. Sans compter qu'on pourrait me reconnaître : les Gallois qui travaillaient dans la tannerie de Thomas Barstaple étaient des piliers de taverne.

Le 6 août 1497 eut lieu un grand événement à Bristol : le *Matthew* était de retour. Le bateau avait quitté la ville trois mois auparavant, en direction du couchant, avec dix-huit hommes à bord. La nouvelle se répandit comme une traînée de poudre et il y avait foule sur le Quai autour du navire. On disait que des terres avaient été découvertes. Négligeant toute prudence, Jón se précipita vers les rives de la Frome. Il voulait voir de près ce voilier qui avait emprunté la route de l'ouest.

À la proue se tenait John Cabot, le capitaine. Certains disaient qu'il était d'origine vénitienne, d'autres prétendaient qu'il était génois comme Christopher Columbus. Des marins s'activaient sur le pont. Quelques membres de l'équipage étaient descendus à terre embrasser une compagne. Cabot s'entretenait avec des notables montés à bord, donnait des instructions. Puis il s'adressa à la foule :

– Gens de Bristol, soyez fiers ! Le *Matthew* a atteint les Indes fabuleuses, le pays du grand khan. Nous en avons longuement exploré les côtes, dont nous avons pris possession au nom du roi Henry VII. Bien entendu, je réserve les détails de nos découvertes au roi. Je remercie mon courageux équipage, en particulier les marins de Bristol. Sans leur expérience et leur abnégation, ce voyage n'aurait pas connu le succès. Je remercie vivement la ville de Bristol et le roi Henry. Vive Bristol ! Vive l'Angleterre ! Vive le roi !

La foule, qui n'en attendait pas moins, acclama longuement le découvreur. Jón pensa qu'il n'en apprendrait pas plus et rentra chez les Foxe.

Il fut décidé que John irait enquêter sur le voyage de Cabot à la taverne des Highlanders. En effet, Jón pouvait encore y être reconnu ; il se rendrait donc plutôt au Mermaid. C'était un endroit où l'on se montrait peu regardant sur le niveau d'ébriété ou de moralité des marins, contrebandiers, malandrins et autres coupe-jarrets qui le fréquentaient. Certains parmi ses habitués étaient aussi ceux de la prison de Newgate. Celui qui savait écouter pouvait y apprendre bien des choses. Jón choisit d'y entrer à l'heure où les langues se déliaient. Il tombait bien : des marins du *Matthew* arrosaient leur retour avec opiniâtreté. Les filles du port étaient venues en nombre. Elles savaient que plus le voyage avait été long, plus les marins étaient prompts à délier leur bourse pour mettre fin à leur abstinence.

Jón prit une bière, s'approcha et tendit l'oreille. Il n'eut pas à attendre longtemps. Trois clients éméchés s'approchèrent des marins et mirent en doute la véracité de leurs exploits. Ceux-ci livrèrent alors force détails censés prouver leur bonne foi.

– Parfaitement ! On a navigué pendant des semaines vers le couchant, sans voir la terre.

– Jusqu'à ce qu'on arrive à un endroit incroyable, où y avait tellement de poissons qu'on pouvait les attraper, rien qu'en balançant un panier à l'eau ! C'était dans une foutue crasse : on voyait même plus la proue du bateau ! Une brume aussi épaisse que les bancs de poissons !

– Moi, j'les connaissais déjà, ces grands bancs de morues. Y a quelques années, on y avait déjà rempli les cales, à ras bords.

– Je m'en rappelle aussi. Au retour, on avait été pris dans une sacrée tempête. On avait même dû se débarrasser d'une partie de la cargaison. De toute façon, elle s'échappait du bateau à chaque coup de roulis ! Mais à l'époque, on les gardait secrets, les lieux de pêche. Cette fois, c'était un vrai voyage d'exploration, pas vrai les gars ?

– Pour sûr. On a découvert un paquet de nouvelles terres.

– Des grandes terres avec des grandes forêts.

– Et des grands fleuves.

L'un des clients éméchés répliqua :

– Ouais. Et vous, vous êtes des grands menteurs !

Il n'en fallut pas davantage pour déclencher la

bagarre. Jón esquiva un poing perdu puis une chaise qui tournoyait, et se dirigea vers la porte de sortie du Mermaid, en louvoyant parmi les buveurs excités par la rixe. Il en avait entendu suffisamment.

John Foxe rentra chez lui deux heures après Jón, avec une bonne ivresse mais sans la moindre information. Aux Highlanders, il n'avait pas fréquenté de marins du *Matthew*, seulement de nombreuses chopines de bière.

Quelques jours plus tard, John Cabot était de retour de Londres, où il avait fait part de ses découvertes au roi. Il loua une maison cossue non loin de l'église Saint-Nicholas. Peu à peu circulèrent des informations plus précises sur la navigation du *Matthew*. L'un des pilotes était un Portugais du nom de João Fernandes, installé depuis peu dans les environs de Bristol. Cabot avait choisi de traverser à une latitude plus au nord que celle de Columbus, car il pensait que la route des Indes y serait plus courte. Le navire avait navigué trente-cinq jours avant de toucher la terre. Cabot avait alors accosté, pour la seule fois du voyage, sans voir personne malgré des traces d'habitat, puis avait longé la côte vers le nord-est durant un mois. C'était là qu'il avait rencontré les fameux bancs de morues, non loin de terres brumeuses.

Les mêmes bancs et les mêmes terres qu'avait visités Didrik Pining, mais en venant du nord, pensa Jón. Le Vinland. Et, encore une fois, un Portugais se trouvait mêlé à l'expédition.

Puis le *Matthew* avait rejoint Bristol en seulement dix-sept jours. Jón fit le compte des voyages vers l'ouest dont il avait eu connaissance : Leifur Eiríksson et les Vikings du Groenland, Didrik Pining et João Vaz Corte-Real, Christopher Columbus qui avait fait plusieurs voyages et avait déjà été suivi sur la même route par d'autres navigateurs, et enfin John Cabot.

Il compara les durées de ces voyages, quand il les connaissait. Une règle générale s'en dégageait, même s'il fallait tenir compte des incertitudes liées aux conditions de vent rencontrées par les navigateurs. Plus les traversées vers les terres du couchant se faisaient à une latitude élevée, plus elles étaient de courte durée. Comme si ces terres formaient un vaste ensemble, dont les côtes seraient globalement orientées sud-ouest nord-est.

Jón était désormais persuadé que Cabot avait atteint le Vinland sans même le savoir, et que Columbus avait touché des terres plus au sud, qui en étaient probablement le prolongement. Personne n'avait vu de grand khan ou autre seigneur des Indes, qui devaient sans doute régner sur des pays beaucoup plus lointains que les terres du couchant. Les explorateurs de cette fin de siècle redécouvraient des pays déjà explorés cinq cents ans auparavant, par des Groenlandais venus d'Islande ! Qu'adviendrait-il s'ils atteignaient le Groenland, en prendraient-ils possession sous un autre nom ? Y avait-il encore là-bas des gens capables de défendre leurs droits ancestraux sur cette terre ?

Jón s'interrogeait. S'il voulait un jour atteindre le Groenland, peut-être était-il dorénavant plus judicieux de chercher à embarquer depuis Bristol, d'où on n'allait pas manquer de lancer d'autres expéditions vers l'ouest. Cependant, depuis le traité de Tordesillas, les Anglais n'avaient en principe aucun droit sur ces terres, attribuées par le pape à l'Espagne ou au Portugal.

Surtout, miser sur le Portugal lui permettrait peut-être de revoir sa mère. Ce João Fernandes, pilote de Cabot, n'était-il pas originaire de l'archipel des Açores, et même de l'île de Terceira, tout comme João Vaz Corte-Real ? Il devait y avoir là-bas des gens bien informés sur les pays du couchant.

Depuis le retour de John Cabot, il régnait à Bristol une effervescence nouvelle. Déjà, on parlait d'un deuxième voyage de découverte pour la prochaine saison. Des armateurs de bateaux de pêche, plus attirés par le profit que par l'exploration, projetaient d'envoyer leurs navires exploiter ces bancs de morues fabuleux et lointains, dont l'existence était restée jusque-là fort douteuse malgré les bruits qui avaient couru. On disposait enfin d'informations fiables d'un envoyé du roi, et non plus des indiscrétions de quelques marins évasifs. Il fallait faire vite, car la nouvelle allait aussi aiguiser l'appétit des pêcheurs du continent.

Jón fit part à son hôte de ses réflexions concernant les pays du couchant. John Foxe, qui n'avait jamais entendu parler du Vinland, ne croyait pas à un vaste ensemble de terres nouvelles, déjà partiellement explorées par les Islandais. Il pensa que l'Islande était décidément un pays bien étrange pour qu'il en ressortît de telles élucubrations.

– Excuse-moi, mais j'en doute, dit-il en se grattant la barbe. Tous les pays aiment bien bricoler leur passé, pour le rendre plus glorieux. L'Islande comme les autres, on dirait.

– Qu'est-ce que tu sais de l'Islande pour parler comme ça ? s'énerva Jón.

John se rembrunit. Il ne pouvait pas imaginer qu'un pays fût connu par les Islandais sans l'être par les Anglais. L'Islande était à la limite du monde habitable, chacun le savait. Et ses habitants n'étaient pas renommés pour être de grands navigateurs. Est-ce qu'on avait déjà vu un bateau islandais accoster à Bristol ? Jamais. Quelles idées avait-on mis dans la tête du jeune homme ? John pesa ses mots, en essayant de cacher sa compassion.

– Les rois d'Angleterre, de Castille et d'Aragon, le pape lui-même, tout le monde dit que Cabot et Columbus ont atteint les Indes. Désolé, Jón, mais je peux pas te suivre. Ce que tu dis, ça repose sur des vieilles légendes de ton pays du Nord, et sur quelques bancs de morues, le tout enveloppé dans la brume.

Jón ne répondit pas. Son hôte, malgré sa largeur d'esprit, conservait néanmoins des préjugés sur l'Islande. Certes, John n'avait pas un discours arrogant comme celui de beaucoup d'Anglais, mais il gardait une pointe de condescendance. Son attitude était compréhensible. On ne pouvait pas débattre avec John comme avec le moine Helgi. Il fallait être immergé dans la culture islandaise pour acquérir la compréhension du Vinland et des terres du couchant. Jón préféra changer de sujet :

– Est-ce que tu as des nouvelles de navires à destination du Portugal ?

– Seulement cinq ou six bateaux y vont chaque été. Tu sais bien qu'aussi tard en saison, on a peu de chances d'en trouver encore un.

Jón emprunta le chemin qui longeait l'Avon, sur la rive de Redcliffe, vers l'aval. Il avait besoin de faire passer son vague à l'âme. Son séjour à Bristol risquait de se prolonger longtemps. Il ne pouvait pas rester sans rien faire et vivre aux crochets de ses hôtes, abuser ainsi de leur hospitalité. Lors de leur dernière conversation, John et lui-même avaient montré des signes d'agacement. Par ailleurs, le voisinage commençait à s'interroger sur la présence de ce jeune homme étrange dans la maison des Foxe. Il était temps de réagir.

Jón s'arrêta de marcher et observa la rivière. C'était marée basse. Il décida de chercher du travail. Quand il aurait gagné suffisamment d'argent, il partirait vers le sud. Et s'il fallait passer par la France et l'Espagne afin de rejoindre le Portugal, il le ferait. En attendant, John l'aiderait à trouver un emploi.

– Faut que tu restes pas loin de Bristol, que je puisse te prévenir s'il y a un bateau qui pourrait t'embarquer, dit John. Tu peux pas t'enrôler pour la pêche, ça t'éloignerait trop loin, et trop longtemps. Un boulot en ville, ça serait pas prudent. Le mieux serait de travailler à la campagne. En ce moment, tu trouveras sûrement, pour les foins. Après la fenaison, ce sera plus difficile. Tu devrais chercher du côté de Crockerne Pill, vers l'estuaire. Mes parents ont une ferme là-bas, ils pourront te loger. Mais ils ne sont pas riches, ce sera pas du luxe. Ils te mettront dans une dépendance. Si tu veux qu'ils te fassent à manger, tu pourras peut-être t'arranger avec eux, si tu leur fais des petits travaux en échange. Je t'accompagnerai la première fois.

– C'est parfait. Merci, John.

30

Jón n'eut aucun mal à trouver du travail pour la fenaison, dans une exploitation voisine de celle de Mr et Mrs Foxe. Après sa longue journée, il s'activait chez ses hôtes afin d'accomplir quelque ouvrage utile, ce qui ne manquait jamais à la ferme. C'était un rythme épuisant. Il ne faisait que travailler, manger, dormir. Il lui fallait gagner la confiance des parents de John, deux vieillards taciturnes qui vivaient tant bien que mal de leur potager et de leur basse-cour, et qui se méfiaient de cet étranger au physique atypique.

Il gagna un peu d'argent, mais une fois les foins engrangés, personne ne lui proposa d'autre travail. Mr et Mrs Foxe étaient amadoués, car ils lui offrirent de rester durant l'hiver. Bien sûr, il ne toucherait pas d'argent, mais au moins serait-il logé. Peut-être trouverait-il à l'occasion, dans une des fermes du secteur, une besogne ponctuelle à accomplir. Jón sortait d'une période d'activité intense et se sentit soudainement désœuvré, découragé. Il avait tenté d'approcher les pilotes de l'Avon. La plupart étaient de Crockerne Pill et formaient une communauté fermée, jalouse de ses privilèges, qui détenait un quasi-monopole sur la rivière. Jón s'était rendu à la taverne qu'ils fréquentaient habituellement, mais quelques gaillards l'avaient rudement molesté.

À la ferme, il était logé dans une resserre, froide et humide, où l'on avait installé une paillasse. Pourtant, ce n'était pas l'inconfort qui l'accablait, il avait l'habitude. L'attente lui pesait. Il lui faudrait peut-être patienter jusqu'à l'été prochain pour gagner de quoi poursuivre son voyage, quand il y aurait de nouveau du travail dans les fermes. Il ne croyait plus guère à l'opportunité d'un embarquement direct pour le Portugal.

Dès lors, Jón partagea son temps entre Bristol et Crockerne Pill, en s'efforçant d'aider au mieux la famille Foxe. Il faisait le trajet à pied ou dans une charrette si on voulait bien lui laisser de la place.

La saison de navigation en haute mer était terminée. Seuls les bateaux de pêche sortaient du port. Celui de John était mouillé dans l'Avon, et nécessitait quelques réparations. Jón trouvait là un peu d'occupation. L'hiver lui paraissait long. Il accompagna John lors de sa première sortie de pêche dans l'estuaire. Ce fut un moment privilégié pour les deux hommes, heureux de se retrouver en mer.

– Tiens, un pli cacheté pour toi, dit Katherine Foxe.

Jón ne comprenait pas. C'était la première fois de sa vie qu'il recevait un message écrit. Il ne connaissait personne susceptible de lui en envoyer un. Le cachet de cire ne portait aucune marque.

– Le gamin qui l'a porté m'a bien précisé que c'était pour John, pas pour John Foxe, mais pour le jeune homme, ajouta Katherine. D'ailleurs, mon mari et moi, on saurait pas le lire.

Sans un mot, il prit le parchemin et rejoignit sa chambre. Il décacheta le pli. Les lettres étaient grandes et rondes, mais il ne parvint à lire que deux mots : le premier, qui était son propre nom, et la signature. Alice.

Malgré sa fébrilité, il s'appliqua à déchiffrer le reste du message. Le texte était divisé en deux parties : l'une où il reconnut sans peine le latin, et l'autre qui devait être en anglais. Jón avait acquis une certaine connaissance du latin au monastère de Helgafell, mais avec des livres contenant surtout du vocabulaire religieux. Apparemment, le message d'Alice n'avait rien à voir avec la piété puisqu'il ne parvenait pas à le comprendre. Quant à l'anglais, il tenta de le lire en prononçant les lettres comme il le faisait en latin. C'était incompréhensible.

Peu à peu, il distingua le sens de certains mots. Rapidement, il sut lire le mot *complies*, qu'il avait déjà lu autrefois en latin. D'autres termes étaient écrits de la même façon en latin et en anglais. Après quelques essais de prononciation, il identifia le nom d'un faubourg de la ville.

Une heure, et un lieu… C'était probablement un rendez-vous ! Mais oui, il y avait là un mois, un chiffre… une date ! Dans trois jours !

Jón sentait l'excitation le gagner. De proche en proche, d'autres mots se devinaient. Le nom d'une route, celui d'un chemin. Quelques termes restaient mystérieux, mais il n'y avait plus guère de doute sur l'objet du message. Il lui faudrait faire discrètement des repérages de jour, puisqu'elle avait arrangé cette rencontre le soir.

Cependant le motif de ce rendez-vous demeurait obscur.

Trois jours plus tard, peu après la tombée de la nuit, Jón s'approcha du moulin à foulon. Il avait franchi la porte de la ville bien avant le couvre-feu et attendu qu'on entendît sonner complies pour se diriger vers le lieu du rendez-vous. Il s'assit au bord de la rivière en amont du moulin. La brise était douce pour la saison. C'était une nuit sans lune, mais les étoiles qui échappaient aux nuages moutonneux parvenaient à atténuer l'obscurité.

Il entendit des pas froisser l'herbe et son cœur se mit à battre plus fort. Il se retourna.

Alice portait un long manteau fourré. Elle lui sourit.

– Bonsoir, Jón.

Il se leva et s'approcha.

– Par qui as-tu fait déchiffrer mon message ? demanda-t-elle.

– Comment tu m'as retrouvé ? demanda-t-il.

Leurs regards étaient plongés l'un dans l'autre. Elle répondit :

– C'est un peu long à expliquer. Après t'avoir aperçu en ville, j'ai questionné Miss Brook. Rappelle-toi, tu l'avais mise au courant de tes relations à Bristol, en particulier avec ce John Foxe. Ça n'a pas été compliqué de suivre ta trace.

Elle se retourna brièvement, inquiète. Elle poursuivit :

– Le plus difficile, c'était de trouver un lieu et un moment pour le rendez-vous. J'ai prétexté une visite chez une cousine, avec laquelle je suis très complice. Tout ça n'est pas sans risque. Mon mari est absent, mais il a fallu soudoyer une domestique pour qu'elle me laisse aller seule dans la nuit sans me poser de questions. J'ai de l'argent, ce n'est pas le problème. Mais des gens à qui on peut acheter le silence, on peut aussi leur acheter des indiscrétions. Je suis venue à pied depuis ma maison, pas très loin d'ici. Il nous faut être prudents.

Elle jeta un nouveau coup d'œil en direction du chemin puis demanda :

– Maintenant à mon tour de te poser des questions. Par qui as-tu fait déchiffrer mon message ? J'espère que tu as été discret.

– En Islande, presque tout le monde sait lire, répondit Jón, sur un ton qui n'était pas sans fierté.

Alice paraissait dubitative. Est-ce qu'il se moquait d'elle ? Il avait pourtant l'air sérieux.

Imperceptiblement, leurs corps, leurs visages s'étaient rapprochés l'un de l'autre. Jón leva son bras vers elle et caressa la fourrure de loutre de son col. Elle lui prit la main comme pour l'empêcher, mais la serra dans la sienne.

– Jón, je t'en prie, on pourrait nous voir.

Mais Jón sentait le désir monter en lui. Il la prit par la taille et leurs corps, leurs lèvres se frôlèrent. Elle détourna son visage et l'enlaça.

Puis elle se dégagea de l'étreinte. Elle avait chaud et son manteau lui semblait pesant. Mais elle tenta de montrer un visage froid, raisonnable.

– Jón, tu sais bien que ce n'est pas possible. Nos mondes sont trop éloignés l'un de l'autre.

Il lui caressa la joue. Sa main se perdit de nouveau dans la fourrure. Cette fois, Alice ne bougea pas. Lentement, il écarta les pans du manteau. Un foulard de gaze gris-bleu flottait sur ses épaules, un corselet de velours rouge lui enserrait le buste et la taille.

Jón mesurait combien elle était devenue femme. Les années avaient dessiné des formes plus lourdes, plus avantageuses, retouché des galbes pleins et affirmés. Elle irradiait la féminité, une féminité qui avait produit des fruits au mûrissement exacerbé.

L'espace d'un instant, il hésita. Elle devina son trouble, en profita pour se dégager, mais Jón lui prit les bras, les serra fort dans ses mains. Elle sentit la vigueur de l'homme, se plaqua de nouveau contre lui. Cette fois, leurs lèvres se mêlèrent.

Soudain effrayée par la fougue du baiser et alarmée de son propre abandon, elle recula d'un bond. Il lui empoigna de nouveau les bras et cette fois, ça lui fit mal. Elle le supplia.

– Jón, si on nous surprenait, ce serait la catastrophe, lâcha-t-elle dans un sanglot. Et si je mettais au monde un enfant qui te ressemble, un enfant blond à la peau mate, ce serait pire encore !

Son visage était déformé par la douleur et la peine. Jón relâcha son emprise.

Ils s'assirent dans l'herbe, derrière un buisson. Seules leurs mains se joignaient. Alice demanda :

– Dis-moi, que fais-tu à Bristol ?

– Eh bien, j'ai quitté l'Islande pour rejoindre ma mère. Elle est aux Açores.

– Aux Açores ?

– Des îles, qui sont très loin d'ici, au large de Lisbonne. Elles appartiennent au Portugal, où il faudra sans doute que j'aille d'abord. Je cherche un embarquement, mais c'est pas facile.

Alice semblait soucieuse.

– Décidément, nous ne suivons pas les mêmes chemins. Tu vas me manquer, Jón Thorsteinsson, mon bel homme du Nord !

Elle appliqua furtivement ses lèvres sur sa joue et se leva.

– Je dois rentrer maintenant. Je ne sais pas si ce rendez-vous était une bonne idée, mais je suis sincèrement heureuse de t'avoir revu.

– Alice, pourquoi avoir convenu de cette rencontre ? Quand est-ce qu'on se reverra ?

– Je ne sais pas, dit-elle en s'efforçant de sourire.

Elle s'éloigna d'un bon pas, lui fit un signe de la main et disparut dans la nuit.

Jón s'installa à l'abri du moulin. Il allait tenter de dormir là, en attendant le matin et l'ouverture des portes de la ville. Il avait espéré une nuit plus ardente !

Ses pensées s'entrechoquaient. Qu'avait-il escompté ? L'emmener aux Açores ? Alice était lucide, elle. Éventuellement un peu amoureuse, mais lucide. Amoureuse ? Elle n'était pas prête à risquer son statut dans la société. Il n'était qu'un étranger, un homme un peu exotique. Mon bel homme du Nord, avait-elle dit.

Après tout, il avait du mal à imaginer passer sa vie avec cette femme, ce qui de toute façon était impossible. Il ne put s'empêcher de la comparer à Jórunn. Non, il n'était pas amoureux d'Alice. Bien sûr, il était attiré par son charme, son corps. Mais pas au point d'oublier sa quête. Il avait vingt-huit hivers et passé l'âge des passions irraisonnées.

Lorsque Jón, le corps et l'esprit fatigués, parvint à la maison des Foxe, Katherine lui ouvrit sans son habituel sourire. Elle avait le visage ravagé par les larmes.

– John n'est pas rentré de sa dernière sortie de pêche.

John Foxe avait ajouté son nom à la longue liste des disparus en mer.

31

Dans le port, comme chaque printemps, les bâtiments de commerce se préparaient à leurs navigations estivales. L'heure était aux nouveaux projets. John Cabot armait cinq navires en vue d'un deuxième voyage d'exploration vers l'ouest. Par ailleurs, plusieurs armateurs s'étaient décidés à tenter l'aventure des grands bancs de morues, dont l'existence avait été attestée par Cabot lui-même. Parmi les plus enthousiastes se trouvaient les habitués des campagnes de pêche lointaines, en particulier ceux qui étaient familiers des eaux islandaises. Ils jugeaient que les risques liés à cette longue navigation étaient compensés par la promesse de poisson abondant, à l'abri des tracasseries imposées périodiquement par les Danois. Ainsi, l'Islande était délaissée au profit des « terres de la morue », ou « nouvelles terres », comme les désignaient les pêcheurs, de préférence à « Indes » qui était un vocabulaire pour les rois et les puissants.

Les hommes étaient répartis sur les rôles d'équipage, dans une grande effervescence. John Foxe n'était plus là pour aider Jón à chercher un embarquement. Toutefois, Katherine avait quelques contacts parmi les marins, dont la guilde lui versait une maigre pension de veuve. Elle faisait de son mieux pour recueillir des informations sur les mouvements dans le port. Mais les matelots connus de la place de Bristol étaient naturellement enrôlés les premiers. En outre, le bruit avait couru que des navigations lucratives se préparaient, ce qui attira bon nombre de marins du Pays de Galles et des Cornouailles. La concurrence était rude. Deux voiliers avaient déjà appareillé pour l'Espagne, sans qu'il y eût de place à bord.

Katherine n'avait cependant ni la réputation ni les relations de John dans le petit monde du port. Dès lors, Jón lui-même se risquait à rôder sur les quais et solliciter des marins. Il dut mettre un frein à ses recherches après avoir failli croiser le regard de Thomas Barstaple, sur le Welsh Back. L'alerte avait été sérieuse : son ancien maître était sans doute la personne ayant le plus de raisons de le dénoncer dans l'affaire de sa fuite et du vol du *Unicorn*.

Jón méditait seul dans la maison des Foxe, où planait toujours l'ombre de John. Le vide laissé par sa mort semblait impossible à combler. Sa bonne humeur, ses jurons, sa générosité manquaient. Certes, sa femme n'avait pas un caractère à sombrer devant l'épreuve, mais elle n'avait pas retrouvé toute sa joie de vivre. Jón lui-même était encore affecté par sa mort. Une de plus, ne pouvait-il s'empêcher de se dire. Il ruminait aussi ses difficultés à trouver un embarquement. Pour ça aussi, John manquait.

Il fut tiré de ses pensées par l'arrivée de Katherine dans la maison. Manifestement, elle était porteuse d'une bonne nouvelle.

Un navire se préparait à un voyage vers le Portugal, et son capitaine avait accepté de le rencontrer. Jón se dirigea aussitôt vers le Quai. Il était plein d'espoir, l'horizon se dégageait enfin ! Il s'approcha du voilier.

Le capitaine était accoudé au bastingage, le regard un peu sévère. Il ne le fit pas monter à bord.

– Qu'est-ce que tu sais faire sur un bateau ? lui demanda-t-il rudement.

– Je sais orienter les voiles, dit Jón. Je sais tenir la barre.

Comme le capitaine restait sans mot dire, Jón crut bon d'ajouter :

– J'ai déjà commandé des canots de pêche. Je sais ramener un bateau à bon port, et je sais adapter la navigation au temps qu'il fait.

– Tiens donc, répondit le capitaine. À t'en croire, c'est pas comme matelot, mais comme pilote qu'il faudrait t'enrôler. T'es pas anglais, hein ? On n'a jamais vu une fichue tête comme la tienne portée par un Anglais.

– Je suis islandais, dit Jón.

– J'embarque que des Anglais. Des Gallois ou des Cornouaillais si je suis obligé. Mais sûrement pas un cul-terreux d'Islandais, qui se prétend expert en navigation. Salut !

Jón serra les dents, mais parvint à se contenir.

De retour chez Katherine, il lui annonça :

– Pas la peine de continuer à chercher. Je travaillerai aux champs pendant l'été, et après j'irai sur les côtes de la Manche. J'aurai pas de mal à me faire enrôler par des pêcheurs, et je trouverai bien un moyen de rejoindre le continent.

Début mai, la flotte commandée par John Cabot appareilla en grande pompe. Jón suivit le départ de l'expédition depuis la berge, en aval de Redcliffe. Lorsque le dernier des cinq navires eut disparu dans les gorges de l'Avon, il retourna vers le rempart. Il s'apprêtait à passer l'été à Crockerne Pill, aux travaux des champs. Le chemin vers les Açores serait plus difficile que prévu, et passerait sans doute par le continent. Jón s'était fait à l'idée de devoir traverser la France, même si ses vastes forêts avaient la réputation d'être infestées de loups, d'ours et surtout de brigands. Le voyage par la terre était plus long que par la mer, et plus périlleux encore. Cependant, la perspective d'entreprendre un tel périple ne le rebutait pas. Il découvrirait un autre pays, voilà tout. Il rentra chez Foxe, décidé à préparer son sac dès le lendemain matin.

– Un pli cacheté pour toi, dit Katherine avec un sourire entendu.

Alice ! Il décacheta fébrilement le pli.

Le courrier était de nouveau divisé en deux parties : l'une en latin, l'autre en anglais. Il ne s'était guère familiarisé avec l'anglais écrit, mais il parvint en peu de temps à déchiffrer le message. Ce n'était pas un rendez-vous. Alice lui avait trouvé un embarquement pour Lisbonne, sur l'un des bateaux de son mari.

La *Anne of Bristol*, un balinger à trois mâts, appareilla un mois plus tard du Quai de la Frome. Elle descendit l'Avon, débouqua dans le canal de Bristol, longea la côte des Cornouailles, contourna la pointe de Land's End, s'engagea dans la Manche, puis dans le vaste golfe de Gascogne à la réputation difficile.

Comme toujours, Jón était grisé par la navigation, ce qui atténuait la nostalgie des départs. Pourtant, lorsque la mer se faisait bienveillante et offrait quelque répit aux hommes de quart, il songeait à Bristol. Cette ville lui avait volé des années de liberté, mais élargi son regard sur le monde. Il y avait partagé ses premières amitiés fortes, vécu ses premiers émois amoureux, forgé son esprit d'aventure.

Comment Alice s'était-elle arrangée pour lui trouver cet embarquement ? Avait-elle soudoyé le capitaine ? Entre la réception de son courrier et le départ du bateau, un mois s'était écoulé, pendant lequel Jón n'avait plus reçu le moindre signe de sa part. Il s'était rendu à l'entrevue qu'elle lui avait fixée avec le capitaine, un homme peu loquace. Puis l'embarquement avait été reporté à cause de différents retards dans l'approvisionnement et la maintenance du navire. Jón était alors partagé entre le doute et l'espoir. Allait-il vraiment pouvoir embarquer ?

Enfin, le balinger avait appareillé. Au moment même où les amarres étaient larguées, il l'avait aperçue. Elle se tenait là, sur le Quai. Son signe discret de la main. Cette larme qu'elle avait essuyée. Jón débordait de reconnaissance.

La *Anne of Bristol* atteignit les côtes de Galice, franchit le cap Finisterre, passa devant Porto, doubla le cap Roca et se présenta bientôt à l'entrée de l'estuaire du Tage. Elle avait fait bon voyage.

32

Le parfum d'aventure qu'exhalait le port de Lisbonne l'étourdissait. Un parfum doux, vulgaire, capiteux. Un parfum qui se nourrissait de la cargaison des caravelles, du sel de la mer océane, de la sueur des nègres. Partout, des effluves jaillissaient. Elles s'échappaient des entrailles d'un navire, des terres salées ou de l'estran à basse mer, des étals du marché, d'un jardin à flanc de colline, d'un caniveau charriant des têtes de poisson ou le contenu d'un pot de chambre lancé par une fenêtre.

Jón était sans cesse étonné par Lisbonne. On y élevait de grands édifices, comme l'immense hôpital de Todos-os-Santos, en construction sur la place du Rossio, ou les maisons neuves à cinq étages des marchands de la Rua Nova. Mais c'était surtout la végétation de la capitale qui fascinait le jeune Islandais. Sur les places et dans les jardins poussaient des palmiers de toutes tailles. On avait implanté quelques dragonniers, cet arbre étrange ressemblant à un chandelier, aux feuilles regroupées en étoile, et qu'on disait venir de Madère ou des îles du Cap-Vert. Régulièrement, Jón se juchait sur les murets qui protégeaient les vergers. Émerveillé, il découvrait des orangers, des grenadiers, des figuiers, des mûriers, des châtaigniers. Oliveraies et vignobles gravissaient les buttes.

On retrouvait sur les marchés de l'huile et du vin, sortis des pressoirs lors des dernières olivaisons et vendanges, ainsi que des fruits secs, conservés depuis la récolte automnale. Jón s'arrêtait longuement devant les produits exotiques, ceux que les bateaux ramenaient des côtes africaines : les dattes, la résine sang-de-dragon, la gomme arabique, la graine de paradis qu'on appelait aussi « malaguette » ou « poivre de Guinée ». Ce jour-là, le poissonnier exhibait fièrement deux têtes d'espadons pêchés, prétendit-il, au large du cap Bojador. Sur d'autres étals, le chaland pouvait se procurer des lances, des arcs et des flèches, des plumes et des peaux d'animaux inconnus de Jón, ainsi que des dents énormes, bien plus grandes que celles du morse : c'étaient des défenses d'éléphant, cette créature gigantesque et fabuleuse dont il avait certes déjà entendu parler, mais dont il n'avait encore jamais vu la moindre partie du corps. Plus loin, Jón resta interdit, bouche bée et bras ballants, devant un œuf géant, expulsé par quelque volatile monstrueux. Le marchand se moqua de lui.

Des commerçants vénitiens proposaient des marchandises de luxe en provenance des Indes lointaines. Ils disaient se fournir auprès des Maures de l'Orient, dans les ports des confins de la mer Méditerranée. L'odeur entêtante des épices faisait tourner la tête des riches Lisboètes. Jón remarqua aussi des objets de porcelaine, et du bois de braise que les Portugais appelaient « *pau-brasil* ».

Tout s'était passé si vite ! La rencontre providentielle avec son nouvel ami Diogo Gonçalves dans une ruelle de l'Alfama. La chambre dans une maison abandonnée de la Mouraria. Une pauvre mansarde, mais qui renfermait un coquet patio, comme toutes les habitations du quartier.

La Mouraria et les Judiarias de la ville avaient été désertées lors de l'expulsion des Maures et des Juifs un an et demi auparavant. On baptisait de force ceux qui étaient restés. Jón ne rejoignait son réduit que pour y dormir, car il se sentait mal à l'aise dans ce quartier où planait encore le souvenir de la souffrance des expulsés. Un jour, il s'échappa dans la campagne proche, marchant au milieu des vergers et des vignobles, observant les moulins à vent. Mais il fréquentait surtout la Ribeira, où se trouvaient les chantiers navals, les entrepôts, les marins. Il y rejoignait Diogo, qui logeait à bord du bateau sur lequel il était employé.

Le jeune Portugais, de deux ans son cadet, était originaire de Porto. Il aimait fréquenter les étrangers, et parlait un peu de castillan, de catalan, d'italien, ou encore d'un mélange de tout cela qu'on appelait parfois « langue *franca* », utilisé par les marins et commerçants de la Méditerranée pour se comprendre.

Il avait commencé à naviguer sur le bateau de pêche de son père. Les ports du nord du pays étaient visités par des marins anglais, et Diogo, à peine sorti de l'enfance, tendait déjà l'oreille afin d'essayer de comprendre les étranges consonances qui sortaient de leur bouche. Plus tard, il s'était engagé sur un caboteur qui faisait le voyage de Lisbonne, et savourait chaque séjour dans la cité la plus cosmopolite du royaume. Il était connu dans les tavernes de la Ribeira pour sa propension à questionner les marins de tous pays, portugais, génois, vénitiens, anglais, à propos de leurs périples en pays lointains.

Une fois, le caboteur avait poussé jusque Lagos, dans le Sud, mais Diogo n'était jamais sorti de son pays. Il n'avait pas été long à se décider : il accompagnerait Jón aux Açores, où habitait l'un de ses parents éloignés.

La Ribeira s'étendait le long du terre-plein sableux qui bordait le fleuve. La rive du Tage était devenue le poumon de la ville, car les caravelles y déchargeaient toujours plus de richesses. Toutes les couches de la société lisboète s'y croisaient. Les puissants se déplaçaient sur des chaises à porteurs, soutenues par de robustes hommes noirs de peau. Jón avait rapidement identifié tous les petits emplois typiques d'une ville portuaire, des portefaix aux vendeuses de poisson. Dans les cabarets borgnes, des négresses concurrençaient les prostituées de la capitale.

Toutefois, on ne pouvait pas confondre Lisbonne avec une ville comme Bristol. C'était la capitale d'un pays entièrement tourné vers la mer, qui fleurait bon le Sud, l'exotisme, l'aventure. Dix ans auparavant, les caravelles commandées par le navigateur Bartolomeu Dias avaient franchi la pointe australe de l'Afrique, le « cap des Tempêtes », rebaptisé par le roi « cap de Bonne-Espérance ». Il y avait seulement un an, les nefs de la flottille dirigée par Vasco da Gama étaient sorties du Tage, avec pour objectif de prolonger le sillage des voiliers portugais jusqu'aux Indes lointaines, là où se trouvaient les épices. On n'avait pas encore eu de nouvelles de cette expédition. L'époque était à la découverte maritime du monde et Jón se sentait saisi par ce formidable élan.

En attendant, il goûtait fort à tout ce qui lui était nouveau. Il pouvait rester des heures à observer les étals d'un marché. Parfois, il se nourrissait de l'épaisse soupe de fèves que les vendeuses préparaient avec de l'huile d'olive, de l'ail et du vinaigre. Ça le changeait des sempiternelles sardines, que l'on grillait à tous les coins de rue sur de petits fourneaux en terre glaise. Il se laissait aussi apostropher par ces nombreux vendeurs proposant des colifichets en tous genres, sur des plateaux qu'ils portaient suspendus à leur cou par une lanière de cuir.

La Ribeira était fréquentée par les armateurs, qui se rendaient aux chambres de commerce, dont la plus importante était la Casa da Mina. On y traitait du négoce africain, en particulier celui de l'or, et on y conservait, au secret et sous bonne garde, les dernières versions des cartes marines, sans cesse enrichies au fur et à mesure des découvertes des navigateurs. Une autre maison organisait le commerce des esclaves, théoriquement interdit par l'Église, mais toléré dans les faits. Lorsqu'un religieux trop pointilleux mimait la désapprobation, on employait le terme « domestique » ou « serf », et tout rentrait dans l'ordre. La plupart étaient des nègres de Guinée, mais on monnayait aussi des Maures et quelques Guanches des îles Canaries.

Le quartier était avant tout celui des marins. On y mettait les bateaux au sec, on amenait des chênes-lièges pour les charpentiers de marine, des biscuits et des salaisons pour les équipages. On y croisait des mousses comme des capitaines. C'était pourquoi Jón et Diogo s'y rendaient presque tous les jours. Ils se mélangeaient à la faune portuaire des tavernes, où ils buvaient invariablement du vin du Douro, le pays de Diogo. Les deux amis n'eurent pas à attendre longtemps avant de trouver une place sur une caravelle à destination de Terceira, aux Açores.

L'embarquement eut lieu à la plage de Restelo, au bord du Tage, en aval de la ville. On la surnommait la « plage des larmes », car des femmes en noir venaient y pleurer au départ des navires. L'équipage au complet se rendit à la chapelle édifiée à l'époque de l'infant Henrique, pour y prier la vierge de Belém. Le desservant procéda à une confession générale et donna l'absolution. Puis les marins se dirigèrent en silence vers les chaloupes. En déferlant les voiles, ils s'exclamèrent, selon leur coutume : « Bon voyage ! Bon voyage ! » Jón participa intensément à tout ce rituel. Même si la route des Açores était désormais bien connue des Portugais, il avait l'impression d'accéder au monde des découvreurs. Quelques heures plus tard, le bateau doubla le fort de Cascais et mit le cap vers le grand large. Dix jours à peine après avoir débarqué de la *Anne of Bristol*, Jón retrouvait la pleine mer.

L'étrave du *São Pantaleão* plongeait fièrement dans les vagues, levant des gerbes d'écume.

Jón observait, émerveillé, la marche de la caravelle. C'était un bateau fin, léger et maniable, de faible tirant d'eau, au château arrière réduit et au tonnage limité. Un excellent marcheur, d'autant que la coque avait été soigneusement goudronnée et enduite de suif avant le départ. Une bonne brise d'ouest soufflait. Les deux voiles latines, triangulaires et de grande surface, permettaient de remonter au plus près contre le vent, de manière plus efficace que ne le faisaient les navires anglais à phares carrés. Gréées sur leurs antennes, les voiles, marquées de la croix rouge de l'Ordre du Christ, étaient bordées plat, tendues. Le timonier, la main sur le gouvernail d'étambot, dirigeait la caravelle sans effort. Il ne cachait pas son plaisir de naviguer avec un tel bateau.

Le capitaine avait d'abord regretté d'avoir emmené cet étrange garçon venu du Nord, qui ne parlait pas la langue des autres hommes de l'équipage. Cependant, Jón avait rapidement assimilé les principaux termes du jargon des marins et se rendait utile à la manœuvre. Son amitié avec Diogo facilitait les choses. Ils formaient un duo singulier, car l'un était aussi blond aux yeux clairs que l'autre était brun aux yeux noirs, et Jón faisait figure de grand gaillard tandis que Diogo était plutôt petit. L'équipage, ravi, tenait là un bon sujet de plaisanterie.

Tous les sens du jeune Islandais étaient en éveil. Il y avait tant de choses étonnantes sur ce voilier ! Dès le premier jour, il avait remarqué un curieux instrument servant à mesurer la vitesse du bateau : le « loch » était composé d'une planchette lestée et fixée au bout d'une ligne, à laquelle on avait fait des nœuds à intervalles réguliers. La planchette était jetée à la mer, entraînant la ligne qu'on laissait se dérouler. On comptait le nombre de nœuds qui défilaient, en un certain temps mesuré au sablier. Un système qui donnait des résultats plus fiables que ne le faisait la vieille planche du *Unicorn* !

Plus tard, lorsque Jón montra son aiguille et sa pierre d'aimant – qu'il conservait toujours comme de précieux talismans –, on se moqua de lui, et l'histoire fit rapidement le tour de l'équipage. Dès le lendemain, un officier lui montra la boussole. C'était un instrument rond, contenant une aiguille qui reposait sur un axe central vertical, au milieu d'un cercle de chiffres entre lesquels se lisaient des points cardinaux : la rose des vents, avec ses trente-deux divisions égales représentant les aires de vent, qu'on appelait les rhumbs ou les quarts. Jón considéra son petit outillage, qui avait fasciné les Islandais et étonné bon nombre d'Anglais : son caillou et son bout de fer lui paraissaient subitement bien rustiques.

Jón n'était pas au bout de ses surprises. Il aperçut, par une porte entrebâillée, la table où travaillait le pilote.

Un parchemin y était déroulé : une carte ! C'était la première fois que Jón en voyait une, si l'on exceptait les dessins griffonnés par l'évêque de Skálholt sur les tablettes de cire du scriptorium de Helgafell. Il n'osa pas entrer. Il apprit que le pilote en disposait de plusieurs, qui représentaient le littoral du Portugal et des Açores. Elles étaient associées à des routiers décrivant les côtes et les abris. On appelait l'ensemble des « portulans ».

Cependant, le loch, la boussole et les portulans n'étaient rien en comparaison de l'instrument que le pilote sortit sur le pont, après trois jours de navigation vers l'ouest. La mer était calme et le soir tombait. Les étoiles les plus brillantes commençaient à scintiller. Le pilote avait en main une étrange plaque de métal, en forme de quart de cercle. Il s'installa sur le pont tribord et se positionna, debout, bien campé sur ses jambes, face au nord, vers lequel il dirigea son curieux appareil. L'angle droit, d'où pendait un fil à plomb, pointait vers le ciel. Il mit son œil à l'un des deux autres angles. Son assistant avait les yeux rivés sur le côté plat de l'appareil. Le pilote refit plusieurs fois la visée, en prenant des notes entre chacune. Puis il retourna vers sa table à cartes, l'air satisfait.

Diogo précisa, à l'attention de son ami éberlué, qu'il s'agissait d'un instrument appelé « quadrant », avec lequel il fallait viser l'étoile du Nord. Il n'en savait pas davantage.

Jón ne put trouver le sommeil pendant son quart de repos. Pour une fois, ce n'était pas à cause des ronfleurs qui partageaient l'entrepont avec lui. Il pensait à l'étoile-guide, qui était basse sur l'horizon, beaucoup plus basse qu'en Islande. En quoi le fait de pointer dessus avec un quart de disque pouvait servir à la navigation ? Le quadrant portait une graduation sur son arc de cercle.

Puisque c'était le pilote qui l'avait manipulé, ça devait probablement l'aider à définir la position du navire. Mais comment ? C'était incompréhensible. Jón avait beau retourner le problème en tous sens, ça dépassait son entendement.

On vint le chercher pour le quart de l'aube.

Si Jón entretenait une amitié croissante avec Diogo, il avait peu de contacts avec les autres marins. La barrière de la langue n'expliquait pas tout : il aimait rester à l'écart. Quand son esprit n'était pas absorbé à intégrer les merveilleuses techniques de navigation des Portugais, il pensait à sa mère, chaque jour un peu plus à mesure que les Açores se rapprochaient. Était-elle seulement toujours en vie ? Était-elle encore sur l'île de Terceira ? Jón ne savait pas au juste ce qu'il attendait de ces retrouvailles. Revoir sa mère, tout simplement. Et, peut-être, en apprendre un peu plus sur son père.

Après huit jours de mer depuis Lisbonne, la caravelle *São Pantaleão* était en vue des Açores. Elle longea d'abord la côte nord de l'île de São Miguel, sur laquelle on pouvait distinguer des cônes volcaniques. Des hommes de l'équipage tenaient de leurs grands-pères le souvenir d'une éruption qui avait eu lieu peu après la découverte de l'île. Certains parmi eux tentèrent d'impressionner le jeune matelot venu du Nord, en mimant l'explosion avec force gestes dramatiques, mais ils ne parvinrent pas à le troubler. L'un des hommes fit cesser les gesticulations de ses camarades en prononçant le mot « Hekla » ; les marins hochèrent la tête et retournèrent à leurs occupations. Décidément, les étrangers ne connaissaient guère son pays que par ce volcan, le plus terrible de tous, considéré comme une bouche de l'enfer !

Après encore deux jours de navigation, cap nord-ouest et un quart ouest, on aperçut l'île de Terceira. Le *São Pantaleão* longea la côte sud. Jón observa deux îlots rocheux, semblables aux fragments d'un volcan que l'on aurait coupé en deux. Plus loin, un autre cône volcanique s'avançait dans la mer, relié à l'île par une bande de terre. Devant cet isthme, on distinguait des voiliers au mouillage. La baie était protégée côté est par un petit promontoire, derrière lequel apparurent les premières maisons. On approchait du port d'Angra, réputé le meilleur abri des Açores.

Un homme lança la ligne de sonde à plusieurs reprises. Le bateau tourna lentement sur lui-même. Puis l'ancre fut jetée. Le regard de Jón fit le tour de la baie, qui était largement ouverte au sud-est. Les fjords islandais recelaient de bien meilleurs refuges pour les navires ! Mais peu lui importait la petite houle qui contournait le volcan et faisait rouler le bateau. Il scrutait la terre, le village qui s'étendait sur les pentes. Il allait peut-être enfin respecter le serment qu'il avait fait, enfant, à Bristol. Son cœur battait.

33

Jón avait toujours imaginé ainsi leurs retrouvailles. Ils allaient pleurer de chaudes larmes. Des larmes qui coulaient comme une fontaine joyeuse.

Gudrún était de ces femmes dont les rides, loin d'érafler la beauté de leur visage, l'éclairaient d'une grâce nouvelle, et dont les cheveux blancs évoquaient plus une gerbe de paillettes argentées que le voile gris de la vieillesse. Cela faisait bien longtemps que Jón n'était plus parvenu à se remémorer les traits de sa mère. Pourtant, ils s'étaient reconnus tout de suite.

Elle était bouleversée. Depuis vingt-deux hivers, elle avait entretenu la mémoire de son fils. Le souvenir du jour funeste où il avait été embarqué de force sur une chaloupe, alors qu'il était seul sur la berge, l'avait longtemps tourmentée. Elle avait toujours une pensée pour lui lors de ses deux prières quotidiennes, en un rituel qu'elle s'était fixé.

Au fil des hivers, elle s'était résignée à ne plus jamais le revoir. Pourtant, il était là. Un homme. Vivant et vigoureux. Un homme qui pleurait de bonheur. Et Gudrún pleurait à l'unisson.

En revanche, Jón ne reconnut pas son oncle Sæmundur. C'était un homme au cheveu court, efflanqué, austère, mais dont les muscles fins et saillants révélaient la vigueur. Il fit à son neveu un accueil cordial.

Ce soir-là, Gudrún prépara de la viande, afin d'améliorer l'ordinaire pour le retour de son fils. L'oncle Sæmundur déclara :

– Jón, sois le bienvenu chez nous. Tu dois avoir faim après cette traversée. Le bœuf de Terceira est le meilleur des Açores, tu m'en diras des nouvelles ! Mais ne crois pas qu'on mange de la viande tous les jours.

– Je travaillerai, dit Jón. Je connais les métiers de la terre et ceux de la mer.

– Très bien, approuva l'oncle. Je pars bientôt en campagne de pêche, et notre ferme aura besoin de bras pendant l'été.

Jón et sa mère se parlèrent peu durant la veillée. Ils allaient avoir tout le temps pour raconter.

Le lendemain, Gudrún fit visiter à son fils leur modeste domaine, qui se trouvait à flanc de colline, à environ une heure de la baie d'Angra. Elle lui présenta le personnel : une femme qui venait régulièrement du bourg afin d'aider aux travaux ménagers, et deux jeunes valets de ferme qui travaillaient aux champs et logeaient dans une petite dépendance. Puis elle l'emmena sur les hauteurs. Des buses planaient au-dessus d'eux. Elle lui dit qu'il y avait, dans la montagne, des champs de lave qui lui rappelaient l'Islande. Ils s'assirent dans l'herbe.

– Je me suis remariée avec Sæmundur.

Jusqu'alors, Jón n'avait pas parlé de son père. Il attendait le bon moment. Mais il n'eut pas à poser la question.

– Thorsteinn est resté au Groenland.

– Je sais, dit Jón. À Skard, Halldóra m'a dit que tu l'avais attendu en Islande, pendant dix hivers.

– Je n'ai pas eu le courage de rester au Groenland. La vie était trop dure.

– Tu n'as pas à regretter, dit Jón. Je sais que c'était pour me protéger que tu as quitté ce pays pour l'Islande. Et je suis fier d'être islandais.

Jón sentit que sa mère n'avait pas envie d'en dire plus. Il ajouta :

– Tu as été bien patiente d'avoir attendu mon père aussi longtemps. J'espère qu'il avait de bonnes raisons pour ne pas te rejoindre.

– Je suis tellement heureuse que tu sois venu me voir, dit Gudrún. J'espère que le destin te fera rester quelque temps.

– Mère, je t'ai retrouvée, et c'est ce qui m'est arrivé de mieux depuis bien longtemps.

Dès le deuxième soir, les écuelles reçurent la nourriture de tous les jours : des légumes et du poisson.

– D'où est-ce que vient cette morue ? demanda Jón.

– On la ramène de nos campagnes de pêche, dit Sæmundur.

– Et où est-ce que vous allez pêcher ? insista Jón.

Sæmundur se racla la gorge.

– On peut trouver des bancs de morues, en naviguant assez loin vers l'ouest.

– Mon oncle, il y a longtemps de ça, est-ce que tu n'as pas pris la mer depuis l'Islande vers le couchant, avec une expédition commandée par Didrik Pining ?

– C'est vrai. João Vaz Corte-Real, l'ancien capitaine-donataire du sud de Terceira, en faisait partie. Au retour du voyage, il avait convaincu quelques marins de le suivre aux Açores, pour participer à leur colonisation. J'étais de ceux-là.

– Où est-ce que vous êtes allés pendant ce voyage ? insista encore Jón.

– Quand on a été en vue du Groenland, plein de petits bateaux skrælings nous ont approchés. Ils étaient plutôt agressifs, et on a préféré continuer notre route vers l'ouest. Mais on n'a pas pu atteindre les Établissements nordiques comme on le souhaitait, à cause du brouillard et de la glace. Alors, on est allés vers le sud, toujours dans la brume, mais on a quand même aperçu quelques terres. Finalement, on est arrivés sur les bancs de morues.

– Les bancs de morues ? demanda Jón. Ceux où tu vas quand tu pars d'ici en campagne de pêche ?

– Hem, oui, sans doute, ce doit être les mêmes qu'on atteint aujourd'hui sur les bateaux açoriens.

– Mon oncle, tu navigues donc régulièrement dans les eaux du Vinland ! s'exclama Jón.

Sæmundur eut un geste impatient.

– Les vieilles sagas, ça m'intéresse pas. Les Vikings, les colonies nordiques, tout ça c'est bien fini. Aujourd'hui, l'Islande, ça ne représente plus rien aux yeux du monde, sans parler du Groenland. Moi, je demande qu'à vivre correctement. C'est pas des Nordiques, mais des Açoriens qui pêchent maintenant dans les eaux de la Terre de la Morue, qu'on appelle aussi « Terre de Corte-Real ». J'ai jamais regretté un instant de m'être installé ici. Comme tu peux le voir, nous vivons modestement, mais dignement. La mer peut être rude en hiver, mais le climat est doux. Ici, au moins, il faut pas batailler pour faire pousser du blé.

Jón pensa à son père. Sans l'avoir nommé, l'oncle Sæmundur avait laissé entendre qu'en restant au Groenland, il aurait choisi de s'accrocher à une terre sans avenir. Il se serait enfermé dans une impasse de l'Histoire. Peut-être Sæmundur était-il le plus lucide des frères. Ou le plus résigné.

Les jours s'écoulaient. Diogo était reparti sur le *São Pantaleão* vers le port d'Horta sur l'île de Faial, afin d'y rejoindre son parent éloigné qui devait encore y habiter, et qui pourrait peut-être l'aider à trouver du travail. Jón était de nouveau sans ami, mais cela ne lui manquait guère. Durant la belle saison, Sæmundur partait en campagne de pêche, vers l'ouest. Jón avait observé l'appareillage du bateau. Il avait envié son oncle. Depuis, il profitait des instants privilégiés qu'il passait avec sa mère. Il lui racontait la vie à Bristol, à Skard, à Helgafell. Les îles Bjarneyjar, Egill Demi-Troll, Flatey, Jórunn. Les bonnes années, la famine et la peste.

Gudrún était une femme discrète et peu loquace, qui semblait heureuse. Elle n'avait plus parlé de Thorsteinn à son fils. Elle l'interrogeait sur le bon déroulement des travaux des champs, ou lui décrivait les Açores.

Le peuplement de Terceira n'avait débuté qu'à peine cinquante ans auparavant, sous l'impulsion de l'infant Henrique. Angra était donc une bourgade récente, qui devait compter un peu plus d'un millier d'âmes. Le site avait été choisi pour l'abri qu'offrait la baie, ainsi que pour ses possibilités d'approvisionnement en eau douce : plusieurs rivières descendaient des collines, et leur courant faisait tourner les aubes d'une douzaine de moulins, construits dans le secteur du château de São Luís. Plus bas se trouvait l'unique véritable place d'Angra, qu'on appelait simplement « la Place ». À partir de là, on avait tracé en direction du port un ensemble de rues se croisant à angle droit, ce qui facilitait le déplacement des charrettes.

João Vaz Corte-Real avait grandement contribué à l'essor d'Angra. Mais à sa mort, deux ans auparavant, la population n'avait pas pleuré. Une bonne partie de ce qu'il possédait avait été acquise par l'intimidation, la menace ou la force. Jusque sa femme elle-même, la belle Maria qu'il avait enlevée sur la côte de Galice.

Après sa mort, son fils aîné Vasco Anes lui avait succédé comme capitaine-donataire d'Angra, quoiqu'on ne le vît jamais à Terceira ; c'était son frère cadet Gaspar Corte-Real qui administrait la partie sud de l'île en qualité de lieutenant. Il en profitait pour accaparer sans vergogne de nombreuses terres, en utilisant les procédés que lui avait si bien enseignés son père.

Durant la belle saison, le port d'Angra voyait passer de nombreuses embarcations. La plupart étaient des petits voiliers de Terceira ou des autres îles de l'archipel. Certains venaient de Funchal à Madère, apportant du sucre ou du sang-de-dragon. Plus rarement, une flottille en provenance d'Afrique mettait la bourgade en effervescence. La population appréciait les produits exotiques. Les marins disaient venir d'établissements lointains, comme la factorerie d'Arguin ou le comptoir de la Mina. Les cargaisons étaient principalement destinées aux marchés des grandes villes du Portugal, mais on en déchargeait souvent une partie à Angra. Jón reconnaissait les marchandises pour les avoir déjà vues sur les étals de Lisbonne. Il était curieux de savoir pourquoi ces bateaux, qui fournissaient surtout les ports du continent, venaient faire escale dans ces îles, si éloignées de leur route directe. Il parlait désormais suffisamment bien le portugais pour poser des questions.

Jón se remémora une vieille conversation avec un marin açorien, à la taverne des Highlanders, l'année de la fuite sur le *Unicorn*. L'homme était resté évasif quand on lui avait demandé une explication à cet étonnant détour, qui semblait être emprunté par la plupart des caravelles de retour d'Afrique.

Cependant, à Angra, les marins ne cachaient pas le bien-fondé de leurs options de route : le long des côtes africaines, le vent soufflait dans un sens défavorable au retour vers le Portugal. Il était donc plus judicieux de tirer un long bord vers le large, qui menait jusqu'aux Açores, à partir desquelles on mettait le cap à l'est, généralement poussé par des vents favorables. Les Portugais appelaient ce détour la « *volta* ». Jón redoubla d'admiration pour les connaissances nautiques de ces hommes. Non seulement ils utilisaient des instruments de navigation sophistiqués, mais ils connaissaient le régime des vents du grand large.

Vers la fin de l'été, Jón eut la bonne surprise de recevoir la visite de son ami Diogo, qui était de passage sur un caboteur açorien faisant commerce entre les îles de l'archipel. Ce fut l'occasion de joyeuses retrouvailles. Jón, qui n'avait guère fréquenté les débits de boissons depuis son arrivée à Angra, emmena son ami vers une épicerie-bar non loin de la Prainha, la petite plage de la baie où des gamins s'ébattaient et où quelques barques avaient été tirées au sec pour réparations.

– J'ai bien peur que le vin d'ici soit moins bon que celui du Douro, prévint Jón. Mais pour l'occasion, on peut s'offrir du malvoisie de Madère, qui est excellent. Un bateau en a déchargé ici la semaine dernière. Ces tonneaux doivent repartir vers l'Angleterre, mais les commerçants d'Angra en gardent toujours un peu, pour les notables de Terceira. Et aujourd'hui, c'est toi le notable !

– Tu me fais trop d'honneur, répondit humblement Diogo, qui ne protesta pas outre mesure.

Jón n'avait rien de particulier à raconter. Il parla simplement de la vie à la ferme. Diogo écouta son ami avec intérêt. Quand ce dernier eut fini, il déclara :

– Ça m'étonnerait bien que tu passes le restant de tes jours à mener des vaches aux champs, et à refaire des clôtures ! Pendant tout ce temps, t'as donc pas eu la moindre cotte à trousser ? Tu ferais bien d'aller un peu courir le guilledou : on dit que les filles de Terceira sont les plus jolies des Açores, avec leurs cheveux sombres et leurs yeux noirs.

– À ton tour, maintenant, coupa Jón. J'ai hâte de t'entendre énumérer tes conquêtes !

Les deux amis, qui n'étaient guère fortunés, commandèrent cette fois-ci du vin de Terceira.

– Ça serait trop long ! fit Diogo en riant. Bon, j'ai des choses plus sérieuses à te raconter. À Faial, j'ai travaillé un moment comme coursier pour un commerçant, qui savait des choses qui devraient t'intéresser. Un certain Martin Behaim, un Allemand. Il s'est marié avec la fille de l'ancien gouverneur de Faial, et cette femme, c'est aussi la sœur du beau-frère de Gaspar Corte-Real. Tu me suis ? Bref, toujours est-il que Behaim a des relations un peu tendues avec sa famille par alliance de Terceira. Il faut bien dire que, des deux côtés, on prend quelques libertés avec la loi quand il s'agit d'argent.

– Je n'ai plus d'illusion sur ceux qui dirigent les affaires du monde, dit Jón. Mais en quoi cet Allemand peut m'intéresser ?

– Martin Behaim est un commerçant pas trop scrupuleux, mais c'est aussi un grand cosmographe. Tu te souviens du quadrant ?

– Bien sûr ! s'exclama Jón. L'instrument du pilote sur le *São Pantaleão* !

– Il m'a donné des explications. Écoute bien. En fait, cet appareil sert à mesurer la hauteur de l'étoile du Nord sur l'horizon. J'ai pas très bien compris, mais ça permet de donner à peu près la position du navire. La latitude, comme il m'a dit.

– Comment je n'y ai pas pensé plus tôt ? s'enthousiasma Jón. Plus on est au nord, plus l'étoile est haute sur l'horizon. J'ai pu voir nettement la différence entre l'Islande, l'Angleterre, et le Portugal. Ici, à Terceira, l'étoile-guide est à peu près aussi haute qu'à Lisbonne. Et donc, en faisant route vers l'ouest, et en gardant l'étoile à la même hauteur sur l'horizon, on atterrit aux Açores ! C'est formidable !

– Bah ! Commandons encore à boire, si tu veux bien.

Diogo se leva pour aller faire remplir le pichet de vin. En s'éloignant, il se retourna et lança :

– J'ai aussi entendu Martin Behaim parler de terres après les Açores, vers le couchant.

Sûr de son effet, il revint tranquillement avec le pichet plein.

– Bon sang, raconte donc tout ce que tu sais, s'impatienta Jón, de plus en plus excité.

– À vrai dire, j'ai juste entendu des bouts de conversation. Il était question de capitaines terceiréens qui avaient fait un long voyage. J'ai cru comprendre qu'ils étaient rentrés il y a trois ans. Ils avaient découvert des pays glacés, mais habités. Avant leur dernier hivernage, ils auraient même déplacé un groupe d'indigènes vers des terres plus hospitalières, pour y établir un comptoir. Ça me revient maintenant : un des capitaines de Terceira s'appelait João Fernandes.

– Ça alors ! s'exclama Jón. Cet homme habitait Bristol quand j'y suis repassé après avoir quitté l'Islande. C'était un des pilotes du voyage de John Cabot !

– John Cabot ? interrogea Diogo.

– C'est un navigateur qui a lui aussi découvert des terres à l'ouest, pour le compte du roi d'Angleterre. Ce João Fernandes a dû lui apporter une aide précieuse, puisqu'il avait donc déjà l'expérience de ces mers. Tu sais combien de temps a duré ce voyage ?

– Ils auraient passé trois saisons là-bas, mais je sais pas s'ils sont repassés par les Açores pendant ce temps.

Jón réfléchit. Il y avait décidément bien du monde qui s'intéressait aux pays du couchant. Quelles étaient ces contrées glacées qu'avaient atteintes les Açoriens ? Les indigènes déplacés pouvaient aussi bien être ceux du Groenland que ceux du Helluland ou du Markland : la banquise enserrait les côtes de tous ces pays une bonne partie de l'année.

Les Portugais avaient donc l'intention de fonder un comptoir sur les terres du couchant, et ils avaient forcé des Skrælings à s'y établir. Jón devinait le but de cette manœuvre. Prudents, ils avaient laissé d'autres hommes affronter en premier les dangers d'une terre méconnue. Ces contrées seraient-elles assez fertiles pour les nourrir ? Étaient-elles peuplées de natifs hostiles ? Une sorte d'essai, à peu de risques pour les Portugais. Les Skrælings déplacés seraient par la suite facilement asservis.

Jón voyait dans cette tentative les prémices d'une colonisation, sur les lieux mêmes où les Vikings de l'an mil avaient renoncé à s'établir.

Lorsqu'il sortit de ses pensées, il vit Diogo en conversation avec la jeune servante, bien qu'elle fût plus grande que lui. Il s'aperçut combien lui-même n'avait plus guère le goût à cela. Ce serait difficile de retrouver un amour tel que celui qu'il avait partagé avec Jórunn.

34

Durant son premier hiver à Terceira, Jón put apprécier l'étonnante douceur du climat. Certes, de violentes tempêtes pouvaient se déchaîner, mais la vie était moins rude qu'en Islande. Sæmundur complétait les revenus de la terre avec ceux de la mer. La récolte de blé et de foin avait été bonne, et la dernière campagne de pêche excellente. Les hommes et le bétail n'allaient manquer de rien. Encouragé par cette relative mais grandissante prospérité, l'oncle caressait le projet de diversifier ses cultures. Des paysans de plus en plus nombreux se lançaient dans l'exploitation de la guède, appelée pastel par les Portugais. Sa matière colorante, bleu foncé, était fort prisée des Anglais, et donc fort lucrative.

En attendant, Jón passait ses journées d'hiver à se promener dans les environs. Il aimait cheminer sur les sentiers côtiers, observer la houle qui brisait sur les rochers après les coups de vent de sud. Sa balade favorite le menait au mont Brasil, le petit volcan qui formait la péninsule dominant la baie. Il avait été appelé ainsi en référence à l'île du même nom, censée être recouverte du bois éponyme, évoquée par des récits légendaires et qu'on situait quelque part dans les mers du couchant, mais que personne n'avait jamais vue. Derrière la crête s'évasait la caldeira. Depuis le sommet, le regard embrassait toute la baie et le bourg d'Angra. À l'est, au sud et à l'ouest s'étendait la mer. Quand le ciel était clair, Jón pouvait admirer le mont Pico s'élever sur l'horizon du couchant, un immense volcan aux formes majestueuses.

Parfois, Jón s'enfonçait aussi vers l'intérieur, quand le temps le permettait. Au-delà des champs de blé et des pâturages, le relief se faisait plus rude. La montagne était souvent prise dans la brume. De nombreux cônes volcaniques surmontaient les champs de lave. Dans certaines failles, des fumerolles mêlaient leurs vapeurs à celles des nappes de brouillard. Comme à sa mère, ce paysage désolé lui évoquait l'Islande.

À la fin de l'hiver, Sæmundur acheta des graines de pastel, puis les sema sur une terre qu'on avait labourée auparavant.

Un beau jour de printemps, il invita Jón à le suivre jusqu'au port : on voyait au loin quatre caravelles approcher, vent arrière. Les deux hommes entrèrent dans le bourg. L'air du large amenait dans la baie des odeurs nauséabondes en provenance des bateaux. Un gamin prétendit qu'il avait senti la flottille avant même que personne ne l'eût aperçue. C'était souvent le signe de cales remplies d'esclaves de Guinée, entassés dans des conditions épouvantables. En comparaison, l'entrepont réservé aux matelots paraissait fort luxueux, malgré le vomi, l'urine et les déjections rejetés sur le plancher par les corps des marins les plus affaiblis.

Les navires manœuvrèrent, mouillèrent l'ancre, et des chaloupes furent mises à la mer. Dans les embarcations, on distinguait des silhouettes noires. Sæmundur et Jón s'approchèrent. Une bonne partie de la population d'Angra était venue sur le front de mer assister au déchargement de la cargaison. Les barques vinrent s'échouer sur le sable, dans une certaine confusion à cause des rouleaux. Quelques mères avaient posé leurs mains sur les oreilles de leurs enfants, étouffant ainsi le son des bordées de jurons abominables en provenance des chaloupes, que seuls des marins étaient capables de proférer. Une vingtaine d'Africains furent débarqués sur la plage. Des hommes, des femmes, des enfants. Les badauds s'exclamaient, les enfants riaient en se pinçant le nez. On poussa les nègres dans la mer, afin de les laver un peu. Parmi eux, une femme tenta de regagner les bateaux à la nage, mais une chaloupe l'intercepta et la ramena à terre. On dirigea les Africains vers les fontaines du port, qui servaient habituellement à l'avitaillement en eau des navires. On les fit se rincer. La plupart d'entre eux gardaient un visage fermé, même si certains jouèrent à s'asperger. Puis on les emmena sur la Place. La femme qui avait voulu s'échapper à la nage résista, elle ne quittait pas les bateaux des yeux. Des matelots la frappèrent et l'obligèrent à rejoindre les autres.

On mit les nègres aux enchères. Des familles furent séparées de force, il y eut beaucoup de cris et de pleurs.

L'oncle Sæmundur acheta deux esclaves, deux femmes qui travailleraient, disait-il, à l'élaboration du pastel, et qui déchargeraient Gudrún d'une partie des tâches ménagères. Jón se sentait mal à l'aise. Il avait certes déjà vu, à Lisbonne, à Angra, de nombreux esclaves noirs, mais il n'avait jamais assisté à leur déchargement et à leur vente.

Sæmundur, Jón et les deux Africaines rejoignirent la ferme. À la vue des esclaves, Gudrún se mit en colère contre son mari. Elle dit qu'elle avait déjà une femme de ménage, qu'elle n'avait besoin de personne d'autre pour tenir la maison, et surtout pas de deux pauvres femmes n'ayant sûrement pas demandé à être là. Elle refusa de les loger dans le réduit situé à côté de la cabane des valets de ferme, arguant qu'il faudrait peu de temps à ceux-ci pour abuser d'elles.

Sæmundur avait beau lui assurer qu'elles seraient aussi bien traitées que n'importe quel employé, Gudrún ne décolérait pas. Elle installa les deux Noires dans le cagibi attenant au bâtiment principal, et ne se départit guère de sa mauvaise humeur avant plusieurs semaines.

L'oncle de Jón avait décidé de ne pas participer à la traditionnelle campagne de pêche estivale, afin de lancer la culture du pastel.

La première récolte eut lieu à la fin du printemps. Les feuilles devaient être séchées, puis broyées à la meule pour en rejeter le jus. Le mélange ainsi obtenu était ensuite confié aux femmes. Elles l'arrosaient d'eau, afin de provoquer une fermentation putride. L'ajout de purin ou d'urine accélérait le processus. Enfin, elles pétrissaient la pâte, confectionnant des coques d'un demi-pied de diamètre, qu'elles mettaient à sécher sur des claies. C'était un travail long, salissant, nauséabond, qui échut naturellement aux Africaines.

Jón observait les deux femmes occupées à malaxer la pâte. Leurs tuniques en haillons laissaient apparaître des galbes de chair sombre. Elles se déhanchaient sous l'effort et leur peau moite luisait. Il se souvint alors de certains soirs d'ivresse, à Lisbonne. Diogo et lui qui se perdaient dans les ruelles à la sortie de la taverne. Les esclaves éméchés qui chantaient dans la nuit. Les sons lourds, joyeux et désespérés de leurs tambours…

Les négresses qui dansaient frénétiquement, leurs corps mal voilés, leur sensualité sauvage… Les gouttes de sueur glissant sur leurs rondeurs… Ses sens avaient été rudement mis à l'épreuve.

Les deux femmes discutaient dans une langue incompréhensible. L'une d'elles ne paraissait pas plus âgée que Jón, alors que l'autre était une femme mûre, dont le corps épaissi trahissait les modelages successifs de grossesses répétées. Lorsqu'il s'approcha, leur bavardage cessa. Il s'installa entre elles, mit les mains dans la pâte fétide et entreprit de réaliser une coque.

Les noms d'origine des Africains étaient jugés imprononçables. On se donnait rarement la peine de les connaître, et les maîtres en attribuaient de nouveaux. Ainsi, Sæmundur avait baptisé ses esclaves « Inês » et « Branca ». Le choix de ces noms, portugais plutôt que norrois, s'inscrivait dans la démarche de l'oncle, qui tournait le dos à son pays d'origine ; il avait même accepté pour lui-même, voire encouragé, l'utilisation par les Açoriens du prénom « Simão », plus prononçable que « Sæmundur ».

La plus âgée, Inês, observait le travail de Jón. Constatant sa maladresse, elle sourit, lança un clin d'œil malicieux. Elle prit la pâte de ses mains afin de lui inculquer les bons gestes. Surpris par tant d'audace, Jón laissa faire. Puis il fut invité à confectionner de nouveau la coque de pastel. Branca, qui jusque-là avait gardé les yeux baissés, sourit à son tour.

À la fin de l'après-midi, quelques barrières étaient tombées entre l'homme libre et les esclaves. Enhardies par l'attitude amicale de Jón, les deux femmes avaient touché ses cheveux blonds. Tant bien que mal, on avait fait les présentations. Inês ne semblait pas être gênée par son nouveau nom chrétien. En revanche, la plus jeune Noire détestait « Branca », qui signifiait « Blanche » et était un sujet de moquerie.

Son vrai nom était « Mosaan ». Jón décida de l'appeler ainsi désormais.

35

C'était une de ces matinées d'août où l'on se levait tôt afin de travailler avant l'arrivée de la chaleur. La rosée s'était déjà évaporée quand un groupe de gamins excités passa en courant devant la ferme :

– Une caravelle ! Une caravelle !

Jón coupait l'herbe du fossé le long du chemin. Il leva la tête, amusé, et leur lança :

– Une seule ? J'en ai encore vu deux au mouillage la semaine dernière. Il y a pas de quoi ameuter toute l'île en courant comme des lapins !

Les garçons s'approchèrent, essoufflés. L'un d'eux, qui semblait être le chef, répondit avec l'air suffisant de celui qui détient une information importante :

– Y en a peut-être qu'une seule, mais elle vient de rudement loin !

– Ouais ! Elle vient des Indes, révéla imprudemment l'un de ses camarades.

Le meneur de la troupe lui asséna un coup de pied au derrière pour avoir coupé son effet. Jón laissa en plan ses outils et se dirigea d'un bon pas vers le bourg.

Il régnait une grande animation sur la Place et dans la Rua São João qui menait au port. La foule se densifiait à l'approche de la placette surplombant la cale de débarquement, au pied du nouvel hôpital, inauguré sept ans auparavant. Le capitaine-donataire João Vaz Corte-Real l'avait fait édifier dans le but d'attirer à Angra les voiliers de passage, qui pourraient ainsi faire soigner leurs malades. Il n'aura pas vécu assez longtemps pour y voir séjourner le plus illustre de ses patients, en cette année 1499 : Paulo da Gama, débarqué du bateau commandé par son frère Vasco.

Le capitaine-major Vasco da Gama était de retour des Indes.

La route maritime autour de l'Afrique, sur laquelle les Portugais progressaient depuis des décennies, était enfin ouverte. Le monopole des Vénitiens sur le commerce avec l'Orient, qui passait jusqu'alors par la Méditerranée, était contourné. C'était la promesse d'énormes profits pour le royaume.

L'état de l'équipage contrastait fort avec ces perspectives. Jón aperçut de nombreux marins moribonds que l'on acheminait tant bien que mal vers l'hôpital, à travers la foule. Il apprit que le frère de Vasco da Gama avait été le premier débarqué et présenté aux médecins. Les gens tentaient d'apercevoir par les fenêtres du bâtiment les personnalités qui s'y étaient réunies : Vasco da Gama, Gaspar Corte-Real, l'*almoxarife* et les autres fonctionnaires du roi, ainsi que les principaux religieux.

Jón traversa la placette, contourna le bâtiment de la douane et se dirigea vers la Prainha, où des groupes d'îliens s'activaient. Ils chargeaient à la hâte leurs barques de provisions, puis les mettaient à l'eau et rejoignaient leur voilier au mouillage : chacun comptait atteindre Lisbonne le premier afin d'annoncer la nouvelle au roi, ce qui pouvait rapporter une bonne récompense.

Une chaloupe de la caravelle avait été remontée sur le sable. Des marins en haillons exhibaient quelques échantillons du contenu des cales : de la cannelle, du poivre, des noix de muscade, des clous de girofle, du gingembre, de la myrrhe, du bois de braise. Toutes les richesses des Indes. Jón soupesa une grosse noix, dure et creuse, que les marins appelaient « coco ». Ils l'ouvrirent : elle contenait une eau laiteuse qu'ils proposèrent aux plus chanceux. Jón apprécia son goût subtil, un goût d'aventure, d'inconnu, de terres lointaines.

Le lendemain, tout Angra apprit la mort de Paulo da Gama. La sépulture eut lieu en la chapelle Notre-Dame de Guia. Jón faisait partie des curieux qui assistèrent à la sortie de la messe. Il reconnut les notables de l'île, qui étaient tous venus. Enfin, il aperçut le grand Vasco da Gama. Celui qui avait découvert la route des Indes. Celui qui deviendrait, à n'en pas douter, le navigateur le plus glorieux du Portugal.

Les gens se dispersèrent. Jón allait rentrer à la ferme lorsque des matelots de la caravelle approchèrent, accompagnés d'un étranger qu'ils bousculaient sans ménagement. Ils le poussèrent dans la chapelle malgré ses protestations indignées :

– *Piano ! Mamma mia !* Doucement ! Je suis pas n'importe qui !

Jón, par curiosité, attendit la suite des événements. Les quelques badauds n'eurent guère à patienter avant de voir ressortir le petit groupe : les marins distribuaient force bourrades à l'étranger, paraissant à la fois le féliciter et se moquer de lui. Ils descendirent sur la Place où un attroupement se forma de nouveau. L'étranger fut présenté comme étant un juif de Venise, qu'on avait ramené des Indes où il s'était mis au service des Maures. On venait de le faire baptiser, car les gens de confession juive étaient interdits au Portugal depuis trois ans. L'homme gesticulait et protestait contre les railleries des marins. Peu à peu, on se lassa de ce petit jeu. Les habitants retournèrent chez eux, et les membres de l'équipage rejoignirent ceux de leurs camarades qui étaient assez valides pour voir s'il y avait moyen de passer du bon temps quelque part dans la petite bourgade.

Jón s'approcha du juif converti et lui proposa de se rendre dans un endroit un peu à l'écart, du côté du port des Pipas, où on pourrait boire et converser tranquillement. Le Vénitien dévisagea cet étrange homme blond au fort accent, étranger comme lui, et accepta sa proposition.

L'entrée des deux hommes dans la petite buvette ne passa pas inaperçue. Le compagnon de Jón s'approcha du comptoir d'un pas décidé et réclama d'une voix forte un pichet de vin. Les pêcheurs présents cessèrent leur conversation et il se tourna vers eux.

– *Ciao a tutti !* Ah, me voici enfin chrétien ! s'exclama-t-il. Et maintenant, je m'appelle Gaspar des Indes ! Eh oui, j'ai vécu là-bas pendant bien longtemps.

Jón, qui était connu des habitants d'Angra quoiqu'il fût plutôt discret, resta en retrait. Le patron demanda à l'étranger de montrer sa bourse avant de le servir. Gaspar des Indes était suffisamment pourvu et il commença à boire et à raconter.

Il parlait un portugais affreusement mâtiné de langue *franca*, mais accentuait son propos de force gestes destinés à édifier son auditoire, qui balançait entre enthousiasme et incrédulité. Il décrivit la ville de Calicut « plus grande que Venise et Lisbonne réunies », les richesses fabuleuses, la pêche de perles « grosses comme des œufs de pigeon », les éléphants capables de sortir les vaisseaux de l'eau en les poussant, et même « de les soulever avec leurs trompes » pour qu'on pût examiner le dessous des carènes.

Pressé de questions et gracieusement fourni en vin par son public, il expliqua comment la flottille s'était séparée sur la route du retour, Vasco da Gama ayant affrété une caravelle à Santiago, aux îles du Cap-Vert, afin de revenir plus rapidement au Portugal qu'avec la nef *São Gabriel*, alourdie et fatiguée par deux années de voyage. L'aggravation de l'état de santé de son frère avait décidé le capitaine à passer par les Açores avant de rejoindre Lisbonne, en empruntant la *volta* : cette route maritime lui permettait de toucher plus rapidement une terre portugaise.

Si la première partie du discours de Gaspar, traitant des Indes fabuleuses, avait paru pour le moins douteuse à Jón, il considérait comme plausibles ses explications à propos des choix de Vasco da Gama. Cependant, l'orateur s'était lancé avec délectation dans une histoire de licorne venant s'abreuver dans quelque fleuve indien. Puis il se mit à célébrer les charmes d'une île appelée Angedive, peuplée de nymphes si aimables que ce lieu pouvait assurément rivaliser avec le paradis des chrétiens, et si gracieuses qu'elles surpassaient en beauté toutes les femmes qu'il avait fréquentées jusqu'alors, durant ses nombreux et périlleux voyages. Les clients étaient captivés par le récit. Gaspar des Indes le savait : il allait s'offrir une bonne ivresse à bon compte. Jón sortit de la buvette.

Les jours suivants, l'équipage de la caravelle se fit plus discret. Vasco da Gama avait toléré les habituelles bordées de début d'escale, mais il imposa ensuite une certaine retenue afin de respecter le deuil de son frère. L'équipage obtempéra sans broncher, car après les délices exotiques des Indes et avant de retrouver les tavernes et bordels de la capitale, Angra proposait de bien pâles réjouissances. Les chaloupes ne vinrent plus à terre que pour l'avitaillement.

Aux fontaines du port, les pleins d'eau à destination de la caravelle se multiplièrent, signe d'un départ proche. Jón passait de longues heures à déambuler sur le rivage de la baie. Il surveillait les préparatifs. Parfois, il s'asseyait sur le sable de la Prainha, observant le voilier au mouillage. Quand une chaloupe venait accoster, il s'approchait de la cale afin d'échanger quelques mots avec l'équipage.

Lors d'un voyage à terre, Gaspar des Indes parvint à fausser compagnie aux hommes chargés du transbordement des tonneaux. Il avait aperçu le jeune Islandais dans la Rua São João et se dirigea vers lui d'un bon pas. Il lui proposa de l'accompagner à nouveau jusqu'à la buvette des Pipas, où il savait pouvoir trouver un auditoire prêt à écouter le récit de ses innombrables aventures. Jón avait l'habitude de discerner, dans les témoignages de marins, le vrai et le faux, le plausible et le douteux. Ce Gaspar était probablement, dans tout le Portugal, l'homme qui connaissait le mieux les Indes, mais peut-être aussi l'un des plus menteurs, puisqu'il n'y avait personne d'assez érudit sur le sujet pour le contredire. Il faudrait démêler l'écheveau parmi les calembredaines de cet impénitent fier-à-bras.

Cette fois-là, Gaspar des Indes discourut de la maladie des gencives. Il jugea superflu de parsemer son propos d'exagérations, tant ce mal était terrible. Si terrible que les clients de la buvette peinaient à le croire, malgré la véracité de ses paroles. La maladie apparaissait à bord des bateaux après de longues semaines de mer, et disparaissait rapidement lorsqu'on touchait terre. Les infortunés marins qui en étaient atteints avaient le corps enflé, surtout les jambes qui devenaient dures comme du bois. La peau jaunissait et se couvrait de petites pustules sanguinolentes. Les gencives gonflaient, noircissaient, et il fallait en retirer des morceaux de chair pourrie qui encombraient la bouche. Les dents se mettaient à branler puis à tomber, si bien que les malades ne pouvaient plus manger que du liquide. Quand ils ouvraient la bouche, ils libéraient une haleine si pestilentielle qu'elle se sentait jusqu'à l'autre bout du navire. Puis on commençait à jeter leurs cadavres à la mer.

L'un des clients de la buvette, probablement jaloux que toute l'attention fût dirigée vers l'étranger, et que cela lui rapportât force gobelets de vin, tenta d'attirer l'attention à lui :

– Je suis de Santa Maria, l'île la plus à l'est des Açores. On a vu passer là-bas, y a six ans de ça, Cristóvão Colombo. Parfaitement, Cristóvão Colombo lui-même ! Et y avait personne à son bord qui avait attrapé ce mal dont tu parles. Pourtant, ils revenaient d'un très long voyage, puisqu'ils avaient atteint les Indes par l'ouest.

– *Macché ! Basta !* répliqua Gaspar, dont la voix pâteuse et grandiloquente trahissait l'ébriété. Ce Colombo n'a sûrement pas atteint les Indes, mais plutôt quelques îles perdues ! Ce qu'il en a raconté ne ressemble à rien de ce que j'ai vu, de mes propres yeux. Je suis pourtant allé partout, dans ce pays ! Cet homme est un imposteur, je vous dis ! D'ailleurs, son voyage vers le ponant a duré à peine plus d'un mois, alors qu'avec Vasco da Gama, on a navigué pendant trois mois sans voir la terre ! Les marins de la caravelle pourront vous le confirmer.

Gaspar des Indes n'avait pas eu besoin de forcer son talent pour ramener le pêcheur de Santa Maria à plus d'humilité. Satisfait et passablement ivre, il acheva sans vergogne le pichet qu'on avait placé devant lui, et décida de rejoindre son bord.

Le lendemain, Vasco da Gama se rendit une dernière fois sur la tombe de son frère, salua Gaspar Corte-Real, l'*almoxarife* et les autres notables d'Angra, puis rembarqua. La relâche à Terceira avait constitué un rafraîchissement efficace pour ses hommes, remis sur pied dans la perspective de la traversée vers Lisbonne, terme de leur immense périple.

Après l'événement qu'avait constitué la venue de la caravelle de découverte, la vie normale reprit son cours à Angra.

Jón entra dans sa chambre, s'arrêta net. Mosaan était assise sur le bord du lit. Elle lui tournait le dos, les mains sur les draps. Ses épaules, ses hanches, son corps noir étaient nus. De chaque côté de son buste se dessinait l'esquisse de ses seins. Elle était nue et elle l'attendait. Imperceptiblement, elle tourna la tête, les épaules, la poitrine, et peu à peu s'élevait la courbe d'un sein, dont la plénitude se dévoilait au regard. Le mouvement de son corps s'amplifia, faisant cambrer ses reins et saillir ses fesses.

Jón regardait ardemment sa sensualité se déployer. Elle leva les yeux vers lui. Il la rejoignit sur le lit et la bascula dans ses bras.

Un voilier étranger vint jeter l'ancre dans la baie, seulement deux jours après le départ de Vasco da

Gama. La venue de ce bateau-là n'émut guère la population.

Quand il apprit que ce voilier battait pavillon anglais, Sæmundur y vit une belle occasion d'écouler sa production de pastel. Il en avait déjà vendu une partie à un bateau de Londres, réalisant de coquets bénéfices, et il espérait bien négocier le reste à un aussi bon prix. L'immigrant nordique commençait à être regardé d'un autre œil par des cercles de la population qui le considéraient jusqu'alors comme un paysan rustique, venu d'un pays lointain et primitif.

Juché sur son nouveau cheval, il se rendit au bourg afin d'y rencontrer les marchands anglais. Il parvint aux fontaines du port, d'où l'on pouvait observer les mouvements des barques allant et venant, entre les navires et ce qu'on appelait dorénavant « le Quai ». Cette dénomination, un peu exagérée pour désigner la cale irrégulière qui s'appuyait sur un petit récif, se répandait plus vite depuis le passage de Vasco da Gama : l'événement était considéré comme un épisode glorieux pour Angra, l'île de Terceira et l'archipel tout entier, faisant gonfler l'orgueil des habitants, depuis les capitaines-donataires jusqu'aux plus humbles des valets de ferme.

Sur le Quai se tenait un personnage insolite, grand malgré ses épaules voûtées, les cheveux et la barbe en broussaille, d'un roux cendré. Sæmundur, qui jusque-là affectait la pose de ceux qui voulaient compter dans la vie de la bourgade, perdit toute sa contenance lorsqu'il vit l'étranger. Il mit précipitamment pied à terre, trébucha, se releva et courut vers lui en criant, un cri que les passants ahuris ne comprenaient pas :

– Ísleifur ! Ísleifur !

36

Ísleifur commença son récit en s'adressant à Jón.

– Quand j'ai quitté le Groenland il y a deux hivers, ton père m'a parlé à peu près avec ces mots : « Si ton chemin devait croiser celui de mon fils, et s'il avait envie de connaître mon destin, raconte-lui d'abord l'histoire de notre peuple. Puis dis-lui que j'ai suivi ma voie, et que ma vie n'aurait pas de sens si je devais m'en écarter. » Et mon frère a refusé de m'accompagner. Pour que tu comprennes bien pourquoi Thorsteinn a décidé de rester là-bas, je dois te raconter les épreuves terribles que les Groenlandais ont dû subir.

Sæmundur, Gudrún et Jón s'étaient installés confortablement, car ils savaient que le récit allait se prolonger tard dans la nuit. Ils étaient impatients d'en découvrir les détails, mais savouraient aussi le simple plaisir d'écouter une longue histoire au coin du feu.

– Les anciens disaient que dans le temps, le Groenland était une terre fertile. À l'époque, l'herbe des pâturages était verte et grasse. Des bateaux venaient régulièrement de Norvège, et apportaient le bois et l'hématite qui manquaient au pays, mais aussi des outils, de la poix, et d'autres choses que pouvaient acheter les plus riches : du miel et du malt pour faire l'hydromel et la bière, des raisins secs, des noix. Les évêques commandaient des cloches, des vitraux, des vêtements de prêtre et du vin de messe. En échange, les Établissements norrois fournissaient des peaux et des fourrures, mais aussi des faucons blancs, des cornes de narval, et même parfois des ours vivants. L'ivoire des défenses de morse était bien apprécié dans toute la chrétienté, et c'était peut-être la plus grande source de richesse du pays, qui permettait de payer la dîme au pape et les taxes au roi.

« Au siècle dernier, la situation a commencé à changer. Je pense qu'il y a eu plusieurs raisons à ça. D'abord, les Danois ont interdit aux autres pays de faire du négoce avec le Groenland : ils appellent ça le "monopole commercial". Les Norvégiens et les Islandais eux-mêmes n'avaient plus le droit de commercer avec nous. À partir de ce moment-là, de moins en moins de bateaux venaient approvisionner les Établissements, d'autant que les Danois eux-mêmes se désintéressaient du pays. Le "*knörr* du Groenland", qui faisait un voyage pratiquement tous les étés depuis le Danemark, s'est perdu en mer, et il n'a pas été remplacé. Il faut dire qu'en ces temps plus difficiles, les défenses de morse étaient de moins en moins recherchées. J'ai cru comprendre qu'à l'époque, les gens du continent commençaient à aller plus souvent en Afrique, et qu'ils préféraient utiliser l'ivoire d'un énorme animal qu'on trouve là-bas, l'éléphant.

– J'ai pu observer leurs défenses sur un marché de Lisbonne, dit Jón. Elles étaient vraiment énormes.

Ísleifur poursuivit :

– Notre pays recevait encore quelques visites de bateaux, qui contournaient l'interdiction. En cas de problème avec les Danois, les capitaines disaient qu'ils avaient été déroutés par la tempête. Les Groenlandais commençaient à manquer de pas mal de choses, et ils étaient prêts à en payer le prix.

« Pour rien arranger, la Norvège a été frappée par la Peste Noire qui a ravagé l'Europe : beaucoup de marins qui connaissaient la route de notre pays en sont morts. Et après l'épidémie, une partie de la jeunesse du Groenland a émigré en Norvège, où on disait que des bonnes terres étaient devenues disponibles.

« À peu près à la même époque, il y a eu le drame des Établissements de l'Ouest, où habitaient nos aïeux, tes aïeux, Jón. Il devait y avoir là-bas une cinquantaine de fermes. Le *thing* et l'évêché se trouvaient à Gardar dans les Établissements de l'Est, où il y avait environ deux cents fermes, mais ceux de l'Ouest jouaient un rôle important : nos ancêtres étaient davantage tournés vers la mer, et ils avaient toujours entretenu leurs bateaux avec soin. C'est eux surtout qui fournissaient les morses et les peaux d'ours, qu'ils ramenaient de leurs campagnes de chasse dans le Nord. Ils faisaient encore souvent le voyage du Markland, ce qui aidait à approvisionner le pays en bois. Mais on commençait à manquer d'outils, de clous pour garder les bateaux en état de naviguer. Moins de bateaux, donc moins d'expéditions au Markland, et donc moins de bois pour entretenir les bateaux. “Le tourbillon du déclin”, comme disait ton père.

« Et puis des Skrælings sont venus s'installer sur la côte, de plus en plus nombreux. Ils occupaient les terrains de chasse du Nord. C'était à l'époque où la glace a commencé à être plus présente dans les fjords. Au début, les contacts entre les deux peuples ont été plutôt distants, mais à peu près pacifiques. Il y a sans doute eu quelques échanges, mais aussi un peu de bagarre. Un vieux Skræling m'a raconté une histoire là-dessus.

– Tu parles leur langue ? interrompit Jón, qui était fasciné par le récit.

– Je vais y venir, dit Ísleifur. Mais écoute d'abord cette histoire.

« Un jour, une femme skræling s'est mise à exciter les populations les unes contre les autres. La diablesse disait aux siens que les Norrois se préparaient à les attaquer, et faisait comprendre aux nôtres que les gens de sa race étaient pleins de malveillance contre eux.

« Alors les Norrois ont assailli le camp des Skrælings pendant qu'ils étaient partis chasser, et ils ont tué les femmes et les enfants. Quand les chasseurs ont découvert le massacre, ils ont préparé leur vengeance. Pour se camoufler, ils ont construit un bateau qui ressemblait à un morceau de glace sale, et ils ont approché une maison norroise. La surprise a été totale.

« Les Skrælings ont mis le feu à la maison, et leurs flèches ont transpercé tous ceux qui en sortaient. Seulement deux hommes ont réussi à se sauver. Ils ont fini par retrouver la femme skræling qui avait semé la haine. Ils l'ont traînée à terre jusqu'à la mort.

« Et c'est ainsi que se termine cette histoire.

Ísleifur marqua une pause. Il paraissait méditer sur le triste épisode qu'il venait de raconter aux gens de sa famille. Autrefois, il était important de transmettre ces histoires, pour enrichir la mémoire collective et affermir le sentiment d'appartenance à son peuple. Demain, y aurait-il encore quelqu'un pour écouter et perpétuer l'histoire des Groenlandais ?

Il savait que Gudrún, Sæmundur et Jón le rejoignaient

dans ses interrogations. Il prolongea le silence avant de reprendre son récit.

– La situation dans les Établissements de l'Ouest devenait donc difficile, reprit-il. Le coup de grâce allait être donné par l'attaque de navires étrangers. Certains assurent qu'il s'agissait de pirates anglais ou norvégiens, mais d'autres disent que c'étaient des Basques, des marins endurcis, qui n'ont pas peur de pêcher la baleine, à ce qu'on m'a rapporté. Je pense qu'il y a eu des attaques à plusieurs endroits de la côte, peut-être à des étés différents. Beaucoup des nôtres ont été tués ou embarqués de force. Il semble que des Skrælings aient pu mettre quelques femmes et enfants norrois à l'abri, pendant que les hommes se défendaient. En tout cas, les survivants ont fini par se réfugier dans les Établissements de l'Est. Un de nos aïeux en faisait partie : c'était Sokki, père de Sigurdur le Velu, père de Gunnar, père d'Ólafur, ton grand-père paternel, Jón.

« Même si les deux Établissements avaient toujours eu des liens étroits, leurs habitants présentaient quelques différences de mentalité. Ceux de l'Est étaient des vrais terriens, et ils ne juraient que par l'agriculture. Ils ne pêchaient pas beaucoup, sur des petits canots, et ils ne s'aventuraient jamais bien loin des côtes. Seul le bateau de l'évêque était encore capable d'affronter la haute mer, mais il naviguait à peine, sauf pour parader dans le fjord.

« La fin des Établissements de l'Ouest, ça a été aussi la fin des expéditions vers le Nord ou le Markland, ce qui a aggravé le problème du manque de bois, d'autant plus qu'on ne voyait presque plus passer de navires étrangers. Les champs de glace gênaient énormément la navigation et dissuadaient les bateaux de se risquer le long de nos côtes. La banquise pouvait atteindre une épaisseur de quatre ou cinq aunes. Les fjords n'étaient plus libres de glace que vers la fin de l'été, pendant une période de plus en plus courte.

« Et d'année en année, le temps se refroidissait. Les récoltes de foin étaient moins bonnes, le bétail s'amaigrissait. Les réfugiés de l'Ouest encourageaient la communauté à remettre à flot des bateaux et à chercher du poisson. Ils proposaient de s'inspirer des manières de chasser et de pêcher des Skrælings, qui ne paraissaient pas avoir de difficulté à vivre malgré le froid, alors qu'ils ne possédaient pas de vaches ni de moutons.

« Mais l'Église veillait à ce qu'on garde le mode de vie traditionnel norrois et chrétien : d'après les prêtres, le salut ne pouvait passer que par l'élevage du bétail. Les évêques menaçaient ceux qui voulaient adopter des coutumes païennes, et qui étaient justement ceux qu'on voyait le moins aux offices. Les réfugiés des Établissements de l'Ouest étaient montrés du doigt, alors qu'il y avait de plus en plus d'années de disette. Les plus pauvres commençaient à mourir de faim.

« Après la Grande Peste en Islande au début du siècle, des jeunes gens ont choisi d'aller s'y installer, pour prendre les terres laissées libres par les victimes. Le Groenland perdait encore un peu plus de ses forces.

– La peste est revenue en Islande, dit Jón. C'était trois hivers avant mon départ. Ça a été terrible.

Son visage s'assombrit. Gudrún observa son fils, accaparé par ses souvenirs. Sæmundur se leva et sortit chercher du bois. Il mit une nouvelle bûche dans le feu et le crépitement sortit Jón de ses pensées.

– Continue l'histoire, oncle Ísleifur, on en était au début du siècle.

– À ce moment-là, le dernier évêque de Gardar

était mort depuis vingt-cinq hivers. Il a jamais été remplacé. Des prêtres continuaient à faire fonctionner tant bien que mal les lieux de culte, et veillaient plus que jamais au strict respect de la religion. Sauf qu'ils ordonnaient d'autres prêtres, et affirmaient en avoir le droit faute d'évêque, ce qui donnait des doutes à certains fidèles sur la validité des sacrements. L'Église défendait la foi, mais elle défendait aussi ses intérêts : elle possédait une bonne partie des meilleurs pâturages. Et quand un bateau étranger se risquait encore chez nous, les prêtres préféraient réclamer de la soie, des chandeliers, des bijoux ou des cierges plutôt que du bois, du fer ou du grain.

« De leur côté, les Skrælings installaient leurs campements toujours plus près de nos fermes. Le fossé se creusait entre ceux qui étaient pour un rapprochement avec eux, et ceux qui pensaient qu'on devait conserver rigoureusement les traditions.

« Les Norrois étaient plus isolés que jamais. Il fallait attendre plusieurs hivers entre le passage de deux bateaux, et encore on avait de la chance si la visite n'était pas hostile. Il est arrivé que des étrangers enlèvent des habitants, mais on raconte qu'une fois, des jeunes auraient embarqué de leur plein gré sur un navire anglais.

« Le dernier bateau a été celui de Björn Thorleifsson et Ólöf Loftsdóttir, deux riches Islandais, qui sont venus alors que j'étais encore un jeune enfant.

– Comme tu as dû l'apprendre, j'ai travaillé au service de leur fils Einar à Skard, dit Jón.

Ísleifur acquiesça et poursuivit :

– Ton grand-père Ólafur avait une ferme à Herjólfsnes, à l'écart de la communauté. C'était un homme ouvert, curieux de tout. Il s'intéressait autant au mode de vie des Skrælings qu'à celui des gens du continent.

« Quand il était jeune, il allait souvent voir les bateaux étrangers qui passaient encore. Je me souviens qu'il aimait porter, les jours de fêtes, un chaperon à longue queue. Il l'avait fait confectionner par ma mère, à l'imitation de celui qu'il avait observé sur un voilier en escale. Les marins lui avaient assuré que c'était un vêtement à la dernière mode en France.

« Il avait gardé une barque pour la pêche, et il nous y emmenait parfois, nous, ses trois fils : Sæmundur, le plus jeune, ton père Thorsteinn, et moi, l'aîné. L'un après l'autre, on sortait de l'enfance. À l'époque, notre mère était déjà morte. Il nous arrivait de partir plusieurs nuits vers le nord. Petit à petit, on s'est rapprochés d'un groupe de Skrælings.

– Ces fameux Skrælings, à quoi ressemblent-ils donc ? demanda Jón.

– Ce sont des hommes petits et trapus, à la peau jaune, aux pommettes saillantes et aux yeux bridés. Leurs vêtements sont faits de peaux de phoque ou de caribou. Ils n'ont pas de bétail et ils ne vivent que de chasse et de pêche. Pour suivre le gibier, ils doivent beaucoup voyager. En été, on voyait souvent passer leurs bateaux de peau dans les fjords. Les hommes ont presque tous leur "kayak", un petit canot léger et très effilé, qu'ils font avancer à la pagaie. C'est beaucoup plus maniable que nos barques en bois, et idéal pour la chasse. Ils sont capables de les redresser en cas de chavirage, sans même en sortir, d'un simple coup de pagaie ! Quand ils déménagent aux changements de saison, les femmes dirigent une embarcation plus grande appelée "*umiaq*", qui sert à transporter leurs biens, c'est-à-dire pas grand-chose. Avec leurs bateaux, ils sont même capables d'aller pêcher la baleine au large !

« Quand les fjords sont gelés, ils sortent leurs traîneaux, qui sont tirés par des chiens. L'hiver, ils habitent des baraques en pierre ou en tourbe, sauf quand ils voyagent : ils construisent alors des curieux abris en glace, en forme de dôme, appelés "igloos". La graisse de phoque ou de baleine leur permet de se chauffer. Pendant leurs campagnes de chasse de l'été, ils dorment sous des tentes.

« C'est comme ça que nous avons appris un peu de leur langue, sauf Sæmundur qui ne recherchait pas spécialement leur compagnie.

Jón remarqua la mine renfrognée de Sæmundur, qui se levait fréquemment pour replacer les bûches du feu. Cet oncle-là n'avait jamais trop aimé parler de tout ça… Ísleifur, dès sa première veillée à Terceira, lui en avait appris davantage sur le Groenland que son frère en plus d'une année ! Et son récit se poursuivait :

– Les Skrælings nous ont enseigné à chasser le phoque même en hiver, par un trou creusé dans la glace, en utilisant un harpon : il s'agit d'une sorte d'hameçon fixé à l'extrémité d'une hampe, à la manière d'une lance. Ils nous ont aussi montré le matériel impressionnant qu'ils utilisent pour la chasse à la baleine. Tu verrais ça, des harpons à tête détachable, des flotteurs en peau de phoque… Ils doivent pas attendre, comme nous, que les baleines s'échouent pour en récupérer la viande !

« On retrouvait tous les étés la même tribu de Skrælings, qui se nomment eux-mêmes "Inuits[1]". Je préfère les appeler comme ça, parce qu'ils ne méritent pas le nom qu'on leur donne. Petit à petit, on s'est liés avec ce groupe. On a chassé le caribou ensemble, on a partagé le produit de nos pêches, on a troqué des

1. Skræling en vieux norrois était péjoratif et signifiait « débile », « malingre ». Inuit signifie « être humain ».

couteaux en fer contre des hameçons en os ou des objets en ivoire de morse. On s'amusait à échanger nos vêtements en laine avec les leurs, en peau de phoque. Un jour, ils nous ont offert de la viande de bœuf musqué, ce qui était un grand honneur.

« Notre père nous défendait de raconter nos virées chez les Inuits aux gens des Établissements, et surtout aux religieux. Mais nous avons dû être dénoncés. Ólafur a été traîné devant le *thing* de Gardar, qui était tenu par les prêtres fanatiques de ce qui restait de l'évêché. Pendant le procès, nos accusateurs ont exhibé les harpons qu'on avait fabriqués en imitant ceux des païens. Les clercs menaçaient de l'excommunication et de l'enfer quiconque désobéissait aux lois de l'Église. Ils mettaient sur le compte de la punition divine les malheurs des Groenlandais, soi-disant provoqués par le manque de piété de certains membres de la communauté. Ólafur a été condamné à donner son canot de pêche à l'Église, et à payer une très grosse amende. Alors, il est parti vers le Markland, avec son canot, et on l'a jamais revu.

Ísleifur leva son corps massif et sortit de la maison, comme s'il avait besoin de respirer. Sæmundur le suivit, posa la main sur son épaule.

Jón, ému, croisa le regard tendre de sa mère. Elle non plus ne parlait pas beaucoup du passé. Certes, l'histoire de la famille était tortueuse, douloureuse parfois à entendre. Pourtant, comme il était bon, ce sentiment d'appartenance à une lignée !

Les deux frères revinrent et Ísleifur continua son récit.

– Mes frères et moi, nous avons dû abandonner la ferme de Herjólfsnes, parce qu'on nous a placés au service de l'évêché, à Gardar. Il y avait là deux étables – qui pouvaient abriter une centaine de vaches mais il n'y en avait plus que la moitié –, une bergerie, une écurie, une porcherie, une forge, et une grange qui servait dans le temps à entreposer les paiements en nature de la dîme. À côté des logements de fonction de l'évêché, il y avait la cathédrale Saint-Nikulás, qui était une petite église avec un clocher en pierre. Pendant quelques hivers, on est rentrés dans le rang parce qu'on était surveillés, et rendus responsables des mauvaises récoltes. Mais le départ de notre père nous a rendus amers, revanchards.

« Thorsteinn s'est marié avec Gudrún. Ta mère est une femme admirable, une bonne chrétienne. Elle était tiraillée entre les sermons du prêtre et l'influence de son mari.

« Pour nous, la survie des Établissements norrois au Groenland passait par des grands changements dans notre façon de vivre. Il fallait s'inspirer de ceux qui paraissaient parfaitement à l'aise dans ce pays : les Inuits.

« La situation devenait grave. Les moutons et les vaches mouraient par manque de foin. La faim poussait les gens à manger leur bétail, et donc à compromettre leurs chances de survie. Le cheptel se réduisait de façon dramatique. Certains allaient jusqu'à manger leurs chevaux, ce qui leur a valu des problèmes avec l'Église. Les femmes ne faisaient plus d'enfants. Beaucoup de gens mouraient pendant les années de famines qui se succédaient.

« Nous avons tenté de convaincre les colons de se mettre à fabriquer des harpons, de manière à pêcher le phoque même en hiver. Ceux qui nous écoutaient arrêtèrent de fréquenter les offices religieux. Les autres nous traitaient de païens.

« Ton père et moi, on trouvait criminelle l'attitude de

l'Église. Il n'y avait plus qu'un seul prêtre à Gardar. Il était entouré d'une poignée de courtisans qui profitaient de la foi naïve des gens, et des largesses que l'Église pouvait encore leur distribuer pour s'assurer leur soutien.

« Et puis, Thorsteinn et moi, nous avons tué ce maudit prêtre.

Jón tressaillit. Gudrún hocha la tête. Ísleifur se caressa pensivement la barbe. Enfin, il précisa :

– On l'a poussé sur la glace d'automne, encore fragile, d'un lac. La communauté nous a soupçonnés d'être pour quelque chose dans sa mort. Beaucoup de gens étaient désemparés, comme orphelins. Il n'y aurait plus de messe, de confession, de pénitence, d'extrême-onction. Les granges de Gardar ont été pillées. La redistribution des terres et du bétail de l'Église a déclenché beaucoup de disputes, parfois mortelles. Avec mes frères, on a récupéré dans l'histoire une petite ferme à Brattahlíd, au bord de l'Eiríksfjord.

« Peu après, Gudrún est tombée enceinte. Le petit Jón se préparait à venir au monde ! fit Ísleifur en souriant.

Les visages se détendirent un peu, mais le narrateur reprit son sérieux.

– C'était un grand événement, il y avait pas eu de nouveau-né au Groenland depuis longtemps. Une partie des gens considéraient le prêtre comme un martyr, qui avait provoqué la naissance d'un enfant par son sacrifice. D'autres, moins nombreux, et qui avaient la superstition plus opportuniste, disaient que sa mort coïncidait avec le retour des naissances et de la prospérité : est-ce qu'on ne bénéficiait pas déjà de la redistribution des richesses de l'Église ? Ils remettaient en cause la légitimité de ce prêtre, qui n'avait jamais vu un évêque. Enfin, quelques hommes se sont rapprochés de nous. C'étaient souvent des descendants de réfugiés des Établissements de l'Ouest.

« Je ne sais toujours pas si on a bien fait de se débarrasser de ce prêtre. Après sa mort, les tensions ont augmenté. Un des enjeux était le bateau de l'évêché, le seul encore capable de naviguer en haute mer. Ton père et moi, on voulait s'en servir pour la pêche, et pour aller chercher du bois sur les terres oubliées du Markland. Mais on a dû se soumettre à la majorité, et surtout à ce que souhaitait Gudrún. Les gens voulaient quitter le pays, et aller dans un endroit où on pouvait élever des moutons, recevoir les sacrements, naître et mourir en bon chrétien.

« Tu es né à Brattahlíd, là même où Eiríkur le Rouge s'était installé presque cinq siècles plus tôt. Gudrún voulait absolument te faire baptiser, et elle t'a emmené sur le bateau, vers l'Islande. Sæmundur a embarqué aussi. Ton père et moi, on est restés. À tort ou à raison, il nous semblait qu'on pouvait bien vivre au Groenland, et surtout vivre libre. On se considérait comme les héritiers, les gardiens de l'esprit viking. Des bateaux et des expéditions, voilà ce qu'il nous fallait pour relancer la communauté norroise ! Comme nos ancêtres des sagas, et comme ceux, plus proches, des Établissements de l'Ouest.

« D'autres sont restés au Groenland parce qu'ils voulaient simplement mourir sur la terre qui les avait vus grandir. Après le départ de ta mère, on n'était plus qu'une trentaine de Norrois dans les Établissements de l'Est, dont seulement six femmes.

Gudrún et Sæmundur tendirent davantage l'oreille, car ils ne connaissaient pas la suite de l'histoire. Ísleifur poursuivit :

– Thorsteinn et moi, on a réussi à fabriquer une barque respectable, en récupérant un peu de bois dans des fermes abandonnées. Avec trois autres hommes assez fous pour embarquer aussi loin sur un pareil esquif, on a fait voile vers le Markland, pour y construire un vrai navire hauturier. On a emmené tous les clous et les morceaux de fer qu'on pouvait. Heureusement, le temps est resté clément. On a suivi la route ancestrale, par le Helluland. Le vent était favorable, le voyage n'a duré que trois semaines. Le Markland est un pays magnifique, couvert de grandes forêts.

« On a construit un baraquement sur le rivage d'un fjord, pour l'hivernage. Petit à petit, le froid s'est installé. On a subi un hiver terrible, encore plus glacial qu'au Groenland. Heureusement, il y avait du bois en grande quantité, et on a tenu jusqu'au retour de l'été.

« Nous ne pouvions pas nous empêcher de chercher des traces de notre père. Bien sûr, on n'a rien trouvé. On vivait de chasse et de pêche. Il fallait se méfier des Skrælings du Markland, qui étaient différents de ceux du Groenland.

« On a construit un bateau, qu'on a baptisé *Cheval de Mer*, pas très grand mais capable de naviguer en haute mer. Alors, Thorsteinn et moi, on a incité nos camarades à partir en expédition viking vers le sud, comme l'avaient fait nos ancêtres. Après trois jours et trois nuits de navigation, on a atteint un cap. Entre le cap et la côte, il y avait un bras de mer, qui est peut-être l'embouchure d'un fleuve. À moins que le cap soit la pointe avancée d'une île. En tout cas, ça correspondait aux descriptions du Vinland de nos anciennes sagas. Malgré les réticences de nos trois compagnons, on a encore poursuivi vers le sud, sans nous engager dans le détroit mais en laissant le cap sur tribord. On a croisé d'autres Skrælings qui naviguaient dans des curieux canots d'écorce. Ils avaient le visage et le corps peints en rouge. C'étaient pas des Inuits : on les comprenait pas.

« Plus loin, on est parvenus dans une mer où le poisson abondait.

– Des morues, coupa Jón. En quantité comme on n'en voit nulle part ailleurs.

– Par le troll ! Comment tu l'as deviné ? s'exclama Ísleifur, surpris.

– J'ai rencontré des marins anglais et portugais qui connaissaient ces énormes bancs de poissons.

– J'ai moi-même embarqué sur des bateaux açoriens vers ces lieux de pêche, confirma Sæmundur.

– On ne savait pas que ces eaux étaient fréquentées par des étrangers, dit Ísleifur. Jusqu'à ce qu'on aperçoive un navire à l'horizon. On était stupéfaits : le Vinland était visité par d'autres navigateurs ! Le bateau a aussitôt fait voile dans notre direction. Comme il nous paraissait menaçant, on a rebroussé chemin. Les Groenlandais n'ont pas que des bons souvenirs de leurs rencontres avec des bateaux étrangers.

– Les pêcheurs n'aiment pas être concurrencés sur leurs zones de pêche, ajouta Jón.

– Notre poursuivant gagnait sans arrêt du terrain, reprit Ísleifur. C'est l'arrivée de la boucaille qui nous a sauvés : un crachin si épais qu'on voyait à peine l'avant du bateau. Le vent est tombé. Comme on avait des rames, on a pu s'éloigner.

« Après cet incident, Thorsteinn et moi avons décidé de rentrer chez nous, au grand soulagement des trois autres hommes du bord. On a fait bon voyage et on a retrouvé nos compagnons des Établissements de l'Est.

« On y a vécu correctement pendant de nombreux

hivers. Le manque de femmes posait problème, d'autant plus que cinq d'entre elles vivaient en couple. La sixième, dont personne ne voulait à cause de son comportement dissolu, s'est montrée bien accueillante, ce qu'on tolérait puisqu'elle participait de cette façon à l'équilibre de la communauté. Il arrivait aussi à d'autres femmes de se faire conciliantes, et leurs compagnons fermaient le plus souvent les yeux, pour éviter de provoquer des tensions insupportables parmi les hommes. Il est vrai qu'aucun couple n'était marié devant Dieu. L'influence de la religion diminuait encore au profit de celle des Inuits, qui avaient des manières plutôt libres, libidineuses disait notre prêtre, en ce qui concerne les choses du sexe. Certains d'entre nous allaient parfois dans leurs habitats, où on pouvait profiter, surtout en hiver après l'extinction des lampes à huile, d'un corps qui changeait de place.

Gudrún lança un regard noir à son beau-frère. Ísleifur lui répondit par un signe discret, comme pour s'excuser. Il changea de sujet.

– La vie n'était pas facile. On subissait des hivers rigoureux, des étés courts et frais. Nos derniers outils en fer étaient usés jusqu'à la limite. Un événement terrible nous a encore affaiblis : le *Cheval de Mer*, notre bateau construit au Markland, est resté bloqué dans la banquise pendant une expédition de chasse vers le nord. Il a été broyé par la glace. J'étais de ce voyage, où deux hommes sont morts de froid pendant notre retour par la terre.

« On n'avait presque plus de bétail, qu'on devait nourrir d'algues à la fin de l'hiver, faute de foin. La pêche et la chasse nous permettaient de vivre, mais la famine menaçait au moindre manque de poisson ou de gibier. Nous avons tenté de construire un kayak à la manière des Inuits, avec des peaux de phoque cousues. Mais l'embarcation s'est révélée mal conçue, et difficile à manier. Pourtant, même les enfants inuits dirigeaient facilement les leurs.

« Nos femmes n'engrossaient toujours pas. Des disputes ont éclaté pour le partage de la nourriture. Il y a eu des meurtres, qu'on avait du mal à juger faute d'autorité. Malgré les cadeaux qu'elle recevait de la part des hommes, la femme célibataire est morte de maladie, ce qui a déstabilisé encore plus notre communauté. Petit à petit, la population a vieilli.

« Et il n'y a pas eu de nouvelle naissance. Jón, tu es le dernier-né des Établissements norrois.

« Puis est arrivé ce jour maudit.

Cette fois, ce fut Ísleifur qui se leva pour entretenir le feu. Sa lèvre inférieure tremblait légèrement. Il se tourna vers les autres et poursuivit :

– Thorsteinn et moi, ainsi que cinq autres hommes, on était sortis pour une partie de pêche de quelques jours à bord d'un canot. Au retour, nous avons retrouvé les Établissements de l'Est désertés. Les Inuits nous ont raconté qu'ils avaient vu les habitants embarquer sur un grand bateau pirate. Ils n'ont pas pu nous préciser si ça avait été de gré ou de force, mais eux-mêmes avaient été dévalisés de leurs stocks de peaux et de viande par les gens du bateau.

« On n'était plus que sept hommes. On s'est regroupés à Brattahlíd. Il n'y avait plus de moutons, plus de vaches. Nous avions la conscience aiguë que l'histoire des Vikings du Groenland touchait à sa fin. Une histoire de cinq siècles.

Le feu crépitait. Sa lumière vacillante éclairait le visage d'Ísleifur, dont le regard était plein d'amertume.

– À partir de ce moment, des incidents ont éclaté avec les Inuits. L'un d'eux avait prêté sa femme à un Norrois, mais notre compagnon n'a pas voulu la lui rendre, et il a été retrouvé mort. On n'était plus que six. Puis notre situation s'est encore aggravée. Les Inuits ont brûlé un de nos entrepôts de nourriture. Ils apparaissaient de plus en plus nombreux dans les criques, sur les îlots. Pour survivre, on s'efforçait de les imiter. C'est ce qui nous a sauvés.

« Pendant trois hivers encore, on a vécu sur cette terre. Misérablement, mais on a vécu. On s'habillait de peaux de phoque ou de caribou – qu'on confectionnait tant bien que mal –, on creusait des trous dans la glace pour trouver de la nourriture.

« Enfin, un bateau de pêche anglais a accosté dans l'Eiríksfjord. Les marins nous ont d'abord pris pour des sauvages. Quand nous avons appris qu'ils allaient en Islande, aux îles Vestmannaeyjar, nous avons choisi d'embarquer. Tous, sauf Thorsteinn.

« Je crois que mes quatre derniers compagnons groenlandais sont restés au service des Anglais. Moi, je suis allé à Skard, presque trente hivers après Gudrún et Sæmundur. Mais vous étiez repartis depuis longtemps.

Ísleifur se tourna de nouveau vers Jón.

– J'ai rencontré là-bas ton ami Egill Demi-Troll.

– Qu'est-ce qu'il devient ? demanda Jón avec impatience. Et Sesselja ? Est-ce que tu as des nouvelles de Helgi Pétursson, un moine de Helgafell ?

– Egill est toujours le maître-pêcheur, répondit Ísleifur. Il fait partie des personnages importants de la ferme. Avec Sesselja, ils ont quatre enfants. Tous les deux étaient très émus de me rencontrer, et ils t'assurent de leur amitié. Quant au moine, j'en ai pas entendu parler.

« Finalement, après deux hivers en Islande, j'ai réussi à vous rejoindre ici, en faisant à peu près le même voyage que toi, Jón, par l'Angleterre.

Ísleifur mesura combien ses proches parents étaient bouleversés par son récit. Alors qu'il s'apprêtait à laisser chacun dans ses pensées et à rejoindre son lit, Jón lui dit :

– Tu n'as pas beaucoup parlé de mon père.

Ísleifur comprenait les attentes de son neveu. Il regarda Gudrún et choisit ses mots.

– Thorsteinn est le seul d'entre nous à avoir créé une vraie relation de confiance avec les Inuits. Même s'il vivait le plus souvent avec nous, il disparaissait régulièrement des Établissements norrois. Il était comme ballotté entre les deux cultures. Nous étions complices quand il s'agissait d'organiser des parties de pêche ou des expéditions lointaines, mais il restait discret sur ses rapports avec eux. Il ne les a plus guère fréquentés pendant les deux derniers hivers, quand les relations entre les deux communautés se sont complètement arrêtées, et ça le rendait malheureux. Sa connaissance de leurs coutumes et de leurs comportements a permis d'éviter bien des conflits avec eux.

– Qu'est-ce qu'il avait comme intentions ? insista Jón.

Ísleifur consulta Gudrún du regard. Elle était prête à entendre.

– Thorsteinn voulait reprendre contact avec les Inuits, lâcha-t-il enfin. Il pensait que seul, il y arriverait plus facilement.

– Et toi, Ísleifur ? demanda Sæmundur. Pourquoi es-tu venu jusqu'ici ?

Son frère réfléchit. Il dit :

– Quand je suis arrivé en Islande, on y récitait

souvent pendant les veillées un long poème, très populaire parmi les petites gens, et composé récemment par un certain Skáld-Sveinn. L'auteur y dénonce les injustices de plus en plus grandes, l'interprétation des lois en faveur des puissants, l'arrogance des riches qui dépensent des fortunes en ripailles et beuveries, alors que la famine menace les plus pauvres.

« J'ai découvert un pays qui correspond aux descriptions du poète. L'Islande est aujourd'hui bien loin de la société décrite dans les anciennes sagas, et qu'on avait reproduite au Groenland. Bien sûr, depuis toujours, ce sont les grands *bóndis* et les évêques qui dirigent les affaires. Mais dans le temps, les pauvres étaient pris en charge, et chaque homme de valeur avait sa chance d'acquérir des biens et de la renommée.

« J'ai constaté aussi que l'esprit viking, conquérant et voyageur, était bien mort dans l'Islande soumise aux Danois. Alors j'ai ressenti le besoin de me rapprocher des miens. Toi, mon frère Sæmundur, même si nous sommes différents, et toi, Gudrún. Et je suis heureux de connaître Jón, de voir qu'un petit-fils d'Ólafur et fils de Thorsteinn perpétue encore la tradition, épris de liberté et d'aventure.

37

Dans son palais de l'Alcáçova, à l'abri des murs du château de São Jorge, le roi Manuel du Portugal s'interrogeait. De nombreux rapports concernant les voyages de John Cabot étaient parvenus à ses oreilles.

L'expédition de Vasco da Gama lui avait ouvert les portes de pays fabuleusement riches. Six mois seulement après le retour glorieux du navigateur, une flotte beaucoup plus importante, de treize navires, s'était engagée sur la même route afin d'organiser des relations commerciales avec les Indes et de propager la sainte foi catholique. L'escadre, commandée par Pedro Álvares Cabral, était partie de la plage de Restelo à peine deux mois plus tôt, au début mars de cette année 1500. L'entreprise n'était pas sans risque : lors de son voyage, Vasco da Gama avait dû affronter l'hostilité du samorin de Calicut, et des Maures qui se voyaient concurrencés sur leurs lieux de commerce.

Les meilleurs capitaines du royaume, Bartolomeu Dias, son frère Diogo, Nicolau Coelho et bien d'autres, avaient été embarqués dans l'aventure. Près de mille cinq cents hommes avaient quitté le pays. Ambitieux, dom Manuel comptait beaucoup sur les résultats de ce voyage pour financer de grands travaux. Il voulait transférer le palais royal de l'Alcáçova, jugé vétuste, à la Ribeira, près des chantiers navals et de la Casa da Mina. Il voulait aussi bâtir un prestigieux monastère à Belém, où il accueillerait l'ordre des hiéronymites. En bref, il voulait faire de Lisbonne une capitale digne de l'immense empire sur lequel il se proposait de régner.

De cet empire en construction, le souverain ne dédaignait aucun morceau. Ses prédécesseurs, obnubilés par le contournement de l'Afrique, avaient négligé d'autres pistes qui pouvaient aussi mener aux Indes. L'Espagne en avait profité pour découvrir de nombreux rivages, vers le couchant. Le traité de Tordesillas, conclu avec le puissant voisin et ratifié six ans auparavant par feu son cousin João II, donnait au Portugal les îles et terres fermes découvertes – ou à découvrir – à l'est du méridien situé à 370 lieues à l'ouest des îles du Cap-Vert. De l'autre côté du fameux méridien, les terres revenaient à l'Espagne, qui ainsi tirait bénéfice du voyage de Cristóvão Colombo.

Les pays qu'avait touchés ce John Cabot étaient bien plus au nord que ceux atteints par Colombo, dans la zone espagnole. Les cartographes du roi pensaient qu'ils pouvaient aussi se trouver plus à l'est et ainsi se situer dans la zone portugaise. Par ailleurs, ils n'étaient pas convaincus que toutes ces terres fussent dans les parages des Indes. Elles semblaient comme faire écran. Peut-être y avait-il parmi elles un passage permettant d'atteindre la source des épices.

Dom Manuel sortit dans la cour et longea sa ménagerie d'animaux exotiques. Il songeait à ses sujets de l'archipel des Açores. Il y avait là-bas des marins et des pêcheurs intrépides qui naviguaient vers l'ouest depuis quelque temps déjà, et qui fréquentaient certains rivages perdus dans la brume.

Cela faisait bientôt trente ans qu'un capitaine-donataire de Terceira, João Vaz Corte-Real, avait touché des terres à l'ouest, avec l'aide des Danois. Mais à l'époque, le Portugal était trop occupé à construire, voyage après voyage, la route maritime autour de l'Afrique, et l'on avait négligé la piste entrouverte par les Açoriens.

Le roi s'en voulait d'avoir agi trop hâtivement : l'automne dernier, il avait octroyé, par lettres patentes, des privilèges sur les rivages du couchant à un Terceiréen qui prétendait y avoir hiverné. Ce navigateur, João Fernandes, faisait depuis quelque temps du commerce avec Bristol, où il résidait de plus en plus souvent, et avait même participé au premier voyage de John Cabot. Par ce geste, dom Manuel avait voulu ramener ce hardi marin dans le giron portugais. Mais depuis, João Fernandes n'était guère revenu au pays. Le roi du Portugal le soupçonnait de jouer un peu trop le jeu du roi d'Angleterre.

Vasco Anes Corte-Real, le fils aîné de João Vaz, était bien connu du souverain pour être l'un de ses intendants. Il avait repris la charge de son père à Terceira, mais ne l'exerçait que de loin, car il était retenu à Lisbonne par ses fonctions. Lors d'une audience, il avait plaidé auprès du roi pour son plus jeune frère, un vaillant homme qui administrait la capitainerie d'Angra en son nom, et qui s'était déjà lancé dans de courageuses tentatives d'expédition vers l'ouest, à ses frais et de son propre chef.

C'était cet homme qui intéressait dom Manuel. Le souverain fit appeler un de ses scribes et lui ordonna d'écrire des lettres patentes, par lesquelles il faisait donation à Gaspar Corte-Real des îles ou terres fermes qu'il pourrait découvrir ou retrouver. Les mêmes privilèges que ceux accordés à João Fernandes.

À Angra, dès le début de l'été, Gaspar Corte-Real ordonna l'armement de deux caravelles pour un long voyage. Assuré du soutien royal, il était déterminé à prendre possession des terres que les Açoriens avaient fréquentées dans l'ouest, au cours des dernières décennies.

La nouvelle fit rapidement le tour des îles de l'archipel. On vit arriver à Terceira des bateaux chargés de volontaires, venant de Graciosa, São Jorge, São Miguel. Sur l'un d'eux, en provenance de Faial, se tenait le jeune Diogo Gonçalves.

Au même instant, sur les pentes douces qui surplombaient la bourgade, les deux femmes noires de la ferme de Sæmundur s'activaient dans le champ de pastel, récoltant les feuilles. Elles bavardaient dans leur langue. Inês faisait part à sa jeune amie de sa nostalgie du pays, mais Mosaan était peu réceptive à ses arguments. Le maître à qui elles obéissaient dans cette île était moins violent que celui de là-bas. Surtout, il y avait Jón, qui justement l'observait de loin à la lisière du champ. Instinctivement, ses mouvements se firent plus lascifs. Elle était fière de son corps et ne devait qu'à ce jeune blond, lui-même étranger, de n'avoir pas dû l'offrir au premier Blanc venu.

Cela faisait bientôt un an que Jón et Mosaan étaient amants. À Terceira, on ne s'offusquait plus qu'un Blanc couchât avec une négresse, car la pratique était courante, et l'on fermait les yeux sur ces agissements tant qu'un peu de discrétion était respecté.

Mais Jón étalait au grand jour sa relation avec la belle esclave. Même s'il fréquentait peu le bourg, on pouvait voir Mosaan marcher à ses côtés sur les chemins côtiers ou les sentiers de montagne. L'oncle Sæmundur avait fait part de sa désapprobation, car on lui avait fait des remarques dans les cercles de la bonne société d'Angra, parmi lesquels il tentait de s'intégrer.

Jón vit que Mosaan avait trouvé son regard. Il lui fit leur signe convenu et elle le rejoignit avec entrain. Enlacés, ils se dirigèrent vers la chambre de Jón.

Elle se jeta dans ses bras et sur ses lèvres. Ses mains, fines et impatientes, lui sillonèrent les épaules, le dos, les hanches. Audacieuses, elles apprécièrent sa virilité, et leur fougue s'accrut encore, aiguillonnées par le désir de l'homme. Jón lui ouvrit la chemise, la poitrine en jaillit. Il s'emplit la main de son sein. Son ardeur grandissait à l'unisson, et il ne mit pas longtemps à la dépouiller de ses hardes.

Un courant d'air tiède parcourait la pièce et dissipait la sueur des corps enfin apaisés. Il lui annonça :

– Je vais partir sur un bateau, pour un voyage de plusieurs mois.

Mosaan savait que ce moment devait arriver. Elle allait se retrouver de nouveau sans protection, à la merci des maîtres, des hommes. Elle avait l'habitude. Mais cette fois, ça lui faisait plus mal que de coutume. Avait-elle espéré que cet homme, étranger comme elle, pourrait la prendre sous son aile ? Décidément, le bonheur était toujours de courte durée. Fière, elle redressa la tête, lui lança un regard noir, se rhabilla en hâte et sortit de la maison.

Jón n'eut guère le temps de se laisser envahir par la tristesse ou le remords. Il avait aperçu par la fenêtre la petite silhouette de Diogo qui marchait dans la courbe du chemin conduisant à la ferme.

Jón et Diogo ne s'étaient pas concertés, mais ils s'attendaient à partager cette aventure.

38

Gaspar Corte-Real fit mettre le cap au nord-ouest.

Il commandait l'*Esmeralda*, sur laquelle avait été affecté Diogo. Jón était à bord de l'autre caravelle, le *São João*, que tout le monde appelait la *Joana*. Il était passablement excité à l'idée de découvrir enfin les terres décrites par les sagas, qu'il avait lues dans un monastère des rives du Breidafjord. Diogo s'était toujours moqué de lui et de ses prétendues vieilles histoires, mais Jón n'en avait cure. Il fallait être islandais pour comprendre que les Corte-Real, Cabot ou autres Fernandes ne découvraient pas de nouvelles terres, mais les redécouvraient.

Jón espérait surtout que l'expédition atteindrait le Groenland, même s'il n'avait guère d'illusion sur les chances de retrouver la trace de son père. Il voulait voir cette terre de ses propres yeux, sa terre natale. Fouler son sol, humer ses odeurs, boire à l'eau de ses torrents.

Après douze jours de mer, la première tempête s'abattit sur les deux caravelles. Des paquets d'eau glacée balayaient les ponts des navires. Les Portugais, peu habitués à naviguer sous ces latitudes, appréciaient la résistance du jeune Islandais à d'aussi rudes conditions. Jón ne se faisait pas prier pour aller ferler une voile.

Le déchaînement des éléments fut de courte durée. Il laissa place à un épais brouillard. La tempête, puis la brume : tout portait Jón à croire que l'on approchait de la pointe sud du Groenland. Les vieux parchemins islandais évoquaient ces terribles parages, où le vent soufflait plus fort qu'ailleurs et avait provoqué de nombreux naufrages.

La mer s'aplatit peu à peu. Une brise de nord amena un air glacial, qui confortait Jón dans son hypothèse : c'était l'air de l'inlandsis. L'Islandais interprétait les signes comme s'il était familier de ces confins, à propos desquels il avait tant lu et entendu. Il se gardait bien de partager ses impressions avec les Portugais.

Les premiers glaçons firent leur apparition. Pendant deux jours, les bateaux durent se frayer un chemin au travers d'une banquise de plus en plus dense, dans des vents faibles et instables. Les marins portugais étaient effrayés. Les coques grinçaient affreusement sous la pression de la glace.

À cause du brouillard, il était impossible de déceler le meilleur passage. On ne pouvait plus se diriger ni par l'observation des astres, ni par les boussoles qui semblaient donner des indications incohérentes depuis plusieurs jours.

Brusquement, le voile opaque se déchira. La côte apparut, baignée de soleil. La glace de mer étincelait, aveuglait presque. On observait une terre brune, pierreuse, montagneuse. Jón avait les yeux humides. La terre de ses aïeux. La terre qui l'avait vu naître et où, peut-être, son père vivait encore.

Jón avait été remarqué comme un homme habile et dur à la peine, et il fit partie du groupe de marins choisis pour reconnaître le rivage. Il embarqua sur le canot, en compagnie d'un officier et de quelques matelots.

Seuls les coups de rame réguliers perturbaient le silence des lieux. La grève rocailleuse se rapprochait. Bientôt, le bois de la barque crissa sur les galets. Jón mit pied à terre le premier. Sa main serrait la dent d'ours blanc qu'on lui avait offerte, jadis, à Bristol.

Il foula le sol du Groenland, huma son odeur, but à l'eau du torrent. Il ne vit nulle trace d'âme qui vive.

Le ciel se couvrit et le courant amena de la glace dans le fjord où étaient mouillés les navires. Le vent s'établit au sud.

Jón fut convoqué sur l'*Esmeralda*, par Gaspar Corte-Real lui-même. Impressionné, il entra dans la cabine où l'attendait le capitaine. Celui-ci soignait moins son apparence que dans les rues d'Angra, où il arborait fréquemment un admirable pourpoint noir à haut col. Sur un bateau, il s'habillait presque comme un simple marin.

– Tu es islandais, n'est-ce pas ? demanda Gaspar Corte-Real sans préambule. On m'a dit que tu es le neveu de Simão Olafes, d'Angra. As-tu déjà entendu parler de cette terre glacée que nous avons atteinte ?

– Oui, capitaine, répondit Jón. C'est le Groenland.

Jón sentit qu'il devait parler avec circonspection. Gaspar Corte-Real marcha de long en large dans sa cabine exiguë.

– Les Islandais connaissent beaucoup de choses sur les terres du couchant. Sais-tu s'il existe un passage, parmi ces terres, qui permet de les traverser et de rejoindre la mer libre ?

Jón comprit que les Portugais cherchaient un passage vers les Indes. Ils n'avaient donc pas pour ambition de coloniser le Groenland. Imprudemment, il lâcha :

– Les terres que les Islandais ont découvertes font une suite continue de côtes, jusqu'au Vinland.

Gaspar Corte-Real s'emporta :

– Jeune prétentieux, mesure tes paroles ! Je pourrais facilement te faire emprisonner comme espion du roi du Danemark ! Les terres du couchant ne s'appellent ni « Groenland », ni « Vinland », mais « Lavrador[1] » et « Terre de Corte-Real » !

Dans sa colère, le capitaine avait lâché le mot « Lavrador ». C'était le surnom de son rival João Fernandes. De plus en plus, aux Açores, on appelait ainsi les pays situés au nord de la Terre de Corte-Real, en référence à celui à qui on attribuait leur découverte. La fureur du capitaine s'accrut d'avoir dû nommer son concurrent, juste pour convaincre son jeune interlocuteur des droits du Portugal. Même s'il ne croyait guère que cet Islandais, qui semblait si imbu des prétendus exploits de ses ancêtres, pût coopérer avec l'occupant danois, il était résolu à le punir. Il appela un de ses officiers.

– Ramenez ce jeune impertinent à bord de la *Joana* et faites-le mettre à fond de cale jusqu'à la nouvelle lune.

Les deux caravelles durent changer sans cesse de mouillage, sous la menace des glaces qui s'accumulaient dans le fjord. Plusieurs fois ils crurent perdre un bateau, tant la pression exercée sur les coques était forte.

1. Lavrador : mot portugais qui signifie « laboureur ». C'est ainsi que les Portugais baptisèrent le Groenland, avant que celui-ci ne retrouvât son nom nordique dans la seconde moitié du XVIe siècle. Le toponyme, transformé en « Labrador », désignerait ensuite la vaste péninsule située au nord-est du Canada.

Le courroux de Gaspar Corte-Real s'était apaisé. Il avait décidé de renommer ce pays, pour faire oublier l'antériorité du voyage de João Fernandes et les droits qui pourraient en découler. Il n'était pas sans connaître le toponyme utilisé par les peuples du Nord. « Groenland » ne signifiait-il pas « Terre Verte » ? Le Lavrador deviendrait la « Terra Verde », découverte par Gaspar Corte-Real en l'an de grâce 1500.

Quoique l'on n'aperçût que de maigres prairies et bosquets au-delà du rivage, le nom lui parut attrayant, et il remercia en son for intérieur le matelot islandais de le lui avoir suggéré. Les bateaux étant en difficulté, il se décida à le faire libérer et, en chef pragmatique, il le prit à bord de l'*Esmeralda*, afin de profiter de son expérience du Nord. Ce fut l'occasion pour Jón de retrouver Diogo. Il apprit que Gaspar Corte-Real avait renommé le pays. Le capitaine avait simplement traduit le nom donné par Eiríkur le Rouge cinq siècles auparavant, comme s'il n'y avait aucun risque d'attirer l'attention sur l'antériorité de la présence des Nordiques sur cette terre.

Il n'y eut pas d'autre sortie à terre, car la seule préoccupation des Portugais était de trouver une solution pour sortir de cet abri si inconfortable. Jón savait mieux que quiconque lire les signes de la glace. Habitué aux règles qui régissaient la vie d'un fjord, il avait repéré à quelle logique obéissaient les mouvements de la banquise, selon le vent, la marée, la configuration du rivage et du relief. Pressé par son capitaine de donner son avis, Jón désigna une échancrure entre deux rochers, qu'il avait repérée lors de la sortie sur le canot. La légère houle qui l'animait indiquait un passage vers la mer ouverte. Il était orienté, au moins dans sa première partie, vers l'ouest, ce qui éviterait de louvoyer contre le vent de sud.

– Je pense que le meilleur moment, c'est une heure après la pleine mer, avait-il conclu.

La flottille avait ainsi été délivrée du fjord et l'on mit le cap au sud-ouest. Jón n'en retira aucun profit ; Gaspar Corte-Real le fit renvoyer sur la *Joana* et ne lui témoigna plus que de l'indifférence. Les officiers, imbus de leur pouvoir et dont la compétence avait implicitement été dépréciée par l'intervention de Jón, le regardaient d'un mauvais œil. Ils savaient qu'au fur et à mesure que l'on gagnerait au sud, on aurait de moins en moins besoin des aptitudes de ce jeune étranger.

Une fois passé le coup de vent subi peu après la sortie du fjord, ils le soumirent à diverses tracasseries. Il était facile pour un maître d'équipage de mettre au pas un matelot, en lui affectant les tâches habituellement dévolues à un mousse. Cependant, Jón encaissa les brimades, prit sur lui et resta discret. Peu à peu, on le laissa de nouveau tranquille.

Les navires butèrent sur de nouvelles côtes et les longèrent en direction du sud.

On approchait des grands bancs de poissons. Le Vinland, la « Terre de Corte-Real » ou « Terre de la Morue » comme l'appelaient les Portugais, fut atteint après neuf jours de mer depuis le Groenland. L'émotion de Jón était forte, mais cette fois, il garda les yeux secs.

Les ancres furent jetées au fond d'une baie étroite et sinueuse, juste avant la nuit.

Jón ne fut pas désigné pour aller à terre.

Alors que le ciel commençait à peine à s'éclaircir, chacun des deux équipages mit un canot à la mer. Les chaloupes s'emplirent de tonneaux et d'autres récipients, puis d'hommes en armes. Jón aperçut Diogo monter dans le canot de l'*Esmeralda*. Bientôt, les deux embarcations disparurent derrière une échancrure de la côte.

Durant toute la journée, Jón ne détacha guère ses yeux du paysage, comme pour graver l'image du Vinland dans sa mémoire. Il contemplait le rivage, les rochers, la forêt au loin. Il observait le vol des macareux, des guillemots et des fous. Les canots ne revinrent qu'au soir. On transborda les tonneaux remplis d'eau fraîche, ce qui ferait économiser le peu de vin qui restait, au moins pendant le début du voyage de retour.

Un deuxième débarquement eut lieu le lendemain, toujours sans Jón, puis les caravelles appareillèrent et mirent le cap à l'est-sud-est. Les marins qui s'étaient rendus à terre avaient visité une sorte de hameau, en ruines et désert, fait de cabanes en bois ou en pierre.

On ne voyait plus la côte. Jón songeait au Vinland. Il ne lui avait pas été donné de fouler son sol. Ce pays garderait sa part de mystère.

Il ne fallut que neuf jours pour apercevoir les îles de Corvo et Flores, sentinelles occidentales de l'archipel des Açores.

À peine débarqués sur le Quai, Jón et Diogo échangèrent leurs impressions.

– Quel voyage, pas vrai ? s'enthousiasma Jón. Il n'y a rien de plus formidable que de traverser la mer, et de découvrir des nouveaux pays ! Dommage qu'on ne les ait pas plus explorés. Comment ça s'est passé, tes deux journées à terre ?

– On a accosté sur une petite plage, raconta Diogo. Derrière les premiers arbres, on a trouvé des baraquements à l'abandon. Puis on est allés faire de l'eau à une rivière qui coulait pas loin. J'ai pris le temps d'examiner un peu ces baraques. J'ai écarté des planches, j'ai soulevé des pierres. Et en bas d'un muret, j'ai trouvé quelques petits objets.

Diogo ouvrit son havresac. Il tendit à Jón quatre clous rouillés et tordus.

– Les sauvages de ces pays connaissent donc le fer, dit Jón.

Jamais personne n'avait rapporté que des Skrælings utilisaient le fer.

– Peut-être que c'est des Portugais qui leur ont apporté ces clous, suggéra Diogo en cherchant dans son sac.

Il en ressortit plusieurs dents de grosse taille. Parmi elles, une large canine.

– Ça alors ! s'exclama Jón. On dirait celle que je garde depuis longtemps. Une dent d'ours blanc.

À son tour, il fouilla dans ses affaires et en ressortit la dent.

– Regarde comme elles se ressemblent ! Est-ce qu'il pourrait y avoir des ours blancs au Vinland, ou sur la Terre de la Morue si tu préfères, alors qu'il ne paraît pas y avoir de glace ?

– C'est peut-être pas des dents d'ours blanc, répliqua Diogo. Il pourrait y avoir là-bas d'autres grandes espèces d'ours.

Jón avait un mauvais pressentiment. Soudain, il fixa une autre dent que Diogo tenait. Il la lui arracha presque des mains.

– Eh, doucement ! protesta Diogo. C'est la plus

belle, je la garde pour moi. Regarde comme elle est joliment gravée !

La dent d'ours blanc était gravée de runes magiques.

Jón prit son ami par les épaules, le secoua et l'apostropha :

– Est-ce que tu ne m'as pas raconté une fois que le navigateur João Fernandes avait déplacé des indigènes des pays du couchant ? Depuis des terres glacées vers des terres plus hospitalières, où il voulait établir un comptoir ?

– Qu'est-ce qui te prend ? répondit Diogo en se dégageant. Calme-toi ! Oui, j'ai entendu ça de la bouche de Martin Behaim. Rends-moi ma dent !

Jón remontait déjà la rue, presque en courant.

En chemin, il fouillait dans sa mémoire… Diogo avait parlé de cette histoire l'année de leur arrivée aux Açores, deux ans plus tôt. Ça lui revint clairement… Son ami avait alors dit que l'expédition de João Fernandes était rentrée trois ans auparavant, et qu'ils avaient déplacé les « indigènes » avant leur dernier hivernage. Ce déplacement aurait donc eu lieu en 1494.

Jón se souvint aussi des paroles de l'oncle Ísleifur… L'an dernier, il avait raconté avoir passé deux hivers en Islande. Auparavant, il avait survécu trois hivers avec ses derniers compagnons, suite à ce jour funeste où un bateau pirate avait embarqué presque tous les habitants des Établissements de l'Est. Ce jour, qui sonnait le glas des Établissements nordiques du Groenland, était donc un jour de 1494. Tout concordait.

Les « indigènes » n'étaient pas des Skrælings, mais des Nordiques. Ils avaient été déplacés au Vinland. Les Portugais étaient responsables de la fin des Vikings du Groenland.

Six ans plus tard, l'expédition de Gaspar Corte-Real n'avait pas rencontré de survivant dans le hameau des Groenlandais au Vinland.

Jón prit à peine le temps d'embrasser sa mère et interpella son oncle.

– Oncle Sæmundur, j'ai appris que ce sont des Açoriens qui ont déplacé, il y a six hivers, les derniers Groenlandais, sauf tes frères et quelques autres qui ont échappé à cet enlèvement. Le bateau pirate dont a parlé Ísleifur dans son récit était un bateau de Terceira.

Sæmundur détourna le regard.

– J'ai en effet entendu parler de cette histoire. Je ne sais pas si on peut parler d'enlèvement. Il semble qu'on ait accosté dans les Établissements de l'Est, et emmené les habitants. On les avait trouvés dans un état misérable. Ils auraient sans doute pas pu survivre encore bien longtemps au Groenland. Ils ont été installés sur les terres de l'ouest.

– Le Vinland, dit Jón.

– Ici, on l'appelle plutôt Terre de la Morue, ou Terre de Corte-Real.

– Est-ce qu'ils ont été embarqués de leur plein gré, ou par la force ? demanda Jón, agacé par les réponses évasives de son oncle.

Sæmundur paraissait de plus en plus mal à l'aise. Il se racla la gorge et jeta un regard vers Gudrún.

– D'après ce qu'on raconte à Terceira, on les aurait sauvés du pays invivable où ils s'accrochaient, contre toute raison. Les Açoriens voulaient établir un comptoir sur la Terre de la Morue, pour pouvoir s'approvisionner plus facilement pendant les campagnes de pêche.

Jón dit avec force :

– Nous avons jeté l'ancre tout près de leur habitat.

Il n'y avait plus que des ruines. Est-ce que tu sais ce qu'ils sont devenus ?

Sæmundur hésita encore.

– Hem… Les Groenlandais n'ont pas passé le premier hiver, admit-il.

– Qu'est-ce qui est arrivé ?

– Je ne sais pas. Certains ont dit qu'ils étaient morts de faim ou de froid, mais d'autres ont parlé d'une attaque des sauvages. Malheureusement, les Groenlandais n'ont pas su profiter de la chance que les Açoriens leur ont donnée.

– Tes propres frères auraient pu faire partie de ces pauvres gens ! s'emporta Jón. Comment peux-tu être d'accord avec cet acte de piraterie ? Comment peux-tu te compromettre avec les Portugais, qui ont provoqué la fin du Groenland, notre pays d'origine, un pays vieux de cinq siècles ?

Sæmundur se tourna vers Jón et enfonça son regard dans le sien.

– Par le diable, ouvre les yeux ! exhorta-t-il. Les Groenlandais qui n'ont pas voulu embarquer pour l'Islande en 1469 signaient leur arrêt de mort. T'as de la chance que ta mère ait saisi cette occasion, et qu'elle t'ait sauvé de cette terre, où la vie n'était plus possible ! Le déplacement au Vinland de ceux qui avaient choisi de rester, c'était une belle occasion pour eux de recommencer une nouvelle vie, sur un pays neuf. Peut-être même que parmi eux, il y en avait qui y sont allés de leur plein gré, pour participer à cette nouvelle exploration : les Groenlandais avaient encore des vieux réflexes de Vikings. Malheureusement, ils ont pas plus été capables de coloniser ces terres que leurs ancêtres, il y a cinq siècles. Bientôt, ce seront les Portugais et les Anglais qui y arriveront.

– Des terres que nous avons été les premiers à découvrir, ce dont plus personne ne se souvient, constata Jón avec amertume. Mais il faut que le monde sache, et qu'on rende justice à nos ancêtres !

– Peut-être, mais le monde a changé. Les Islandais ont perdu leurs bateaux, et leur indépendance. Ils ont perdu le contact avec leurs frères du Groenland. Les exploits de Leifur Eiríksson et de Thorfinnur Karlsefni n'ont eu aucune conséquence sur le destin de notre peuple, et tu le sais bien. Leurs voyages au Vinland sont des belles histoires, mais qui n'intéressent plus personne en dehors de l'Islande.

Jón était en colère, mais se maîtrisa. Il savait, au fond de lui-même, que l'oncle Sæmundur avait raison.

– Pourquoi tu n'en as jamais rien dit ? demanda-t-il.

– Jusqu'à ce qu'Ísleifur revienne, je ne savais pas que des Groenlandais étaient restés au pays. Je pensais que mes deux frères étaient morts au Vinland, avec les autres.

Il ajouta, d'un ton appuyé :

– Les Portugais sont pas plus mauvais que les Nordiques, ou que n'importe quel autre peuple. À quoi ça sert de condamner les uns ou les autres ? Comme Ísleifur ne savait pas d'où venait ce bateau qui a emmené les Groenlandais, j'ai continué de me taire.

Jón baissa la tête. Il aurait pu faire remarquer à son oncle qu'en Islande, au moins, on ne pratiquait plus l'esclavage depuis les temps païens, et encore les esclaves n'y étaient pas corvéables à merci. Mais il se ravisa.

Sæmundur se tourna vers sa femme.

– Je n'avais jamais parlé à ta mère de ces histoires. Je ne voulais pas qu'elle ait de la haine pour les habitants de ce pays, où je crois que nous vivons à peu près heureux.

Gudrún lui sourit. Son mari était si prévenant que ça l'étouffait parfois, mais elle lui en était reconnaissante malgré tout. Il l'aimait : comment le lui reprocher ?

39

L'automne était déjà bien avancé. Les bateaux de Gaspar Corte-Real étaient repartis vers Lisbonne. Diogo avait rejoint l'île de Faial, après avoir laissé à son ami la dent d'ours gravée de runes.

Gudrún regardait la pluie tomber. La présence de nuages sombres précipitait l'arrivée de la nuit. Elle se sentait vieillir. Depuis le retour de Jón, elle se laissait aller à la mélancolie et songeait aux jours anciens, où la vie était si précaire, mais si intense.

– Mère, tu ne m'as pas tout dit sur mon père.

Gudrún savait qu'elle devrait un jour dévoiler à son fils les raisons profondes de l'éclatement de la famille. Elle tourna les yeux vers Jón, lui sourit et parla.

– Thorsteinn était attaché à son pays, viscéralement. Surtout, il était fasciné par les Skrælings et par leur façon de vivre. Au début, j'avais du mal à comprendre. Ces gens paraissaient si frustes, si grossiers. Petit à petit, sous l'influence de ton père, j'ai appris à les respecter. Mais il me semble qu'on était trop différents pour se mélanger à eux. On ne mangeait pas la même nourriture, on ne partageait pas les mêmes croyances. Il valait mieux vivre en bonne entente, mais séparément. Ce n'était pas l'avis de Thorsteinn.

« Je me suis montrée compréhensive avec ton père.

J'ai supporté ses escapades chez les Skrælings, où je savais qu'il fréquentait au moins une maîtresse. Mais j'ai fermé les yeux, comme beaucoup de femmes dans pareils cas. Jusqu'au jour où il m'a raconté les façons des sauvages avec leurs épouses, si on peut les appeler comme ça : à l'occasion, ces païens se prêtent ou s'échangent leurs compagnes ! Cela m'a confortée dans mon jugement : il n'était pas possible de vivre avec eux. Un jour, ton père est allé jusqu'à me proposer de me présenter à un de ses amis skrælings ! Comme s'il pouvait justifier des propos aussi insensés, il a ajouté que c'était seulement si je le voulais, puisque les Skrælings ne forçaient jamais leurs femmes, et d'ailleurs celles-ci étaient souvent consentantes.

« La colère m'envahissait. On n'était plus aux temps païens, aux temps de Thór, Freyr ou Ódinn, des valkyries et du Valhöll, les temps anciens où il était normal pour les Nordiques d'avoir plusieurs concubines.

« Peu de temps après, il a tué le dernier prêtre du Groenland.

« Rien n'allait plus entre nous. Mais un événement allait nous rapprocher de nouveau : j'étais tombée enceinte de toi. Thorsteinn est devenu plus présent à mes côtés. On a beaucoup parlé. On savait tous les deux qu'une fracture s'était creusée entre nous. La dernière année passée ensemble a été pleine de tendresse, de mélancolie.

« Tu sais, mon fils, un mari et une femme, c'est comme les deux berges d'une rivière : il y a des méandres et des rapides, mais aussi des gués. Il faut prendre la rivière comme elle va. Et le temps n'était plus loin où elle allait devenir un torrent infranchissable. Pourtant, on s'aimait sincèrement. J'ai aimé ton père pour son esprit ouvert, sa curiosité, son caractère libre, aventureux. Et je l'ai détesté pour les mêmes raisons. Finalement, je crois que notre séparation a été encore plus douloureuse pour lui que pour moi. Il m'a proposé de l'attendre en Islande pendant trois hivers.

« J'en suis certaine maintenant : si Thorsteinn ne m'a pas rejointe, et s'il n'a pas suivi non plus son frère Ísleifur, s'il est resté tout seul là-bas, c'est qu'il voulait vivre avec les Skrælings.

Gudrún se tut. Aux Açores, elle avait un bon mari et n'en était plus à se demander si on pourrait manger le lendemain ou l'hiver suivant. L'avenir était assuré, limpide et lisse comme l'eau d'un lac. Trop lisse ? Aurait-elle pu faire d'autres choix ?

En regardant son fils, elle sut qu'elle n'avait pas raté sa vie.

Jón avait repris sa relation avec Mosaan. En tant qu'amante, impétueuse et tendre, elle le comblait. Mais leurs échanges hors de la couche étaient parfois brouillés, comme si leur passé les empêchait de se comprendre. Ils étaient issus de mondes si différents qu'ils peinaient à s'accorder, à établir une complicité autre que charnelle. C'était pourquoi ils se parlaient peu. Ils aimaient simplement marcher côte à côte, en silence.

Jón était inlassablement attiré par son corps. Il aimait sa peau noire, ferme et rugueuse, ses manières inattendues. Après une étreinte, il se surprit à imaginer son père dans une tente skræling. Avait-il, lui aussi, été attiré par la sensualité singulière des femmes d'un autre peuple ? Il avait adopté leurs étranges coutumes, jusqu'à leur manière de considérer les rapports conjugaux, bien éloignée de celle d'un bon chrétien. Cependant, on n'agissait guère différemment en Islande : l'adultère y était largement pratiqué. Seulement, il devait rester discret. Jón se souvint aussi qu'à Lisbonne, des enfants mulâtres vagabondaient par les rues. Les absences prolongées des marins portugais de leur lit conjugal étaient parfois comblées par de vigoureux nègres. L'enchevêtrement des corps dissimulé par les toiles des tentes skrælings n'était, somme toute, pas plus licencieux que la promiscuité voilée par les nattes ou les moucharabiehs des fenêtres lisboètes, derrière lesquelles des esclaves dormaient par terre dans la chambre des maîtres. Il y avait peut-être simplement moins d'hypocrisie dans l'attitude des Skrælings.

Malgré le mauvais temps, Jón était monté seul sur les hauteurs de Terceira. Il se frayait un chemin parmi les champs de lave pris dans la grisaille. Craignant d'être désorienté par le brouillard, il veillait à ne pas s'éloigner d'un ruisseau dont le courant lui indiquait un chemin possible vers la côte.

Il aimait cette atmosphère brumeuse, ce relief rude. Il se rendait ainsi à l'intérieur de l'île quand il éprouvait de la nostalgie pour son pays. Est-ce qu'il y retournerait un jour ? Ce n'était pas pour tout de suite, il le sentait bien. D'où lui venait ce besoin irrépressible de découverte ? Son père le lui avait-il transmis par le sang ?

Il se souvint du vieux *Unicorn*. De la *Mary Bonaventure* et de la *Anne of Bristol*. Du *São Pantaleão* et de la *Joana*.

Ce n'était pas une décision, c'était une idée qui avait pris forme peu à peu, au cours des jours et des années, et qui était devenue une évidence : il savait désormais où le conduirait sa destinée.

Toute la famille était réunie pour la veillée. À Terceira, on les appelait les « Islandais », car ils étaient venus de là pour s'installer aux Açores ; même si on ne savait pas trop où était située l'Islande, on en connaissait l'existence, alors que personne n'avait entendu parler du Groenland. Les membres de la famille étaient conscients que leur pays d'origine n'existait plus guère que dans leurs mémoires.

Dehors, la pluie tombait presque sans discontinuer depuis plusieurs jours. Autour du feu se tenaient une femme et trois hommes. Tous étaient assez âgés pour avoir les cheveux blanchis, sauf l'un des hommes, plus jeune, à la crinière blonde et au teint mat, presque terreux.

– Oncle Ísleifur, tu n'as jamais eu de nouvelles de mon grand-père ? demanda-t-il.

– Non, Jón. Jamais. Pendant notre voyage au Markland, Thorsteinn et moi avons compris qu'il était vain de le rechercher. Il avait choisi sa voie, il avait préféré quitter les siens pour garder sa liberté. À quoi bon le poursuivre ? Il préférerait sûrement qu'on trace notre propre sillon.

Jón se tourna lentement vers la femme.

– Mère, j'ai renoncé à rechercher mon père. Je vais aller à Lisbonne ou à Séville, là où il y a des navires qui partent à la découverte du monde. Et je ferai tout pour y participer.

Gudrún regarda son fils dans les yeux. Elle était fière de lui.

Le troisième homme prit la parole.

– Tu seras toujours le bienvenu ici. Tu vas nous manquer à tous, même si mon frère Ísleifur est content de savoir qu'il y a encore un Norrois pour découvrir des nouvelles terres !

– Merci pour tout, oncle Sæmundur, dit Jón.

Ísleifur, qui trouvait l'atmosphère trop solennelle,

leva son pot de bière, le porta à ses lèvres, puis tapa dans le dos de Jón.

– Par le troll ! Je suis trop vieux maintenant pour courir les mers. Il n'y a plus aujourd'hui de Groenlandais ou d'Islandais pour perpétuer l'esprit viking. Tu es le dernier. Bonne chance à toi, Jón Thorsteinsson !

Gudrún souriait et retenait ses larmes. Elle ajouta :

– Le meilleur hommage que tu puisses rendre à ton père, c'est de suivre ton destin, comme il a suivi le sien.

C'était peut-être le dernier bateau de la saison. Depuis les pentes du mont Brasil, dominant la baie d'Angra, deux femmes l'observaient s'éloigner vers le levant, porté par un vent favorable. L'une d'elles faufilait son corps sombre, souple et ondoyant parmi les hautes fougères, à l'écoute de possibles craquements de pas ou sons de voix. Ses yeux surveillaient sans cesse les alentours, à la manière de ceux qui ont l'habitude d'être traqués. Enfin, elle s'assit dans une clairière, aux aguets. Peu à peu, elle se détendit et pointa ses yeux vers la mer. C'était une femme d'une grande beauté, une Noire qui s'était soustraite à l'attention de ses maîtres afin de voir la caravelle disparaître à l'horizon.

Un peu en aval, une femme plus âgée, aux cheveux blancs, grimpait avec peine sur le sentier mal tracé. Parfois, un dévers trop marqué la faisait s'agripper aux branches des arbustes. Elle avait un regard usé mais vivace, le regard de ceux qui ont connu bien des joies et des peines. La joie et la peine qui, en cet instant, se mêlaient dans son cœur.

On ne distinguait plus la voile. Entre deux nuages, le soleil illumina les ondulations de la houle qui, inlassablement, labourait la mer de sillons mouvants.

Épilogue

Il se disait islandais mais les marins allemands l'appelaient « le Groenlandais », car il prétendait y être né. En 1540, le vieux Jón, qui avait navigué sur bien des mers, réussit à embarquer comme pilote sur une cogue de Hambourg en partance pour l'Islande.

L'embarcation fut déportée vers l'ouest par des vents furieux et drossée sur la côte du Groenland. Les marins ne pouvaient discerner qu'un cortège de récifs écumants. Le navire frôlait les brisants lorsque s'ouvrit une passe entre deux rochers. Il s'y engouffra et pénétra dans un fjord large et profond où les eaux s'apaisèrent. De nombreuses îles parsemaient la baie et l'on pouvait y apercevoir des groupes de Skrælings, mais aussi des bâtisses à l'abandon. Le navire mouilla devant une île déserte, puis l'équipage mit une chaloupe à la mer. Les hommes découvrirent des abris pour les bateaux, des cabanes de pêcheurs, des séchoirs à poisson, des resserres et des maisons d'habitation. Il régnait un silence pesant.

Ces masures étaient familières au vieux Jón, semblables à celles qu'il avait fréquentées jadis, en Islande. Plus loin, les marins découvrirent un homme mort, recroquevillé, face contre terre. Une partie de ses vêtements était en laine, l'autre en peau de phoque. Un jeune matelot souleva la capuche de *vadmál* et découvrit un visage sale, hirsute et apaisé. Le vieux Jón crut y reconnaître des traits familiers, même si les paupières closes, étirées à leur commissure, semblaient cacher des yeux en amande. Il se détourna. Près du corps, il ramassa un couteau incurvé, de bonne facture. Il observa sa lame usée, puis le mit dans son sac.

Ils remirent la chaloupe à la mer. Jón gardait le silence. Le cadavre était-il un cousin ? Un demi-frère ? Son sang nordique était-il mêlé de sang païen ? On fit voile vers l'Islande.

Et l'Islande surgit de la mer. Le vieux Jón fouilla dans son sac. Il sentit la pierre, l'aiguille, les deux dents, dont l'une était gravée de runes. Il en sortit le couteau et le serra dans sa paume. À qui pourrait-il le transmettre ? Il comprit qu'il était le dernier. Le dernier homme vivant natif des Établissements norrois. Le dernier Viking du Groenland. Il observa la vague d'étrave, puis la falaise du fjord. Ses yeux étaient humides.

Ainsi prend fin l'histoire de Jón Thorsteinsson.

Entre fiction et réalité

Petit précis historique

Si ce livre est un roman, je me suis attaché à ne pas être en contradiction avec l'Histoire telle qu'elle est connue. Les événements importants relatés dans le livre ont réellement eu lieu, que ce fût à Bristol, dans le Breidafjord ou à Terce

À Bristol

Au XVe siècle, l'enlèvement d'enfants islandais par des pêcheurs anglais était une pratique suffisamment reconnue pour faire l'objet de protestations de la part du Danemark. Les enfants étaient utilisés comme domestiques ou comme main-d'œuvre corvéable à merci.

Les événements ayant permis à Jón Thorsteinsson de s'enfuir de Bristol s'appuient sur des faits historiques.

Jehan Coëtanlem était un capitaine de Morlaix, qui se livrait à la course aux dépens des bateaux croisant au large de la Bretagne. Il a réussi, entre autres, à vaincre trois navires de Bristol. Cependant, la réalité historique du sac de Bristol en 1484 est contestée.

En revanche, la terrible tempête du 15 octobre 1484 est attestée dans les annales de la ville de Bristol.

Dans le Breidafjord

Les événements en relation avec la famille de Björn Thorleifsson et Ólöf Loftsdóttir sont historiques. Les différends à propos des affaires d'héritage, entre les descendants de Thorleifur Björnsson et la famille de son beau-frère Páll Jónsson, mari de Solveig Björnsdóttir, allaient durer jusqu'à la moitié du XVIe siècle, et engendrer encore de nombreuses violences.

La personnalité attribuée à Einar Björnsson (violence, cupidité) dans le roman est conforme à ce que l'on sait de sa vie. Elle est représentative des mœurs brutales et dissolues évoquées par les poètes de l'époque, à l'instar de Skáld-Sveinn, et par les historiens d'aujourd'hui.

Les îles Bjarneyjar ont été le siège d'une station de pêche, plus ou moins active au cours des siècles. Cependant, les événements s'y déroulant dans ce livre sont inventés, quoique dans le sens de l'Histoire : les grands fermiers voyaient d'un mauvais œil l'organisation de communautés de pêcheurs. Les lois de Pining, qui ont réellement été proclamées à l'Althing de 1490, en sont une parfaite illustration.

La peste a ravagé l'Islande à deux reprises au cours du XVe siècle, en 1402-1404 et en 1494-1495. Il s'agissait de la peste pneumonique. Les descriptions de l'épidémie et de ses conséquences sont inspirées des textes historiques. La peste de 1494-1495 a atteint le Breidafjord, mais pas la péninsule des fjords de l'Ouest.

Les années froides ayant précédé la peste de 1494-1495 ont été évoquées un siècle plus tard par un auteur islandais, un certain Jón Egilsson, qui disait tenir l'information de sa mère, qui elle-même la tenait de sa grand-mère.

Things et Althing

Un *thing*, dans le Nord ancien, était une assemblée de chefs de clan. Les premiers colons arrivés en Islande ont naturellement reproduit ces structures qu'ils connaissaient en Norvège. Des *things* ont été instaurés sur une douzaine de sites à travers le pays, comme celui de Thórsnes où a été jugé, dans le roman, Jón Thorsteinsson, et qui couvrait le district du Snæfellsnes et de la partie sud du Breidafjord.

Le *thing* était aussi un lieu important de la vie sociale, où se tissaient les liens, un lieu de rencontre où l'on discutait culture, affaires, mariage, fenaison.

Avec la colonisation et l'accroissement de la population, les Islandais ont fondé, en l'an 930, un parlement national, l'Althing. Cette assemblée se tenait en plein air, dans le site grandiose de Thingvellir, situé sur une faille du rift médio-atlantique au bord de la rivière Öxará. La session annuelle durait deux semaines à partir de mi-juin, alors que les *things* locaux, qui traitaient les affaires de moindre importance, se tenaient deux fois l'an dans les districts, au printemps et à l'automne.

À l'origine, l'Islande n'était pas dirigée par un souverain unique, mais par des chefs locaux. Chacun de ces chefs de clan ou *godis* – il y en avait une quarantaine – se rendait avec ses hommes à l'Althing, où ils montaient des baraquements, en général des tentes dressées sur des fondations de pierre. Les chefs et leurs conseillers formaient la « Lögrétta » ou « Comité des Lois », se référant à un *Livre des Lois* (le *Grágás*, puis le *Jónsbók* après la perte de l'indépendance), qu'ils pouvaient modifier ou enrichir. Les décisions se prenaient en principe par consensus, parfois non sans mal et non sans violence. Les chefs avaient donc un pouvoir à la fois législatif et judiciaire, mais le pouvoir exécutif était assuré par ceux qui gagnaient les procès. La société originale des Islandais fit dire à l'historien Adam de Brême, au XIe siècle : « Ils n'ont pas de roi, seulement la loi. »

Après la perte de l'indépendance de l'Islande en 1262-1264, l'Althing a peu à peu été privé de son rôle législatif pour devenir une cour de justice, contrôlée par le roi de Norvège puis par celui du Danemark.

L'Althing est encore aujourd'hui le nom du parlement islandais. Il s'est tenu à Thingvellir jusqu'en 1798.

Les sagas et la littérature islandaise

Certains spécialistes n'hésitent pas à parler de « miracle islandais », à l'instar de Régis Boyer. On peine en effet à comprendre comment, au Moyen Âge, un si petit peuple, habitant sur une île à la frange du monde connu, a pu consigner sur parchemin une littérature d'une telle profusion et d'une telle qualité. Les ouvrages que Jón a découverts dans le second coffre du scriptorium de Helgafell (poésie scaldique, *Edda* de Snorri Sturluson, *Völuspá*, *Hávamál*, sagas) sont de grands classiques des lettres islandaises et forcent l'admiration encore aujourd'hui.

Une saga est un récit en prose, racontant les hauts faits d'un personnage « digne de mémoire » et de son entourage, en particulier de sa lignée. Il s'agit donc d'une sorte de roman historique, mais écrit dans un style caractéristique de l'époque et du lieu. La plupart des grandes sagas ont été écrites autour du XIIIe siècle et relatent des faits datant plutôt du Xe siècle.

Si l'on considère généralement la *Saga de Njáll le Brûlé* comme étant le chef-d'œuvre du genre, les plus populaires sont la *Saga des Groenlandais* et la *Saga d'Eiríkur le Rouge* : elles racontent la découverte de l'Amérique par les Vikings, cinq siècles avant Christophe Colomb.

Sur les grandes découvertes

Jón et le moine Helgi se passionnaient pour les découvertes de leur temps. Helgi nous a révélé avoir lu un livre de Marco Polo, où l'auteur raconte ses aventures à la cour du grand khan au Cathay (la Chine) et décrit les richesses de Cipango (le Japon). Cet ouvrage célèbre, *Le Devisement du monde*, a été écrit en 1298, à l'époque où la représentation médiévale de la Terre comme un disque plat était peu à peu remplacée par sa représentation sphérique, déjà communément admise dans l'Antiquité grecque.

Le livre de Marco Polo allait influencer bon nombre de découvreurs dans les siècles suivants, à l'instar de Christophe Colomb ou de John Cabot, qui pensait en 1497 avoir atteint les Indes fabuleuses, le pays du grand khan. Les Indes désignaient alors l'ensemble des régions du sud et de l'est de l'Asie, un continent encore très mal connu. Or, le dernier khan mongol avait fui la Chine dès 1368, ce qu'ignorait John Cabot.

La carte des pays du Nord, griffonnée par l'évêque de Skálholt sur une tablette de cire et consultée par Jón, était un dessin reproduisant la première carte imprimée des pays nordiques, incluse dans l'édition d'Ulm (1482) de la *Géographie* de Ptolémée. Elle était inspirée de deux cartes manuscrites du Danois Claudius Clavus (réalisées entre 1413 et 1439) qui, lui, avait respecté l'emplacement du Groenland.

Jón et Helgi s'intéressaient aussi aux inventions techniques, comme l'imprimerie, et le moine maugréait contre le retard de l'Islande sur le reste de la chrétienté. En effet, la première presse à imprimer n'y a été introduite que vers 1530, à Hólar, par le dernier évêque catholique d'Islande, Jón Arason. L'infortuné prélat a été décapité par les Danois en 1550, pour avoir résisté à la Réforme.

À Terceira, Jón interroge les marins venus de la factorerie d'Arguin ou du comptoir de la Mina. Ces lieux se trouvaient respectivement dans les actuels Mauritanie et Ghana.

La maladie des gencives dont parle Gaspar des Indes est bien sûr le scorbut, encore très mal connu à l'époque.

Les découvreurs de l'Amérique

« Christophe Colomb a découvert l'Amérique en 1492. »

Cette formule est un raccourci réducteur, qui déforme la réalité pour deux raisons.

La première est que Christophe Colomb n'a jamais eu

pleinement conscience de sa découverte, car il pensait avoir atteint les Indes.

La seconde raison est que le célèbre navigateur n'était pas le premier Européen à avoir atteint l'Amérique. Sans parler des voyages hypothétiques et légendaires de navigateurs du Haut Moyen Âge, tel le moine irlandais saint Brandan, il est reconnu que les Vikings ont atteint l'Amérique du Nord, lors de plusieurs voyages accomplis vers l'an mil. On considère généralement que les pays qu'ils ont nommés « Helluland », « Markland » et « Vinland » pourraient être respectivement la Terre de Baffin, le Labrador et Terre-Neuve. Dans cette île, les ruines d'un hameau de type nordique, datées de cette époque, ont été découvertes en 1960 à l'Anse aux Meadows. Il est tentant de les assimiler aux baraquements de Leifur Eiríksson évoqués par les sagas.

Cependant, le voyage de Christophe Colomb est extraordinaire à plus d'un titre.

Le Génois, qui s'est probablement rendu en Islande en 1477, a eu l'intuition géniale que l'on pouvait atteindre des terres ou des continents par l'ouest : il a mis délibérément le cap vers le couchant, alors que les Vikings découvraient de nouvelles terres le plus souvent par accident, au hasard d'une tempête ou d'une brume persistante, qui égarait l'un de leurs *knörrs*.

Surtout, le voyage de Christophe Colomb est à l'origine de la colonisation de l'Amérique par les Européens, alors que ceux qui l'ont précédé n'ont pas eu de conséquences sur l'Histoire.

Les sagas racontent donc les voyages de ces hardis Vikings de l'an mil. La colonisation de l'Islande à peine achevée, ils ont entrepris de s'installer au Groenland, dans le sillage d'Eiríkur le Rouge, le premier à y mettre pied vers 985. Son fils Leifur Eiríksson aurait été le premier Européen à fouler le continent américain, vers l'an mil.

Mais les tentatives de colonisation au-delà du Groenland se sont heurtées à l'hostilité des indigènes, des Amérindiens bien supérieurs en nombre, comme ceux rencontrés au Vinland et qui devaient être des Indiens béothuks de Terre-Neuve, aujourd'hui disparus. Après quelques hivernages, les Vikings sont donc revenus au Groenland, où leurs colonies allaient se maintenir durant cinq siècles. Pendant cette période, ils ont probablement fait quelques incursions vers le Labrador, où ils pouvaient s'approvisionner en bois. Un voyage au Markland est ainsi attesté en 1347.

D'autres marins ont vraisemblablement précédé Christophe Colomb, sans que cela soit une certitude historique. Des pêcheurs anglais, normands, bretons, basques ou açoriens fréquentaient peut-être auparavant les bancs de Terre-Neuve, où abondaient les morues – entièrement décimées aujourd'hui.

Des navigateurs davantage guidés par l'exploration de nouvelles terres que par la pêche ont pu aussi s'engager vers l'ouest. Des sources disparates et d'une fiabilité incertaine évoquent les noms du Portugais de Terceira João Vaz Corte-Real, des Allemands Didrik (Dietrich) Pining et Hans Pothorst, du Polonais (ou peut-être Norvégien) Jón Skolp (Johannes Scolvus), comme candidats à l'exploration des côtes de l'Amérique du Nord, ensemble ou séparément, dans les années 1460 ou 1470.

On peut lire aujourd'hui sur une plaque à la mémoire de João Vaz Corte-Real, dans l'église Notre-Dame de

Guia à Angra, où il fut enterré, la phrase « *A memoria de João Vaz Corte Real, descobridor da Terra Nova* ». On peut lire des hommages similaires à Brême ou à Hildesheim, concernant Pining et Pothorst. Quand il s'agit d'un enfant du pays, une hypothèse devient vite une certitude historique…

Peut-être d'autres marins ont-ils atteint les parages de Terre-Neuve avant le périple de Christophe Colomb. Bristoliens et Açoriens, traditionnellement tournés vers le large, sont de bons candidats à de tels voyages.

Les navigations vers l'Amérique du Nord des Açoriens João Fernandes – dont le surnom « Lavrador » aurait donné son toponyme au Labrador –, et Pedro de Barcelos – habitant de Praia à Terceira –, semblent confirmées par les sources. Cependant, la date, la durée et le nombre de leurs traversées ne sont pas certains. Il y aurait eu trois années de voyage, consécutives ou non, entre 1492 et 1500. João Fernandes est un personnage mystérieux, mentionné dans les archives douanières de Bristol. On sait qu'il a eu des liens étroits avec cette ville, pour avoir fait partie d'un syndicat anglo-portugais de navigateurs ayant obtenu une charte du roi d'Angleterre. On peut penser qu'il a connu John Cabot. Dans le roman, sa responsabilité dans la déportation des derniers Vikings du Groenland n'est qu'une hypothèse.

Les premiers voyages en Amérique du Nord suffisamment reconnus pour être inscrits dans les livres d'histoire sont ceux de John Cabot, en 1497 puis 1498, au départ de Bristol. Suivent les voyages des fils de l'Açorien João Vaz Corte-Real. Le premier de leurs trois périples, celui de Gaspar en 1500, a été entamé au départ de Lisbonne ou d'Angra.

C'est à ce voyage que j'ai choisi de faire participer Jón Thorsteinsson.

Vikings et Norrois

A furore normannorum, libera nos, Domine.

On appelle « Vikings » les commerçants, pillards ou explorateurs norvégiens, danois et suédois, qui ont essaimé dans toutes les directions durant une période allant du IXe siècle au XIe siècle.

Ceux qui se sont dirigés vers l'est sont plutôt appelés « Varègues » : les Suédois ont suivi les fleuves des grandes plaines, où ils ont jeté les bases de l'état « Rus », du côté de Novgorod et de Kiev. Ils ont atteint Miklagard – la « Grande Cité » –, autrement dit Constantinople, où ils se sont mis au service du basileus.

Vers le sud, les monastères côtiers et les villes fluviales d'Angleterre et de France ont subi la fureur des Normands. Des royaumes scandinaves ont été fondés, dans le Danelaw, en Normandie, et jusqu'en Sicile.

Vers l'ouest, Danois et Norvégiens se sont installés dans les pays celtes. Durant plusieurs siècles, ils ont dominé les Shetland, les Orcades, les Hébrides, l'île de Man, Dublin. Plus loin, les Norvégiens ont colonisé les îles Féroé, l'Islande, le Groenland.

On a coutume de dater la période viking de l'année 793 (sac du monastère de Lindisfarne) à l'année 1066 (bataille de Hastings).

Néanmoins, l'influence nordique a perduré plus longtemps dans certaines îles, a fortiori en Islande et aux îles Féroé, où il n'y avait pas de culture autochtone avant l'arrivée des Vikings, et qui sont aujourd'hui des pays scandinaves. Dans les îles où les hommes du Nord ont perdu leur ascendant à la fin du Moyen Âge (Orcades, Shetland et Groenland), on a coutume d'appliquer le terme « viking » jusqu'à ce moment : on parle ainsi des « Vikings du Groenland » pour désigner les colons qui s'y sont établis durant cinq siècles.

Mais être viking, à l'époque, c'était avant tout un état d'esprit. Les sagas décrivent l'importance, pour un jeune Scandinave, de partir en « expédition viking ». Il était fort prestigieux d'avoir séjourné à l'étranger.

Cet état esprit s'est perpétué, à travers ses aïeux, jusqu'à Jón Thorsteinsson.

Le terme « norrois » (ou « norrain ») qualifie ce qui était autrefois de l'Europe du Nord. Il est couramment employé pour désigner ce qui était la langue commune des Scandinaves au Moyen Âge, avant qu'elle ne se différenciât dans chacun des pays. À l'époque de Jón Thorsteinsson, cette différenciation était suffisamment importante pour que l'on commençât à parler de langue islandaise.

L'islandais moderne est resté très proche du norrois d'origine, à tel point qu'un Islandais contemporain est capable de lire les anciennes sagas écrites en vieux norrois. En revanche, le norvégien et surtout le danois ont subi d'importantes influences, en particulier d'une autre langue germanique, l'allemand. L'activité des commerçants de la Hanse durant le bas Moyen Âge n'a pas été étrangère à cette évolution.

On emploie aussi aujourd'hui le terme « Norrois »

pour désigner les habitants des colonies groenlandaises médiévales, de préférence à « Groenlandais » qui s'applique désormais plutôt aux Inuits.

Quant au mot « scandinave », remis au goût du jour à une époque récente, il n'est employé au sens strict que pour désigner la Norvège, la Suède et le Danemark. Lorsqu'on élargit cette zone géographique à la Finlande et à l'Islande, on parle plutôt de pays « nordiques ». Ce terme est employé dans le roman pour évoquer l'ensemble des pays ou des habitants de cet espace.

J'ai choisi, pour désigner les Vikings du Groenland, d'employer le terme « Groenlandais », car c'est ainsi qu'ils se nommaient eux-mêmes, comme on peut le constater dans les sagas. Les autres habitants du pays, les Inuits, étaient alors appelés « Skrælings », un terme péjoratif. Cependant, l'oncle Ísleifur, qui avait de la considération pour eux, préférait employer les termes « Norrois » et « Inuit » afin de distinguer les peuples, qu'il considérait tous deux comme « Groenlandais ».

La fin des Vikings du Groenland

Les Vikings sont restés au Groenland jusqu'à environ cinq siècles après le lancement de sa colonisation par Eiríkur le Rouge. Ils s'étaient regroupés dans deux pôles de peuplement principaux : les Établissements de l'Ouest sur l'actuelle commune de Nuuk (capitale du Groenland moderne), et les Établissements de l'Est, situés en fait juste à l'ouest du cap Farvel (ou Farewell) – la pointe sud du Groenland –, essentiellement sur les actuelles communes de Narsaq, Qaqortoq et Nanortalik.

C'est dans ces derniers, à Gardar (aujourd'hui Igaliku), qu'était le siège de l'évêché du Groenland, et que se tenait le *thing*.

Pour les historiens, la trace des Vikings du Groenland se perd au cours du XVe siècle. On connaît le contexte dans lequel se sont affaiblies leurs colonies : le refroidissement du climat, en cette fin de Moyen Âge – le « petit âge glaciaire » –, fragilisait l'agriculture, qui était la base de leur subsistance. La glace, qui enserrait plus fortement les côtes, décourageait les liaisons maritimes avec le reste de la chrétienté. Le désintérêt du Danemark, la concurrence de l'ivoire d'éléphant avec l'ivoire de morse, l'isolement, le manque de bois et de fer, la pression exercée par les Inuits, le conservatisme du clergé, les épidémies, la famine, l'épuisement des ressources naturelles sont les principales raisons avancées par les historiens pour expliquer leur déclin.

Le récit d'Ísleifur, l'oncle de Jón, nous fournit un aperçu de ce qu'aurait pu être ce déclin, et des hypothèses sur les circonstances possibles de leur disparition définitive, qui reste l'un des mystères non élucidés de l'Histoire. Ont-ils succombé à la maladie ou à la famine ? Ont-ils fui un pays devenu invivable, comme Gudrún Jónsdóttir, la mère de Jón ? Ont-ils été enlevés par des navigateurs étrangers, à l'instar des derniers camarades de Thorsteinn Ólafsson, le père de Jón ? Certains se sont-ils accrochés à cette terre jusqu'au siècle suivant, comme cet inconnu, au sang présumé mêlé, découvert par le vieux Jón ?

On n'a aucune certitude. Le voyage de Björn Thorleifsson et Ólöf Loftsdóttir au Groenland vers 1450 est évoqué par des sources controversées. J'ai inventé le voyage de retour en Islande d'une partie des Groenlandais en 1469. La dernière trace écrite prouvant que la colonie existait encore est un acte de mariage célébré en 1408 en l'église de Hvalsey, dans les Établissements de l'Est. Certains indices laissent supposer que les Vikings du Groenland ont survécu au moins jusqu'à la seconde moitié du XVe siècle. Par exemple, on a trouvé dans des tombes à Herjólfsnes des vêtements qui étaient à la mode en Europe à cette époque, comme le chaperon à longue queue qu'aimait porter Ólafur Gunnarsson, le grand-père de Jón.

Le Groenland allait peu à peu être oublié. Il allait être nommé de différents autres toponymes par les rares explorateurs assez téméraires pour l'approcher, à l'instar, peut-être, de João Fernandes et de Gaspar Corte-Real. Il n'allait véritablement sortir de l'ombre qu'avec le premier voyage de l'Anglais Martin Frobisher en 1576.

Enfin l'épisode relaté dans l'épilogue, qui se serait déroulé vers 1540, est tiré d'un vieux manuscrit islandais du début du XVIIe siècle. Alors, fiction ou réalité ? Ce Jón le Groenlandais ne pourrait-il pas être réellement notre Jón Thorsteinsson ?

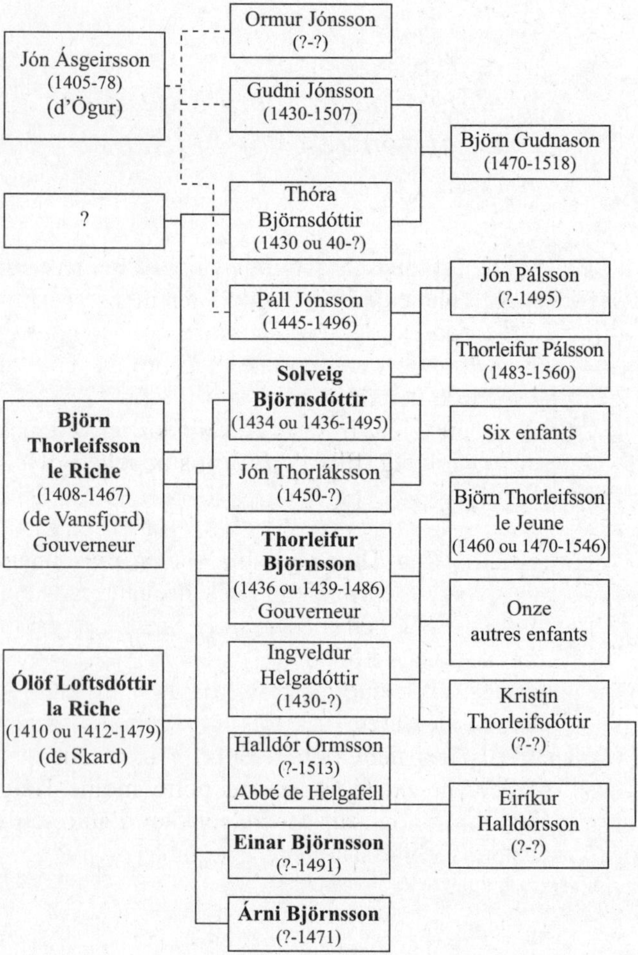
Jón Ásgeirsson (1405-78) (d'Ögur)
?
Björn Thorleifsson le Riche (1408-1467) (de Vansfjord) Gouverneur
Ólöf Loftsdóttir la Riche (1410 ou 1412-1479) (de Skard)
Ormur Jónsson (?-?)
Gudni Jónsson (1430-1507)
Thóra Björnsdóttir (1430 ou 40-?)
Páll Jónsson (1445-1496)
Solveig Björnsdóttir (1434 ou 1436-1495)
Jón Thorláksson (1450-?)
Thorleifur Björnsson (1436 ou 1439-1486) Gouverneur
Ingveldur Helgadóttir (1430-?)
Halldór Ormsson (?-1513) Abbé de Helgafell
Einar Björnsson (?-1491)
Árni Björnsson (?-1471)
Björn Gudnason (1470-1518)
Jón Pálsson (?-1495)
Thorleifur Pálsson (1483-1560)
Six enfants
Björn Thorleifsson le Jeune (1460 ou 1470-1546)
Onze autres enfants
Kristín Thorleifsdóttir (?-?)
Eiríkur Halldórsson (?-?)

Généalogie de la famille de Björn Thorleifsson et Ólöf Loftsdóttir

En Islande est toujours pratiqué aujourd'hui le vieux système scandinave de construction des noms patronymiques. À l'époque de Jón Thorsteinsson comme de nos jours, ce nom est composé du prénom du père (au génitif), suivi de la terminaison « -son » (« fils ») pour les hommes, ou « -dóttir » (« fille ») pour les femmes.

Exemple : Solveig, fille de Björn, s'appelle Solveig Björnsdóttir.

Notre héros, Jón Thorsteinsson, est un personnage fictif, mais toutes les personnalités de haut rang ont vraiment existé. La généalogie de la famille de Björn Thorleifsson et Ólöf Loftsdóttir – indiquée ci-contre – est historique, ainsi que les événements marquants de la vie de ses membres. Les rois, gouverneurs, papes, évêques et abbés mentionnés dans le livre ont eux-aussi réellement existé, et même notre moine Helgi Pétursson, dont on ne sait cependant rien d'autre qu'il était moine à Helgafell à cette époque !

Remerciements

Merci à celles qui m'ont aidé à la traduction des textes islandais : Léa Gestsdóttir Gayet, Ester Helgadóttir, Ingveldur St. Ingveldardóttir, Ásdís Ólafsdóttir.

Merci à celles et ceux qui m'ont fourni des informations sur l'histoire, la religion, le climat ou tout autre sujet utile à l'écriture de ce livre : Clifford S.L. Davies (Wadham College, University of Oxford), Thérèse d'Halluin, Olaf Janzen (Memorial University of Newfoundland), Stephen Mitchell (Harvard University), Astrid E.J. Ogilvie (University of Colorado).

Merci à celles et ceux qui, par leur lecture attentive, m'ont permis d'améliorer la qualité de ce livre : Mathilde Bodusseau, Gaëlle Clanet, André Daleux, Évelyne Duffez, Brigitte d'Halluin, Jérémie Nechtschein.

RÉALISATION : NORD COMPO MULTIMÉDIA À VILLENEUVE-D'ASCQ
IMPRESSION : CPI BRODARD ET TAUPIN À LA FLÈCHE
DÉPÔT LÉGAL : OCTOBRE 2012. N° 109372 (69922)
IMPRIMÉ EN FRANCE